Im Herbst des Jahres 802 schickt Kaiser Karl der Große seine beiden Gesandten, Abt Erwin den Sachsen und den fränkischen Grafen Childebrand, in geheimer Mission nach Bagdad, um die politischen Verhältnisse im Nahen Osten und die tatsächliche Macht des Herrschers der östlichen Welt, des Kalifen Harun ar-Raschid, auszukundschaften. Als Geschenk für den Sarazenenherrscher vertraut der Kaiser ihnen einen herrlichen Säbel an.

Doch kaum hat die fränkische Gesandtschaft nach der stürmischen Überfahrt arabischen Boden betreten, wird ihr Lager bei Palmyra angegriffen und der kostbare Säbel zusammen mit dem Empfehlungsschreiben des Kaisers geraubt. Sind sie gewöhnlichen Karawanenräubern in die Hände gefallen? Oder hat jemand ein Interesse am Scheitern ihrer Mission?

In Bagdad, der prächtigen Stadt des frühen Islam, werden die fränkischen Botschafter vom mächtigen Wesir des Kalifen in einem heruntergekommenen Gebäude außerhalb der »Runden Stadt« mit ihren zahlreichen weitläufigen Palastanlagen untergebracht. Ein bewußter Affront? Alle Versuche, mit Hilfe von Tahir, dem sarazenischen Hauptmann ihres Begleitkommandos, den Räubern und Mördern ihrer Gefährten auf die Spur zu kommen und den kostbaren Säbel wiederzuerlangen, scheinen am schillernden Machtgeflecht einflußreicher Höflinge zu scheitern. Doch dann ersinnt Abt Erwin, der scharfsinnige Sachse, eine List ...

Marc Paillet, Historiker und Journalist, war Direktor des Wirtschaftsdienstes *Agence France Presse.* Er hat Sachbücher, Essays und Romane veröffentlicht, darunter eine Serie von historischen Kriminalromanen um das Ermittlerduo Abt Erwin und Graf Childebrand aus der Karolingerzeit. Marc Paillet lebt in Bazoches bei Paris, beschäftigt sich mit Baumzucht, liebt Science-fiction und Musik und tritt als Jazzpianist auf.

Lieferbare Titel von Marc Paillet im Fischer Taschenbuch Verlag: ›Mit Dolch und Gift. Abt Erwin und der Tote von der Festtafel‹ (Bd. 14231), ›Der Salamander. Abt Erwin und die Verschwörer von Lyon‹ (Bd. 14232).

Marc Paillet

Der Säbel des Kalifen

Abt Erwin
im Reich der Sarazenen

Roman

Aus dem Französischen von
Stefan Linster

Fischer Taschenbuch Verlag

Deutsche Erstausgabe
Veröffentlicht im Fischer Taschenbuch Verlag GmbH,
Frankfurt am Main, Juli 1999

Die Originalausgabe erschien 1996
unter dem Titel ›Le sabre du calife‹
im Verlag 10/18, département d'Union générale d'Editions Poche, Paris

Gesamtherstellung: Clausen & Bosse, Leck
Printed in Germany
ISBN 3-596-14233-4

»Der erhabenste und christliche Herr, Kaiser Karl, hat die erfahrensten und würdigsten Männer unter seinen Großen ausgewählt und sie, je zu zweien, einen Geistlichen und einen Laien, durch sein ganzes Reich entsandt. Und es sollen die Sendboten sorgfältig untersuchen, wenn einer Klage erhebt, daß ihm von einem anderen Unrecht zugefügt sei. Jederzeit, gegen alle und an allen Orten, sollen sie den heiligen Gotteshäusern, den Armen, Unmündigen und Witwen und dem ganzen Volke unverkürzt Gerechtigkeit gewähren nach dem Willen Gottes. Was unsere Sendboten selbst nicht bessern können, das sollen sie vor das Gericht des Königs bringen.«

(Aus einer Handschrift der Kanzlei Karls des Großen)

Der Mittelmeerraum zu Beginn des 9. Jahrhunderts

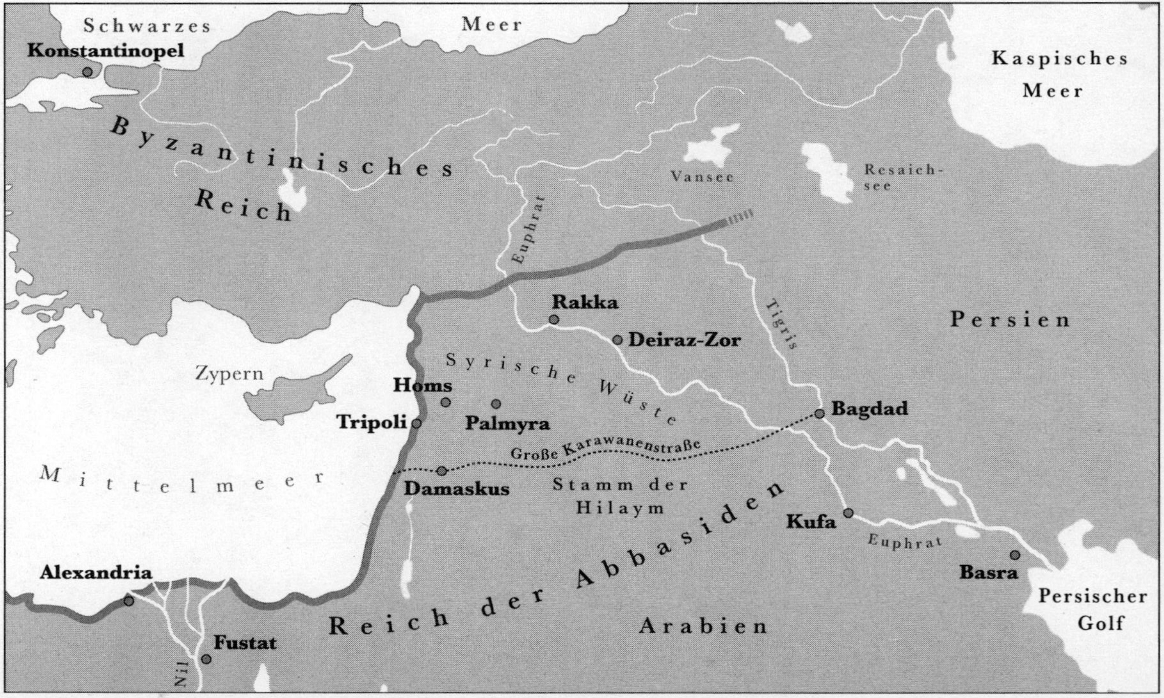

Der Nahe Osten zu Beginn des 9. Jahrhunderts

HINWEIS AN DEN LESER

Auf Seite 281 ff. finden Sie ein Glossar, in dem hierzulande weitgehend unbekannte Namen und Begriffe alphabetisch aufgeführt und kurz erläutert werden.

Die Orthographie arabischer Wörter und Namen weicht je nach Autor, Nachschlagewerk und gewähltem Transkriptionssystem stark voneinander ab. Im vorliegenden Roman hat sich der Übersetzer zumeist für eine vereinfachte phonetische Variante der wissenschaftlichen Umschrift ohne diakritische Zeichen entschieden (Beispiel: g = dj statt dsch).

Und schließlich wurde als Bezeichnung für arabische und nichtarabische Muslime der im Mittelalter gebräuchliche Begriff »Sarazene« gewählt.

DIE PERSONEN DER HANDLUNG

DIE FRANKEN

Die Missi dominici

Erwin der Sachse, *ein angelsächsischer Abt*

Childebrand, *ein Pfalzgraf*

Deren Gefolgsleute

Bruder Antonius, *genannt der Dickbauch*

Timotheos der Grieche, *auch der Fuchs genannt*

Doremus, *ein ehemaliger Mönch und Aufständischer*

Hermant, *Hauptmann der Wachen und Freund der Missi*

Die Gehilfen der Gesandtschaft

Dodon, *ein Diakon*

Erard, *ein Schreiber*

Sauvat, *ehemaliger Kerkermeister aus Autun*

DIE »SARAZENEN«

Harun ar-Raschid, *der abbasidische Kalif*

Muhammad al-Amin, *des Kalifen ältester Sohn und Nachfolger ersten Grades*

Abdallah al-Ma'mun, *Sohn des Kalifen und der »Perserin«, nachrangiger Erbe*

Yahya, *Wesir*

Al-Fadl ben Yahya, *Sohn des Wesirs*

Djafar, *jüngerer Sohn des Wesirs und Günstling des Kalifen*

Tahir, *Hauptmann in der Wache* al-Fadls

Al-Fadl ben ar-Rabi, *Kämmerer oder* Hadjib *und Vertrauter des Kalifen*

Masrur, *Eunuch, Haremswächter und Vertrauensmann des Kalifen*

Mansur ben Ziyad, *Höfling*

Musa ibn Ahmed, *Gefolgsmann des Kämmerers*

Umar al-Habi, *Anführer einer Bande Meuchelmörder*

WEITERE PERSONEN

Ruben ben Nemuel, *Bevollmächtigter des* Resh Galuta, *des Exilarchon der Juden*

Eleasar, *Schiffsführer der* Seestern

KAPITEL I

Als Schiffsführer Eleasar den Reisenden ankündigte, die Küste komme nun bald in Sicht und sie könnten vielleicht schon am nächsten Tag von Bord gehen, sofern sich die Formalitäten im Hafen nicht allzusehr in die Länge zögen, da fühlten sich Graf Childebrand, Abt Erwin und ihre Gefolgsleute, die an Deck gerade gemeinsam ihr Nachtmahl einnahmen, zwischen Erleichterung und Bangigkeit hin- und hergerissen. Freilich waren sie erleichtert, würde es doch nun gottlob ein Ende haben mit all den Mühen und Nöten, die Mannschaft und Reisenden auf ihrer mehrwöchigen Fahrt von Marseille nach Tripoli hart zugesetzt hatten. Und dennoch war ihnen auch bang ums Herz; jetzt würde ihre Mission also tatsächlich beginnen, in einem völlig fremden Land und inmitten eines Volkes, über das sie im Grunde nur wenig wußten. Für sich genommen waren das bereits keineswegs sonderlich günstige Voraussetzungen; erschwerend kamen noch die Ereignisse in Konstantinopel hinzu! Wie würde man sie empfangen? Würde es ihnen überhaupt gelingen, bis zu demjenigen vorzudringen, mit dem sie um jeden Preis zusammentreffen mußten? An Hindernissen würde es gewiß nicht mangeln. Daher richteten sie an den Allmächtigen sogleich ein inbrünstiges Gebet und flehten ihn an, er möge ihnen helfen, sämtliche Schwierigkeiten zu überwinden, damit sie die ihnen anvertraute Aufgabe als Gesandte Karls des Großen zum Erfolg führen könnten.

Siebeneinhalb Monate zuvor, im Jahre 802, waren Childebrand und Erwin gemeinsam zum Kaiser gerufen worden, der seinerzeit in Diedenhofen * weilte. Aus Metz kommend, trafen

* Das heutige Thionville. *(Anm. d. Übers.)*

sie in den letzten Tagen der Iden des April bei heftigem Schneegestöber in der Kaiserpfalz ein und wurden vom Truchseß sogleich in einen großen Raum geführt, in dem ein von mächtigen Holzscheiten genährtes Kaminfeuer wohlige Wärme verbreitete.

Karl der Große saß mit dem Rücken zur Esse allein an einem Tisch, auf dem ein Stück Rehbraten, eine Schüssel Saubohnen mit Speck, verschiedene Fleischkuchen und Dörrobst sowie mehrere Kristallfläschchen mit Würzwein standen. Zu beiden Seiten des Kaisers war je ein Stuhl hinzugestellt worden. Als Erwin und Childebrand an der Schwelle innehielten, um den Herrscher in aller gebotenen Ehrfurcht zu grüßen, winkte dieser sie sogleich zu sich.

»Mein Vetter«, sagte der Kaiser zum Grafen, »du nimmst hier zu meiner Rechten Platz, und du, mein kluger Abt, zu meiner Linken. Aber greift nur erst einmal tüchtig zu! Nach einer Reise in solcher Kälte dürftet ihr sicher großen Hunger und Durst haben. Das Wildbret hier ist überaus schmackhaft ... Ja, ich weiß ... dieser Esel von einem Medicus verbietet mir solche Köstlichkeiten ... und vieles andere mehr ...«

Er lachte schallend auf und fuhr fort:

»Er würde mir am liebsten eine immerwährende Fastenzeit aufnötigen! Doch wozu bin ich Kaiser, wenn ich mir alles versagen soll? Außerdem weiß ich besser als er, was mir guttut, nicht wahr, Abt?«

»Ganz gewiß, Herr, wo doch du darüber entscheidest«, entgegnete Erwin.

»Gewitzt wie eh und je«, meinte der Kaiser. Doch seine Miene verfinsterte sich plötzlich sorgenvoll, und er erhob sich, wodurch er das Mahl, das seine Gäste kaum begonnen hatten, augenblicklich beendete.

Aus Ehrfurcht erhoben sie sich ebenfalls und blickten ihren Herrn, der in Gedanken versunken auf und ab schritt, verblüfft an.

Obwohl Erwin den Kaiser schon oft gesehen hatte, war er von dem hohen Wuchs des Herrschers, von dessen kräftiger Statur, die eine gewisse Leibesfülle noch mächtiger erscheinen ließ, und seiner hoheitsvoll erhabenen Erscheinung immer wieder aufs neue beeindruckt. Der Schnee der Jahre hatte sich inzwischen auf sein Haar und seinen Schnurrbart gelegt, den er im Gehen mit der rechten Hand zwirbelte, was bei ihm als Zeichen angestrengten Nachdenkens galt.

Unvermittelt blieb der Kaiser stehen und heftete den eigentümlichen Blick seiner leicht hervorstehenden Augen zunächst auf Erwin, dann auf Childebrand.

»Als Ludwig, mein vielgeliebter Sohn, dem ich das Reich Aquitanien anvertraut habe, nach zweijähriger Belagerung endlich siegreich in Barcelona einzog, warst du, mein Vetter, doch an seiner Seite«, sagte er schließlich zu dem Grafen. »Seit dem Ende dieses Feldzugs, der Pamplona und die Mark Navarra in meinen Besitz gebracht hat, sind nur wenige Monate vergangen. Und mein Reich berührt jetzt die Ufer des Ebro ... Nun ja, beinahe ... Ein schöner Sieg, nicht wahr?«

»Ganz gewiß, Herr.«

»Zumal in diesen Gefilden nun Ruhe und Frieden herrschen, und die Sarazenen Berge und Meer nie wieder überwinden werden, um meine Länder zu verwüsten ... sollte man meinen, nicht wahr?«

»Das heißt ...«, setzte Childebrand in zögerlichem Ton an.

»Ach, komm! Du weißt doch genau, daß dem nicht so ist! Der Sarazene Spaniens ist immer noch reich, mächtig und stets kriegerisch gesinnt. Dieser Rahman, der sich Emir schilt – was Fürst heißt, wie man mir sagte –, hockt in seinem Schlupfwinkel in Córdoba und hat weder den Raubzügen und Brandschatzungen noch der Freibeuterei und selbstverständlich auch dem Krieg nicht entsagt.«

»Wir werden ihm die Flügel schon zu stutzen wissen, wie einst unser Ahn, Karl Martell!« rief Graf Childebrand aus.

»Genau so mag ich dich, mein Vetter, entschlossen und ungestüm … Doch kann selbst der Wackerste sicher sein, aus allen Schlachten siegreich hervorzugehen?« gab der Herrscher zu bedenken, der trotz der verstrichenen Jahre noch immer mit Trauer jenes verheerenden Hinterhalts gedachte, bei dem neben den tapfersten Kriegern auch sein Truchseß Ekkehard, der Pfalzgraf Anselm und sein Neffe, Markgraf Roland, gefallen waren.

»Es gibt Schlachten, die nicht mit dem Schwert gewonnen werden, meinst du, Herr?« griff Erwin ein.

»Ja, scharfsinniger Sachse. Da hast du mich ganz richtig verstanden, in der Tat. Aber errätst du auch, aus welchem Grunde wir nun übers Meer eilen und uns von Córdoba nach Konstantinopel wenden?«

»Wie könnte ich?«

»Ich möchte aber meinen, ihr hättet im Verlauf eurer letzten Mission in Lyon, wo ihr eine niederträchtige Verschwörung zu zerschlagen vermochtet, wertvolle Hinweise auf die byzantinischen Ränke und Umtriebe in Erfahrung bringen können.«

»Unser Wissen ist jedoch weiterhin recht begrenzt, Herr«, antwortete Erwin. »Bis auf die Umtriebe dieses eigenartigen Nikephoros, der die Oberhand über das Schatzhaus Konstantinopels innehat …«

»Ja, und genau das bereitet mir Sorgen …«, unterbrach ihn der Kaiser und verstummte sogleich, um eine ganze Zeit lang still vor sich hin zu grübeln.

»Ihr erinnert euch«, setzte er erneut an, »daß ich während meines Aufenthalts in Rom Abgesandte von Irene, die über Byzanz herrscht, empfangen habe.«

»Wie sollte ich das vergessen haben?« entgegnete Childebrand.

»Diese Leute versicherten mir, ihre Kaiserin lege großen Wert auf ein gutes Einvernehmen zwischen dem Abendland und dem Morgenland, also zwischen mir und ihr, wenngleich sie dabei einen gewissen Hintergedanken verfolgt ... Die Gesandten haben Irenes lautere Gesinnung betont, und ich habe ihren Beteuerungen Glauben geschenkt. Schließlich gehört die Kaiserin zu den wenigen in Konstantinopel, die ohne Zähneknirschen hingenommen haben, daß ich das Imperium Romanum neu belebt und nach dem Vorbild des großen Konstantin auf den Glauben an unseren Herrn Jesum Christum gegründet habe!«

Karl blickte seine Missi dominici durchdringend an.

»Daß nichts von alldem, was ihr jetzt hört, je über eure Lippen kommt!« befahl er ihnen. »Allerdings ... wie ich euch kenne, ist dieser Rat zweifelsohne überflüssig.«

Mit einem Lächeln der Genugtuung auf den Lippen neigten der Graf und der Abt leicht den Kopf.

»Einen beachtlichen Hintergedanken verfolgt Irene da, ehrlich gesagt ...«, murmelte der Herrscher. »Ein einziges und christliches Kaiserreich nämlich, das sich vom Meer der Unendlichkeit im Westen und von Sachsen im Norden bis nach Italien und Griechenland im Süden und dem Pontus Euxinus und Armenien im Osten erstrecken würde. Ein derart riesiges Reich, wie es Rom einst auf dem Gipfel seines Ruhms war ... Ja, genau dies gaukelten mir Irenes Abgesandte in den schillerndsten Farben vor, als sie mir verkündeten, ihre Herrscherin sei zu einem ehelichen Bund geneigt, mit mir wohlgemerkt, der ich diese glorreiche Herrlichkeit von einst sodann unter dem Zeichen des Kreuzes wiederherstellen würde. Weshalb unternimmt sie einen solchen Vorstoß, und warum ausgerechnet jetzt? Hat sie ermessen, wie schwierig es für eine Frau ist, allein auf einem Thron zu sitzen, auf dem es eines hoch geehrten, klugen und mächtigen Mannes bedürfte?«

»Deiner selbst, Herr?« rief Childebrand überschwenglich aus.

Erwin hingegen schien diese Begeisterung nicht zu teilen und dachte mit gesenktem Haupt angestrengt nach.

»Nun, was meint denn unser umsichtiger Abt dazu?« warf Karl der Große ein.

»Daß sich wohl kaum ein günstigeres Geschick denken ließe. Aber es sollten auch die Schwierigkeiten eines solchen Unterfangens und all seine Gefahren bedacht werden. Wo dieses trügerisch verlockende und heimtückische Morgenland selbst doch schon so verworren und gefahrvoll erscheint! Liegt der Quell deiner Macht, geliebter Fürst, nicht hier? Und würdest du fern von diesem Quell nicht das Wagnis eingehen, um eines unsicheren Gewinns willen viel zu verlieren?«

»Glaubst du, diesen Gesichtspunkt hätte ich je aus den Augen verloren?« antwortete der Herrscher unwirsch. »Schau dir nur das Gewand an, das ich trage, sieh nur, wie grob und einfach es doch ist! Weißt du, weshalb ich es all den Brokaten vorziehe, von denen meine Truhen überquellen? Es ist das Kleid unserer Väter und der Väter unserer Väter, die Tracht der Eroberer, die im Namen Christi gekämpft haben, die Tracht jener wackeren und frommen Franken, der Söhne des Sieges. Meinst du, ich könnte je vergessen, daß ich zuallererst deren König bin? Glaubst du, ich erläge den verweichlichenden Betörungen, den hinterlistigen Schmeicheleien des Morgenlands?«

»Keiner würde das auch nur annehmen«, wandte Childebrand ein.

»Habe ich also mit meinen Bedenken deinen Zorn verdient?« murmelte Erwin.

»Du hättest ihn verdient, wenn du sie mir nicht enthüllt hättest. Doch besänftige deine Befürchtungen! Hältst du deinen Herrscher für fähig, sich blindlings in ein solches Unternehmen zu stürzen? Habe ich denn jemals irgendein Unterfangen in Angriff genommen, ohne genügend Erkundigungen einzuholen und das Für und Wider ausgiebig abzuwägen, ohne etliche Vorsichtsmaßnahmen zu treffen?«

»Kein Fürst wäre weiser als du!«

»Habt ihr mir eigentlich richtig zugehört, als ich euch eben diese Frage stellte: Weshalb kommt es zu diesem Angebot, und warum gerade jetzt? Muß ich euch denn erst erklären, daß jeder Herrscher, ob nun Mann oder Frau, unablässig danach trachtet, seine Macht zu verteidigen und zu festigen, und daß es wohl gewichtige und zwingende Gründe geben muß, wenn ein Fürst sich anheischig macht, seine Macht mit jemandem zu teilen?«

»Was uns offenbar wieder zu Nikephoros zurückführt?« vermutete Erwin.

Lachend versetzte Karl der Große dem angelsächsischen Abt einen freundschaftlichen Schlag auf die Schulter.

»Gut erkannt! Man hat mir zugetragen, Irene sehe sich in ihrer Hauptstadt Konstantinopel zunehmend bedroht: zunächst durch die Getreuen ihres Sohnes, den sie ja vom Thron verdrängte und blenden ließ; und auch von den Anhängern dieses Nikephoros, die der Kaiserin vorhalten, die Bilderverehrung wiedereingeführt und mit dem König der Sarazenen des Morgenlands gemeinsame Sache gemacht zu haben. Darüber hinaus widersetzen sich Nikephoros' Leute jeder Annäherung an mich. Für diese Eiferer gibt es nur ein Kaiserreich, nämlich das von Byzanz, und nur eine Kaiserstadt, Konstantinopel, folglich ...«

»Welch bodenlose Unverschämtheit, welch ein Hohn!« empörte sich Childebrand lautstark und ballte die Fäuste.

»Kann man sich daher des Gedankens erwehren, Irene benötige unbedingt unsere Unterstützung und unsere Waffen, um weiter zu herrschen? Und daß dies ihre erste, wenn nicht gar ihre einzige Sorge ist?«

»Ganz offenkundig nicht«, sagte Erwin.

»Und vermag man auszuschließen, daß Nikephoros, der über das gesamte Gold von Byzanz verfügt – welch ein Fehler, es in seinem Besitz belassen zu haben –, letzten Endes den Sieg davontragen und Irene von ihrem Thron stürzen könnte?«

»Ebensowenig!«

»In der Tat! Folglich muß man von seinem Ehrgeiz und seiner Feindseligkeit wohl das Schlimmste befürchten. Freilich, Vetter, mit unseren Waffen wüßten wir ihn bei Bedarf zur Vernunft zu bringen. Doch, sagt mir, zeugt es denn tatsächlich von wahrer Kunst der Reichslenkung, den Kampf allein aufzunehmen, wenn man Verbündete finden kann?«

»Das wäre sicher unklug.«

»Unklug, und schlimmer noch: aberwitzig! ... Nun wiegelt dieser Nikephoros seine Anhänger jedoch gerade mit Hetzreden und Kriegsgeschrei auf und ruft in alle Richtungen: Sollte er auf den Thron steigen, so würde er den Sarazenen nicht nur keineswegs Tribut entrichten, wie es Irene zugestanden hat. Vielmehr wolle er die Feldzüge gegen sie wieder aufnehmen und der byzantinischen Streitmacht, die der Friede verweichlicht habe, erneut Gelegenheit und Mittel für glorreiche Rückeroberungen verschaffen. So lauten seine Worte! Der Gedanke, mich da einzumischen, liegt mir fern. Noch ferner liegt mir, womit und wo auch immer den Kriegern des ›Mahum‹ zu helfen, die uns in der Vergangenheit so viele und, bei Gott, grausame Niederlagen zugefügt haben! Wie könnte ich, der Fürst der Christenheit, der in Gegenwart des Papstes zum Kaiser gekrönt und ausgerufen wurde, auch nur einen Augenblick in Erwägung ziehen, den Sarazenen Beistand zu leisten? Nur darf ich deswegen in Unwissenheit verharren und all der Dinge, die zur Zeit in Konstantinopel und von den Sarazenen ausgeheckt werden, nicht Rechnung tragen?«

»Ganz gewiß nicht, Herr!« bekräftigte Erwin mit wissender Miene.

Der Kaiser warf ihm einen Blick zu und murmelte:

»Du bist schlau, Bruder! Gut, gut! Und nun solltet ihr beide ganz besonders aufmerken! Zunächst wären da also Konstantinopel, Irenes Annäherung und die Drohungen von Nikephoros. Kann ich mich, was diese Dinge anbelangt, mit alten Berichten, mit Gerüchten und Hörensagen zufriedengeben? Nein, nicht wahr! So hört, was ich entschieden habe: Eine Gesandtschaft wird unverzüglich zu den Gestaden des Bosporus aufbrechen. Ich möchte genauestens erfahren, wie es um die verschiedenen Lager in Byzanz, um deren Streitmächte und jeweilige Erfolgsaussichten tatsächlich steht, wer an Boden gewinnt und wer Rückschläge erleidet. Insbesondere will ich wissen, wie verläßlich Irenes Vorschläge sind, ob ihre Macht nun wankt oder nicht, ob Nikephoros den Sieg davonzutragen vermag oder nicht. Dies alles werden meine Sendboten ohne den Hauch von Wohlwollen oder Nachsicht abzuschätzen haben, auf daß sie mir so bald als möglich, damit meine ich noch vor dem Herbst, Bericht erstatten mögen. Was aber euch beide anbelangt, so erwartet euch eine überaus bedeutsame Mission.«

»Persien, Herr!« rief Childebrand freudig.

»Nenne es getrost so, obgleich dieser König, der sich Harun nennt, wie mir jener jüdische Bote, Isaak, berichtete, den ich ins Morgenland geschickt habe ... obgleich dieser Harun also angeblich nicht nur über Persien herrscht, sondern über eine Unzahl weiterer Gaue des fernen Orients.«*

Der Kaiser trank einen Schluck Wein und fuhr fort:

»Ihr entsinnt euch doch sicher auch, daß ich vor kurzem Abgesandte Haruns empfangen habe und daß jener Isaak mir bald darauf Geschenke von diesem König überbrachte, die fürwahr bemerkenswert waren, wie etwa der Elefant, für den ich in meinem Tiergarten eigens ein mächtiges Gehege bauen ließ. Ein Elefant und andere prunkvolle Geschenke! ... Diese morgenländische Verschwendungssucht kann mir jedoch keineswegs Sand in die Augen streuen. Es ist ja nur allzu bekannt, daß dieser Harun über beträchtliche Reichtümer und gewaltige Mittel verfügt. Schlägt er nicht auch Goldmün-

* In den Karolingischen Reichsannalen und bei Einhard wird das Abbasidische Islamische Reich mit Persien gleichgesetzt, und dessen Kalif, Harun ar-Raschid, König Aaron von Persien genannt.

zen wie Byzanz? Und erstreckt sich sein Reich nicht von Libyen und Ägypten bis weit nach Indien? Doch jeder Hüne besitzt auch seine Achillesferse, und jeder Krösus steht irgendwann vor leeren Schatullen! Schon jetzt entgleiten ihm die andalusischen Lande im Westen und auch Afrika ...«

Karl der Große blickte in die Ferne.

»Nur darf ich deswegen die Zusicherungen geringschätzen, die mir seine Gesandten übermittelten? Schließlich haben sie mir mit tausend Schmeicheleien versichert, ihr König hege mir gegenüber Gefühle hoher Achtung und nichts stehe zwischen uns; ja daß der Umstand, dieselben Gegner zu haben, uns im Gegenteil sogar einander näherbringen müsse! Ohne Zweifel versteht er darunter die Byzantiner, aber sicher auch die Sarazenen Spaniens, die uns fortwährend bedrohen und brandschatzen und die auch ihm auf hunderterlei Weise die Stirn bieten. Habe ich eben nicht mit gutem Recht deren kriegslüsterne Neigungen angeführt?«

»Aber kann man indes den Worten dieses Harun mehr trauen als denen des Andalusiers, wo beide doch gleichermaßen glühende Anhänger Mahums sind?« sorgte sich Childebrand.

»Jener Isaak hat mehrere Jahre in König Haruns Hauptstadt Bagdad gelebt, die am Ufer eines Flusses mit reichlichen Wassermassen und launischem Lauf liegt. Er hat mir erstaunliche Dinge zugetragen. Er hat mir von Städten berichtet, so ausgedehnt wie ganze Länder, in denen es wimmeln soll von geschäftigen Volksmengen wie in einem Ameisenhaufen; von unermeßlichen Reichtümern auch, von Märkten, auf denen Kaufleute und Händler aus der ganzen Welt zusammenströmen, wo Waren und Erzeugnisse des gesamten Erdenrunds zu finden sind, einschließlich köstlicher und hier völlig unbekannter Früchte ... Ebenso von sehr fein gearbeiteten und dennoch haltbaren Pergamenten, die aus irgendeinem Schilf gefertigt werden; von üppig ausgestatteten Bibliotheken mit überaus kostbaren Handschriften ... Obendrein soll dieser König über unzählige Krieger verfügen, über gutbewaffnetes Fußvolk, Reiter und sogar Recken, die auf jenen höckerigen Reittieren, die es nur in Afrika gibt, oder auch auf Elefanten ins Feld ziehen. Seine Truhen sollen Edelsteine, Geschmeide und Goldmünzen im Überfluß bergen, mit denen er die Ärmel seiner Günstlinge zu füllen pflegt ...«

Karl der Große schien plötzlich mit sich zu Rate zu gehen.

»Was ist eurer Meinung nach von all dem zu halten? Waltet dieser König tatsächlich über ein so reiches und mächtiges Land, wie Isaak es behauptet hat? Findet man dort wahrhaftig solche Wunderdinge, oder handelt es sich dabei nur um Märchen? Außerdem: Ist seine Macht so gefestigt, wie man es uns schildert, und übt er sie ungeteilt aus? Kann er auf die unverbrüchliche Treue seiner Untertanen bauen, oder wirken diese im Gegenteil an seinem Verderben? ... Nun habt ihr genug gehört und mich sicher verstanden: Daß die Antworten auf all diese Fragen, die ihr mir von dort unten mitbringt, vollständig, eindeutig und genau sein mögen! Überdies werdet ihr beurteilen müssen, ob dieser Harun, jenseits aller schönen Worte, wahrhaftig auf Einvernehmen oder irgendeinen Bund zwischen uns sinnt. Und vor allem, wie schätzen seine Umgebung und er selbst die Lage ein, die derzeit in Konstantinopel vorherrscht? Und wenn ihr nun meint, all diese Dinge sollten eure Neugierde und euren Wissensdurst stetig wachhalten, so täuscht ihr euch nicht. Denkt stets daran, daß die von euch mitgebrachten Antworten dazu beitragen werden, meinem Urteil und meinen Entscheidungen Erleuchtung zu verschaffen.«

»Das werden wir nie vergessen«, versicherte Childebrand.

»Ich weiß, eure Ergebenheit ist grenzenlos. Gleichwohl seid ihr mir viel zu wertvoll, um euch aufs Geratewohl in diese Unternehmung zu schicken. Muß ich hervorheben, welche Schwierigkeiten, Fallstricke und Gefahren euch dabei erwarten? Man darf sicher ohne weiteres vermuten, daß eine solche

Mission nicht überall auf Freunde trifft. Was die Reise selbst angeht ... Nach Konstantinopel zu gelangen ist nicht schwer: ein gutes Schiff, eine erfahrene Mannschaft, eine günstige See, und schon kommt der Bosporus in Sicht! Doch dieses morgenländische Reich und seine ferne Hauptstadt zu erreichen ... Zwischen den Meeresgestaden und Bagdad sind weite Ebenen, eisige Gebirge und sengend heißes Ödland zu überwinden, wie Isaak mir berichtet hat, und ebensoviele fremde, oft feindselige Länder ... Wie ließe sich da voraussagen, was alles geschehen kann, welche Vorsichtsmaßnahmen zwingend erforderlich sind, wie genau man zum Ziele gelangt? ... Ich habe meinen Kanzler aufgefordert, sich mit den Abgesandten des Königs Harun, die noch immer in Aachen weilen, ins Benehmen zu setzen. Diese Männer sollen meinen Entschluß den Hofämtern ihres Fürsten zur Kenntnis bringen und insbesondere verlangen, daß euch vor Ort ein wohlwollender Empfang und ein treues Geleit zuteil wird! Erst wenn ich alle mir unerläßlich erscheinenden Zusicherungen erhalte, werde ich euch auf den Weg schicken. Dies wird wahrscheinlich mehrere Monate erfordern, so daß meine Gesandtschaft bis dahin wieder aus Konstantinopel zurück sein wird und uns zu neuen Erkenntnissen über die Lage dort verhelfen kann, was für eure eigene Mission sicherlich von einigem Belang sein wird. Wenn nichts dagegen spricht, brecht ihr zu Beginn des Herbstes ins Morgenland auf. So lautet mein Beschluß!«

Childebrand und Erwin verneigten sich zum Zeichen des Gehorsams.

»Ihr werdet die nächsten Monate nutzbringend verwenden, um diese Gesandtschaft sorgsam vorzubereiten. Das wäre also geklärt. Werden wir uns wieder an jene Männer wenden, die euch für gewöhnlich zur Seite stehen?«

»Sie haben bisher stets bewiesen, daß sie Zucht, Ordnung und Unternehmungsgeist, Scharfblick und Tapferkeit miteinander zu verbinden verstehen«, unterstrich der Graf.

»So sei es denn! Ihr werdet ihnen selbstverständlich noch Wachen und Diener, darunter auch ein oder zwei Übersetzer, hinzugesellen.«

»Was diesen letzten Punkt anbelangt«, griff Erwin ein, »so trifft es sich, daß Timotheos, unser Grieche ...«

»Ist das nicht der, den ihr den Fuchs nennt?« warf der Herrscher lächelnd ein.

»Genau der! Unser Fuchs kann Arabisch verstehen, sprechen, lesen und schreiben ... wie ein Sarazene.«

»Ein erstaunlicher Bursche! Und durch welches Wunder?«

»Bevor er genötigt wurde, aus Konstantinopel zu fliehen ...«

»Weshalb eigentlich?«

»Er gehörte zu denen, die die Bilderverehrung ablehnten ...«

»Löblich, sehr löblich!«

»Er war einer der Bilderstürmer an vorderster Stelle, Herr. Als das durch Irene einberufene Konzil in Nikäa diese Verehrung wiedereingeführt hat, mitsamt dem Kuß, dem Kniefall ...«

»Ein schändlicher Götzendienst!«

»... da fürchtete er, wegen Ketzerei verfolgt, gemartert und hingerichtet zu werden, so daß er freiwillig in die Verbannung ging und sich erbot, dir zu dienen.«

»Das erklärt aber noch nicht, weshalb dieser Fuchs die Sprache der Sarazenen beherrscht.«

»Timotheos stammt aus Bithynien im Osten des Byzantinischen Reichs, und seine vermögende und einflußreiche Familie hatte es für nützlich erachtet, ihm einen Araber aus Damaskus als Präzeptor zur Seite zu geben, einen Gelehrten und Christen ...«

»Schon wieder so ein Ketzer!«

»Das mag schon sein, Herr. Jedenfalls handelte es sich bei diesem um einen guten Lehrer, der ihm seine Sprache beibrachte. Diesem Umstand ist es im übrigen zu verdanken, daß

Timotheos eine hochrangige Stellung beim Eparchen von Konstantinopel erhielt, der von Amts wegen mit der Ordnung und Sicherheit betraut ist. Unser Fuchs hatte die Aufgabe, die Aussagen von Gesetzesbrechern, Schleichhändlern, Übeltätern jeder Sorte und sogar Spitzeln, die die Männer des Eparchen zu fassen bekamen, aufzunehmen und ins Griechische zu übertragen, wenn diese Leute sich nur auf arabisch auszudrükken vermochten oder es zumindest vorgaben!«

»Hm!« grummelte der Kaiser. »Könnt ihr bei dieser heiklen Mission im Orient auf einen solchen Gehilfen und Übersetzer tatsächlich vertrauen?«

»Seine Treue und Ergebenheit sind über jeden Verdacht erhaben«, versicherte Childebrand. »Dafür hat er uns Hunderte von Beweisen geliefert. Und was seine Hilfe betrifft, so zeugte sie stets von Schläue ...«

»Bei seiner Vergangenheit bezweifele ich das keineswegs!«

»Und auch von großer Verläßlichkeit!«

Karl der Große dachte einen Augenblick nach.

»Ein kleines Wagnis und große Vorteile ... Meinetwegen!« räumte der Kaiser schließlich ein. »Kommen wir nun zur Reise selbst! Isaak und die anderen, die bereits im Morgenland waren, werden euch alle nützlichen Hinweise an die Hand geben und ...«

Der Herrscher verstummte und blickte Erwin an, der offensichtlich zauderte, das Wort zu ergreifen.

»Möchtest du zu diesem Punkt irgend etwas sagen?« fragte Karl.

»Die Wahrheit ist, Herr ...«, setzte Erwin an.

»Na, komm! Laß es uns hören!«

»Ich dachte gerade an die jüdische Gemeinde von Lyon, die der allerschlimmsten Verbrechen bezichtigt wurde und deren Unschuld wir bewiesen haben. Sie hat uns tatkräftig geholfen, die Verschwörung des Salamander aufzudecken und niederzuschlagen. Ich weiß, daß die Lyoneser Juden einem Bund, einem Netz von Händlern angehören, das rund um das Meer der Mitte etliche Niederlassungen unterhält und Handel mit dem gesamten Morgenland betreibt. Sie verkaufen hauptsächlich Holz dorthin und Leibeigene ...«

»Doch keine Christen, hoffe ich!« donnerte Karl der Große.

»Nicht einen! Lediglich Nordmänner, die von deinen Heeren gefangengenommen wurden und sich als verstockte Götzendiener der Taufe verweigerten ... Diese Händler bringen uns dann aus dem Morgenland Hunderte verschiedener Waren und auch die seltenen Handschriften, die dir so wertvoll sind. Diese Juden werden nicht müde, Loblieder auf dich zu singen.«

»Und auf dich wahrscheinlich auch ein wenig?«

»Wer bin ich neben dir?«

»Ihr seid alle beide kaiserliche Missi. Aber fahr nur fort!«

»Ich bin mir sicher, sie werden ihr möglichstes tun, um uns eine behagliche, schnelle und sichere Reise auf dem Hin- wie auf dem Rückweg zu gewährleisten, sofern du beschließen solltest, daß wir auf ihre Dienste zurückgreifen. Ich für mein Teil würde mich ohne die geringsten Bedenken auf diese Juden verlassen.«

»Ich verstehe dich schon! So gebe ich dir denn den Auftrag, gemeinsam mit ihnen die Überfahrt der Mission, die ich in den Orient zu senden gedenke, vorzubereiten. In dieser Sache wie auch in allem anderen darf jedoch nichts verfügt werden, ohne daß ihr mir zuvor einen genauen Bericht über die ins Auge gefaßten Vorkehrungen erstattet habt! Ich selbst treffe sämtliche abschließenden Entscheidungen, und ihr erhaltet dann eure Weisungen nebst den notwendigen Mitteln für diese Gesandtschaft ... Und nun beendet das Mahl, das ihr kaum begonnen habt. Möge der Wein eure Herzen erfreuen!«

»So soll es sein, Herr. Nur laß uns zuvor den Allerhöchsten anrufen, auf daß Er dich mit Seiner ganzen Macht stützen und dein Werk sowie dich selbst behüten möge«, verkündete Erwin und begann sogleich, ein Sühnegebet zu sprechen.

Sämtliche Mitglieder der Mission, die ins Morgenland zu »König Harun« aufbrechen sollte, fanden sich Mitte Oktober in der Abtei von Luxeuil ein. Childebrand hatte, in Doremus' Gesellschaft, einen Teil des Sommers damit zugebracht, stehende Truppen im niederen Sachsenland, den unlängst eroberten Landstrichen, in Augenschein zu nehmen. Währenddessen hatten sich Abt Erwin und Timotheos, die bei des Grafen Ankunft bereits im Kloster weilten, zweimal nach Lyon begeben; dort waren sie zwischen zwei Festlichkeiten zu ihren Ehren mit dem Gaon Ammorich und weiteren Persönlichkeiten der jüdischen Gemeinde zusammengetroffen, um die Reise der Gesandtschaft an die Gestade Asiens vorzubereiten.

Hermant hatte sich damit befaßt, ein Dutzend Wachen unter dem Blickwinkel von Tapferkeit und Ausdauer anzuwerben – wie etwa Sauvat, den ehemaligen Kerkermeister aus Autun –, die er Childebrand nun voller Stolz in Luxeuil vorführte. Bruder Antonius traf mit ungefähr fünfzehn sorgsam ausgesuchten Dienern ein; hierfür hatte er etliche Leibeigene der Kaiserlichen Ländereien vor sich erscheinen lassen und jene ausgewählt, die seines Erachtens imstande waren, seinen Herren hingebungsvoll zu dienen ... und unter welchen Bedingungen auch immer beachtenswerte Speisen zu zaubern ... Bei der Anwerbung konnte er den Leuten versprechen, daß sie, sofern ihre Dienste zur Zufriedenheit ausfielen, nach der Heimkehr der Mission ins Frankenreich die Freiheit erhalten würden. Was Diakon Dodon betraf, so brachte er bloß einen einzigen Neuling mit, auf den er indes ziemlich stolz war: Er hatte als weiteren Gehilfen einen Schreiber von ungefähr dreißig Jahren namens Erard ausfindig gemacht, der soeben seine Ausbildung zum Notarius in der Kaiserlichen Kanzlei beendet hatte. In seiner Jugend war Erard von den Sarazenen bei einem ihrer kriegerischen Einfälle in Aquitanien gefangengenommen worden. Daraufhin hatte er dem Statthalter von Zaragoza zwei Jahre lang gedient und genügend Zeit gehabt, die arabische Sprache zu erlernen, bevor er schließlich von seiner Familie ausgelöst worden war. Dodon meinte, ein Übersetzer mehr könne sicherlich von Nutzen sein.

Bereits zwei Tage nachdem die Gesandtschaft vollzählig versammelt war, stieß der Kaiser zu seinen Leuten. Eigentlich hatte man ihn erst später erwartet. Doch während Abt Erwin sich an diesem kurzen Aufenthalt in der Abtei von Luxeuil vor allem deshalb erfreute, weil sie fast schon von einem Landsmann, nämlich von dem irischen Heiligen Columban, gegründet worden war und etliche Mönche beherbergte, die wie er selbst von den Britischen Inseln stammten, so hatte Karl der Große seine Reise hauptsächlich wegen der warmen Quellen Luxeuils, die sich auf die Unbilden des Alters sehr heilsam auswirkten, eilig vorangetrieben. Und tatsächlich: Kaum eingetroffen, begann er in Gesellschaft von Childebrand, Hermant und anderen Würdenträgern sich in ausgedehnten Bädern zu ergehen, die nebenbei auch Gelegenheit zu gelehrten Gesprächen boten.

Ohne weiteren Aufschub rief er sodann seine bevorzugten Missi und auch Doremus, Bruder Antonius, Timotheos, Hermant und Diakon Dodon zu sich, um ihnen zu verkünden, er habe inzwischen Zusicherungen erhalten, die als annähernd zufriedenstellend gelten mochten, zumindest in einem Maße, daß die Gesandtschaft das Abenteuer wagen und sich nach Bagdad begeben könne.

»Eure Mission wird um so zwingender«, hob der Herrscher hervor, »als die Sendboten, die ich nach Konstantinopel geschickt habe, mir besorgniserregende Kunde zugetragen haben. Es ist keine Rede mehr von der Absicht eines ehelichen Bundes, an die ich, offen gestanden, auch nie so recht geglaubt habe! All die großartigen, aber trügerischen Vorhaben sind zu

Nichts zerronnen. Irene ist in einer verzweifelten Lage. Das Heer befindet sich im Aufruhr; Nikephoros' Anhänger haben den Palast und die Straße fest in ihrer Gewalt. Nur noch eine Handvoll Höflinge, ein Paar verängstigte Bilderverehrer und in Tränen aufgelöste Frauen harren auf der Seite der Kaiserin aus. Ihr Sturz, so sagte man mir, sei nur noch eine Frage von Tagen. Nikephoros wird den Thron besteigen. Ich muß nicht wiederholen, welch kriegerische Neigungen diesen Mann beseelen. Eure Entsendung zu König Harun nimmt wegen dieser äußerst ernsten Wendungen eine Bedeutung ersten Ranges an. Ich schaue euch an und sehe Männer von großem Scharfsinn und Mut. Folglich kann ich auf euch bauen. Und ich baue auf euch!«

Alle verneigten sich tief und lange. Daraufhin entließ Karl der Große seine Diener bis auf den Grafen und den angelsächsischen Abt. Er übergab ihnen eine Schatulle mit einer Botschaft »zu Händen von König Harun«, die die Missi dominici als rechtmäßige Bevollmächtigte des fränkischen Kaisers auswies. Dann ließ er in aller Heimlichkeit ein längliches Bündel aus grobem Leinen hereinbringen. Einmal auseinandergeschlagen, kam unter schwerem Brokat ein kostbarer Säbel in einer wunderbar gearbeiteten damaszierten Scheide zum Vorschein, dessen Knauf mit Smaragden, Aquamarinen und drei schwarzen Diamanten eingelegt war. Den Missi verschlug es vor Bewunderung die Sprache, während Karls Blick deutlich erkennen ließ, daß er mit der erzielten Wirkung ganz zufrieden war.

»Welch Meisterwerk!« gelang es Erwin endlich auszustoßen.

»Ich möchte euer Augenmerk auf die drei Diamanten lenken«, sagte der Herrscher. »Schwarz ist nämlich, wie mir wiederum Isaak versicherte, die Farbe des Geschlechts, das zur Zeit in Bagdad herrscht. Dieser Säbel hier wiegt doch wohl alle Elefanten dieser Welt auf, nicht wahr!«

»Und bei Gott weit mehr!« überbot ihn Childebrand.

»Alles deutet darauf hin, daß es sich hier tatsächlich um einen Sarazener Säbel handelt, und seine Erlesenheit zeugt davon, daß er für einen edlen Fürsten geschmiedet und verziert wurde. Denn wenn sein Knauf, den ihr hier seht, schon so bewundernswert ausgearbeitet ist, so ist vor allem seine Klinge, die ich als einziger einem Versuch unterzog, federnd und scharf wie das allerbeste indische Schwert, und dermaßen verblüffend geschwungen ... Ich bin deshalb geneigt zu glauben, daß diese Waffe einst einem morgenländischen Fürsten gehörte ...«

Karl der Große schaute seine Gefolgsleute mit einem leichten Lächeln auf den Lippen an.

»... zumal ich sie im Schatz der Awaren entdeckte, den mein Sohn Pippin vor nunmehr sechs Jahren mit der Hilfe Gottes erobert hat und dessen Bestandsaufnahme ich kürzlich in Augenschein nahm. Haben die Awaren nicht das ganze Erdenrund, einschließlich des Morgenlands, geplündert?«

»Freilich!« bekräftigte Childebrand.

»Jedenfalls ist dies hier das Geschenk«, betonte Karl der Große feierlich, »das ihr dem König Harun in meinem Namen zu übergeben habt, ein kostbares, ein kaiserliches Geschenk ... und vor allem ein reiflich erwogenes. Denn womöglich gehörte dieser Säbel ja einem seiner Vorgänger, vielleicht gar einem von Haruns Verwandten, und er wird daher hocherfreut sein, dank meines Zutuns wieder in seinen Besitz zu gelangen; im andern Fall aber wird er im Zierat dieser drei schwarzen Diamanten einen Fingerzeig auf sein Geblüt erkennen und darin einen Beweis für die lauteren Absichten des Kaisers des Abendlandes sehen. Ihr versteht sicherlich die Bedeutung dieses Geschenks. Daher müßt ihr es hüten wie eure Augäpfel.«

»So wird es sein, und so ist es schon!« antwortete Graf Childebrand.

Bevor die Gesandtschaft schließlich zu ihrer langen Reise aufbrach, fand unter des Kaisers Vorsitz noch ein Festgelage statt, zu dem sich die beiden Missi dominici sowie deren Gefolgsleute versammelten. Er rief ihnen aufs neue den Zweck ihrer Mission ins Gedächtnis, sprach seine Ermahnungen aus, ließ es aber auch an Ermutigungen nicht mangeln. In vertraulicher Ungezwungenheit zwar, doch ohne auch nur einen Hauch seiner Auctoritas und Würde einzubüßen, unterhielt er sich während des Mahls mit dem einen oder anderen und forderte Timotheos nebenbei auf, ein paar Sätze Arabisch zu sprechen, denen er mit einer recht drolligen, scherzhaft verdutzten Miene lauschte.

»Was hast du gerade gesagt?« fragte er nach.

»Ich sang dein Loblied, o Herr.«

»In dieser Sprache klang es aber eher barsch!«

»Auf griechisch wäre es lieblicher gewesen.«

»Wer auf einem Thron herrscht, muß verstehen, mal Grieche, mal Araber zu sein«, erwiderte Karl der Große mit großem Ernst.

Timotheos verbeugte sich ehrfürchtig.

Schon am nächsten Morgen verließ die Gesandtschaft Luxeuil in Richtung Chalon. Als sie drei Tage später in der Stadt an der Saône eintraf, erwarteten sie im dortigen Hafen bereits von der jüdischen Gemeinde Lyons geheuerte *pontones*, so daß sich die Mission augenblicklich einschiffen konnte. Nach mehreren Tagen einer bisweilen recht unruhigen Flußfahrt, insbesondere die trügerischen Wasser der Rhône bargen da einige Gefahren, gelangten sie nach Arles; dann, gewissermaßen als Vorgeschmack auf die Wüste, über den Landweg quer durch die Ödnis von Crau nach Marseille, wo sie im Bischofspalast Herberge fanden. Abt Erwin und Graf Childebrand brannten indes darauf, sich eiligst ans Werk zu begeben, und kürzten daher die ihnen zu Ehren ausgerichteten Feierlichkeiten gehörig ab. Sie besprachen sich mehrere Male mit dem Gaon der jüdischen Gemeinde, der dem rhadanitischen Händlerbund angehörte. Unter der Führung von Eleasar, ihrem künftigen Schiffsführer, begutachteten sie auch die *Seestern*, die sie bis zu den Gestaden Syriens bringen würde: ein tüchtiges Gefährt mit einer Reihe Riemen auf jeder Seite und gutem Segelwerk, einem byzantinischen Dromones nicht unähnlich, das zu Lasten der Behaglichkeit für Sicherheit und Schnelligkeit ausgelegt war. Das Zwischendeck, in dem sich die Bänke des Rudervolks befanden, war geräumig genug, damit dort, vor den Launen der See geschützt, die gesamte Ausrüstung der Mission und selbstverständlich auch das erlesene Geschenk für Harun Platz fanden.

Eleasar und seine Gehilfen, allesamt Juden wie er selbst, hatten neben den Seeleuten auch einige Waffenknechte unter ihrem Befehl, zu denen nun noch Hauptmann Hermants Wachen hinzukamen. Der Schiffsführer hob eigens hervor, seine Ruderer seien keine geschundenen, zu jedem Aufruhr bereiten Kettensträflinge oder Leibeigenen, denen der Hortator einen höllischen und tödlichen Ruderschlag aufzwinge, sondern gebührend entlohnte und wohlgenährte Freigelassene, welche sich bei Bedarf den Verteidigern des Schiffes hinzuzugesellen wüßten. Erwin ließ dies als gutes Vorzeichen gelten, während er sich jedoch insgeheim wünschte, daß eine so erstaunliche Treue von keinem widrigen Zwischenfall auf die Probe gestellt werden mochte.

Die *Seestern* verließ Marseille, die ehedem von Griechen aus Phokaia gegründete Hafenstadt, am 1. November, dem Tag also, an dem man im gesamten Frankenreich gerade das Gedenkfest aller Heiligen zu feiern begann, wie es in Rom ja bereits seit Gregor II. gehalten wurde. Mit einem guten, vom ausruhenden Rudervolk gepriesenen Wind im Rücken erreichte das Schiff rasch die Insel Korsika, umsegelte dessen Kap, gelangte dann nach Ostia und schließlich Neapel, wo sie sich mit frischen Lebensmitteln und Wasser versorgten. Dort auch erhielt Eleasar aus dem Munde jüdischer Zwischenhändler wichtige Auskünfte: Byzantinische Seeleute hatten die Kunde verbreitet, Irene sei mit Unterstützung aufständischer Heereskräfte vom Thron gestürzt und Nikephoros augenblicklich zum Basileus ausgerufen worden. Der Schiffsführer sputete sich, diese Nachrichten den fränkischen Gesandten weiterzuleiten, wobei er ihnen seine tiefe Besorgnis nicht verhehlte:

»Gewiß war man darauf gefaßt«, sagte er. »Deswegen ist es jedoch nicht minder mißlich. Von einem erneuten Aufflammen der Feindseligkeiten zwischen Konstantinopel und Bagdad muß man alles Erdenkliche fürchten. Ihr wißt ja, wie es sich da verhält: Der Krieg erlaubt jedem alles und jede Schandtat! Für die Byzantiner wie auch für die Sarazenen ist es ja auch um so vieles einfacher und verlockender, sich an Kaufleuten wie uns und an der Fracht ihrer Schiffe zu vergreifen, als sich redlich miteinander herumzuschlagen.«

»Erwägst du etwa, uns nicht mehr weiter zu befördern?« erkundigte sich Childebrand beunruhigt.

Der jüdische Schiffsführer lächelte:

»Und wovon sollte ich leben, wenn ich die Fahrt meiner Schiffe bei der geringsten Bedrohung unterbräche?« erwiderte Eleasar. »Und was würde von meinem guten Ruf noch übrigbleiben ... der eigentlichen Grundlage unseres Standes ... falls wir unsere Verträge nicht peinlich genau erfüllten? Und schlußendlich: Glaubt ihr denn, ich wüßte nicht um die Bedeutung eurer Gesandtschaft im Dienste eines Fürsten, der so viele Völker, einschließlich unseres eigenen, mit seinen Wohltaten überhäuft hat? Nein, ihr Herren, wir werden unsere Reise keineswegs hier abbrechen. Wir segeln weiter. Wir müssen in Zukunft ganz einfach nur viel, viel wachsamer sein!«

Also ging die Reise weiter. Nachdem sie die Meerenge von Messina durchquert hatten, mußte die Mannschaft einer stürmischen See trotzen, die heftige Windböen ausgesprochen gefahrvoll machten. Hermant, Bruder Antonius, Dodon sowie der Großteil der fränkischen Wachen und Diener fielen der Seekrankheit zum Opfer, von der auch Childebrand nicht verschont blieb. Dies Schicksal blieb indes dem gestandenen Briten Erwin, Timotheos dem Griechen selbstverständlich und, durch besondere Gnaden, auch Doremus erspart – sie konnten weiterhin unverdrossen ihren Beschäftigungen nachgehen … und unter den gehässigen Blicken der Unglücklichen, die nichts mehr im Magen hatten, was sie den Fluten hätten überlassen können, den Mahlzeiten tüchtig zusprechen.

Das schwere Wetter nahm schließlich ein Ende, um völliger Windstille Platz zu machen, so daß man gezwungen war, auf die Ruderer zurückzugreifen. Und genau da, auf dem offenen Meer vor Sizilien, kam ein verdächtiges Schiff in Sicht. Auf der *Seestern* suchte ein jeder sofort seine Gefechtsstellung auf. Der Hortator gebot dem Rudervolk einen sehr gemächlichen Schlag, damit die Männer ihre Kräfte für einen womöglich einsetzenden Kampf aufsparten. Nur Eleasar schien das alles kaum zu berühren.

»Aber das sind ja meine Freibeuter!« rief er plötzlich mit einer Erleichterung aus, die die Missi in Erstaunen versetzte.

Weit davon entfernt, zum Entern zu blasen, hatten diese befremdlichen Seeräuber ihr Schiff beidrehen lassen, von dem sich bald darauf ein Kahn mit einem Dutzend Männern an Bord löste, der auf die *Seestern* zufuhr und schließlich an ihr festmachte. Zwei der Insassen traten auf Eleasar zu und besprachen sich eine ganze Zeit lang mit ihm. Dann stiegen sie wieder in ihren Nachen und fuhren friedlich zurück.

»Für Räuber sind das ganz verständige Leute«, erklärte der Schiffsführer Childebrand und Erwin. »Sie sind in der Tat so weise, sich mit einer Art Zoll, einem Wegegeld, zu begnügen und so ein in jedem Fall mörderisches Entern zu vermeiden. Im Gegenzug erbieten sie sich, die Sicherheit der Erpreßten zu gewährleisten … und ihnen über eine beträchtliche Strecke hinweg, in unserem Fall bis nach Zakynthos, Geleitschutz zu geben. Andere, zumeist ebenso vernünftige Seeräuber werden wahrscheinlich zwischen dem Peloponnes und Rhodos auf uns warten. Die einen wie die anderen sichern sich somit regelmäßige Einkünfte und sind sehr darum bemüht, das Huhn, das goldene Eier legt, nicht zu schlachten. Offen gestanden habe ich mir sogar insgeheim gewünscht, daß sie tatsächlich zur Stelle sind, da sie uns vor all den Schurken schützen, die sich heutzutage mir nichts, dir nichts zu Seeräubern aufschwingen ... häufig irgendwelche dünkelhaften, ehrgeizigen Jüngelchen mit gierigen langen Fingern und kurzem Verstand, die zu jeder Torheit, die blutigsten eingeschlossen, bereit sind.«

»Würden deine Freibeuter soweit gehen und uns beschützen, falls uns byzantinische oder sarazenische Wachboote begegnen und auf den Einfall kommen sollten, uns kapern zu wollen?« fragte Childebrand.

»Das ist eher zweifelhaft«, räumte Eleasar mit vielsagender Miene ein.

In Zakynthos stiegen Timotheos und der Schiffsführer von Bord und erhielten die Bestätigung der in Neapel aufgelesenen Nachrichten: Unmittelbar nach seiner Machtergreifung hatte Nikephoros Boten in alle Landstriche entsandt, um die Statthalter über die Ereignisse zu unterrichten und ihnen neue Weisungen zu erteilen, die eine baldige Fortsetzung der Feindseligkeiten mit dem Kalifat von Bagdad voraussehen ließen. Der Zwischenaufenthalt wurde folglich abgekürzt; sämtliche Umstände geboten Eile.

Trotz unbeständiger Wetterverhältnisse, einem ständigen Wechsel von guten Böen und Windstillen, ging die Reise mit gleichmäßiger Fahrt weiter, was dem Rudervolk jedoch fortwährende Anstrengungen abverlangte. Am Kap von Tainaron, der südlichsten Spitze des Peloponnes, fand sich ein weiteres Schiff »verständiger Seeräuber« zum Stelldichein. Es tauchte unversehens aus einer versteckten Bucht auf und segelte der *Seestern* frisch und frei entgegen. Als die »Gebühr« eingestrichen war, begleiteten die Freibeuter das Boot mit den fränkischen Gesandten bis nach Kythera, um es vor den »Unrechtmäßigen« zu schützen, die sich, wenn man ihren Worten Glauben schenken durfte, in diesen Gegenden herumtrieben. Von da an steigerte Eleasar seine Wachsamkeit noch. Rhodos lebte derweil bereits unter der ständigen Bedrohung sarazenischer Überfälle, und die dortigen Obrigkeiten verweigerten der *Seestern*, an der Hafenmauer anzulegen. Daher ging sie auf offener See vor Anker, so daß die Versorgung mit Kähnen erfolgen mußte, die auf dem Rückweg von den jüdischen oder byzantinischen Zwischenhändlern bestellte Waren mit an Land brachten.

Auf der Fahrt von Rhodos bis zu den syrischen Gestaden entfernte sich das Schiff dann, von einem günstigen Wind angetrieben, kaum von der Küste, wobei das Rudervolk trotzdem stetig auf der Hut blieb. Nachdem sie das Kap Aghios Andreas auf Zypern umsegelt hatten und in die Gefilde gelangten, in denen die Sarazener Seemacht Erkundungsfahrten unternahm, wurden sie tatsächlich von einem Boot aufgebracht, und man untersuchte ihre Fracht peinlich genau. Als die Sarazenen sich vergewissert hatten, woher die *Seestern* kam und welchen Auftrag die an Bord befindliche Gesandtschaft hatte, zeigten sie sich weniger argwöhnisch, ja fast zugänglich, und erklärten sich schließlich sogar bereit, die Formalitäten im Zielhafen zu erleichtern.

Am nächsten Morgen kam Tripoli in Sicht. Zweifelsohne waren die dortigen Obrigkeiten von den Prüfern des Vortages über ihr Eintreffen unterrichtet worden, denn Eleasars Schiff erhielt sogleich die Erlaubnis, den Hafendamm anzusteuern. Der Statthalter dieses Gaus kam in Begleitung des Vorstehers der Stadtwehr herbei und begrüßte die fränkischen Gesandten mit sicher wohlmeinenden Lobesworten, die das Gestammel eines sogenannten Übersetzers und dessen Kauderwelsch, das Latein sein sollte, jedoch vollkommen unverständlich machten. Nachdem Timotheos mit gesenkter Stimme ein paar Worte mit den Gefolgsleuten des Statthalters gewechselt hatte, vermochte er die blumigen Artigkeiten wiederzugeben. Daraufhin vertraute der Vorsteher der Stadtwehr Timotheos an, er habe höchstpersönlich Vorsichtsmaßnahmen ergriffen, um jeden Zwischenfall bei der Durchquerung von Tripoli zu verhindern.

»Die aus Konstantinopel eingetroffenen Nachrichten haben nämlich die Gemüter erhitzt«, erklärte er. »Für das Volk ist jeder Fremde aus dem Norden oder Westen zwangsläufig verdächtig. Selbstverständlich sind Ausrufer durch die Stadt geeilt, um überall bekanntzumachen, daß ihr mit den Byzantinern nichts zu schaffen habt und unsere Freunde seid. Aber es gibt ja allerorten Leute, die im trüben fischen, die Groll und Haß schüren, und Einfaltspinsel, die diesen Hetzern glauben.«

»Freilich, freilich«, pflichtete Timotheos ihm bei und setzte Erwin und Childebrand sogleich von den verdrießlichen Folgen in Kenntnis, die Nikephoros' Machtergreifung bereits hervorrief.

Unterdessen hatte die Ausschiffung der kaiserlichen Mission begonnen. Syrische Pferde, ungestüme Vollblüter, wurden den Sendboten und ihren Gefolgsleuten zur Verfügung gestellt; die arabischen Sättel und Steigbügel bereiteten ihnen erstaunlicherweise keine großen Mühen. Den Wachen teilte man kräftige persische Reittiere zu. Bruder Antonius wählte sich ebenfalls ein solches aus. Hochwüchsige ägyptische Maultiere und Esel für die Dienerschaft vervollständigten den Troß der Lasttiere. Auf Packwagen und Karren wurde ganz verzichtet. Das Löschen der *Seestern* besorgte ein Schwarm stämmiger Lastträger unter den neugierigen Blicken der Menge, die von den Wachen zwar ferngehalten wurde, aber zu jedem einzelnen Vorgang lauthals und wortreich ihre Bemerkungen abgab. Und es erforderte nicht mehr als zwei Stunden! Die Eleasar gehörende Fracht lagerte man in einem Speicherhaus ein und lud die Ausrüstung der Mission auf die Packsättel der Maultiere und Esel; all dies fand unter Doremus' und Bruder Antonius'

Aufsicht statt, die mit Erards Unterstützung das kaiserliche Geschenk nicht aus den Augen ließen.

Schließlich setzte sich der Troß in Bewegung und verließ den Hafenbereich, um sich unter Führung des Statthalters in den befestigten Teil von Tripoli zu begeben. Eine beachtliche Seitendeckung gewährleistete die Sicherheit der Gäste des Kalifen, während zahlreiche Männer der Stadtwehr den gesamten Weg über das Verhalten der Menge überwachten. Auf die Jubelrufe, mit denen die an der Spitze reitenden sarazenischen Würdenträger bedacht wurden, folgte schon bald Totenstille als deutlicher Ausdruck der brennenden Neugierde und tiefen Verwunderung bei den Schaulustigen – aber auch ihrer dumpfen Feindseligkeit, von der schließlich einige wenig liebenswürdige Ausrufe und Beschimpfungen zeugten, die hier und da gegen die »ungläubigen Hunde« ausgestoßen wurden.

Und dann kamen sie in die Stadt! Mit großem Erstaunen betrachteten sämtliche Angehörigen der Mission, von den Gesandten selbst bis hin zu den Einfachsten in der Dienerschaft, die brummende und brodelnde Ansammlung an ihrem Durchgangsweg: auf hunderterlei Art und Weise gekleidete Menschen, die, nach ihrem Aussehen und ihren Gesichtern zu schließen, aus allen Ecken und Enden der Erde stammten. Der Zug erreichte schon bald den *suq* mit seinen zahllosen überdachten Gäßchen, ein ständiger Markt, wo die unterschiedlichsten Waren feilgeboten wurden; mannigfache Gerüche von unbekannten Spezereien, Duftölen ... oder auch von geröstetem Fleisch stürmten in Wolken auf die Neuankömmlinge ein, während sie die gefährlich stille Menschenmenge teilten. Erwin beugte sich zu Childebrand, fragte ihn nach seiner Meinung und wandte sich dann Timotheos zu. Und schon hielten die Missi, ihre Gefolgsleute, Wachen und Diener unvermutet inne. Mit fester Stimme hob der Grieche auf arabisch an:

»Hört, ihr Leute, und merket auf. Wir kommen von weit her, von sehr weit her, nicht aus dem Norden, nicht von den Gestaden des Bosporus, nicht aus Konstantinopel, sondern aus dem Westen, von jenseits der Meere her, um vor den mächtigen Kalifen Harun ar-Raschid, euren Fürsten, zu treten. Wir sind mit seinem Einverständnis hier. Wir kommen als Freunde zu Freunden. Wir sind eure Gäste und voller Ehrfurcht vor eurem Glauben. Seid dessen eingedenk!«

Nach einem Augenblick tiefer Verblüffung – welch Wunder, eine solche Ansprache in tadellosem Arabisch mit leichtem Damaszener Zungenschlag von einem dieser so merkwürdig gekleideten Fremden! – ertönten mit einemmal Jauchzer, Freudenrufe und Lachen, Gesichter erstrahlten und Hände reckten sich vor. Der Statthalter wie auch der Vorsteher der Stadtwehr waren erleichtert. Die Gesandtschaft konnte ihren Weg nunmehr fortsetzen, ohne von der plötzlich wohlwollenden Bevölkerung noch etwas befürchten zu müssen, verbreitete sich die Neuigkeit doch in Windeseile, daß jene Gäste des erhabenen Kalifen – möge Allah ihm tausend Jahre Leben gewähren! – mit den verhaßten Byzantinern nichts zu schaffen hatten, sondern Harun ar-Raschid vielmehr die Huldigung weit entfernter Landstriche darzubringen begehrten.

Der Palast des Statthalters lag etwas abseits der Ortschaft. Dort wurde der Mission für die Nacht Herberge gewährt; am nächsten Morgen wollten sie in Richtung Bagdad aufbrechen. Gegen Mittag machte Eleasar dem Grafen und Erwin seine Aufwartung, um sich zu verabschieden. Er bestätigte nochmals, daß Nikephoros, gestützt von den Streitmächten, die Zügel der Macht in Konstantinopel fest in der Hand habe und sich anschicke, die Feindseligkeiten gegenüber den Sarazenen wiederaufzunehmen.

»Gleichwohl hat er sich damit zufriedengegeben«, erzählte der Schiffsführer, »Irene in einem goldenen Gefängnis einzusperren, ohne ihr die Augen ausstechen oder die Nase abschneiden zu lassen. Mit solcher Großmut wollte er sich wohl die Gunst der Bilderverehrer erwerben. Davon einmal abgesehen, stehen uns jedoch nichts als Erschwernisse und Gefahren bevor, sollte der Krieg wieder aufflammen! Eure Mission wird dadurch mit Sicherheit nicht leichter!«

»Das fürchten wir auch«, meinte Erwin. »Und im übrigen haben die Schwierigkeiten ja auch bereits begonnen. Sage mir, Eleasar, gedenkst du, Tripoli rasch zu verlassen?«

»So bald wie möglich. Ich möchte mich hier nicht allzu lange aufhalten.«

»Und wohin wirst du jetzt reisen?«

»Nach Narbonne, das ich in einigen Wochen erreichen werde, so der Ewige will!«

Graf Childebrand übergab dem jüdischen Schiffsführer nun eine Schatulle.

»Sie enthält ein *satisfecit*«, erklärte er. »Ein Belobigungsschreiben mit unseren Siegeln, womit wir bestätigen, daß du uns eifrig gedient und mit Sachverstand zu diesem Hafen gebracht hast. Außerdem gebietet es allen Würdenträgern des Frankenreichs, die ihre Macht von Kaiser Karl erhielten – gepriesen sei er! –, dich selbst sowie diejenigen, die in deinem Namen handeln, freundlichst aufzunehmen.«

»Nun höre den Grund hierfür«, fügte Erwin an. »Es ist unerläßlich, daß der Kaiser in Kenntnis gesetzt wird von den Umständen, unter denen wir unsere Mission auf sarazenischem Boden in Angriff nehmen, insbesondere jetzt, in Anbetracht der Vorkommnisse, die Konstantinopel erschüttert haben. Selbst die scheinbar unbedeutendsten Einzelheiten, die du ihm berichten kannst, gewinnen daher an Tragweite. Wer weiß, ob Nikephoros aufgrund seiner kriegerischen Neigungen, die man ja an ihm kennt, nicht bereits Heereskräfte ausgeschickt hat, um in Venetien einen Angriff gegen uns einzuleiten ... Wir hätten dir auch eine schriftliche Botschaft anvertrauen können. Eingedenk des Argwohns aber, der uns trotz alledem weiterhin umgibt, ist es für dich wie für uns sicher empfehlenswerter, uns auf eine mündliche Nachricht zu beschränken, die du sofort nach deiner Ankunft in Narbonne dem Grafen oder dem Bischof der Stadt übermitteln kannst, damit diese sie an Karl den Großen weiterleiten.«

»Ihr könnt auf mich zählen. Falls ich den Hafen erreiche ...«

»Das walte Gott!«

» ... führe ich euren Auftrag sofort aus.«

»Auch dafür danken wir dir. So bleibt noch unsere Rückreise. Wir vermögen noch keineswegs abzusehen, wie unsere Mission sich entwickeln wird, also wissen wir auch nicht, wieviel Zeit sie erfordert. Nur eines scheint derzeit gewiß: Sofern keine folgenschweren Ereignisse dazwischenkommen, werden wir mit der Hilfe des Allmächtigen hier selbst, im Hafen von Tripoli, wieder in See stechen.«

Nun händigte der Schiffsführer den Missi zwei Schriftstücke in einem Futteral aus und erklärte:

»Nehmt diesen Wechselbrief, den jeder der Unsrigen achten und einlösen wird. In solch unsicheren Zeiten ist so etwas sicher keine unnütze Vorsichtsmaßnahme, glaube ich. Und bei dem hier handelt es sich um ein Empfehlungsschreiben an den *Resh Galuta*, den jüdischen Würdenträger, der beim Kalifen von Bagdad als erhabener und letzter Beistand unserer Gemeinden seinen Sitz hat. Mit ihm werdet ihr zu gegebener Zeit alle notwendigen Vorkehrungen für eure Rückreise treffen können. Seine Dienstleute wissen sicher, welches Schiff euch wann zurückzubringen vermag. Angesichts der voraussichtlichen Dauer eures Aufenthalts steht wohl kaum zu erwarten, daß es mein eigenes sein wird.«

»Was wir um so mehr bedauern«, bekräftigte Childebrand. »Du bist ein kundiger und geschickter Seefahrer und ein gescheiter Mann obendrein, wie es diese Empfehlungsschreiben einmal mehr beweisen.«

Eleasar verbeugte sich tief und erklärte:

»Deine Gewogenheit erfreut mein Herz.«

Dann fügte er noch hinzu:

»Die Schriftstücke, die ich euch soeben übergab, sind auf arabisch abgefaßt. Timotheos vermag sie euch sicher zu übersetzen. Nichts Vertrauliches steht darin. Sie führen ausdrücklich nur eure Namen an, werte Herren. Für jeden anderen sind sie folglich ohne jeden Nutzen, so daß außer euch selbst niemand auch nur einen einzigen Dinar damit herausschlagen kann.«

Um Eleasar ihre Achtung zu bezeigen, baten die beiden Sendboten den Schiffsführer, sich ihnen anzuschließen und auf das Wohl und die Gesundheit ihres Kaisers Karl des Gerechten, des stets Siegreichen, zu trinken.

Am selben Abend führte dann ein Festmahl unter dem Vorsitz des Statthalters die fränkischen Abgesandten nebst ihren Gefolgsleuten mit den Würdenträgern und angesehenen Persönlichkeiten der Stadt zusammen. Bei den Klängen ausgesuchter Musikstücke wurden zur Förderung der Eßlust zunächst eigens dafür zubereitete Speisen gereicht; hernach folgten mit Kräutern gefüllter Fisch in würziger Tunke, begleitet von einem Brei aus einer offenbar beinahe weißen Getreideart; mit Geflügelbrust belegte Teigfladen und sonstige Fleischkuchen; am Spieß gebratene Hammel; und endlich Erdbeeren, Kirschen und weitere eingemachte Früchte in einer Art Honigseim namens *sukkar* – eine Köstlichkeit, die Damaskus zum Ruhme gereichte. Während des gesamten Mahls bemühten sich Akrobaten und Gaukler, die Gäste des Statthalters zu zerstreuen, ein Sänger trat hinzu, um die erlauchten Fremden mit seinem Loblied zu preisen, und Tänzerinnen boten vor den Tafelnden wollüstig anmutende Schritte und Bewegungen dar. Obgleich er zunächst etwas verwirrt, ja widerstrebend schien, bezeugte Bruder Antonius der Kunst der morgenländischen Küchenmeister schon bald derart eifrig alle Ehre, daß es den Vorsteher der Stadtwehr, der neben ihm saß, leidlich verblüffte. Timotheos hingegen, den diese Speisen keineswegs verwunderten, hatte kaum Muße, sie zu kosten, so beschäftigt war er damit, die Gespräche zwischen seinen Herren, dem Statthalter und den Würdenträgern, wie etwa dem Emir der Garnison, zu übersetzen. Dabei ging es ausführlich um die jüngsten Ereignisse, die das Byzantinische Reich erschütterten, was den Sarazenen Gelegenheit bot, ihren Zorn und ihre Verachtung zum Ausdruck zu bringen, wogegen Erwin und Childebrand es mit findigen Allgemeinheiten bewenden ließen.

Bruder Antonius praßte also, ohne sich jedoch davon abhalten zu lassen, dank Erards Übertragung tüchtig mit seinen Nachbarn zu schwatzen. Timotheos übersetzte wacker und pickte hier und da in den verlockenden Speisen, während er gleichzeitig das herausfordernde Schlängeln der *alimat* verfolgte. Doremus hingegen blieb die ganze Zeit stumm und aß kaum etwas, zutiefst gefesselt von der Beobachtung dieser neuen Welt mit ihrem reichen Zierat und ihren Farben, mit ihren Mächtigen und Persönlichkeiten, deren Kleidung, Gebaren und Mienenspiel; gleichzeitig aber fragte er sich, welche Geheimnisse hier, wie überall sonst auch, die Artigkeiten, das freundliche Lächeln und die lauten Lacher verbargen, welche – vielleicht fürchterlichen – Einsätze auf diesem Spiel standen, das vor seinen Augen zum Besten gegeben wurde.

Bevor die Gesandten und ihre Leute sich schließlich zur Nachtruhe zurückzogen, stellte der Statthalter ihnen einen gewissen Tahir vor, einen jungen, gutgebauten Mann mit gefälligen Gesichtszügen, der den Geleittrupp zum Schutze der Missi dominici befehligen würde. Dabei hob er mit einigem Stolz hervor, es handele sich hier um einen Soldaten, der zur Leibwache des »überaus vortrefflichen al-Fadl« gehöre, »Sohn des erlauchtesten und sehr mächtigen Wesirs Yahya, möge Allah ihn beschützen«. Hermant verständigte sich mit Tahir sogleich über die Vorkehrungen, die anderntags für ihre Sicherheit getroffen werden sollten. Childebrand und Erwin erhielten zu guter Letzt noch die Bestätigung, daß ihnen erlaubt sei, ihre

Waffen, insbesondere ihre Schwerter, zu behalten, was im übrigen auch für ihre Gefolgsleute gelte.

Bereits in der Morgendämmerung machten sich die Diener zu schaffen. Die Bündel wurden auf die Lasttiere geladen; die fränkischen Wachen, und zuvorderst Sauvat, wurden angewiesen, auf ein gewisses Gepäckstück ganz besonders achtzuhaben. Schon bald darauf stellten sich Tahir und seine behelmten Reiter, bewaffnet mit Säbel, Köcher und Bogen, ein. Eine Schar Knechte in ihrem Gefolge trug für die sonstige Ausrüstung Sorge. Ein jeder nahm nun seinen Platz ein: an der Spitze Childebrand, Erwin, der sarazenische Hauptmann und Hermant, gefolgt von vier Pikenträgern, auf die sich die Gefolgsleute der Gesandtschaft mit der Seitendeckung anschlossen; ihnen hinterdrein der Trupp der Diener und der Zug der Maultiere und Esel, flankiert von den fränkischen Wachen; und der Rest des sarazenischen Geleitzuges versah die Nachhut. Childebrand und Tahir verständigten sich mit Blicken, und auf ein Zeichen des Sarazenen verließ der Troß den Hof des Statthalterpalastes und erreichte, wie am Vortag zwischen einem Spalier aus übermütigen Schaulustigen, die Küstenstraße, die nach Norden führte.

Bald gelangten sie in einen Landstrich mit Gemüsefeldern und Obsthainen, wo Leute emsig ihrer Arbeit nachgingen; ehrfürchtig blickten sie von ihrem Tagwerk auf, um den Troß zu grüßen. Manche traten auch vor, um den hohen Herren Früchte darzubieten, halb gedörrte Feigen mit rissiger und honigsüßer Haut, Datteln, Süßkürbis und erquickende Melonen. Überall floß Wasser in einem ausgeklügelten Netz von Kanälen und Rinnen in allen Größen, deren Flußmenge, wie Tahir erläuterte, nach strengen Vorschriften geregelt werde. Der Troß der Gesandtschaft begegnete mehreren Einheiten von Fußvolk auf dem Weg zu kleineren Festungen, die etwas abseits der Küste eine durchgehende Kette von Schanzwerken bildeten. Irgendwann wurden sie von einem Trupp Reiter auf recht kleinen Pferden, Angehörige des Türkvolkes, so erklärte ihnen Tahir, überholt; wahrscheinlich sollten diese die stehenden Truppen aufstocken, die entlang der Grenze zum Byzantinischen Reich in Stellung lagen.

Zur Tagesmitte konnten die Franken zum allerersten Mal beobachten, wie die Muselmanen beteten und sich hierfür, das Gesicht nach Südosten gewandt, zu Boden warfen. Ihr Führer erläuterte ihnen, dieses rituelle Gebet stelle eine der »Fünf Säulen des Islam« dar und müsse den Tag fünfmal begleiten, wobei der »wahre Gläubige« den Blick gen Mekka, die heilige Stadt, richte. Indes sei Reisenden ein Dispens eingeräumt, so daß sie auf jedem Tagesritt lediglich drei- oder viermal das Gebet verrichten müßten, auf jeden Fall aber vor Sonnenuntergang, zur Mittagszeit und nach der Morgendämmerung.

Am Abend erreichte die Gesandtschaft eine befestigte Raststätte, die sieben Meilen hinter Tripoli auf einem über dem Meer liegenden Gebirgsvorsprung errichtet war. An den darauffolgenden Tagen ließen sie die Küste endgültig hinter sich und wandten sich auf einer Straße gen Osten, die zunächst ein Mosaik von Gemüsegärten und kleinen Feldern durchquerte und dann, nach und nach ansteigend, in ein Hügelland vordrang. Hier herrschten stufenförmig angelegte Olivenhaine vor, hin und wieder auch Pappelgruppen, während sich in der Ferne, vor dem Himmel, bereits die verschneiten Kämme und Zinnen hoher Gebirge abzeichneten.

Nachdem sie bei garstigem Wetter, unter starken Regenböen, die Senke von Homs überwunden hatten, ritten die Reisenden über fast eine Viertelmeile ein kunstvoll errichtetes Wehr entlang, das die Wasser des Orontes zu einem wahren See aufstaute. Dieser beträchtliche Wasservorrat speiste üppige Felder und versorgte auch noch das nahe gelegene ehemalige Emesa*, wohin sie bald darauf gelangten.

* Lateinischer Name der Stadt Homs.

In dieser Handelsstadt, in der die Waren und Erzeugnisse aus den Ebenen, Tälern und Oasen zusammenströmten, gönnten sie sich ganze vierundzwanzig Stunden Rast, bevor sie die Karawanenstraße in Richtung Euphrat einschlugen. Bündel und Gepäck wurden in großer Zahl auf Dromedarkühe und auch einige Kamelkühe geladen, deren Ausdauer, Fügsamkeit und Anspruchslosigkeit Tahir in hohen Tönen pries ... während die Franken diese Tiere, die sie auf dem Markt von Tripoli zum ersten Male erblickt hatten, noch immer mit einem gewissen, von Abscheu gefärbten Mißtrauen betrachteten.

Am nächsten Tag fanden die Gesandten eine recht zerklüftete Hochebene vor und zeigten sich weniger von der Hitze zur Mittagszeit, als vielmehr von der eisigen Kälte bei Nacht überrascht. Überall trafen sie auf abgeerntete Felder. Durch welches Wunder hatte Weizen oder Gerste dort je wachsen können? Die Antwort lag vor ihren Augen! Wie in der Tiefebene hatte der Mensch hier oben, zweifelsohne seit undenklichen Zeiten, alle möglichen Verfahren ins Werk gesetzt, um über das lebenspendende Naß zu verfügen: Kanäle nahmen das Wasser von Quellen aus den Tiefen der Gebirge auf; sonderbare große Räderwerke, angetrieben durch im Kreise laufende Zugtiere, holten die kostbare Flüssigkeit mittels an Stricken befestigter Becher aus den Eingeweiden der Erde; Aquädukte leiteten es dann in mächtige Zisternen, die bisweilen wahrhaftig an unterirdische Paläste erinnerten und auch Regenwasser auffingen. Aus ihnen schöpften die großen Ländereien, die Städte und Festungen zum Gebrauch der Menschen wie des Viehs und auch der Pflanzungen. Allerorten hatte das kostbare Wasser inmitten dieses Meeres aus Sand und Geröll Inseln grün schillernder Üppigkeit und gedeihlichen Wohlstands aus dem Boden sprießen lassen.

Unterwegs von »Beduinen« und Hirten gegrüßt, die Tahir argwöhnisch beäugte ... zog die Karawane von Wasserstelle zu

Wasserstelle weiter, bis sie die ausgedehnte, von der Quelle des Efga bewässerte Oase Palmyra erreichte, die am Fuße eines Berges lag. Die Gesandtschaft wurde abseits der Siedlung in einem der stattlichen burgähnlichen Güter beherbergt, wie sie die Reisenden auf ihrem bisherigen Weg etliche Male bemerkt hatten. Es war ein weiträumiges Wohngebäude, mit Mosaiken verziert und umgeben von erquickenden Gärten, in denen, als Zeichen höchster Annehmlichkeit und Pracht, Teiche und Wasserspiele Kühle spendeten. In der Nähe erstreckten sich Gemüse- und Obstgärten. Etwas weiter entfernt lag ein Palmenhain. Eine bald vierhundert Fuß vom Haupthaus errichtete Umfriedung sollte das Gut zur Gebirgsseite hin schützen. Nach den zurückliegenden aufreibenden Tagesreisen verständigten sich die Anführer darüber, daß eine Rast von sechsunddreißig Stunden sicher nicht zu viel wäre, um den Männern wie auch den Reit- und Lasttieren zu ermöglichen, sich etwas auszuruhen. Nachdem Bündel und Gepäck abgeladen und, was die kostbarsten anging, in wachsame Obhut gegeben waren und sobald Muselmanen wie Christen jeweils für sich und auf ihre Art ihre Andachten verrichtet hatten, führte ein üppiges Nachtmahl Franken und Sarazenen in der Kühle der anbrechenden Nacht wieder zusammen, bei dem sich die Männer nahe den Wasserbecken auf auseinandergerollten Teppichen labten und stärkten. Neben Zitronen- und Orangengetränken ließ der Hauptmann des Geleits seinen Gästen einen Wein aus Ägypten einschenken, eine besonders geschätzte Aufmerksamkeit, der vor allem Bruder Antonius freudig zusprach.

Den nächsten Tag ließen die beiden Missi nicht ungenutzt verstreichen und besuchten in Begleitung ihrer Leute die Stätte des von den Geschichtsschreibern so häufig erwähnten alten Palmyra: jene bemerkenswerte, mal griechische, mal römische Stadt, in der einst die Königin Zenobia geherrscht hatte und die nach Jahrhunderten prachtvollen Ruhms in jähen Verfall geraten war. Bis auf den Tempel des Baal, der heidnischen Götzen geweiht war und noch immer in düsterer Erhabenheit aufragte, sowie eine Art halbwegs unversehrtem Triumphbogen und einen tempelartigen Grabbau war die Stadt bloß noch ein wüstes, aber gleichwohl beeindruckendes Trümmerfeld; die Säulenstraße von fast einer Viertelmeile ließ die ehemalige Größe der Stadt erahnen. Beim Anblick all dessen, was von jener vergangenen Herrlichkeit noch übrigblieb, mußte einen der derzeitige Marktflecken trotz des üppigen Reichtums der Oase wahrlich recht kümmerlich anmuten! Erwin fragte sich, was zu anderen Zeiten wohl dazu geführt haben mochte, daß mitten in der Wüste eine blühende Stadt und ein mächtiges Reich entstanden waren, von denen nunmehr nur noch ein matter Abglanz zeugte. Eine Weile sprach er mit Childebrand und seinen anderen Begleitern über dieses Rätsel, wobei Timotheos auf die hier und da sichtbaren Spuren einer byzantinischen Besetzung hinwies, auf mächtige Steinquader etwa, die auf dem Boden noch deutlich den unverkennbaren Grundriß der Kirchen seiner Heimat anzeigten. Angesichts dieser offenkundigen Zeugnisse der Eitelkeit und Vergänglichkeit menschlicher Unternehmen, und stünden sie auch im Dienste Gottes, kniete Erwin, von seinen Freunden sofort nachgeahmt, nieder und richtete ein langes Gebet an Denjenigen, Dem allein »die Kraft und die Herrlichkeit in Ewigkeit ist«.

Wie am Vorabend versammelten sich die Franken und Sarazenen erneut zum Nachtmahl, während Doremus auf Erwins Geheiß hin von Zeit zu Zeit einige Wachrunden unternahm. Dem Abt war nämlich aufgefallen, daß der Anführer ihres Geleits recht besorgt schien. Wiederholt hatte Tahir um Ruhe gebeten, ein paar Schritte in die Gärten gemacht und dort in die Stille hineingelauscht. Wenn der Sarazene dann wieder zurückkam, aß er kaum etwas und drehte unablässig den Kopf nach allen Seiten, als horche er auf irgendwelche beunruhigenden Geräusche. Plötzlich sprang er auf und rief:

»Die Beduinen!«

Das zunächst noch gedämpfte Getrappel eines Sturmangriffs schwoll rasch an. Schon waren die Franken und die sarazenischen Wachen auf den Beinen, ergriffen ihre Waffen und eilten zu den Vorrats- und Lagerräumen, den offensichtlichen Zielen der Angreifer, um die dortigen Verteidiger zu entlasten. Dabei stießen sie jedoch auf eine Wand von Nomaden, die wie rasend mit ihren Säbeln fuchtelten und die Herbeieilenden nach Kräften aufzuhalten versuchten, damit der Großteil ihres eigenen Trupps genügend Zeit hatte, die Verteidiger des Gepäcks niederzukämpfen. Als die Franken und Tahirs Mannen diese Beduinen, die sich bereitwillig opferten, damit ihre Bande reiche Beute machen konnte, endlich überrannt hatten, waren sämtliche unversehrten Plünderer bereits wieder auf ihre *mahariyya* gestiegen, hatten die mit den gestohlenen Schätzen beladenen Dromedare an ihren Stricken gepackt und waren in der Dunkelheit in Richtung Berge oder Wüste – sie kannten dort ja jeden Weg – entflohen, um ihren fernen Unterschlupf aufzusuchen.

Mit banger Vorahnung gingen Childebrand und Erwin zu den Lagerräumen, wo ihr Gepäck untergestellt worden war. Von einem Fackelträger gefolgt, schritt ihnen Doremus, das Kurzschwert in der Hand, voraus. Sein linker Arm war blutüberströmt.

»Ich bin wohlauf«, sagte er zu den besorgten Missi. »Aber seht euch das an!«

Vor der Tür des Lagerraums wie auch im Innern lagen etliche Wachen am Boden. Hier hatte offenbar ein erbitterter Kampf stattgefunden. Ein fränkischer Krieger und zwei Sarazenen waren getötet, drei weitere schwer und einer etwas leichter verletzt worden. Fünf der Angreifer hatten den Tod gefunden. Zwei andere lagen in ihrem Blut auf der Erde, wimmerten und stammelten Gebete.

Erwin und Childebrand blickten sich nach allen Seiten um.

»Ja, leider ist das Schlimmste eingetreten«, murmelte Doremus. »Allerdings haben die Wachposten ihre Pflicht getan dund …«

Er hielt mitten im Satz inne: Zum allerersten Male sah er, wie Childebrand, gleichsam von der Last eines unerträglichen Kummers niedergerungen, in sich zusammenfiel; der Sachse stand völlig erstarrt da, sein Gesicht zeigte eine todesähnliche Blässe. Zusammen mit der kleinen Truhe, die das Reisegeld der Mission barg, und der Schatulle mit dem Beglaubigungsschreiben der Gesandten hatten die Plünderer neben allem anderen, was ihnen kostbar erschienen war, auch das unersetzliche Geschenk Karls des Großen für den Kalifen Harun ar-Raschid mitgenommen.

Der Befehlshaber der Garnison von Palmyra war inzwischen mit ungefähr zehn *mahari*-Kriegern herbeigeeilt und stellte sich Tahir förmlich und feierlich vor, brachte wortreich seine Hochachtung zum Ausdruck wie auch seine Betrübnis und Entrüstung, sein Mitgefühl … Tahir machte dem Ganzen barsch ein Ende: Zur Stunde gab es schließlich Wichtigeres zu tun, als herumzuklagen. Mittels der Verstärkung aus der Garnison und seiner eigenen Leute stellte er drei Scharen zusammen und befahl ihnen, augenblicklich Erkundungsstreifzüge durchzuführen.

»Trotz der Dunkelheit?« verwunderte sich der Garnisonsbefehlshaber.

»Ja, trotz der Dunkelheit!« bestätigte Tahir. »Sicher geht es jetzt nicht darum, die Plünderer einzuholen. Die dürften schon recht weit sein. Doch vielleicht finden sich ja irgendwelche Spuren, Hinweise auf die Richtung, die sie eingeschlagen haben, und andere Anhaltspunkte, die schon die nächsten Stunden verwischen könnten. Heute nacht werden wir diese Nachforschungen nicht sehr weit vorantreiben können. Morgen früh in der Dämmerung beratschlagen wir dann hier an Ort und Stelle darüber, wie wir weiter vorgehen.«

Der sarazenische Hauptmann wandte sich Childebrand und Erwin zu und erklärte:

»Allah ist groß! Wenn der Allmächtige es so will, dann erhalten diese Ruchlosen, die die Erhabenheit und Würde des Fürsten aller Gläubigen in frevlerischer Weise angetastet und der Auctoritas des Wesirs gespottet haben, auch hienieden eine furchtbare und gerechte Bestrafung in Erwartung ihrer Qualen, die ihnen in der Gehenna vorbehalten sind. Wir werden diese Frevler in unsere Gewalt bekommen! Sie werden dafür büßen, daß sie die Ordnung gestört, der Macht getrotzt und das nicht zu sühnende Verbrechen begangen haben, die Gäste unseres vielgeliebten Kalifen anzugreifen: Dessen bin ich mir gewiß!«

»Das will ich glauben ... das hoffe ich«, erwiderte der Sachse. »Und ich habe festgestellt, daß du zu diesem Zwecke nichts außer acht läßt. Auch habe ich gesehen, mit welcher Umsicht und welch sachkundiger Wissenschaft dein Medicus und dessen Gehilfen den Verwundeten beistanden. Wir wissen dir dafür Dank ...«

Tahir zeigte sich für diese Worte nach Art der Sarazener erkenntlich.

»Was aber die Plünderung angeht ...«

Erwin seufzte.

» ... so ist das Schlimmste eingetreten ... Ich wünsche nur, daß die wackeren Männer, die trotz der Dunkelheit zur Erkundung aufbrachen, keine unsinnigen Wagnisse eingehen ... Und jetzt werde ich mit den Meinen für das Seelenheil der Verstorbenen und die Genesung der Versehrten zum Allmächtigen beten. Aber auch um die Züchtigung der Schuldigen ...«

Nach kurzem Überlegen sprach der Abt im Flüsterton folgende Worte, die Timotheos unübersetzt ließ:

»Nun herrscht die Nacht über unseren Köpfen und in unseren Herzen ... O Herr, welche Sünden haben wir nur begangen? ... Als ob ich es nicht wüßte! Hoffart, Selbstgefälligkeit, Nachlässigkeit! O Allmächtiger, vergib uns, erleuchte uns, führe uns und stütze uns! Sei mit uns! Hilf uns aus dieser Not, in der wir nun sind, auf daß wir trotz allem die Mission zu einem guten Ende bringen, mit der uns Karl der Siegreiche, der allerchristliche Kaiser, der Dir dient, betraut hat! Amen!«

KAPITEL II

Nach besonders inbrünstigen Frühgebeten setzten sich die Franken mit Tahir und seinen Männern, mit dem Befehlshaber der Garnison und ihren wichtigsten Gefolgsleuten im Morgengrauen zusammen, um zu beratschlagen. Die noch in der Nacht durchgeführten Erkundungen hatten lediglich einen – aber einen wichtigen – Hinweis erbracht: Die Flüchtigen hatten einen Pfad eingeschlagen, der geradewegs gen Süden führte.

»Das bestätigt, worauf die Gewänder der toten und verletzten Beduinen bereits hindeuten«, erklärte der sarazenische Hauptmann Tahir. »Vor allem ihre *kufiyyat* und *uqul*, die Kopfbedeckungen, und ihre Umhänge, die *abas*. Jeder Stamm hat seine eigenen. Diese hier weisen auf die Hilaym hin, die ihre Herden im Süden Syriens weiden … und sie gelten auch als besonders gefährlich!«

»Sollen wir unser Urteil tatsächlich auf die Gewandung stützen?« grummelte Bruder Antonius. »Nichts ist leichter, als sich zu verkleiden – im wortwörtlichen Sinn –, um anderen die Schuld an den eigenen Untaten zuzuschieben.«

Tahir erwiderte hitzig:

»Das mag sein! Nur haben diese Schurken vier Verletzte in unserer Gewalt zurückgelassen. Zwei von denen sind freilich außerstande zu sprechen. Aber die beiden anderen nicht! … Oh, mögen sie Kopf und Leib auch verkleidet haben, ihre Gedanken und Worte werden sie nicht lange verhüllen können, wenn ich sie erst verhöre, glaub mir! Die sagen mir schon, wer sie sind, woher sie kommen und vieles mehr!«

»Sie können allerdings nur gestehen, was sie auch wissen«, hob Timotheos als Fachmann hervor.

»Ganz ohne Zweifel«, pflichtete Erwin ihm bei. »Auf unserem Weg hierher haben wir von fern Nomaden gesehen, die ihre Herden zu den Weiden trieben. Ich muß gestehen, ihrer Gewandung keine Beachtung geschenkt zu haben. Könnten jene Leute nicht mit diesen ...«

»Hilaym«, erinnerte Timotheos.

»... mit diesen Hilaym verwechselt werden?«

»Auf keinen Fall!« antwortete der Garnisonsbefehlshaber. »Sie tragen ganz andere Kufiyyat und Abas. Außerdem kennen wir diese Stämme sehr gut. Das sind friedliche Sippen ... die lassen sich hier und da vielleicht ein paar kleinere Diebstähle zuschulden kommen ... aber nie und nimmer solche Plünderungen wie hier!«

»Wirklich nie?«

»Niemals!«

»Nichts ist von Dauer hienieden, alles kann sich ändern«, murmelte Bruder Antonius vor sich hin.

»Die Wüste hat überall Augen. Falls einer der uns bekannten Stämme plötzlich zu Raubzügen übergegangen wäre, dann hätte ich es erfahren!«

»Unsere Angreifer kamen also aus einem anderen Landstrich«, griff Erwin auf.

»Ja, aus dem Süden. Nach dem, was mir zu Ohren gekommen ist, soll eine Karawane aus dem Süden vor einigen Tagen hier in der Umgebung eingetroffen sein.«

»Also kein Zufall?«

Doremus räusperte sich, wie er es jedesmal tat, wenn er etwas Bedeutsames sagen und dies auch gebührend herausstreichen wollte.

»Darauf deutet alles hin, Herr«, behauptete er. »Ich bin gestern sofort zu den Lagerräumen gerannt und habe an den Kämpfen teilgenommen. Leider konnten wir das Schlimmste nicht verhindern ...«

»Niemand macht dir hieraus einen Vorwurf«, sagte Childebrand.

»Die Beduinen führten den Angriff unter der Leitung eines Mannes von stattlicher Erscheinung, wie ich sagen muß, der nichts von einem gemeinen Lumpen an sich hatte und während des gesamten Gefechts auf seinem Mahari sitzen blieb; er erteilte in aller Ruhe seine Befehle, die ich selbstredend nicht verstand. Sein ganzes Benehmen, seine Gebärden, sein Ton, alles an ihm wies auf einen Kriegsherrn hin! ...«

Tiefe Stille folgte, als ob ein jeder sich die Zeit nähme, die Tragweite dieser Feststellung abzuwägen.

»Zum anderen schienen diese Leute ganz genau zu wissen, was sie zu tun hatten.«

»Und das war keineswegs selbstverständlich«, ergänzte Erwin. »Die Kämpfe toben, die Lagerräume werden grimmig verteidigt; das Gepäck liegt wohl verwahrt im Halbdunkel; aber wo, wie? ... Die Plünderer wissen, daß ihnen nur wenig Zeit bleibt; sie werden nicht alles mitnehmen können ...«

Der Sachse blickte die Männer in der Runde reihum an.

»Durch welch abscheuliche Zauberei haben sie so rasch die Dinge, die den Raub lohnten, ausmachen und aufladen können?«

Auf diese Frage hin trat abermals lähmende Stille ein. Tahir behielt den Kopf gesenkt, biß die Zähne aufeinander und schwieg.

»Zweifellos, weil sie über alles bestens unterrichtet waren«, brachte Hermant nach einer Weile im Brustton der Überzeugung vor.

»Das müssen sie wohl gewesen sein«, murmelte der Hauptmann des Geleittrupps.

Tahir hob den Kopf. Er war sehr blaß und zögerte kurz, bevor er sich schließlich zu der Erklärung durchrang:

»Der Vorsteher meiner Diener hat mir gerade gestanden, daß zwei von ihnen unmittelbar nach unserer Ankunft, also vorgestern abend, entflohen sind. Aus Angst vor der Peitsche hatte er nicht gewagt, es mir zu sagen. Nun wird er seinen unverzeihlichen Fehler mit seinem Leben bezahlen, und zwar schon bald! ...«

Düster dreinblickend, fuhr der angelsächsische Abt sich mit der Hand über die Stirn.

»Das Unheil ist angerichtet, und was für ein Unheil!« ließ er fallen. »Ich hätte allen Grund der Welt, zu wünschen, daß dieser vermaledeite Tor hingerichtet wird ...«

»Er wird es!«

»... Doch vielleicht kann er uns lebend ja von größerem Nutzen sein?«

»Er muß bestraft werden!«

»Ganz offenkundig! Aber vielleicht hat er uns noch nicht alles gesagt. Vielleicht weiß er sogar mehr, als er selbst glaubt. Überdies ist ja keineswegs ausgeschlossen, daß er sich mit den Raubmördern verschworen hat ...«

»Falls er dies zu seinem Unglück getan haben sollte ...«.

»Wie dem auch sei, es ist unbedingt erforderlich, ihn unverzüglich zu verhören.«

Als Ibrahim, der Vorsteher der Dienerschaft, leichenblaß und zitternd vor die beiden fränkischen Gesandten und Tahir geschleift wurde, war ihm zunächst nur Jammern, Gestammel und zusammenhangloses Flehen zu entlocken. Jedesmal wenn der sarazenische Hauptmann aufs höchste erzürnt die Stimme hob, um irgend etwas Verständliches aus dem Mann herauszuholen, wankte der Unglückliche, einer Ohnmacht nahe.

Nach langem Hin und Her schritt der Sachse ein. Er ließ sich einen Becher Wein bringen und gebot dem Aufseher:

»Trink! Das ist ein Befehl.«

Ibrahim nahm mit Mühe einen Schluck zu sich; der Rest der Flüssigkeit ergoß sich über sein langes Obergewand. Erwin wartete gelassen einen Augenblick ab und stellte ihm dann in gemessenem Ton einige offenbar harmlose Fragen.

»Ich bin sicher, du hast deine Gehilfen so sorgfältig wie stets ausgesucht«, übersetzte Timotheos Erwins Worte.

»Ja, ja, Herr, in Bagdad, wie sonst auch«, antwortete Ibrahim schließlich.

»Gut, sehr gut! Nur wo und wie genau?«

»Sie gehörten zur Dienerschaft des Palastes!«

»Und ich vermute, du hast über jeden von ihnen nur die besten Auskünfte erhalten.«

»Ja, ja, genau, die besten ... über alle.«

»Recht so! Im Verlauf unserer Reise hast du also nichts bemerkt, was den Verdacht erweckt hätte, daß sie einen solchen Treubruch begehen würden.«

»Nein, nichts, überhaupt nichts, das schwöre ich«, antwortete der Mann, der erneut zu zittern begonnen hatte. »Sie schienen untadelig, ja, untadelig, sogar voller Eifer ...«

»Selbstverständlich!« grummelte Tahir.

»Stammen diejenigen, die dich verraten, die uns verraten haben, aus Bagdad?« fragte der Sachse.

»Nein, aus Kufa.«

»Wie, aus diesem Unterschlupf von Aufwieglern!« rief der sarazenische Hauptmann entsetzt aus.

Ibrahim stammelte eine Rechtfertigung, die Tahir jedoch harsch unterbrach.

»Schweig, schändliche Mißgeburt! Ich weiß nicht, was mich davon abhält, dich auf der Stelle vor meinen Augen pfählen zu lassen!«

»Doch wohl seine Nützlichkeit«, entgegnete Erwin gemessen. »Vielleicht hat er den Beutel seines Wissens ja noch nicht geleert. Und könnte man uns in Bagdad nicht überdies zum Vorwurf machen, wir hätten einen Verdächtigen, den seine Richter in der Hauptstadt noch anhören wollten, allzu überstürzt des Lebens beraubt?«

Der Abt hielt kurz inne.

»Zur Stunde jedoch bin ich überzeugt, daß wir diesem Mann sämtliche zu erwartenden Auskünfte entlockt haben. Zweifelsohne wird das Verhör der verletzten Beduinen, die zu antworten in der Lage sind, uns nun einige unklar gebliebene Punkte erhellen.«

Nachdem man Ibrahim schonungslos in sein vorläufiges Verlies zurückgebracht hatte, wurden die beiden leichtverletzten Gefangenen vor Karls Sendboten und den Anführer ihres Geleits geführt. Erwins Einwänden zum Trotz verhörte man sie unter tüchtiger Zuhilfenahme des Stocks. Es bestätigte sich schließlich, daß die Beduinen tatsächlich dem Stamm der Hilaym angehörten. Doch war der Raubzug auf die Karawane der Missi dominici nicht wie die sonst üblichen Überfälle ins Werk gesetzt und insbesondere nicht von den Oberhäuptern dieses Stammes angeführt worden.

»Von wem dann?«

»Einem Fremden«, stammelte einer der Beduinen.

»Und weiter?«

»Sicher ein bedeutender Mann ... nach seiner Gewandung, seiner Erscheinung und Redeweise zu urteilen ... Und erst ihre Mahariyya! Wundervolle Tiere!«

»Und was haben diese Leute getan?«

»Das weiß ich nicht!«

Kräftige Stockhiebe belohnten diese Antwort.

»Ich weiß es wirklich nicht!« brüllte der Mann. »Woher soll man das wissen? Sie haben sich doch im Zelt der Anführer miteinander besprochen! Und ich war nicht dabei!«

Der Sachse machte der Tracht Prügel ein Ende und fragte:

»Glaubst du, deine Anführer haben viel Geld für den Überfall erhalten?«

»Ja, o ja! Es ging die Rede von einer Schatulle voller Dinare. Und außerdem war da noch die verheißene Beute ...«

»Was hat dieser Besucher mit den vollen Händen anschließend gemacht?«

»O ja, du sagst es, fremder Herr, ein Mann mit vollen Händen! Er hat an die sechzig unserer Männer selbst ausgesucht und um sich geschart. Mich auch. Dann hat er uns erklärt, wir würden in Richtung Palmyra aufbrechen. Dort sollte eine mit Schätzen beladene Karawane aus Tripoli eintreffen, die wir dann angreifen sollten. Es hieß, in Palmyra gebe es Helfershelfer, was uns die Sache erleichtern würde … nun ja …«

»Hat er auch gesagt, er verfüge über Spitzel in unserer Karawane?«

»Ja, genau das hat er gesagt, und daß es zwangsläufig Verluste geben würde. ›Diejenigen aber, die heil davonkommen, werden bis ans Ende ihrer Tage in Reichtum leben, falls uns der Streich gelingt!‹ Das hat er versprochen, ich erinnere mich noch genau. Und er wollte nur mit Männern aufbrechen, die wirklich bereit waren, den Überfall zu wagen …«

»Und du, du warst dazu bereit, he, Schurke!« stieß Tahir aus.

»Nein, nein, man hat mich gezwungen, ich schwöre es, ich wollte eigentlich nicht! Ich bin gezwungen worden … Und was ist jetzt, jetzt …« murmelte der Mann und verlor die Besinnung.

Erwin wandte sich dem anderen Gefangenen zu und fragte: »Wie seid ihr angerückt?«

»Dagegen war nichts einzuwenden«, gab der Beduine an. »Wir haben südlich von Palmyra gelagert, dann haben wir die Oase umrundet, um von Norden angreifen zu können.«

»Und dort seid ihr mit den Verrätern zusammengetroffen, die euch ins Bild setzen sollten?«

»So hieß es. Ich habe keinen von denen zu Gesicht bekommen.«

»Ihr habt also in der Nähe von Palmyra euer Lager aufgeschlagen. Und anschließend?«

»Dieser Anführer, vom dem er euch erzählt hat, rief uns am Nachmittag zusammen …«

»Vor dem Sturm?«

»Richtig! Um uns einzuweisen … wißt ihr. Ich gehörte zu denen, die euch aufhalten sollten. Ich weiß, daß er ein Dutzend unserer Leute gesondert zu sich gerufen hat, um ihnen, glaube ich, Anweisungen zu geben, was sie tun sollten, wenn sie bis zur Beute vorgedrungen wären.«

»Was waren das für Anweisungen?«

»Ich gehörte nicht zu den zwölf.«

Mit einem Wink gebot Erwin weiteren angedrohten Stockhieben Einhalt.

»Mehr hast du uns nicht zu sagen?«

»Du kannst mich totschlagen, ich habe dir alles gesagt, was ich weiß.«

Der Abt drehte sich zu Tahir.

»Wie bei Ibrahim versteht es sich von selbst, daß diese beiden da allzu wertvoll sind, um auf der Stelle hingerichtet zu werden. Sind wir erst einmal in Bagdad, werden auch sie viel zu erzählen haben.«

»Viel zu erzählen ...?« wiederholte der sarazenische Hauptmann. Er blieb eine ganze Zeit lang in seine Gedanken vertieft, bis er mit einemmal ausrief:

»Aber, da kenne ich ja noch andere, die sicher viel zu erzählen haben ...«

Lebhaft wandte sich Tahir dem Befehlshaber der Garnison zu.

»Wer überwacht zur Zeit die Wüstenstraße, die von Damaskus nach Bagdad führt?«

»Ismail, mit einer starken Schwadron. Du weißt ja, sämtliche Einheiten sind erst vor kurzem aufgestockt worden, selbst die fernab der Grenzen.«

»Ismail? Ausgezeichnet! Den kenne ich: ein beherzter Mann, und wenn es sein muß, auch sehr entschlußfreudig. Kraft meines Amtes und im Namen des Wesirs, von dem ich weitreichende Vollmachten erhielt, bin ich befugt, folgendes anzuordnen: Sende den schnellsten Boten aus, den du kennst, und laß Ismail von mir ausrichten, er soll den Stamm der Hilaym in seine Gewalt bringen, ihre Anführer dingfest machen und sie schleunigst nach Bagdad schaffen! Lebend, hast du mich verstanden, lebend! Die Gefangenen sollen zum Wesirat gebracht werden, das ich noch eigens in Kenntnis setze. Yahyas Leute werden sich dort ihrer annehmen. Ich betone nochmals: lebend, weil auch diese Männer viel – sehr viel! – zu erzählen haben werden, vor allem über den oder diejenigen, die zu ihrem Stamm in der Wüste Syriens gekommen sind, um dort Plünderer anzuwerben!«

Nun wandte Tahir sich an die Missi:

»Man höhnt hier die Auctoritas des Herrschers nicht ungestraft, wie zweifelsohne auch in eurem Reich nicht!«

»In der Tat!« pflichtete Childebrand ihm bei. »Und deine Entscheidung wird uns vielleicht zu neuen Hinweisen verhelfen und das Wie und Warum einer Missetat erhellen, die so viele wackere Männer, ob nun Franken oder Sarazenen, das Leben gekostet hat und unsere Mission in arge Bedrängnis bringt.«

Der Graf schien sich einen Augenblick zu sammeln.

»Dieses Verbrechen traf uns ja mindestens ebenso hart wie dich und die Deinen«, setzte Childebrand schließlich wieder an. »Daher fühle ich mich im Namen meiner Leute befugt, dich um folgendes zu bitten: Zwei der Unsrigen mögen den Boten, den ihr zu Ismail aussendet, begleiten, auf daß sie teilhaben an jeder Unternehmung und jedem Schritt, den euer Waffenbruder für nützlich befinden wird. Von einer, wenn auch bescheidenen Hilfe für deinen Boten – die sich unter Umständen aber auch als überaus wertvoll erweisen mag – einmal abgesehen, könnten unsere Gefolgsleute zu diesem oder jenem Gesichtspunkt der Nachforschungen und Verfolgung ja vielleicht brauchbare Anregungen beisteuern.«

Der Blick des sarazenischen Hauptmanns umwölkte sich.

»Die Wüste, die man durchqueren muß, um auf die Straße von Damaskus nach Bagdad zu gelangen, ist eine der unwirtlichsten, die es überhaupt gibt. Mehr als ein Beduine kam darin um. Wie beschwerlich muß sie also erst für Männer sein, die ganz unbestreitbar tapfer, doch mit derlei Prüfungen und Belastungen keineswegs vertraut sind! Steht da nicht zu befürchten, daß eure Leute die Übermittlung von Befehlen verzögern oder daß sie sogar trotz besten Willens Nöte heraufbeschwören, die dem Erfolg dieser ganzen Anstrengung entgegenwirken?«

»Vielleicht änderst du ja deine Ansicht, wenn du erfährst, an wen ich dabei denke. Erard spricht bestens Arabisch, wenngleich mit andalusischem Zungenschlag. Er hat zwei Jahre lang bei den Sarazenen Spaniens und dazu auf vertrautem Fuße mit einem ihrer Statthalter gelebt und gilt obendrein noch als guter Reiter und guter Bogenschütze. Er hat sich sehr rasch an den Sattel und die Gangart eurer Mahariyya gewöhnt und wird, so glaube ich, einen trefflichen Weggefährten abgeben. Und was Sauvat anbelangt, einen so aufopfernd ergebenen wie auch gegen sich selbst harten Mann, einen Recken ohnegleichen, der ebenfalls ein guter Mahari-Krieger geworden ist, so muß ich dessen Loblied doch sicher nicht weiter ausführen?«

»Indes, wer die Wüste des Südens noch nicht durchquert hat, der weiß nicht, was eine Wüste ist... Zwar ist die Jahreszeit günstig. Dennoch muß ich nochmals wiederholen ...«

»Und ich muß dir folgendes ins Gedächtnis rufen«, unterbrach ihn Childebrand. »Zum einen sieht sich unsere Mission durch diese Plünderung in eine äußerst mißliche Notlage gebracht; zum anderen müssen wir als Gesandte unserem Kaiser Rechenschaft ablegen. Deshalb geht alles, was die Suche nach den Schuldigen betrifft, in erster Linie doch wohl uns etwas an. Es kommt daher nicht in Frage, daß wir nicht daran teilnehmen!«

Erwin fügte in besänftigendem Ton hinzu:

»Wir waren Brüder im Kampfe. Folglich könnten wir es doch auch bei der nun bevorstehenden Untersuchung sein, welche Gefahren und Mühen uns auch immer bevorstehen mögen.«

Tahir schüttelte mit besorgter Miene den Kopf und blieb eine Antwort schuldig.

Childebrand, Erwin und Tahir billigten sich schließlich weitere sechsunddreißig Stunden Zeit zu, um die Maßnahmen zu treffen, die der mörderische Überfall erforderlich gemacht hatte. Die Toten begrub man noch am selben Tag, die vier Sarazenen des Geleittrupps in der Nähe des herrschaftlichen Wohnsitzes, den fränkischen Krieger auf einem Friedhof, auf dem bereits Christen ruhten. Die Bälge der toten Räuber wurden den Aasfressern überlassen. Die Schwerverletzten fanden an Ort und Stelle die nötige Behandlung und Pflege, die anderen würden die Reise fortsetzen.

Hermant verfügte nunmehr nur noch über eine ausgedünnte Mannschaft. So rüstete er vier der kräftigsten Diener mit Waffen aus. Sie wurden auf der Stelle zu Freien erklärt. Tahir forderte aus der Garnison eine beachtliche Verstärkung an und erhielt sie auch.

Während der Sarazene sich daraufhin in Bruder Antonius' Beisein ein genaues Bild von den Schäden machte, kam eine Wache herbei und teilte ihm mit, von Süden kommende Kameltreiber hätten die Leichen zweier Männer mit durchschnittener Kehle mitgebracht, die mehr als eine Meile von der Oase entfernt in der Wüste gelegen hätten. Der Hauptmann und der Mönch eilten sogleich zu dem Ort, wo man die Toten aufgebahrt hatte. Und als Ibrahim dann von zwei Wachen herbeigeschleift wurde, rief er entsetzt aus:

»Ja, das sind die beiden! Diese Hunde!«

Er spie auf die Leichen und fügte hinzu:

»Allah ist groß! Seine strafende Gerechtigkeit ist über diese abscheulichen Verräter herniedergegangen!«

»Ihr Geschick stand bereits geschrieben«, sagte Tahir maßvoller. »Aber mußten sie denn so töricht und blind sein, daß sie nicht voraussahen, in welcher Münze sie entlohnt würden?«

Als die beiden Gesandten und ihre Gefolgsleute am Vorabend des Aufbruchs beim Nachtmahl beisammensaßen, führten sie sich nochmals den Ablauf der Ereignisse vor Augen, um ein erstes Fazit zu ziehen.

»Diese ganze Angelegenheit stellt sich allmählich in einem wahrhaft üblen Lichte dar«, meinte Childebrand. »Beginnen wir zunächst mit dem Unbekannten, der diesen Raubzug ins Werk gesetzt hat! Ein seltsamer Anführer für einfache Schurken. Wenn ich den Aussagen der Beduinen glauben darf, hat er nichts von einem gemeinen Lumpen. Der Mann scheint vornehm und sicher aufzutreten und über Dinare in Hülle und Fülle zu verfügen. Warst nicht du es, Doremus, der in diesem Zusammenhang von einem ›Kriegsherrn‹ gesprochen hat?«

»Freilich!«

»Und hat er im übrigen nicht tatsächlich Sachverstand und Tüchtigkeit auf unsere Kosten bewiesen? Er hat also nichts mit diesen Nomaden gemein, die Gelegenheit zu Dieben macht. Nur woher kommt er dann? Wer ist er? Was diesen Punkt betrifft, verhalf uns Ibrahims Geständnis, so glaube ich, wohl zu einigen Antworten, da er uns ja mitteilte, er habe die für den Geleitzug bestimmten Helfer in Bagdad und unter der Dienerschaft des Palastes geworben. Nur dort und zu diesem Zeitpunkt können die verräterischen Diener also gedungen worden sein. Und durch wen? Durch den Mann, der ihnen sagen konnte, wann und wo sie zum Trupp der Plünderer stoßen mußten, um ihnen die nötigen Hinweise vor dem Angriff zu liefern; durch denjenigen, der das ganze Unternehmen auf die Beine stellte, oder durch einen seiner Gehilfen!«

Erwin tat, als klatschte er ihm Beifall. Childebrand fuhr fort:

»So läßt sich doch schon etwas genauer abgrenzen, mit welch einem Gegner wir es hier zu schaffen haben: ein Mann aus dem Umfeld der Macht in Bagdad, der über die Anwerbung von Tahirs Dienern Bescheid wußte und die Möglichkeit hatte, wenigstens zwei von ihnen zu dingen; der über beachtliche Mittel, über Geld verfügt, und zwar in einer Menge, die den Wert der Beute – zumindest den in Gold bemessenen – vielleicht sogar übersteigt. Aber auch eine Persönlichkeit, die im verborgenen zu bleiben trachtet, hat dieser Dunkelmann doch die einzigen Mitwisser meucheln lassen, die ihn hätten wiedererkennen können, weil er die Verräter in Bagdad und von Angesicht zu Angesicht geheuert hatte.«

Childebrand nahm sich die Zeit, seine Gedanken zu sammeln, und trank einen Schluck Wein, bevor er schloß:

»Ein solcher Mann bedarf selbstverständlich nicht der Dinare, die sein Unternehmen ihm eingetragen hat. Die Plünderei zielte auf etwas ganz anderes ab. Ich kann mir die Sache noch so oft durch den Kopf gehen lassen, ich finde nur eine einzige Erklärung: Es ging ihm darum, die Schriftstücke zu unserer Beglaubigung und vor allem das für den Kalifen gedachte Geschenk zu entwenden! Weshalb? Nun, da tun sich mehrere Fährten auf. Es liegt jedenfalls auf der Hand, daß dieser Diebstahl unsere Mission ernstlich beeinträchtigt. War dies das Ziel, das sich der Anstifter der Schandtat gesetzt hatte? Ich glaube ja. War es das einzige? Das läßt sich nicht mit Sicherheit behaupten.«

»Unwiderlegbar, Freund, und ganz und gar lehrreich!« rief Erwin aus. »Gleichwohl müssen wir eingestehen, daß dieser befremdliche Wüstenräuber bis auf die Hinrichtung der treubrüchigen Diener nichts Großartiges unternahm, um sich verborgen zu halten. Er hat unzweifelhaft zu verstehen gegeben, zu den Bagdader Persönlichkeiten von Belang zu zählen; er begibt sich mit beinahe offenem Visier zu den Hilaym; vor dem Aufbruch des Geleitzugs unter Tahirs Befehl dingt er, man höre und staune, im Palast selbst zwei der auserwählten Diener; er stößt einen daher förmlich auf den Gedanken, daß er seine ersten Vorkehrungen noch vor unserer Ankunft in Tripoli traf und somit ausreichend hoch gestellt sein muß, um lange im voraus Kenntnis von unserer Gesandtschaft erhalten zu haben. Das ist mir ein bißchen viel. Obendrein dürfte er uns wohl kaum für Einfaltspinsel gehalten und sich folglich ausgemalt haben, daß uns diese Dinge unverzüglich ins Auge springen mußten. Hat er das sogar gewollt? Wenn ja, warum nur?«

»Vielleicht hat er nicht anders vorgehen können«, gab Bruder Antonius zu bedenken.

»Ach was!« erwiderte Timotheos. »Er hätte die Sache ganz anders anstellen können. Er hat diesen Weg aus freien Stücken gewählt.«

»Somit kommen wir wieder auf folgende Frage zurück: Warum?« wandte der Graf ein und drehte sich dem Sachsen zu.

»Wenn ich nur die leiseste Ahnung hätte«, gestand dieser ein, »würde ich mir um den weiteren Fortgang unserer Mission weniger Sorgen machen.«

In düsterer Stimmung setzten die Gesandtschaft und ihr Geleitzug ihren Weg gen Bagdad fort. Tahir war zwischenzeitlich ebenfalls zu der Erkenntnis gelangt, wie eigentümlich das ganze Unternehmen, das in der Ausplünderung des Trosses gemündet hatte, im Grunde doch war. So ritt er die meiste Zeit wortlos und mit besorgter Miene etwas abseits von den anderen, was ihn aber nicht davon abhielt, die Vorsichtsmaßnahmen noch zu verstärken. Während die Karawane nun über ein stark zerklüftetes Ödland zog, sandte er häufig Späher zu den höher gelegenen Punkten aus, um die Umgebung erkunden zu lassen. Dreimal schlugen diese Alarm und lösten augenblicklich fieberhafte Verteidigungsvorkehrungen gegen mögliche Angreifer aus: Beim ersten Male handelte es sich indes um ein Hirtenvolk, das friedlich seiner Wege ging; und in den beiden anderen Fällen um Trupps der Heereskräfte, die nach Norden unterwegs waren, zu den Grenzgebieten, hinter denen das Byzantinische Reich begann.

Nach mehreren erschöpfenden Tagesritten unter abscheulichsten Wetterbedingungen – sie mußten einen Sandsturm erdulden, der sie vierundzwanzig Stunden lang zur Rast zwang –

gelangten die Missi dominici und ihr Gefolge endlich an die Ufer des Euphrat. Und dort fanden sie erneut, befruchtet von den gebändigten Wassern des Flusses, Obsthaine, Gemüsefelder und auch Pflanzungen jenes kräftigen Schilfrohrs vor, aus dem man *sukkar* gewann; daneben gedieh auf kleineren, halb überschwemmten Ackerflächen dank unablässiger Mühsal jenes aus dem entferntesten Orient stammende Getreide, das man »Reis« nannte.

In Deir az-Zor wurden ihnen eine angenehme Herberge inmitten kühler Gärten zuteil sowie Speisen, die endlich abwechslungsreicher waren als die karge Wüstenkost, die ewigen Fladen und Datteln. Doch vor allem die prunkvollen Bäder, in denen sie sich säuberten und entspannten, taten es ihnen an! Die fränkischen Diener, die wie Dodon und Hermant größtenteils an ermattenden Durchfällen litten, erhielten von den ansässigen Medici wirksame Heilmittel.

Graf Childebrand und Abt Erwin erfuhren von Tahir – den der Garnisonsbefehlshaber davon unterrichtete hatte –, Kalif Harun ar-Raschid habe zwei Wochen lang in seinem Palast im nördlich am oberen Euphrat gelegenen Rakka geweilt; nun sei er aber wegen der in Konstantinopel eingetreten Vorkommnisse und ihrer unvermeidlichen Auswirkungen auf die derzeitige Lage in der Hauptstadt des Kalifats in aller Eile wieder nach Bagdad zurückgekehrt. Folglich hielt sich die Gesandtschaft nicht lange in Deir az-Zor auf und zog alsbald auf der Straße weiter, die den Fluß entlang nach Bagdad führte. Nach mehreren Tagesritten wandte sich die Karawane vom Euphrat ab und ließ sich auf Booten, die den Nahr'Isa – den breiten Kanal zum Tigris – befuhren, gen Osten bringen.

So drangen sie auf dieser Wasserstraße immer weiter in den Südosten vor, inmitten von Booten und Fähren jedweder Art, die Karawanen beförderten, Menschen, Reit-, Last- und Zugtiere; ganze Schaf- und Ziegenherden, Holz und Metalle, Getreide, Früchte, Gemüse und alles sonstige, was zur Ernährung und für den Handel und Wandel einer großen Stadt nötig war ... Zwischen üppigen Anbauflächen, durchzogen von unzähligen Kanälen, die den Quell des Lebens zu den Feldern brachten, auf denen allerorten Ackersleute fleißig zu Werke gingen ... Und nach und nach bemerkten die Franken, wie das bestellte Land zusehends dichter zusammengeballten Siedlungen wich, die schließlich in die Ausläufer der Hauptstadt übergingen.

»O meine Stadt, o mein geliebtes Bagdad!« rief Tahir freudig aus, als betrete er das Gelobte Land.

Das Schiff lief einen Hafen an einer Flußbiegung an, und die Reisenden gingen sofort von Bord. Als die Karawane wieder zusammengestellt war, schlugen sie eine breite Prachtstraße zum Kern der Stadt ein. Die Franken wollten ihren Augen nicht trauen. Die Menschenmenge um sie herum wuchs rasch zu einem riesigen Getümmel, einem dichten Gedränge an, das Straßen und Gassen, Fußpfade und Gäßchen, Plätze und Höfe mit brodelnder, betäubender, schwindelerregender Geschäftigkeit überschwemmte. So weit das Auge reichte, erstreckte sich die mächtige Stadt mit ihren denkbar bunt zusammengewürfelten Behausungen: mal armselige Lehmhütten aus getrocknetem Flußschlamm, die wie zufällig an holprigen Wegen lagen, von winzigen Gemüsegärten umgeben; mal zwei- oder dreigeschossige, von Mauern umschlossene Gebäude; mal prächtige Wohnsitze, zu denen man durch üppige Gärten gelangte; mal prunkvolle Paläste, die aus etlichen Gebäudeflügeln bestanden. Und diese hin und her wogenden Menschenmengen: Karawanen, angeführt von Männern mit fremden Gesichtern und merkwürdigen Gewändern; zahlreiche Heeresverbände und deren Wagenzüge; hohe Würdenträger und ihr Gefolge, prächtig gekleidete Herren mit hohem Turban auf dem Haupt, deren Dienerschaft sich mittels Stockhieben einen Weg bahnte, wie es auch die Begleiter der Sänften mit zugezogenen Vorhängen taten, die vielleicht Frauen hohen

Ranges bargen ... Und erst die unter unglaublichen Bürden gebeugten Lastträger; all die Esel, Maultiere, Dromedare und Kamele mit völlig überladenen Packsätteln; die zweirädrigen Karren, gezogen von Leibeigenen oder Zugtieren ... Ein unübersehbares Volk von Geschäftigen und Schreihälsen, von gereizt, spöttisch oder großtuerisch einherkommenden Leuten, in dem alle so rastlos und emsig wirkten, als hinge jedermanns Leben vom augenblicklich an den Tag gelegten Eifer ab.

In diesem Getümmel zog der Troß der fränkischen Gesandten also etwas mehr als eine Stunde lang auf der breiten, ungefähr eine Meile langen Straße weiter, und ganz allmählich nahm das Gitterwerk der abgehenden Gassen ein zusehends geordneteres Gefüge an, mit Wegekreuzungen in regelmäßigen Abständen sowie überdachten Märkten in nächster Nähe der Bethäuser der einzelnen Viertel. Im Gegensatz zu Tripoli erweckten die Fremden hier nur wenig Neugier. Lediglich einige Schaulustige blieben kurz für einen raschen Blick stehen und gingen sodann wieder ihrer Wege.

»Unvorstellbar!« grummelte Childebrand von Zeit zu Zeit und fragte sich dabei, wie es nur möglich war, daß hienieden auf Erden, in einer einzigen, schier grenzenlos scheinenden Stadt, eine so unermeßliche Volksmenge leben konnte.

Schließlich gelangten die Missi und ihr Geleit in der Nähe des Tigris in den Bezirk, der sie, nach den Bauwerken zu schließen, wie das Herz dieser mächtigen Stadt anmutete. Tahir zeigte ihnen voller Stolz die Paläste der Herren des Abbasidischen Reiches, den beeindruckenden Palast des Wesirs am linken Flußufer, die Paläste der hohen Würdenträger und der bedeutendsten Haschimiden, der Nachfahren des Propheten, und hier und da auch andere stattliche Gebäude, deren Mauern besondere Schulen beherbergten, in denen Religion und Recht gelehrt wurden: die Madrasa. Und endlich stießen sie zu der von hohen Wehrmauern umgebenen »Runden Stadt«, die für den Kalifen al-Mansur erbaut worden war und von ar-

Raschid zugunsten von Palästen außerhalb des quirlig-lärmenden Bagdad etwas vernachlässigt wurde. Eine ganze Weile ritten sie nun an den – übrigens teilweise verfallenen – Befestigungen dieser Stadt innerhalb der Stadt entlang, bevor sie an eines der monumentalen Tore kamen, wo sie bereits von einer Abordnung Wachen erwartet wurden. Deren Hauptmann saß auf einem herrlich geschirrten Roß und trug ein langes, mit Seide gesäumtes Gewand, einen bestickten Überwurf und einen mächtigen Turban, der seine Bedeutsamkeit zum Ausdruck brachte. Nach einem ersten Austausch von Höflichkeiten hob der Hauptmann hervor, er sei vom Kämmerer al-Fadl ben ar-Rabi gesandt und ausdrücklich damit betraut, die »fränkischen Herren« zu dem Wohnsitz zu geleiten, der ihnen vorübergehend zugeteilt worden sei. Tahir setzte, augenscheinlich verdrossen, eine düstere Miene auf, zog den Hauptmann beiseite und begann mit diesem ein Gespräch, das rasch eine ziemlich heftige Wendung nahm. Kurz darauf kehrte er zu den Franken zurück, um ihnen zu verkünden, er habe durchsetzen können, sie selbst zu ihren Gemächern zu geleiten. Die dem Haushalt des Palastes angehörenden Diener mußten den Troß an diesem Tor verlassen, um die Gesindehäuser aufzusuchen; so verabschiedeten sie sich nun nicht ohne Gefühlsregungen von der fränkischen Dienerschaft, mit der sie im Laufe der beschwerlichen Tagesritte einige freundschaftliche Bande geknüpft hatten. Was Ibrahim und die gefangenen Beduinen betraf, so wurden diese zum Amt des »Großkadis«, des Herrn über die Gerichtsbarkeit, geführt, um dortselbst verhört und abgeurteilt zu werden – ein wenig beneidenswertes Schicksal.

Von den Männern des Kämmerers geführt, setzten die beiden Gesandten, ihre Gefolgsleute und Wachen, Tahir und seine Leute ihren Ritt durch die Stadt fort. Über eine Prachtstraße, die dem Lauf des Tigris folgte, erreichten sie nach einer Viertelstunde eine Reihe von Gebäuden rund um einen großen Hof, den man entweder von der Straße aus durch ein Portal oder von der Flußseite her über eine Anlegestelle betreten konnte. In dessen Mitte ein Becken modrigen Wassers; ein paar Bäume von jämmerlicher Gestalt waren hier und da ohne Geschmack oder Sorgfalt angepflanzt worden. Die Gebäude selbst waren zwar unbestritten ausgedehnt und geräumig, wirkten aber einigermaßen baufällig. Vor einem stand eine Gruppe von fast zwei Dutzend ungleich gekleideten Dienern, die stumm und reglos, ja gleichsam verängstigt die Ankömmlinge anstarrten.

Erwin und Childebrand waren auf ihren Reittieren sitzen geblieben und ließen ihren Blick über diese ganze Trostlosigkeit schweifen. Schließlich begaben sie sich in Timotheos' Begleitung zum Befehlshaber der Palastwachen, um ihn rundheraus zu fragen, »ob dies hier tatsächlich der Wohnsitz sei, den man ihnen anbiete« – und dies in einem Ton bar aller Gefälligkeit, den Timotheos' Übersetzung getreu wiedergab!

»Nur vorübergehend, wahrlich nur vorübergehend, bis die Formalia hinsichtlich der Ankunft eurer Gesandtschaft und deren Beglaubigung abgeschlossen sind«, antwortete der Hauptmann mit betretener Miene. »Offen gestanden, erwarteten wir euch nicht so bald, und in dem Palast, der unsere hohen Gäste für gewöhnlich beherbergt, sind derzeit noch die Statthalter untergebracht, die unser erhabenster Kalif – möge Allah ihn behüten! – kürzlich einbestellt hat. Wir werden jedoch noch in dieser Stunde instand setzen, was dessen bedarf, und euch alles bringen lassen, was für eure Behaglichkeit erforderlich sein wird. Alles wird gereinigt, wiederhergestellt und ausgeschmückt, seid dessen versichert.«

Childebrands eisig blaßblaue Augen und seine verkrampften Züge verrieten seinen nur mit großer Mühe gebändigten Zorn. Und als er sich schon deutlich erkennbar zu einigen schneidenden Bemerkungen anschickte, flüsterte Erwin ihm unter besänftigenden Gebärden zu:

»Das wird nichts nutzen, mein Freund. Ich bin nicht minder

erzürnt als du. Doch dem hier liegt alles andere als Nachlässigkeit oder Mißachtung zugrunde. Vielleicht dient der wunderliche Empfang ja gerade dem Zweck, uns aus der Fassung zu bringen; vielleicht ... Aber lassen wir das! ... In jedem Fall werden wir auf ihr Spiel nicht eingehen. Dieser Hauptmann mit dem prächtigen Turban ist letzten Endes bloß irgendein Untergebener und allem Anschein nach in ziemlicher Verlegenheit. Vergeuden wir also unseren Speichel nicht!«

»Trotzdem ...«

»Die Zeit wird es klären. Im übrigen gibt es bekanntlich Speisen, die ich vorzugsweise kalt genieße«, meinte der Sachse mit einem grimmigen Leuchten in den Augen.

»Dann üben wir uns eben in Beherrschung.«

Erwin betrachtete erneut die Gebäude im Umkreis, strich sich versonnen über das Kinn und meinte schließlich:

»Im Grunde bietet sich uns hier genügend Platz, und außerdem mangelt es der Lage zwischen Straße und Fluß nicht an Vorzügen. Wenn man es recht bedenkt ...«

Tahir hatte sich ihnen zwischenzeitlich genähert. Sein Gesicht spiegelte tiefe Erbitterung wider. Ohne sich im geringsten darum zu scheren, ob der Abgesandte des *hadjib* ihn hören konnte, wandte er sich an die Missi und warf mit lauter Stimme ein:

»Ist das die Art und Weise, wie in dieser Stadt die Gäste unseres prächtigen und großmütigen Kalifen, des Stolzes der Erde, empfangen werden? Gäste, die von weither kamen, um sich vor unserem Herrscher zu verneigen! Welche Schande, doch nicht etwa für sie, sondern für uns! Ich kann nicht glauben, daß der Hadjib hierüber Bescheid weiß, und noch weniger, daß er es so angeordnet hat. Damit werden die Dinge nicht ihr Bewenden haben!«

Der Hauptmann der Palastwache hatte seine Männer jedoch bereits zusammengeschart und gab das Zeichen zum Aufbruch, ohne auch nur ein einziges Wort hinzuzufügen.

Nun mußte erst einmal dem Dringendsten abgeholfen werden. Mit dem Beistand der abgestellten Palastdiener, die Tahir, unterstützt von Doremus, entschieden zur Arbeit antrieb, machten sich die fränkischen Bediensteten eilig ans Werk, um die »vorübergehende« Unterkunft der Gesandtschaft wohnlich herzurichten; bei genauerem Hinsehen war das Gemäuer im Innern in weniger schlechtem Zustand, als der betrübliche äußere Anblick es hatte befürchten lassen. Bei dieser Gelegenheit konnten die Missi im übrigen beobachten, wie tatkräftig Doremus an der Instandsetzung teilnahm. Mit einigem Erstaunen stellten sie dabei fest, daß der Unterricht, den Timotheos ihm in den Monaten vor ihrem Aufbruch aus dem Frankenreich erteilt hatte, wohl ebenso fruchtbar gewesen war wie die zurückliegenden Wochen in Gesellschaft der sarazenischen Krieger des Geleittrupps: Doremus verfügte inzwischen nämlich über offenbar ausreichende Arabischkenntnisse, um sich im Alltag verständlich zu machen und selbst genügend zu verstehen.

Bruder Antonius stellte seine unter denselben Bedingungen erworbenen Kenntnisse selbstredend ebenfalls in den Dienst der Mission und ihres Gelingens, aber auch in den seines eigenen Wohlbefindens … Er schloß sich den Leuten an, die zu den nächst gelegenen Märkten und Suqs aufbrachen, um insbesondere Nahrungsmittel zu besorgen, da für ihr aller Wohl ja nichts vorgesehen war. Des weiteren bot er sich an, die ihn begleitenden Köche anzuweisen, aus Anlaß des ersten Nachtmahls in der neuen Bleibe, zu dem auch Tahir und seine Leute geladen waren, ihr gesamtes Können zu entfalten.

Dieses Festmahl ermöglichte den Männern ein um so herzlicheres Wiedersehen, als sie sich bei den gemeinsam durchstandenen Gefahren gegenseitig ihre Tapferkeit bewiesen und somit eine Waffenbruderschaft geschmiedet hatten, der sie nun, da Franken und Sarazenen ja nur wenige Worte miteinander gemein hatten, vornehmlich durch Gebärden der Freundschaft und durch Lachen Ausdruck verliehen. Tahir nahm an diesem freudigen Treiben nur beiläufig teil und stellte häufig ein grüblerisches Gesicht zur Schau. Am Ende des Mahls zog er sich mit Childebrand, Erwin und Timotheos als Übersetzer in einen Raum zurück; während seine Gäste nun heißen Würzwein genossen und er mit einer Art Aufguß mit Minzblättern vorlieb nahm, begann er zunächst, sich abermals für den unerquicklichen Empfang der Gesandtschaft zu entschuldigen, der »die guten Sitten der Gastfreundschaft befleckte, die zu ehren und achten den Arabern doch stets am Herzen liegt«. Dann kam er auf seine Besorgnisse zu sprechen, auf diese »Sache mit dem Wohnsitz«, die ihn sehr befremdete.

»Ich will ja gerne annehmen, daß der Palast, in dem wir gewöhnlich Persönlichkeiten wie euch beherbergen, noch bewohnt sein mag«, meinte er. »Daß man euch statt dessen jedoch nichts Besseres bieten konnte als diese Gebäude hier, in denen ... aber sei's drum!«

»Der Wahrheit zuliebe muß ich zwar einräumen, daß wir uns allmählich eingewöhnen«, erwiderte Erwin. »Doch ich weiß nicht recht, wie ich diese Entscheidung deuten soll.«

»Vielleicht wollte man ja gar nicht euch kränken ...«

»Die Kränkung bleibt indes im Raume ...«

»... sondern mich, und durch mich ... Die Verhältnisse hier sind derzeit nicht einfach ...«

»Das war auch mein Eindruck. Aber sage mir, du hast dich doch, wenn ich mich nicht täusche, auf Befehl des Wesirs nach Tripoli begeben, um uns zu begrüßen.«

»Genauer gesagt auf Befehl seines Sohnes al-Fadl ben Yahya, den man jedoch auf keinen Fall mit dem Kämmerer al-Fadl ben ar-Rabi verwechseln darf ...«

»Weshalb ›auf keinen Fall‹?«

Der sarazenische Hauptmann zögerte erneut, bevor er schließlich antwortete:

»Weil es zwischen dem Wesirat und den Gefolgsleuten des Kämmerers ...«

»Wahrhaftig?« meinte der Abt mit einem leichten Lächeln in den Mundwinkeln.

»Vielleicht hat man beim Hadjib Anstoß daran genommen, daß wir auserkoren wurden, eure Gesandtschaft zu begleiten?« wagte Tahir sich vor.

»Könnte irgendein Zwist die Sache erklären?«

»Nein, gewiß nicht! Aber ihr wißt ja selbst, wie es ist: Ein jeder will der erste in des Herrn Gedanken und Huld sein und bemüht sich daher nach Kräften um dessen Gunst. Das führt zu allerlei Eifersucht, Wettstreit, bisweilen auch Winkelzügen ... Ist es nicht überall so?«

»Zweifellos, zweifellos ...«

»Dennoch glaube ich nicht, daß dies die Ursache ist. Hier muß irgendwo ein Mißverständnis vorliegen.«

»Das wäre möglich. Oder etwas Schlimmeres ... jedenfalls für uns ...«

Tahir schüttelte verärgert den Kopf und murmelte einige unverständliche Worte. Und entschied endlich:

»Ich werde einen meiner Gehilfen bei euch lassen für den, wie ich hoffe, unwahrscheinlichen Fall, daß irgendein weiteres Ungemach eintreten sollte. Er weiß dann, wo und wie ich binnen kürzester Frist zu erreichen bin, so daß ich einschreiten könnte ... Eine sicher unnötige Vorsichtsmaßnahme ... aber wie will man das wissen? Insbesondere wegen des Umsturzes in Konstantinopel erleben wir jetzt und sicher auch noch in naher Zukunft etwas unruhige und verworrene Zeiten.«

Dieses »insbesondere« versetzte Erwin einigermaßen ins Grübeln, doch er hütete sich wohlweislich, das Wörtchen aufzugreifen und sich dessen Bedeutung erklären zu lassen.

Am nächsten Morgen, dem Tag vor der Heiligen Nacht, begab sich Bruder Antonius mit den Knechten zum Markt, wie er es bereits zuvor getan hatte, um die Einkäufe zu beaufsichtigen. Da Frömmigkeit gutes und üppiges Essen ja keineswegs ausschloß, hatte er entschieden, die Geburt des Herrn Jesu Christi müsse auf dieser fremden Erde mit einer Inbrunst und mit Festmählern sondergleichen begangen werden, so daß sich die Franken zumindest im Geiste ihrer fernen Heimat näher fühlen mochten. *Und auch übers Maul, so hoffe ich,* dachte er noch.

Doch statt freundlichen Lächelns und lustiger Worte, die ihn am Vortag begrüßt hatten, statt der Zuvorkommenheit, die ihm erwiesen worden war, fand er Händler mit verstimmten Mienen vor, die sich feindselig gebärdeten, unhöfliche Äußerungen, ja selbst halblaut ausgesprochene Beschimpfungen von sich gaben. Ein Schlachter und ein Bäcker verweigerten ihm sogar ihre Dienste. Nicht ohne Schwierigkeit gelang es ihm dennoch, die erforderlichen Dinge für einen gehörigen Schmaus zu erwerben. Er verweilte also nicht über Gebühr im Suq, sondern suchte schnellstens die Unterkunft der Gesandtschaft auf, um Childebrand und Erwin über die beobachtete Veränderung zu unterrichten.

Im Beisein von Timotheos und Doremus hatten die Missi dominici gerade eine prunkvoll gewandete Persönlichkeit empfangen, die sich auf irgendeine Weise in ihrem Auftreten, ihrem Gebaren und auch in der Redeweise von anderen sarazenischen Würdenträgern abhob; der Mann sprach, obschon mit ausgeprägtem Zungenschlag, ein vorzügliches Latein. Erwin bedeutete Bruder Antonius mit einem Wink, sich niederzusetzen, und stellte den Fremden vor: »Dies hier ist der sehr ehrenwerte Ruben ben Nemuel, ein Gefolgsmann des Resh Galuta.«

Mit einer höflichen Gebärde bat Childebrand den Mann, sich frei und offen auszusprechen.

»Wir wissen«, hob der Gesandte des Exilarchon an, »daß euer Kaiser ganz im Gegensatz zu den Byzantinern nach dem Beispiel der hiesigen Verhältnisse – gelobt sei darum der

Ewige! – verfährt. Und so billigt er unseren jüdischen Gemeinden in seinen Reichen einen Stand zu, der unseren Brüdern gedeihliches Wohlergehen unter dem Schirm der Gerechtigkeit sowie Freiheit bei den Riten und Bräuchen ihres Glaubens gewährleistet. Ein herrliches Vorbild! Eine Güte, die unsere Herzen erfreut! Schiffsführer Eleasar, der mit seinen Schiffen eine Handelsverbindung zwischen Orient und Okzident aufrechterhält, hat uns von Tripoli aus einen Boten gesandt, der euer Kommen ankündigte und den edlen Zweck eurer Gesandtschaft hervorhob.«

Ruben schöpfte kurz Luft.

»Durch einen anderen Boten, der vor kurzem unmittelbar aus Palmyra kam, mußten wir indes von der abscheulichen Schandtat erfahren, deren Opfer ihr geworden seid. Wir wissen nicht genau, welchen Schaden ihr dabei erlitten habt. Allerdings braucht man ja kein großer Gelehrter zu sein, um zu der Vermutung zu gelangen, daß die Plünderer sich an den Dinaren vergriffen haben, die einer unserer Geldwechsler in Tripoli euch ausgehändigt hatte.«

In diesem Augenblick reichte Childebrand Ruben ben Nemuel ein Schriftstück. Dieser überflog es rasch und gab es dem Grafen dann wieder zurück.

»Dessen bedarf es nicht«, sagte er, »damit ihr von unserer Seite aus über alle Beträge verfügen könnt, die euch vonnöten sein mögen, um eure Mission zu einem guten Ende zu führen. Es wird uns eine Ehre sein, den Abgesandten Kaiser Karls zu dienen.«

Ruben blickte sich um und meinte: »Da wir ja wußten, in welchem Zustand sich dieses Gemäuer befand, in dem ein gewisser Oheim des derzeitigen Kalifen Feste zu feiern pflegte ... nun ja, ihr versteht schon ... und das seit einem Vierteljahrhundert der Verwahrlosung preisgegeben war, wollten wir zunächst gar nicht glauben, daß man euch hier beherbergt oder, um es genauer zu sagen, daß man euch hierhergeführt hat ...«

»Liegt darin denn ein Unterschied?« erkundigte sich Erwin.

»Vielleicht. Aber dürfte ich erfahren, wer euch eigentlich hergebracht hat?«

»Ein Hauptmann, der uns an einem der Tore der ›Runden Stadt‹ erwartete, und seine Wachen. Er gab an, er sei vom Kämmerer beauftragt worden ...«

»Was sagst du da? Vom Hadjib?« verwunderte sich Ruben. »Der Empfang von hochgestellten Gästen des Kalifen gehört keineswegs zu seinen Aufgaben, und die Zuteilung eines Wohnsitzes unterliegt erst recht nicht seinem Amt!«

»Wem dann?«

»Dem Wesir! Es würde mich sehr wundern, wenn der dies Vorrecht abgetreten hätte!«

»Das erklärt vielleicht Tahirs Erstaunen und seinen mühsam heruntergeschluckten Zorn ...«

»Tahir?«

»Tahir ist der Befehlshaber unseres Geleittrupps, der uns in Tripoli erwartet und nach Bagdad geführt hat ... unter den Schwierigkeiten, um die du ja weißt.«

»Tahir?« grübelte Ruben. »Ist das nicht ein noch recht junger Mann, der zu den Gefolgsleuten Yahyas, des überaus mächtigen Wesirs, gehört?«

»Genauer gesagt, zu denen von Yahyas Sohn, al-Fadl«, erläuterte Timotheos.

»Ich muß euch gestehen, ich gerate von einer Verblüffung in die nächste«, erklärte der Gesandte des Exilarchon. »Falls dieser Tahir tatsächlich derjenige ist, den ich meine, so verfügt er über eine gewisse Macht und genießt unzweifelhaft Ansehen und Einfluß beim Wesirat, ob es sich da nun um den Vater, also Yahya, dessen Sohn al-Fadl oder den anderen, Djafar, handeln mag, obgleich der letztgenannte ... Aber, nun ja ...«

»Muß man hier also von einem dreiköpfigen Wesirat ausgehen?« fragte Childebrand nach.

Ruben ben Nemuel lächelte.

»So ist es in etwa«, antwortete er. »Ja, gewissermaßen ein ›Triumwesirat‹, eine Machtstellung mit drei Köpfen, doch mit jeweils unterschiedlichem Gewicht. Davon abgesehen, halten die Barmakiden – so lautet der Name dieses Geschlechts von Wesiren – die Macht noch immer fest in der Hand, und daher muß ich mich wirklich wundern, daß einer ihrer Vertrauensmänner, dieser Tahir, im letzten Augenblick von einem Mann des Kämmerers ausgestochen worden sein soll! Wahr ist allerdings auch, daß wir in Zeiten leben, die ...«

Er rang nach den richtigen Worten, sah dann aber davon ab, seinen Satz zu beenden.

»Jedenfalls wurde ich damit betraut, euch folgendes auszurichten: Falls irgendwelche Mißlichkeiten auftreten ... oder bereits aufgetreten sein mögen, falls eure Mission auf unerwartete oder auch ungewöhnliche Hindernisse stoßen sollte, könnt ihr voll und ganz auf uns zählen.«

»Hindernisse?« griff Childebrand ein. »Deren haben sich uns ja bereits einige, und nicht unbeträchtliche, in den Weg gestellt! Und nun sitzen wir hier in diesem merkwürdigen Gemäuer und fragen uns, wie wir uns diesem Kalifen nähern können, den wir ja doch wohl aufsuchen müssen.«

»Eine Audienz bei Harun ar-Raschid zu erhalten ist schon zu gewöhnlichen Zeiten nicht einfach, erst recht also unter den gegenwärtigen Umständen! Allerdings wird es für euch sicherlich leichter sein als für andere. In Anbetracht der Schriftstücke, die euch als Gesandte ausweisen, werden euch gewiß zwei oder drei Wochen genügen. Schließlich unterliegen solche Gesuche dem Amt des Wesirs, dem ihr eure Beglaubigung ja sicher bereits ausgehändigt habt, und somit ...«

»Einen Augenblick«, unterbrach Erwin ihn. »Ich denke, wir sollten nun auf den Punkt kommen. Es ist völlig unnötig, darum herumzureden. Wir besitzen diese Schriftstücke nicht mehr! Sie wurden uns zusammen mit dem Geschenk gestohlen, das unser Herrscher für den Kalifen ausgewählt und bestimmt hatte: nämlich einen Säbel von allergrößtem Wert. Und nun ...«

Ruben ben Nemuel nickte bedächtig, strich über seinen üppigen Bart und hing eine ganze Weile seinen Gedanken nach.

»Das wird eure Mission gehörig erschweren ...«, meinte er endlich, »... und wirft zum anderen etliche Fragen auf, die im übrigen nicht allein eure Gesandtschaft berühren. Selbstverständlich werde ich euer Geheimnis wahren ...«

Wieder dachte er einen Augenblick nach.

»Aber, nun ja, ihr seid hier, das kann niemandem entgangen sein, und am Hofe dürfte man wohl wissen, wer in wessen Auftrag und weshalb nach Bagdad gekommen ist. Einstweilen könnt ihr auf mündlichem Wege ein Gesuch um eine Anhörung einreichen, und zwar zunächst beim Wesir. Und außerdem fände ich es äußerst verwunderlich, wenn dieser oder jener nicht aus eigenem Antrieb danach trachten würde, euch zu begegnen. Seht ihr, wir alle sind doch, auf dem Spielbrett der Macht, nur Figuren in einem fürchterlichen Spiel.«

»... Das auch uns angeht?«

»Was soll ich dazu sagen? Indes, was ihr mir soeben unterbreitet habt, bietet Anlaß genug, uns mit Neugierde und brennender Sorge zu erfüllen. Eine genauere Nachforschung zwingt sich nachgerade auf ... und nicht allein zu eurer Belehrung. Ich werde es nicht verabsäumen, euch alles, was für eure Mission womöglich von Bedeutung ist, wissen zu lassen. Ihr könnt uns vertrauen und auf unsere Hilfe bauen. Euer Herrscher ist ein Gerechter, und eure Gesandtschaft im Hinblick auf Nikephoros' kriegerische Absichten ganz besonders willkommen. Dankbarkeit, Hochachtung und eigener Nutzen wirken hier zusammen und gebieten uns daher, euren Kaiser nach Kräften zu unterstützen. Sofern wir an dem hiesigen Herrscher keinen Verrat begehen, dürfen wir dem anderen, der dort im fernen Westen herrscht, in aller Redlichkeit dienen.«

Auf dieses Versprechen hin verabschiedete sich Ruben ben Nemuel von den Franken. Timotheos begleitete ihn noch zum Portal. Und als Bruder Antonius dann gerade von dem feindseligen Empfang berichtete, den die Händler des Suqs ihm so unerwartet und aus unerklärlichen Gründen bereitet hatten, kehrte der Grieche Hals über Kopf wieder zurück, um den Missi dominici zu berichten, daß irgendwelche Unruhestifter, bewehrt mit Steinen und Knütteln, sich mit bedrohlichem Geschrei um die Gemäuer zusammenscharten. Childebrand und Erwin leiteten augenblicklich alle Maßnahmen zu ihrer Verteidigung ein, die ihnen aus eigener Kraft möglich waren, befanden diese aber im Falle eines regelrechten Aufruhrs für sehr unzureichend. So entschieden sie, den Verbindungsmann, den Tahir ihnen überlassen hatte, sofort über den Wasserweg loszuschicken, um den sarazenischen Hauptmann von der mißlichen Wende der Ereignisse zu unterrichten. Dann teilten sie sämtliche Wachen wie Diener, die imstande waren, einem denkbaren Angriff Widerstand entgegenzusetzen, auf die vorsorglich verrammelten Zugänge auf; sie selbst behielten sich vor, mit Hermant und den anderen Gefolgsleuten in die heikelsten Gefechte einzugreifen. Timotheos sollte zwischenzeitlich die Ohren spitzen und herauszuhören versuchen, auf wen es die zusehends zahlreicher werdende Menge eigentlich abgesehen hatte. Nach einiger Zeit erklärte er ihnen, die wüsten Vorwürfe und Beschimpfungen zielten vor allem auf die Byzantiner ab, denen allergrößtes Unheil, »erlesene« Marter und Blutbäder verheißen würden. Die »fremden Hunde, Ungläubigen, niederträchtigen Schweine« und das »Gespei der Welt« blieben von den Drohungen allerdings nicht verschont.

»Was mich aber besonders verwundert«, fügte der Grieche hinzu, »ist die Tatsache, daß dieses Gegröle sich auch gegen den Wesir richtet, dem man vorhält, ›ketzerische Anhänger des abscheulichen Nikephoros, eines Erzfeindes des Islam‹ nach

Bagdad eingeladen und dessen Spitzeln Gastfreundschaft gewährt zu haben!«

»Das ist zumindest unerwartet«, merkte der Sachse an. »Und aufschlußreich womöglich auch.«

Der Fuchs blickte ihn an: Was hatte er denn nun schon wieder im Hinterkopf?

»Ich dachte«, griff Childebrand ein, »die Obrigkeiten hätten Ausrufer in das Viertel und zum Suq geschickt, um bekanntzumachen, daß wir mit den Byzantinern nichts zu tun haben, ja ganz im Gegenteil ...«

»Folglich muß man wohl vermuten, daß diese Ausrufer nicht gehört wurden«, brachte Bruder Antonius vor.

»Oder aber die Aufrührer stammen aus einem anderen Viertel und einem anderen Suq«, fügte der Grieche hinzu.

»In welchem Fall sie von irgendwelchen Rädelsführern zusammengeschart und hergebracht wurden«, ergänzte Doremus. »Und genau das konnte ich daraus schließen, wie manche von ihnen das ganze Treiben lenkten und Schmähungen und Beschimpfungen – auch gegen den Wesir – ausstießen, die erst dann von den anderen aufgegriffen und wiederholt wurden.«

»Eine Art Mißfallensbekundung auf Bestellung sozusagen?« vermutete Erwin.

»Es erweckt stark den Anschein, Herr!«

»Demnach hängt alles davon ab, was die fraglichen Hetzer im Schilde führen. Wie weit gedenken sie zu gehen? Wollen sie es beim Gegröle belassen oder zum Angriff blasen?«

»Zur Zeit sind wir jedenfalls schon bei den Steinwürfen angelangt«, stellte Doremus fest, als er Wurfgeschosse über die Mauern fliegen und im Hof aufschlagen sah.

»Wenn sich unsere Verteidiger an die Umfriedung drücken, können sie kaum getroffen werden«, meinte Childebrand. »Und falls die Angreifer es damit bewenden lassen ...«

»Herr, du weißt ja selbst, wie so etwas geht«, wandte Doremus, der ehemalige Aufständische, ein. »Die Rädelsführer beherrschen so etwas nur zu Beginn: Das Ganze kann ihnen sehr rasch entgleiten. Und dann könnte es zum Schlimmsten kommen!«

Timotheos blickte sich nach allen Seiten um, strich grübelnd über seinen Bartkranz und meinte:

»Es würde mich wirklich sehr verdrießen, an einem derart schaurigen Ort wie diesem hier den Tod zu finden.«

»Soweit sind wir noch nicht«, murmelte Hermant.

Unterdessen hatten sich die weiterhin brüllenden und tobenden Aufrührer, die außerhalb ja auf keinerlei Widerstand trafen, zu dem Versuch erkühnt, den Zugang zum Gemäuer aufzubrechen. Sie hämmerten gegen das Portal und warfen noch erbitterter mit Steinen, um die Verteidiger fernzuhalten. Doremus war auf das Dach gestiegen, um ihre Vorgehensweise genauer zu beobachten, und bemerkte plötzlich eine Gruppe von ungefähr zehn Aufständischen, die mit einer schweren Holzbohle unter den Armen im Laufschritt heranstürmten: Offensichtlich wollten sie sich des Balkens als Rammbock bedienen, um das Portal einzuschlagen. Und tatsächlich: Sie beschleunigten den Schritt noch, versetzten dem Portal einen ersten Stoß, daß es in den Angeln erzitterte, wichen wieder zurück, um abermals Anlauf zu nehmen, und bereits der zweite Stoß ließ das Holz bersten. Da das Tor für einen Ort der Ruhe und Beschaulichkeit und nicht für eine Feste gezimmert worden war, würde es nicht lange standhalten. Die Leute setzten unter den steten Anfeuerungen der Menge schon zu einem erneuten Ansturm an, als mit einemmal ein Dutzend Krieger unter der Führung eines Mannes auftauchte , in dem Doremus sogleich Tahir erkannte. Die Angreifer drehten sich überrascht um, ließen ihren Balken fallen und stellten sich den Wachen entgegen. Ein Gefecht entbrannte, mit Knütteln ausgetragen, da niemand auf blanke Waffen zurückgriff, als ob darüber eine stillschweigende Übereinkunft bestünde. Der sarazenische

Hauptmann und seine Mannen waren schon bald von den Aufrührern umzingelt, die den Byzantinern, den Ungläubigen und Spitzeln wie auch dem Wesir und »deren Spießgesellen« weiterhin lauthals alles Grauen der Hölle gelobten ... und, was neu war, plötzlich den Kämmerer bejubelten, der mit Sicherheit »dieses ganze Gewürm zu zertreten«, »den Stall auszumisten« und »auf der Erde des Islam tüchtig Ordnung zu schaffen« verstünde.

Als die zu ihrem Beistand herbeigeeilten Sarazenen nun immer mehr in Bedrängnis gerieten und kurz davorstanden, überwältigt zu werden, entschieden die Missi dominici, daß es nun an der Zeit für einen Gegenangriff war. Sie riefen alle Kämpfer zusammen, über die sie verfügten, stellten hinter dem Portal rasch einen Sturmtrupp zusammen und ließen das Tor mit einem Ruck öffnen. Und schon stürzten alle mit dem Ruf »Weihnacht, Weihnacht!« auf die Aufrührer los. Mit einemmal in der Zange zwischen Tahirs Wachen, die sich erbittert zur Wehr setzten, und den so jäh zu Angreifern gewordenen »Belagerten«, begannen die Verschwörer sich abzusetzen, wobei ihre vermeintlichen Anführer ihnen offenbar selbst den Befehl zum Rückzug erteilt hatten.

Und genau in diesem Augenblick griff ein Mann, der sich bis dahin abseits gehalten hatte, blitzschnell unter sein Gewand, zog einen Dolch hervor und lief auf Tahir zu, um diesem die Waffe hinterrücks zwischen die Schulterblätter zu bohren. Bruder Antonius war jedoch ebenso flink wie der Unbekannte. Der Meuchelmörder hatte sein Opfer schon beinahe erreicht, als er jäh innehielt, das Gesicht von ungeheurem Erstaunen gezeichnet, seine Waffe fallen ließ, die Hände zur Kehle hochriß, in der plötzlich ein Messer steckte, und einen Schwall Blut ausspeiend zu Boden stürzte. Entsetzt stoben die letzten Unruhestifter davon. Tahir hatte von all dem nicht das geringste bemerkt und drehte sich erst jetzt um. Dabei erblickte er den Darniederliegenden und dann den bedächtig näher tretenden

Bruder Antonius. Einer von Tahirs Kriegern, der den gesamten Vorfall beobachtet hatte, flüsterte seinem Befehlshaber nun einige Worte ins Ohr. Dieser stand einen Augenblick völlig sprachlos da, starrte abwechselnd auf den Toten und dann auf den Mönch, der nun in die Hocke ging, um sein Wurfmesser wieder an sich zu nehmen. Endlich erwies der Sarazene Bruder Antonius eine Ehrenbezeigung, indem er mit feierlichem Ernst den Kopf neigte.

»Ich verdanke dir das Leben, mein Freund!«

Als einzige Antwort wies der Mönch, still lächelnd, mit seiner rechten Hand gen Himmel.

KAPITEL III

Tahir starrte abermals auf den heimtückischen Angreifer, der leblos, mit dem Gesicht zu Boden, vor ihm lag und in der rechten Faust noch immer den Dolch umklammert hielt. Der Sarazene ließ die Leiche umdrehen und sah sich den Mann eingehend an.

»Nein, den kenne ich nicht«, erklärte er schließlich.

Der Mann trug ein Leibhemd aus weißer Baumwolle und darüber eine *djubba,* ein langes wollenes Obergewand mit schmalen Ärmeln. Die kleine Schädelhaube war ihm vom Kopf gerutscht und lag neben dem Körper. Nichts von all dem ließ darauf schließen, welchen Standes der Unbekannte war, mit Ausnahme des Seidensaums seiner Djubba vielleicht, der eher auf einen Mann von gewissem Rang hindeutete. Auch die Untersuchung seiner Waffe brachte keine aufschlußreichen Hinweise.

Tahir ließ den Leichnam zum Sitz der Stadtwehr bringen und befahl, sofort Ausrufer mit der Beschreibung des Toten und der ausdrücklichen Aufforderung auszusenden, daß jeder, dem der Mann bekannt wäre, sich umgehend zu melden habe. Dann wandte er sich den Missi dominici zu; diese standen mit ihren Gefolgsleuten zusammen und besprachen halblaut den Ablauf der »Belagerung« und deren glücklichen Ausgang.

»Mein armseliges Leben steht ganz im Dienste des erhabenen Herrschers der Gläubigen und seines ruhmreichen Wesirs«, sagte der Hauptmann. »Ich kenne euch alle als tapfere Männer. Ihr fürchtet den Tod so wenig wie ich. Und sicherlich brennt ihr nicht minder als ich darauf, zu erfahren, warum es zu all dem kam! Nun ist bei einem Zusammenstoß, wie er in großen Städten öfter vorkommt, bei einem im Grunde gewöhnlichen Zusammenstoß also ...«

»Gewöhnlich?« wunderte sich Erwin, dessen gefährlich ruhige Stimme seinen ungeheuren Zorn verriet. »Gewöhnlich, sagst du? Ich jedenfalls finde, daß es nun wahrlich reicht. Wie ich das meine? Bereits in Tripoli mußte Timotheos mitten auf der Straße gegen das laute Geschrei und die Beschimpfungen einschreiten. In Palmyra wurden wir Opfer eines regelrechten Überfalls und einer Plünderung, die unserer Mission, aus dem dir bekannten Grunde, einen herben Schlag versetzt hat. Hier teilt man uns dann eine Unterkunft zu, die offenbar als Demütigung gedacht ist. Zugegeben, wir gewöhnen uns allmählich ein. Es bleibt aber festzustellen, daß man uns schaden will. Zu allem Überdruß werden wir nun einer Belagerung ausgesetzt, durchgeführt von rasenden Wüterichen mit Knütteln und Steinen in der Hand und wüsten Beleidigungen auf den Lippen; und vielleicht weil du, Tahir, unser Freund bist, wärst du bei diesem Aufruhr beinahe umgekommen ... Und du nennst das alles gewöhnlich! Muß ich dich daran erinnern, in welch schlimmer Lage wir stecken, wir, die Gesandten Karls des Großen, die zu schützen und zu leiten dir aufgetragen wurde?«

Blaß geworden senkte Tahir den Kopf.

»Weißt du denn nicht, daß diese quälenden Gedanken mich Tag und Nacht heimsuchen?« murmelte er.

Der Sachse wandte sich an Timotheos.

»Du verstehst ja Arabisch, also erzähle du mir etwas über diese Aufrührer. Sie haben geschrien und gebrüllt. Ergab das Geschrei denn irgendeinen Sinn?«

»Ganz ohne Zweifel, Herr! Unter diesen ...«, der Grieche blickte zu Tahir hinüber, »... eigentlich so gewöhnlichen Beschimpfungen, die auf die Fremden und die ›ungläubigen Hunde‹ abzielten, gab es andere, merkwürdigere, die sich gegen den Wesir selbst und gegen dessen beide Söhne al-Fadl und Djafar richteten, die er ja an seiner Macht teilhaben läßt. Ein eigenartiges Gegröle. Gleichzeitig rühmten ebenso aufschlußreiche Loblieder den Kämmerer und stellten ihn als Retter des Kalifats dar, das von unwürdigen Dienern angeblich in arge Gefahr gebracht werde und dringend eines Wundertäters bedürfe!«

»Fraglos ganz gewöhnliche Vorgänge!« griff Erwin, an Tahir gewandt, beharrlich auf. »Und wer erklärt mir jetzt, weshalb ein Unbekannter dich ermorden wollte?«

»Jedenfalls war das kein Zufall«, griff Bruder Antonius ein. »Der Mann war mir vorher bereits aufgefallen. Ich hatte ihn schon einige Zeit beobachtet. Er hielt sich etwas abseits und blickte sich dauernd um. Ein Mann auf der Lauer, genauso sah es aus. Und offenbar fand er plötzlich, daß die Gelegenheit günstig wäre, und sprang los und ...«

»... Falls du seinem Dolch nicht zuvorgekommen wärst ...«, murmelte der Sarazene.

»Wir schätzen uns alle glücklich, daß Bruder Antonius solche Flinkheit bewies«, fuhr Erwin fort. »Aber was könnte dieser Mordversuch mit unserer Mission zu tun haben? Und wer steckt hinter diesem Anschlag? Wer? Ganz offenkundig jemand, der im voraus über den Gang der Ereignisse Bescheid wußte. Warum nicht der Anstifter dieser Wirren? Nur, wie konnte der voraussehen, daß du dich hierherbegeben würdest? Fällt dir hierzu irgendeine Erklärung ein?«

»Nein«, gestand der Gefolgsmann al-Fadls.

»Ja, zur Hölle noch mal! Es bleibt doch eine Tatsache, daß dieser Schattenmann tatsächlich einen Meuchelmörder auf dich angesetzt hat! Sein unbestreitbares Wissen und sein überlegener Scharfsinn deuteten doch wohl kaum auf den gewöhnlichsten aller Sterblichen hin. Wer also kann hinter allem stekken? Weshalb?«

»Ich würde meine rechte Hand dafür hergeben, dir diese Frage beantworten zu können. Glaubst du denn, ich sehe nicht, welches Unrecht, welch ein Schaden euch hier widerfährt? Ich aber ... Abgesehen davon, daß ich es recht verdrießlich finde, zur Zielscheibe geworden zu sein, sind da auch noch einige Ungewißheiten ...«

»Und aus dem Gezeter dieser Berserker ergibt sich für dich wirklich kein Anhaltspunkt?« fragte der Fuchs.

»Um hochgestellte Persönlichkeiten zu bezichtigen, bedarf es ganz anderer Anhaltspunkte als das Gebrüll der Menge. Falls mir zum gegenwärtigen Zeitpunkt irgendein Verdacht in den Sinn käme, so würde ich dies nicht einmal meinem eigenen Ohr anvertrauen.«

Der sarazenische Hauptmann fuhr sich mit der Hand über die Stirn, als wollte er überaus quälende Gedanken aus seinem Geist vertreiben. Dann fügte er mit halblauter Stimme hinzu:

»Als unser Verbindungsmann mich benachrichtigen kam, in welcher Gefahr ihr schwebtet, befand ich mich gerade bei einem hohen Kanzlisten des Wesirats, der den Diwan der Anhörungen leitet. Auch was das betrifft ...«

Er seufzte.

»... so fürchte ich wohl, werden wir alle Mühe haben, in Anbetracht der heiklen Lage, in der ihr ...«

»Wie? Was bedeutet denn das nun schon wieder?« fuhr Childebrand auf. »Wir werden dieses Land auf der Stelle verlassen! Es reicht! Wir werden unseren Herrscher über den schimpflichen Empfang, der seinen Gesandten bereitet wurde, schon ins Bild setzen!«

Tahir versuchte ihn zu beschwichtigen.

»Ich habe gesagt, nichts wird einfach sein, weil ich euch die Wahrheit schulde. Nur müßt ihr mir auch glauben, wenn ich euch versichere, daß alles Erforderliche geschehen wird.«

»Das frage ich mich allmählich«, grummelte der Graf.

»Hegt daran keinen Zweifel! Ich weiß schon, wie sehr unser erhabener Kalif auf seinen Ruhm bedacht ist, das versteht sich ja von selbst; aber die Würde seiner Gäste stets in Ehren zu halten und diese mit Umsicht und Zuvorkommenheit zu umgeben, ist ihm genauso wichtig. Daher glaube ich nicht, daß ihn irgend jemand von den Ärgernissen, die euch widerfahren sind, in Kenntnis gesetzt hat ...«

»Sieh einer an, und weshalb?« fragte Timotheos nach.

»Wer hätte es gewagt, den Kalifen über derlei Ausschreitungen zu unterrichten und damit seinen Zorn auf sich zu laden? Zumal der Fürst der Gläubigen aus Besorgnis wegen des Umsturzes in Konstantinopel und auch aus anderen Gründen, die den Kalifen bewogen haben, aus seinem Sommerpalast in Rakka zurückzukehren, zur Zeit nämlich weder zu Nachsicht noch zu Langmut neigt.«

»Und was haben wir mit all dem zu schaffen?«

»Was würde denn geschehen, wenn ihr endlich eine Audienz erhalten hättet und ohne Beglaubigungsschreiben vor den Kalifen trätet? Und vor allem ohne ein Geschenk, das den hohen Wert bewiese, den euer Kaiser eurer Mission beimißt? Das müßte euch doch zwangsläufig zum Nachteil gereichen und von vornherein Vorbehalt und Kälte, ja vielleicht auch eine dumpfe Verärgerung nach sich ziehen und zu Mißverständnissen führen, die übelwollende Höflinge unweigerlich sofort mit zusätzlichem Gift versetzen würden ...«

»So etwas kennen wir nur zu genau!«

»... mit bleibenden Folgen, die für die Beziehungen zwischen unseren beiden Herrschern äußerst mißlich wären. So unerfreulich diese Feststellung auch sein mag, darf man sich ihr deshalb verschließen? Muß ein derartiges Mißverständnis nicht um jeden Preis vermieden werden?«

»Und wie, bitte schön?« warf Childebrand ein. »Wie sollen wir unsere Vollmacht und das kaiserliche Geschenk wiedererlangen? Die Räuber hatten alle Muße der Welt, das Schriftstück zu vernichten und für das Geschenk des Kaisers das allergeheimste Versteck zu finden.«

»Kein Versteck ist sicher!«

»Na, na!«

»Keines! In Ägypten«, so erläuterte Tahir, »haben sich die

Herrscher dereinst zu ihrer Bestattung riesige Grabmäler errichten oder in den Fels hauen lassen. Tief im Innern wurden auf ihr Geheiß hin Reichtümer eingelagert, die die Verstorbenen bei ihrem Aufenthalt unter den Toten begleiten sollten ... Diese Grabstätten waren durch verwinkelte Irrgänge und allerlei Fallen geschützt, um die Unversehrtheit des Leichnams und seines Schatzes zu gewährleisten. Ausnahmslos alle wurden geplündert, und das schon vor langer Zeit! Das bedeutet, daß jedes Versteck, so geheim es auch sein mag, stets aufgespürt werden kann. Wenn auch nur ein Mann Bescheid weiß, und erst recht, wenn es mehrere sind, bleibt kein Geheimnis gewahrt. Überdies stehen den Feinden eurer Mission, die euch gerne scheitern sähen, die ungleich zahlreicheren gegenüber, die euer Gelingen wünschen. Diese haben Augen und Ohren ... Es mangelt uns also keineswegs an Möglichkeiten, eurer Gesandtschaft doch noch zum Erfolg zu verhelfen.«

»Das sind ja endlich einmal ermutigende Aussichten«, bemerkte Erwin. »Und mir kommt sogar der Gedanke, manch einem könnte über die Maßen daran gelegen sein, uns auf eine Spur zu bringen ... Ob auf die richtige oder falsche ist eine andere Frage. Nun ja, wie dem auch sei, eine Spur ist immerhin ein Anfang, nicht wahr?«

Tahir blickte den Sachsen etwas verdutzt an und sagte:

»Ich weiß nicht, was du damit meinst. Doch eine recht vielversprechende Spur gibt es ja längst: und zwar die, die Ismail zur Zeit verfolgt. Ich hoffe von ganzem Herzen, er hat die Oberhäupter der Hilaym inzwischen in seine Gewalt gebracht und unsere Freunde sind bereits dabei, sie lebend nach Bagdad zu schaffen. Sollte dies im übrigen der Fall sein, so müßte ihr Troß schon bald hier eintreffen. Wir werden diesen Schurken schon die Zungen zu lösen verstehen und so erfahren, wer ihren Stamm aufgesucht hat, um Plünderer zu werben. Und dann haben wir eine Spur, und zwar eine richtige! Die wird uns sicher zu den Kostbarkeiten führen, die euch gestohlen wurden.«

»Vielleicht, oder auch zu irgend etwas anderem, wer weiß ... in jedem Fall aber bestimmt zu etwas äußerst Aufschlußreichem«, ergänzte Erwin versonnen.

In den nächsten Tagen wurden die Arbeiten zur wohnlichen Herrichtung der ihnen zugeteilten Gebäude fortgesetzt. Gleichzeitig unternahm Tahir im Auftrag der Missi und mit Timotheos' Hilfe neue Schritte, um zunächst eine Unterredung mit dem Wesir zu erwirken und im Anschluß daran eine feierliche Audienz beim Kalifen Harun ar-Raschid höchstselbst. Letzten Endes konnten die Gesuche ja nicht ewig hinausgezögert werden, in Erwartung eines Wunders, das der Gesandtschaft Beglaubigungsschreiben und Geschenk zurückbrächte. Entweder würde dieses Wunder vor dem gewährten Empfang eintreten oder aber die Gesandten Kaiser Karls müßten eben das Wagnis einer Aufwartung »mit leeren Händen« eingehen und dem Nachfolger des Propheten beherzt die Gründe dafür erklären.

Zwei Tage nach dem Überfall der Anhänger des Kämmerers sahen die Franken auf dem Tigris zwei Boote auf die Anlegestelle ihrer Unterkunft zufahren. In dem einen befanden sich einfach gekleidete Männer, sehr wahrscheinlich Diener. Das zweite und vornehmere trug ein halbes Dutzend Personen mit prächtigen Turbanen auf den Häuptern, bei denen es sich offenkundig um Würdenträger handelte. Als die Bediensteten am Ufer angelangt waren, wo ihre Herren gleich darauf den Fuß an Land setzen würden, richteten sie auf dem Schlamm in aller Eile einen Weg aus Lattenrosten her, damit die *khuf,* die kostbaren Stiefelchen aus Saffian der hohen Herren, nicht vom Morast beschmutzt würden. Als die unerwarteten Gäste der fränkischen Gesandtschaft langsam näher kamen, konnten die Missi und ihre Gehilfen feststellen, welch prächtige Kleider die Sarazenen schmückten: lange Leibhemden aus Wolle und Seide, wallende Obergewänder mit sehr weiten Ärmeln, prunkvolle, mit Stickereien üppig verzierte *feredjiyah.* Lediglich ein einziger unter ihnen trug einen Turban von bescheidenerem Umfang und eine einfache Gewandung, die Tracht eines Kriegers, worauf vor allem der kurze Überwurf, der *kabba,* hindeutete. Und dennoch bildete gerade dieser Mann den Gegenstand größter Ehrfurchtsbezeigungen seiner Begleitung. Er ging einige Schritte auf Childebrand und Erwin zu. Von Tahirs Verbindungsmann eilends über den Würdenträger aufgeklärt, flüsterte Timotheos seinen Herren einige Worte zu, worauf diese ihrem Gast entgegentraten. Einer aus dem Gefolge des hohen Besuchs verkündete mit kräftiger, aber eigenartig gefärbter Stimme:

»Seht, fremde Gäste, die ihr über das Meer der Mitte aus einem so fernen Land gekommen seid, vor euch steht der weise, scharfsinnige und mächtige Masrur, hochgeachteter Ratgeber des herrlichen und erhabenen Kalifen, des Stolzes der Erde, Harun ar-Raschid – möge Allah ihm tausendmal tausend Leben gewähren!«

Demnach war also Masrur, den man als einen der einflußreichsten Männer des Kalifats beschrieben hatte, zu ihnen, den Gesandten Karls des Großen, gekommen! Die ganze Angelegenheit mußte wahrlich von Bedeutung sein! Erwin dachte unwillkürlich an Ruben ben Nemuel, der einen solchen Schritt ja für durchaus möglich gehalten hatte.

Die Missi dominici begrüßten ihren Besucher nach sarazenischer Sitte mit einer Gebärde von erlesener Höflichkeit.

Masrur war ein Mann unbestimmbaren Alters. Auffällig an ihm war vor allem die Eindringlichkeit seines Blicks, vielleicht wegen der außergewöhnlich blaßblauen Augen, die das Gesicht von beinahe schwarzbrauner Tönung aufhellten. Seine wie gemeißelt wirkenden Züge und die Falten um die fleischigen Lippen spiegelten Härte, wenn nicht sogar Roheit, und

List wieder, gleichzeitig aber auch einen Hauch feinen Spotts. Der Eunuch sah sich nach allen Seiten um, blickte über den Hof, der zwar inzwischen gesäubert war, doch das Auge noch immer genausowenig erfreute wie zuvor, betrachtete die wenig anheimelnden Gemäuer und sagte schließlich:

»Ich weiß wohl, daß der Engel Gabriel unserem Propheten ohnegleichen in jenem sechsundzwanzigsten Vers in der Sure ›Die Nachtfahrt‹ offenbart hat: ›Gib dem Verwandten, was ihm gebührt, und den Armen und dem Sohn des Weges; doch verschwende nicht in Verschwendung.‹«

Nachdem er sich kurz gesammelt und diesen Spruch scheinbar eingehend überdacht hatte, fuhr er mit einem Lächeln fort:

»Ich stelle fest, diese Anweisung wurde hier buchstabengetreu befolgt. ›Verschwendung‹ hat man euch gegenüber sicher nicht walten lassen. Allerdings hätte man mit Fug und Recht auch weniger strengen Versen nacheifern können, zumal bei Gästen wie euch ... Ohne daß dies ausdrücklich in meine Zuständigkeit fällt, bin ich hergekommen, um euch zu beteuern, daß ihr uns willkommen seid! Schließlich fand eure Mission doch die Billigung des unvergleichlichen Fürsten der Gläubigen, nicht wahr?«

Erwin und Childebrand begnügten sich damit, diese Worte mit einem Kopfnicken zu würdigen.

»Unsere vorzügliche Gewogenheit müßte sich eigentlich von selbst verstehen«, setzte Masrur fort. »Indes machen es gewisse Vorkommnisse nun unerläßlich, daß man euch ihrer erneut und ausdrücklich versichert.«

In diesem Augenblick vertraute er seinen offenbar hinderlich werdenden Turban einem Diener an und stand nun mit einer einfachen Haube aus weißer Baumwolle auf dem Haupt vor den Franken.

»... Ja, man hat mir noch und noch zugetragen, welche Prüfungen ihr durchstanden habt.«

Mit einem Ausdruck großer Besorgnis nickte der Eunuch bedächtig.

»... All das hat euch unweigerlich befremden müssen.«

»Der Begriff scheint mir recht schwach«, grollte Childebrand.

»Indes, wenn euer Fürst gerade euch als Gesandte erwählte, so geschah dies sicher nicht allein, weil er volles Vertrauen in eure Beherztheit hat – und die beklagenswerten Ereignisse haben euch ja Gelegenheit geboten, den schlagenden Beweis dafür zu liefern. Gewiß seid ihr auch die Fähigsten für diese gewichtige Mission. Zweifellos haben die bisherigen Mißlichkeiten euch zu einigen Überlegungen und Folgerungen angeregt: über die Urheber und Ursachen, von den Auswirkungen gar nicht zu reden.«

»Laß uns dennoch gerade hierüber sprechen, da diese Auswirkungen uns vor allen Dingen bekümmern«, griff Erwin auf. »Die Wahrheit ist, wir verlieren allmählich die Geduld. Ich möchte wohl gelten lassen, daß man eine Audienz beim Kalifen nicht so leicht erhält wie bei dem erstbesten Schreiber. Seit unserer Ankunft bist du jedoch der einzige, der uns einige ermutigende Worte überbracht hat. Man nennt dich Vertrauter eures Herrschers. Allerdings weiß ich nicht, ob du in seinem Namen sprechen kannst.«

Der Eunuch blieb die Antwort auf die unausgesprochene Frage schuldig.

»Ich verstehe«, bemerkte der Sachse mit einem spöttischen Lächeln. »Wir sind also kaum einen Fingerbreit weiter ... Was unsere Meinung zu den bedrohlichen oder possenhaften Vorkommnissen anbelangt, die unser Kommen begleiteten, so stehen wir auf folgendem Standpunkt: Falls wir in den nächsten Tagen keine Fortschritte bei unserer Mission machen, werden wir – zu unserem größten Bedauern freilich – gezwungen sein, unsere Folgerungen hieraus zu ziehen, und uns entsprechend verhalten.«

»Verlaßt euch auf mein Wort«, erwiderte Masrur, augenscheinlich in gewisser Verlegenheit. »Diese Verzögerungen sind die Folge von Schwierigkeiten, die mit den Beziehungen zwischen unserem vielgeliebten Kalifen und eurem Herrscher nicht das geringste zu schaffen haben.«

»Das ahnte ich schon. Deswegen ist das Ganze jedoch nicht minder ärgerlich. Da ich jedoch weder taub noch blind bin, muß ich gestehen, allmählich einen gewissen Begriff von dem dahintersteckenden Zwist und den wichtigsten Streitern zu besitzen ... Damit möchte ich es aber zunächst einmal bewenden lassen. Über diesen Casus weißt du sicher unendlich viel mehr als ich.«

»Darf ich wenigstens fragen, ob Tahir euch pflichttreu und umsichtig gedient hat?«

»Nun«, sagte Childebrand betont, »unser Urteil zu diesem Punkt ist so leicht in Worte zu fassen, wie es sich fällen läßt: Bei Tahir handelt es sich um einen wackeren Krieger, einen besonnenen Befehlshaber und angenehmen Gefährten. Die Umstände haben uns erlaubt, ihn auf Herz und Nieren zu prüfen und schätzen zu lernen.«

»Darüber freue ich mich selbstverständlich. Dennoch bleibt die Tatsache, daß er trotz all seiner Fähigkeiten zum Gegenstand eines ziemlich rätselhaften Anschlags geworden ist ...«

»Trotz oder wegen seiner Fähigkeiten?« flocht Erwin ein.

»Auf welche Fähigkeiten spielst du dabei an?«

»Auf seine Tapferkeit, seine Entschlossenheit ... Aber auch auf seinen Scharfblick, seine Redlichkeit und Treue.«

Masrur sann eine Weile nach.

»Demnach hätte er also etwas gesehen, was er nicht hätte entdecken dürfen«, murmelte der Eunuch vor sich hin.

»Versteh es, wie du willst.«

Plötzlich griff der Eunuch sich an den Kopf, als wäre ihm gerade etwas Wichtiges eingefallen.

»Bei diesem ... trotz allem so lehrreichen Gespräch habe ich den eigentlichen Zweck meines Schritts beinahe ganz aus dem Blick verloren. Ich wollte euch nämlich verkünden, daß der Palast, den wir hochrangigen Gästen in unserer Stadt vorbehalten und der im Herzen der *Madinat as-Salam* liegt ...«

»Der ›Stadt des Friedens‹ oder ›Stadt des Heils‹«, übersetzte Timotheos. »Mit anderen Worten, die ›Runde Stadt‹, die auf al-Mansurs Befehl erbaute Stadt in der Stadt.«

»... daß dieser Gästepalast euch also von nun an zur Verfügung steht. Ihr könnt dort auf der Stelle einziehen.«

Endlich bot sich dem Sachsen eine Gelegenheit, die Verstimmung der Gesandtschaft noch einmal deutlich zum Ausdruck zu bringen. Daher ließ er sich nicht nehmen, in honigsüßem Ton anzuheben: »Wir haben nie bezweifelt, daß euer Herrscher, dessen Weisheit man allerorten rühmt, einer Gesandtschaft, die sich um die Annäherung unserer beider Reiche bemüht, den Aufenthalt so angenehm wie möglich gestalten würde. Worauf es bei einer solchen Angelegenheit indes ankommt, höchst erlauchter Masrur, ist nicht die Befriedigung irgendeiner Eitelkeit, sondern das Ergebnis der ganzen Bemühung. Da die Dinge nun einmal so sind, wie sie sind, würde unser Umzug an einen anderen Ort bloß deutlich machen, was diese leidige Sache um den ›vorübergehenden Wohnsitz‹ an – wie soll ich sagen – Befremdlichem oder gar Empörendem birgt. Und im übrigen kann ich keinerlei Vorteil darin erkennen, uns in einem Palast niederzulassen, in dem man *gemeinhin* die Gäste des Kalifen oder des Wesirs beherbergt.«

Erwin wartete ab, bis Timotheos diesen Erguß zu Ende übersetzt hatte, und fuhr dann fort:

»Dieser Wohnsitz hier verleiht unserer Mission einen Hauch von Besonderheit. Er hebt ihre Bedeutung hervor!«

»Das heißt?« fragte der Eunuch mit einer Miene, die heftigen Verdruß ausdrückte.

»Ganz einfach«, erläuterte Childebrand. »Wir fühlen uns hier wohl und wünschen zur Stunde, hier zu verweilen, es sei denn, ihr würdet aus irgendwelchen Gründen, die uns entgangen sind, entscheiden, daß es anders sein müßte.«

»Wirklich?« wunderte sich Masrur und drang dann darauf, daß die Gesandten sich doch noch anders besinnen und annehmen sollten, was man ihnen »großherzig« inmitten der Madinat as-Salam anbot.

»Wir bleiben in dieser Unterkunft«, beharrte Erwin in aller Ruhe. »Ein Umzug würde Gott weiß zu welchen Deutungen Anlaß geben.«

»Aber nein. Man würde ihn als Beweis der Hochachtung verstehen, die man euch schuldet!«

»Ich glaubte, die wäre uns bereits gewiß ...«

Masrur setzte eine verkniffene Miene auf.

»Gewiß ... selbstverständlich ...« grummelte er. »Nun gut! Dann bleibt mir nur noch, eure Absicht demjenigen zur Kenntnis zu bringen, dem jede Entscheidung gebührt.«

Nach kurzer Überlegung fügte er mit einem gezwungenen Lächeln hinzu: »Wir werden uns wiedersehen, dessen bin ich sicher, und dann gewiß unter besseren Bedingungen.«

»Nehmen wir deine Worte als ein gutes Vorzeichen«, erwiderte Childebrand.

Der Vertraute des Kalifen und sein Gefolge kehrten wieder zu ihren Schiffen zurück. Die Diener beließen die Lattenroste an Ort und Stelle.

Erard und Sauvat waren also am Tag nach der in Palmyra verübten »Plünderung« von den Missi beauftragt worden, Djamal zu begleiten, der zu Hauptmann Ismail stoßen und diesem den mündlichen Befehl überbringen sollte, die Anführer der Hilaym sofort lebend gefangenzusetzen; als sie sich daher bei Djamal einfanden, um sich mit ihm auf die beschwerliche Reise zu machen, verzog dieser ärgerlich das Gesicht und erklärte ihnen ohne Umschweife, er könne ihre Anwesenheit leidlich entbehren, weil sie beide seinen Ritt doch nur verlangsamen und nichts als ein Quell an Widrigkeiten für ihn sein könnten.

Djamal war ein recht junger Mann von hohem, schlankem Wuchs, mit sehr dunkler Haut, feingeschnittenen Gesichtszügen und einer Adlernase. Seine Familie stammte aus dem oberen Niltal und hatte sich in Damaskus niedergelassen. Er selbst gehörte der Garnison von Palmyra an und bekleidete einen höheren Rang. Ganz offensichtlich hatte er keine sonderlich große Achtung vor den Fähigkeiten dieser *Firandji*, die sich anheischig machten, ihm zur Seite zu stehen. Erard blieb jedoch sehr höflich, wie es seine Art war, und ließ sich nicht einschüchtern.

»Wenn bei uns ein Befehlshaber etwas befiehlt«, entgegnete er mit dem singenden Zungenschlag des andalusischen Arabisch, »dann gehorcht der Krieger. Würde es denn auch anders gehen? Ich denke nicht. Die Entscheidung, die uns beide und auch dich betrifft, ist in Übereinstimmung mit dem Mann gefällt worden, dem der Wesir weitreichende Vollmachten erteilt hat. Falls du dich ihr also in irgendeiner Weise widersetzen möchtest, so wende dich doch bitte an deinen Herrn! Ansonsten halte es so wie wir und befolge den Befehl!«

Djamal erwiderte zwar nichts auf Erards Worte, doch sein Gesicht zeigte deutlich, daß er seine Wut nur mit Mühe im Zaum hielt.

»Ich verstehe dich ja«, fügte Sauvat an, was sein Freund sogleich übersetzte. »Du kennst uns nicht und sagst dir: Die beiden da sind ein Hemmnis, auf das ich liebend gerne verzichten könnte. Aber bedenke: Wir gehören schon seit Tagen dem Geleitzug unserer Herren an, ja, schon seit Tripoli! Und wir haben ihn bisher noch in keiner Weise aufgehalten.«

»Die Gangart einer Karawane mit schwerem Gepäck ist eine Sache, die eines Eilboten jedoch eine ganz andere!«

»Sicherlich! Doch was ist gestern geschehen? Plünderer, wahrscheinlich Hilaym, sind über uns hergefallen. Muß ich dich daran erinnern, daß wir alle, Franken wie Sarazenen, gemeinsam gekämpft haben? Der Tod schlug zu, ohne jede Bevorzugung, in den Reihen der einen wie der anderen. Manche von uns wurden schwer verwundet. Auf die Hilaym einzustürmen ist nicht allein deine Pflicht, sondern auch unser gutes Recht, das wir mit Blut bezahlten!«

Djamal neigte den Kopf und schaute dann mit leicht zerknirschter Miene wieder auf.

»Es ist wahr, daß ich euch nicht versagen kann, worum ihr mich bittet ... Und nicht allein aus Gehorsamspflicht. Dennoch muß ich euch warnen: Selbst für Männer, die mit der Wüste vertraut sind, wäre dieser Weg äußert beschwerlich. Um so eher für euch ...«

»Das liegt auf der Hand!«

»Nun denn, so sei es!«

Er deutete ein Lächeln an.

»Zunächst aber müssen wir euch angemessen ausrüsten!«

Erard sah sich dann ohne Mißfallen erneut mit ähnlichen Kleidern ausgestattet wie dereinst, als er Gefangener des Sarazener Statthalters von Zaragoza gewesen war. Deutlich mehr Mühe hatte Djamal hingegen, Sauvat von der Notwendigkeit zu überzeugen, die fränkische Gewandung abzulegen, die allzu eng und nicht warm genug war, und sich in die der Araber zu fügen. Nach einigem Hin und Her willigte der ehemalige Kerkermeister von Autun in die Tracht eines Mahari-Reiters der Garnison von Palmyra ein: das Beinkleid aus Leinen samt baumwollenem Leibhemd, das Sauvat zu seinem Erstaunen sehr leicht, weich und angenehm fand, eine Djubba aus Wolle darüber und dazu noch den kurzen, ebenfalls wollenen Kriegerüberwurf. Als Kopfbedeckung zwang Djamal den Franken eine weiße Schädelhaube, Kufiyya und Iqal in den Farben seiner Einheit nebst einem *chal* auf – ein langer Streifen Stoff, mit dem man bei einem Sandsturm das Gesicht schützen konnte.

Als Erard seinen Freund, einen rothaarigen Hünen mit

strahlend blauen Augen, derart herausgeputzt erblickte, mußte er sich das Lachen verbeißen.

»Guter Gott, da steht ja ein wahrhaftiger Sarazene vor mir!« rief er aus. »Aber du wirst schon sehen, man gewöhnt sich rasch daran und findet es letzten Endes sehr zweckmäßig.«

Djamal hatte zwischenzeitlich zwei Säbel bringen lassen. Feierlich überreichte er sie den beiden Franken, die nun zusammen mit ihm denselben Gefahren würden trotzen müssen.

»Diese Waffen sind bei Kämpfen wirkungsvoller als eure Kurzschwerter«, versicherte er. »Ich bin mir sicher, ihr werdet ihnen auf jeden Fall alle Ehre machen!«

Kurze Zeit später war der kleine Trupp zum Aufbruch bereit. Gepäck und Verpflegung waren bereits auf die Packsättel zweier Kamelkühe geladen worden. Djamal, Sauvat, Erard und die zwei Diener, die Tahir für sie abgestellt hatte, stiegen auf kräftige und feurige Mahariyya. Und während sie dann im raschen Galopp auf dem gen Süden führenden Pfad davonritten, der, in regelmäßigen Abständen von kleinen Festungen gesäumt, auf die Wüstenstraße zwischen Damaskus und Bagdad stieß, schauten Erwin, Childebrand und der sarazenische Hauptmann ihnen noch eine ganze Weile nach und gaben sie der Gnade Gottes anheim.

Djamal hatte die Schwierigkeiten des Unternehmens nicht übertrieben. Heftige Gewitter bestimmten das Wetter, zuvor völlig trockene Wadis verwandelten sich dabei im Nu in reißende Bäche und manches Gebiet in gefährlichen Morast. Die äußerst unebene Strecke führte mal über ausgedehnte Ergs mit lockerem Sand, mal über steinige Weiten, was ihr Vorrükken ungeheuer mühsam machte. Der Ermüdung von Mensch und Tier gegenüber offenbar unempfindlich, stürmte der sarazenische Bote vom Morgengrauen bis zur Abenddämmerung unbeirrbar auf sein Ziel zu. Ob er nun neben seinem Mahari einherschritt oder in dessen Sattel saß, stets legte er eine höllische Gangart vor. Die Rasten waren so knapp wie nur möglich bemessen. Die Mahlzeiten kärglich. An manchen Abenden jedoch erlaubte ihnen ein hell aufloderndes Feuer aus trockenem Gestrüpp, etwas Reis zu kochen, die Weizenfladen aufzuwärmen und heiße Getränke zuzubereiten. Die Nächte waren eisig kalt, und der Schlaf stellte sich oft erst spät ein. Vor allem aber fühlten Erard und Sauvat sich wie gerädert. Wegen ihrer verhärteten Muskeln strauchelten sie andauernd und fingen sich nur mit Mühe wieder auf; jeder Schritt auf ihrem Leidensweg war schon ein kleiner Sieg. Und auf dem Rücken ihrer Mahariyya zu sitzen verschaffte ihnen alles andere als Erleichterung, verursachte vielmehr nur neue Schmerzen: Der Gang des Tieres und die ungewohnte Haltung im Sattel führten zu Muskelkrämpfen im ganzen Körper. Nun erst konnten sie ermessen, welch furchtbarer Unterschied zwischen dem friedlichen Vorrücken einer Karawane und diesem wahnwitzigen Wettlauf mit der Zeit bestand.

Unterdessen hatte jedoch einer der beiden Diener, ein noch sehr junger Mann, freundschaftliche Gefühle für diese Fremden entwickelt, die ihr Martyrium ohne ein Wort der Klage durchlitten und bei den Rasten und insbesondere am Abend in ihrem Nachtlager förmlich zusammenbrachen. Dann bemühte er sich nach Kräften, ihre Qual zu lindern, setzte hierfür die Verpflegung zu ihrem Besten ein und bereitete stärkende Getränke aus eigens zu diesem Zweck mitgeführten Pflanzen und Wurzeln zu; erklärte ihnen, wie sie sich entspannen und ihre Muskeln sich erholen lassen sollten, wie man sich am besten in die Kleidung und die wollenen Decken hüllt, um sich vor der beißenden Kälte zu schützen. Er erzählte ihnen auch lustige Geschichten, die so vergnüglich waren, daß Sauvat sich bei Erards Übersetzung das Lachen verkneifen mußte, um seine Schmerzen nicht wieder zu wecken.

Djamal räumte seinen fränkischen Begleitern keine Schonung ein, aber nicht etwa, weil er fest entschlossen gewesen wäre, sie zu quälen, damit sie ihre Entscheidung bereuten, sondern weil er einen Auftrag zu erfüllen hatte: Man hatte ihm befohlen, größte Eile an den Tag zu legen, also legte er größte Eile an den Tag! Sein Verhalten wurde indes noch von einem weiteren Beweggrund bestimmt: Inzwischen hatte er vor diesen Fremdlingen, diesen tapferen Kriegern, wie er selbst einer war, allzu große Achtung, als daß er sie noch mit Nachsicht hätte schonen können. Er bewunderte rundheraus, wie sie ohne eine Klage die Zähne zusammenbissen. Sie verdienten es, wie wahre Männer der Wüste behandelt zu werden.

Nach dem dritten Tage vermochten Sauvat und Erard leichter, zumindest aber mit weniger Pein, Schritt zu halten. Djamal blieb dies nicht verborgen, und so lächelte er ihnen von Zeit zu Zeit ermutigend zu. Trotz der rauhen Witterungsbedingungen legte der kleine Trupp auch weiterhin eine scharfe Gangart vor, so daß er schon bald bei einem befestigten, mit zwölf Wachen besetzten Rasthaus auf die große Wüstenstraße stieß, die Damaskus mit Bagdad verband. Die Bequemlichkeiten dort waren zwar mehr als dürftig, erschienen den beiden Franken, die sich von Kopf bis Fuß waschen, ein richtiges Mahl einnehmen und sich recht behaglich ausruhen konnten, dennoch gleichsam wie das Paradies auf Erden.

Ein Paradies auf kurze Zeit, da Djamal schnellstmöglich Verbindung mit Ismail aufnehmen mußte. Das Glück war mit ihnen: Der Hauptmann und sein Geschwader führten kaum vier oder fünf Meilen vom Rasthaus entfernt gerade einen Streifzug durch. Ein Meldegänger nahm es auf sich, ihn sogleich zu benachrichtigen. Nach einer ruhigen Nacht, die Erard und Sauvat wie die reinste Wonne anmutete, trafen Djamals Freund und dessen Leute schon am nächsten Tag in aller Frühe ein. Es waren Männer mit runden Köpfen, kupferner Hautfarbe und schmalen, schrägstehenden Augen, die kleine, so genügsame wie unermüdliche Pferde ritten. Diese »Türken« stammten von fernen und sehr hochgelegenen Ebenen, auf denen kampflustige Hirtenvölker lebten. Aus alter Gewohnheit griffen die Kalifen immer wieder auf diese zurück, um ihre Heere zu verstärken.

Kaum hatten die Krieger ihre Wegzehrung aufgestockt und ein rasches Morgenmahl verschlungen, stand das von Ismail befehligte Geschwader auch schon wieder bereit, die Jagd auf die Hilaym zu beginnen – und dies mit um so größerem Feuer, als die Männer schon das eine oder andere Hühnchen mit diesem aufrührerischen Stamm zu rupfen gehabt hatten. Djamal wußte um die Grausamkeit der »Türken« im Kampf, weshalb er es für unerläßlich hielt, ihnen vor dem Aufbruch den Zweck ihrer Nachstellung eindringlich ins Gedächtnis zu rufen: Er wolle weder »unsinnige Plünderei« noch Gemetzel, hob er hervor; es gehe einzig und allein darum, der Anführer der Beduinen habhaft zu werden, worauf eine stattliche Belohnung stehe.

Ismail hatte sofort nach seinem Eintreffen einige Mahari-Reiter ausgesandt, um sich Gewißheit über die Wanderungen der Hilaym zu verschaffen. Er selbst machte sich nun ohne Hast mit dem Großteil seines Trupps auf und schlug einen nach Südosten führenden Pfad ein. Nur zwei Tage später kehrte einer seiner Späher atemlos zu ihm zurück und verkündete, die Hilaym seien dabei beobachtet worden, wie sie einen Tagesritt entfernt gerade ihr Lager aufgeschlagen hätten. Ismail entschied sich für ein nächtliches Anrücken. Daraufhin konnten Erard und Sauvat sich davon überzeugen, welch furchtbare Recken diese Reiter aus fernen Gefilden doch waren. Nachdem sie die Hufe ihrer Pferde mit trockenen Gräsern umwickelt hatten, um das Getrappel abzudämpfen, stießen die »Türken« wie lautlose Schatten vor: Kein Ruf, kein Wort, nicht das leiseste Waffenklirren war zu hören ... ja nicht einmal ein Wiehern! Während Kundschafter vorauseilten, ritt die Schwadron über Stunden durch die Nacht und hielt vor dem Morgengrauen für eine kurze Rast. Die Nomaden lagerten nur noch eine Viertelmeile vor ihnen. Beim ersten Schimmer des Frühlichts blies Ismail zum Angriff.

Im Galopp ihrer kleinen, mit wehenden Mähnen lospreschenden Pferde gingen die »türkischen« Reiter mit hochgereckten Säbeln und gespannten Bogen zum Sturm über und brachen wie die verheerende Flutwelle eines vom Gewitter genährten Wüstensturzbachs über die Nomaden herein. Diesen blieb keine Zeit mehr, sich zur Verteidigung zu rüsten, und die wenigen Männer, die Widerstand zu leisten versuchten, waren ebenso rasch niedergestreckt wie kurz zuvor die Späher. In dem überrannten und in Windeseile eroberten Lager rannten nun Frauen und Kinder verstört hin und her, brüllten und weinten aus vollem Hals; Männer ergaben sich der Ungewißheit, ob diese Wüstensoldaten, mit denen sie bereits bei etlichen Streitigkeiten, bis hin zu offenen Zusammenstößen aneinandergeraten waren, sie nicht auf der Stelle töten würden. Demutsvoll warteten sie darauf, daß Allah über ihr weiteres Geschick entscheiden mochte. Djamal, Ismail und deren Stellvertreter mußten mit aller Macht einschreiten, um ein Blutbad abzuwenden. Gerade noch rechtzeitig gelangten sie zum Zelt der Stammesoberhäupter und verhinderten mit Müh und Not, daß diese zu Tode kamen. Schon war einer ihrer Verwandten, der den Angreifern mit der Waffe in der Hand den Zugang verwehren wollte, von einem Pfeil durchbohrt worden.

Als die sarazenischen Hauptleute in das Zelt traten, wurden sie von Schreien heller Entrüstung, von Gezeter und Beschimpfungen empfangen. Die beiden Oberhäupter der Hilaym, bei denen es sich offenkundig um Brüder handelte, standen mit hehrem Hochmut schützend vor den Mitgliedern ihrer Familie, die allesamt, einschließlich der Frauen und Kinder, aus Leibeskräften Verdammungen, Flüche und Schmähungen ausstießen. Wie konnten sich schuldhafte, ja verbrecherische Beduinen nur derart unverfroren, mit einer so ungehemmten Dreistigkeit aufführen? Djamal und Ismail verschoben die Aufklärung dieses verblüffenden Verhaltens erst einmal auf später. Dringendere Aufgaben erwarteten sie anderswo. Sie betrauten ein halbes Dutzend Wüstenkrieger unter dem Befehl eines ihrer Stellvertreter damit, die beiden Stammesoberhäupter und ihre blindwütigen Anverwandten zu bewachen, bei Bedarf zu bändigen und gefangenzuhalten. Dann machten Ismail und Djamal sich gemeinsam zur Erkundung des Lagers auf.

Zu ihrem Entsetzen war es bereits der Brandschatzung anheimgefallen. Im Bewußtsein, es hier mit Plünderern zu schaffen zu haben, hatten die Soldaten nicht einsehen wollen, weshalb sie sich diesen Glücksfall nicht hätten zunutze machen sollen. Mit knapper Not gelang es Ismail dennoch, all das wieder zusammenzubringen, was die Männer bereits »aufgelesen« hatten, Gegenstände wie auch Dinare, die den Hilaym rechtmäßig gehörten; schließlich wollte er die Beute getreu den entsprechenden Weisungen des Korans aufteilen. Vergewaltigungen versuchten Djamal und Ismail zwar zu verhindern, gaben sich aber keinen allzu großen Hoffnungen hin: Waren Fleisch und Blut nicht der Lohn der Söldner, die eigentliche Triebfeder, derentwegen sie ihr Leben verpfändeten?

In dem ganzen Durcheinander – viele Zelte waren einfach umgerissen und ihr Hausrat verstreut worden – hatten Sauvat und Erard sich bereits auf die Suche nach jener Habe gemacht, die man ihrer Mission in Palmyra geraubt hatte. Sie fanden auch tatsächlich einiges, Kleidungsstücke etwa, Weinschläuche, zwei Fläschchen Met sowie Tafelgeschirr, doch weder die Schatulle mit der Beglaubigung der Gesandten noch das kostbare kaiserliche Geschenk. Im Grunde genommen hatten sie mit diesem Mißerfolg gerechnet: Der Unbekannte, der die Plünderung seinerzeit in Auftrag gab, hatte es selbstverständlich nicht versäumt, diese wertvollen Dinge an sich zu nehmen, die ganz offensichtlich der Zweck des ganzen Unternehmens gewesen waren.

Nachdem sie Zucht und Ordnung wiederhergestellt hatten, ließen Ismail und Djamal im Beisein der beiden Franken die

Anführer der Hilaym in ein größeres Zelt bringen, das sie als Befehlsstand ausgewählt hatten, um ein erstes Verhör durchzuführen und vielleicht auch die Gründe für deren Hochmut aufzuklären. Als die Gefangenen vor sie traten, hatten diese ihre Selbstsicherheit jedoch gänzlich verloren. Von Grauen erfüllt, hatten sie ihr verwüstetes Lager durchschritten, überall nur getötete oder verwundete Beduinen sowie verwirrte Frauen und wimmernde Kinder gesehen. Sie standen völlig unter dem Eindruck dieses Verhängnisses.

Einer der beiden Brüder, ein Mann mit Bartkranz, schien sich als erster etwas zu fassen und sagte mit dumpfer Stimme:

»Warum habt ihr das getan?«

Ismail fuhr hoch.

»Wie? Was? Warum wir das getan haben?« schrie er. »Oh! Dir mangelt es wirklich nicht an Dreistigkeit!«

Der Nomade hatte die zwei Franken die ganze Zeit aufmerksam betrachtet und stieß nun empört hervor:

»Demnach hat man uns nicht belogen! Also ist es wahr! Was für eine Schande! Ja, Schande über euch, die ihr euch in den Dienst unserer ärgsten Feinde, dieser Hunde von Byzantinern, gestellt habt!«

»Was höre ich da?« brüllte Ismail, indem er die Hand auf den Knauf seines Säbels legte. »Was hast du zu sagen gewagt, du verächtlicher Schuft?«

Erard winkte beschwichtigend ab.

»Einen Augenblick, Freund«, wandte er ein. »Zuallererst darfst du nicht vergessen, daß wir sie lebend brauchen ... Und außerdem muß es ja wohl eine Erklärung für diese empörende und aberwitzige Bezichtigung geben, eine Erklärung, die uns sicher einige Aufschlüsse verschaffen dürfte!«

Leidlich verdutzt starrten die beiden Hilaym nunmehr diesen Fremden an, der sich in ausgezeichnetem Arabisch geäußert hatte.

»O Mann mit allzu langsamem Geist und allzu flinker

Zunge«, fuhr der Franke fort. »Du solltest wissen, wir sind keine Byzantiner, aber ganz und gar nicht, sondern Firandji! Wir kommen aus einem sehr fernen Reich, das sich bis zu den Gestaden des grenzenlosen Weltenmeers im Westen des Erdenrunds erstreckt ... Überdies, so laß dir sagen, standen wir und die Byzantiner uns bereits in mehr als einem Zwist und mehr als einem Krieg gegenüber ... Doch was schert es mich, ob du mir nun glaubst oder nicht. Deine Meinung kümmert mich nicht. Was ich jedoch wissen möchte, ist, wer euch über unser Reich diese absonderliche Mär aufgebunden hat, die ihr so töricht gewesen seid zu glauben. Wer hat euch zum Narren gehalten, und warum?«

Die beiden Beduinen schwiegen beharrlich.

»Hättet ihr, wenn ihr die Wahrheit gekannt hättet, eure Mannen so leichtfertig in einen Überfall einspannen lassen, der gegen die Gäste und Freunde des Kalifen, des Herrschers aller Gläubigen, und gegen deren Geleitzug, den der Wesir zusammenstellte, gerichtet war?«

»Das sind doch wiederum nur Lügen, alles nur Lügen«, erwiderte der Mann mit dem Bartkranz, bereits etwas weniger überzeugt.

»Denk doch einmal nach!« hielt Djamal dagegen. »Würden wir euch denn am Leben lassen, wenn wir Verräter wären? Würden wir euch dann nach Bagdad schaffen?«

»Nach Bagdad?«

»Ja, nach Bagdad! Und wäre der Angriff auf euch in dem Fall von einem Geschwader der ordnungsgemäßen Streitkräfte des Kalifen durchgeführt worden?«

»Von ›Türken‹!«

»Ob nun von ›Türken‹ oder nicht, es bleibt dennoch eine Tatsache. Also, hat dieser geheimnisvolle Auftraggeber euch wahrhaftig mit seiner von vorne bis hinten erfundenen Byzantiner-Geschichte überredet, ihm zur Hand zu gehen? Entweder seid ihr einfältiger, als man es sich vorzustellen vermag, oder aber … Was hat dieser Dunkelmann eigentlich genau behauptet? Komm schon, rede! Dafür wäre es nun wirklich an der Zeit. Vielleicht sind dessen Lügen ja dein einziger Entschuldigungsgrund! Wirst du wohl reden, bei Allah!«

Der Mann zögerte noch etwas, besann sich dann aber und murmelte:

»Er hat behauptet, einige der Mächtigen in Bagdad hätten vom Wesir endlich die Genehmigung erhalten, byzantinische Kaufleute in unser Reich kommen zu lassen.«

»Vom Wesir? Das hat er wirklich gesagt? Vom Wesir!«

Abermals stand Ismail kurz davor, sich auf die Männer zu stürzen. Djamal hielt ihn zurück.

»Fahr nur fort!« befahl er dem Nomaden. »Demnach hat dieser Mann den Wesir höchstpersönlich beschuldigt! Und weiter? Komm schon! Ich verabscheue es, auf die Peitsche zurückgreifen zu müssen.«

»Nun ja, dieser Verrat sollte um jeden Preis, mit welchen Mitteln auch immer, verhindert und ein Angriff ausgerichtet werden. Er hat uns versichert, die allerhöchsten Würdenträger von Bagdad würden uns schützen, und außerdem sicherte er uns Straffreiheit zu.«

Somit erklärte sich, zumindest zum Teil, die Überraschung und Entrüstung der Nomaden angesichts einer Strafverfolgung, die in ihren Augen so unwahrscheinlich gewesen war, daß sie nicht das geringste unternommen hatten, um sich zu verteidigen oder auch nur zu verbergen.

»Lassen wir es einmal gelten, daß ihr einen angeblichen Verrat bekämpfen wolltet«, meinte Djamal. »Davon abgesehen nehme ich doch wohl an, daß man euch Gold geboten und ein gut Teil der Beute ausgelobt hat.«

»Ja, wir dachten, diese Verräter müßten ihre Strafe erhalten«, bekräftigte der Nomade, ohne die gestellte Frage zu beantworten.

»Gleichwohl habt ihr den Lohn, den man euch anbot, bereitwillig angenommen. Sei's drum! Kommen wir zu einem weiteren wichtigen Punkt: Wie hieß dieser Mann mit Händen voller Dinare? In wessen Namen hat er sich eingeführt und euch in dieses waghalsige Unternehmen gestürzt?«

»Seinen Namen wissen wir nicht«, sagte der andere der beiden Brüder, der bis dahin stumm geblieben war.

»Und in wessen Namen gab er vor zu handeln?«

Neuerliches Zögern.

»Ich warte, und seid auf der Hut! Das ist meine letzte Warnung!«

Beinahe flüsternd, gestand der Mann ein:

»Im Namen des Kämmerers!«

»Des Hadjib?« rief Djamal überrascht aus. »Solltest du es tatsächlich wagen, den ganzen Lügen, die du bereits hervorgebracht hast, eine solch ungeheuerliche hinzuzufügen?«

»Ich lüge nicht! Ich schwöre es. Er hat wirklich ›im Namen des Hadjib‹ gesagt! Aus diesem Grund konnte er uns ja auch Straffreiheit zusichern.«

Lang anhaltende Stille folgte auf diese Behauptung.

»Dieser Mann hat wahrscheinlich die Unwahrheit gesagt«, hob Ismail hervor. »Er muß gelogen haben!«

»In jedem Fall werden wir die Frage an diesem Ort und mit diesen Leuten hier nicht aufklären. Allerdings bleibt da noch ein Punkt, über den sie uns vielleicht Klarheit verschaffen können«, erklärte Erard und wandte sich den beiden Gefangenen zu. »Wie wir festgestellt haben, durftet ihr das Raubgut beinahe vollständig behalten ... Euer Schweigen spricht für sich. Eines aber möchte ich unbedingt wissen – und glaubt mir, ich werde vor keinem Mittel zurückschrecken, um es euch zu entlocken! Ich hoffe, mich verständlich ausgedrückt zu haben ... Was hat der Rädelsführer des Überfalls von den Beutestücken behalten und mitgenommen?«

»Nun, zumindest ein Bündel von ungefähr drei bis vier Fuß Länge und geringer Breite«, erwiderte einer der beiden Brüder rundheraus. »Es ist mir deshalb aufgefallen, weil er diesem Gepäckstück große Bedeutung beizumessen schien.«

»War das alles?«

»Im wesentlichen, ja.«

»Und wohin ist er, deiner Ansicht nach, mit seinem Anteil davongezogen?«

»Nach Bagdad, wie er behauptete. Und er hat mit seinen Dienern tatsächlich die Wüstenstraße eingeschlagen, die dorthin führt.«

»Gut! Durch dieses Geständnis ersparst du dir wohl etliche Leiden. Zumindest für den Augenblick.«

Das Verhör der Gefangenen wurde noch eine Weile fortgesetzt. Die sarazenischen Hauptleute verlangten nach weiteren Auskünften über die Art und Weise, wie der Überfall auf die Gesandtschaft ins Werk gesetzt und ausgeführt worden war. Was Sauvat betraf, so ließ er sich den Anstifter genauestens beschreiben und wollte insbesondere wissen, wie dieser gekleidet war, wie er sich ausdrückte und ob er ein Arabisch mit besonderem Zungenschlag sprach. Aus all den gewonnenen Hinweisen ging letztendlich klar hervor, daß der Auftraggeber der Missetat bis auf das Verschweigen seines Namens nichts unternommen hatte, um zu verhehlen, daß es sich bei ihm um einen hohen Würdenträger handelte, der über beachtliche Mittel und Möglichkeiten verfügte; falls der Unbekannte also dem Umkreis der Mächtigen Bagdads angehörte und dorthin zurückgekehrt war, mußte er leicht wiederzuerkennen sein.

Ismail, Djamal und seine fränkischen Freunde brachen zusammen mit den Söldnern und Dienern zu Beginn des Nachmittags auf, um schnellstens die nächst gelegene Feste an der großen Wüstenstraße zu erreichen. Abgesehen von der Beute hatten sich die »Türken« aus der Herde der Nomaden an die dreißig Schafe genommen, um ihre übliche Kost aufzubessern. Mit Ausnahme der beiden Anführer, die nach Bagdad gebracht und dem Wesirat übergeben werden sollten, hatten Ismail und Djamal es nicht für notwendig befunden, Gefangene zu machen. Der erlittene Sturmangriff, die Verwüstung des Lagers, die Toten und Verletzten stellten wohl eine ausreichende Bestrafung dar. Mußten noch weitere Strafmaßnahmen durchgeführt werden? Darüber würden sicher die Obrigkeiten in der Hauptstadt entscheiden …

Als sie die Straße zwischen Damaskus und Bagdad erreicht hatten, machten sich Ismail und sein Trupp nach herzlichen Verabschiedungen in Richtung Westen auf, um ihre gewohnten Erkundungszüge fortzusetzen. Djamal, Sauvat und Erard, deren Diener sowie zwei Soldaten zur Bewachung der beiden Brüder ritten nun weiter gen Osten, den Tälern der großen Flüsse und der mächtige Stadt entgegen.

Unter Tahirs Führung, der den Wachtposten die nötigen Geleitbriefe vorgewiesen hatte, schritten Erard und Sauvat in Doremus' Beisein zum ersten Male durch das titanische Südtor der »Runden Stadt«. Begleitet wurden sie dabei von einem halben Dutzend Palastwachen, die die beiden Anführer der Hilaym umringten und sorgsam bewachten. Die Männer waren kurz zuvor aus dem Kerker geholt worden, in dem man sie seit ihrer Ankunft in Bagdad zwei Tage lang eingesperrt hatte.

Wie die Franken nun die Madinat as-Salam betraten, glaubten sie, in eine Zauberwelt gelangt zu sein. Sie durchquerten zunächst einen bewundernswert geordneten Suq, weitaus üppiger und mannigfaltiger eingedeckt als alle, die sie bisher zu Gesicht bekommen hatten, und reichlich besucht von Dienern in den unterschiedlichsten, für das Ansehen ihrer Herrschaft stets äußerst schmeichelhaften Trachten, die mit Geld nur so um sich warfen. Daraufhin entdeckten sie wahre Wunderwerke: auf hunderterlei Weise angelegte Gärten, verziert mit Teichen, Springbrunnen und Wasserspielen sowie kleinen

Lusthäuschen. Überall erhoben sich wundervolle Paläste, die das Auge durch das Wechselspiel ihrer Farben und Formen erfreuten. Gesäumt von einem freien Platz für Heerschauen, erstreckte sich eine lange Prachtstraße bis hin zu einer beeindruckenden Moschee, die den Fluchtpunkt bildete. Eine beachtliche Menge Bevorrechteter, die entweder in der »Runden Stadt« wohnten oder sie betreten durften, drängte sich zu beiden Seiten zusammen. Sie warteten auf die hohen Würdenträger und deren Gefolge, die sich wie üblich zum Freitagsgebet begeben würden.

Tahir, seine fränkischen Freunde, die beiden Hilaym und deren Bewacher arbeiteten sich bis zu einem Kreuzungspunkt vor, an dem der Kämmerer al-Fadl ben ar-Rabi unweigerlich vorbeikommen würde. Sie mußten einige Zeit ausharren. Endlich drangen die Klänge von Hörnern und Trompeten zu ihnen, und dann erspähten sie in der Ferne eine Schar Reiter, die feierlich näher kam. Palastwachen mit funkelnden Helmen und Rüstungen umrahmten ungefähr dreißig Männer, bekleidet mit kostbaren Obergewändern und bestickten Überwürfen aus Wolle und Seide, die auf herrlich geschirrten syrischen Vollbluthengsten saßen. Ihre Turbane von unterschiedlichsten Formen und Farben ließen Rang und Amt erkennen, wobei die grünen Kopfbedeckungen die Nachfahren des Propheten kennzeichneten. Inmitten seiner Gefolgsleute ritt, zu beiden Seiten von zwei Bannerträgern begleitet, der Kämmerer, ein Mann von stattlicher Erscheinung.

Plötzlich zeigte einer der beiden Hilaym auf einen Reiter, der unweit des Hadjib einherkam, und sagte mit gesenkter Stimme:

»Das ist er, dessen bin ich mir sicher!«

Er wandte sich seinem Bruder zu, der ihm kopfnickend beipflichtete.

»Bist du dir ohne jeden Zweifel gewiß, daß dies der Mann ist?« flüsterte Tahir. »Nimm dich in acht!«

»Bei Allah, bei meinem Leben, das ist der Mann!«

»Ich warne dich nochmals ...«

»Warum sollte ich das sagen, wenn es nicht wahr wäre?«

Bestürzt und in Gedanken vertieft, hüllte sich der sarazenische Hauptmann einen Augenblick in Schweigen. Nach einer Weile murmelte er:

»Was? Der soll der geheimnisvolle Anstifter sein, Musa ibn Ahmed? Er soll euch aufgesucht haben, um ...? Er?«

»Seinen Namen wußte ich nicht. Doch es war tatsächlich dieser Mann da. Ich würde ihn unter Tausenden wiedererkennen!«

»Musa?« wiederholte Tahir. »Wie kann man so etwas glauben? Und dennoch ... warum solltest du mich anlügen?«

»Ich verstehe nicht, was du da meinst«, erwiderte der Nomade. »Ich weiß aber, daß der Mann da meinen Stamm und uns selbst mit seinen Lügenmären und seinen Täuschungen ins Unglück gestürzt hat.«

»Und auch mit seinem Gold.«

»Jetzt mag eintreffen, was geschrieben steht! Du aber, Tahir, du kennst nun die Wahrheit. Unser Leben ist nicht mehr viel wert ... Setze alles darein, damit dieser Mann da den Preis für sein Verbrechen bezahlt! *Inshallah!*«

In diesen Worten schien Aufrichtigkeit mitzuschwingen. Tahir drehte sich zu Erard und fragte den Franken:

»Hast du das gehört?«

»Ja, und ich habe Doremus das Wesentliche übersetzt.«

Der Sarazene befragte den Genannten mit einem Blick.

»Da ich diejenigen, die an uns vorbeizogen, nicht kenne, sehe ich auch keinen Grund, mich über Gebühr darüber zu verwundern, daß dieser ... Musa unseren Zeugen zufolge der Rädelsführer des Raubzugs gewesen sein soll«, betonte der ehemalige Aufständische. »Dennoch finde ich es recht erstaunlich, daß ein solcher Würdenträger einen mörderischen Angriff auf die Gäste eures Fürsten angezettelt haben soll ...«

Nach kurzem Schweigen fügte er noch hinzu.

»Anlaß genug, sich einige Fragen zu stellen, nicht wahr.«

»Anlaß genug, sofort zu handeln!« entgegnete Tahir grimmig.

Nicht einmal vierundzwanzig Stunden später enthüllte Tahir im Verlauf einer von Childebrand und Erwin zusammengerufenen Beratung einen Plan, dessen Kühnheit einige Verblüffung hervorrief.

»Bist du wirklich bereit, dich für uns auf ein derart waghalsiges Unternehmen einzulassen?« fragte Erwin.

»Ich muß es einfach tun«, antwortete Tahir mit halblauter Stimme. »Wir müssen uns aus der Schlinge ziehen. Endlich bietet sich eine Gelegenheit dazu, ich wäre ein Feigling, wenn ich sie nicht nutzen würde ... Und außerdem ist da noch ein anderer Grund, der mich unmittelbar betrifft.«

Der Sarazene wischte sich über die Stirn.

»Verleumder wagen doch tatsächlich zu behaupten, der Überfall auf eure Gesandtschaft hätte nicht ohne ... nun ja, nicht ohne mein Einverständnis, nicht ohne Hinweise von meiner Seite begangen werden können. Man schilt mich also einen heimlichen Helfershelfer dieser Schurken, mich, der unbestreitbaren Tatsache zum Trotz, daß ich zusammen mit euch und vor euren Augen mit all meinen wackeren Männern, die ihr Blut vergossen haben, erbittert gegen die Plünderer gekämpft habe! Ich soll deren Handlanger sein! Das kann ich nicht hinnehmen! Das finde ich unerträglich! Und ich sehe nur eine Möglichkeit, diese schändliche Anschuldigung aus der Welt zu schaffen: Ich muß mich unmittelbar an den heranwagen, der den Überfall auf euch angezettelt hat und den wir nun kennen ... um wiederzufinden, was euch geraubt wurde!«

»Könntest du dich denn ohne Wissen deines obersten Herrn

und seiner anderen Gefolgsleute in ein solches Wagnis stürzen?«

»Ich habe bereits alles Notwendige unternommen«, erwiderte Tahir ohne weitere Erklärung.

»Alles Notwendige?«

»Ja, und das Für und Wider habe ich reiflich abgewogen. Ich überlegte sogar, ob ich euch davon überhaupt in Kenntnis setzen sollte. Letzten Endes habe ich mich dafür entschieden. Wäre es denn redlich gewesen, euch zu verschweigen, was euch und eure Belange in erster Linie betrifft?«

»Zumal ... aber darauf kommen wir später noch einmal zurück. Sprechen wir doch zunächst über diesen Musa ibn Ahmed«, sagte Erwin.

»Er gehört einer Familie an, die entfernt aus dem Chorasan stammt. In Bagdad verfügt er über einen Wohnsitz mit zahlreicher Dienerschaft, in dem sich auch seine Diwane und seine Waffenknechte befinden«, erläuterte Tahir. »Meines Erachtens ist das kein Ort, an dem sich eine Beute verstecken ließe.«

»Wer weiß das schon«, murmelte Timotheos vor sich hin.

»Zu viele Leute könnten sie dort zufällig entdecken.«

»Das stimmt.«

»Musa hält sich nur selten in Bagdad auf. Er zieht ein Landhaus inmitten weiter Gärten vor, das in der Nähe des Tigris, ungefähr drei Meilen flußaufwärts vor der ›Runden Stadt‹ liegt.«

Der Sarazene senkte die Stimme.

»An seine Pflichten verschwendet er nur wenig Zeit, aber recht viel an seine Vergnügungen, die ihn ein Vermögen kosten ...«

»Tatsächlich?« warf der Sachse ein.

»... tatsächlich, und das erklärt auch, weshalb er beständig auf der Suche nach Dinaren ist. In jenem herrschaftlichen Haus am Tigris richtet Musa Feste zum Nutzen seiner ehrgeizigen Bestrebungen aus. Da werden dann die erlesensten Speisen und berauschendsten Getränke aufgetragen, während die berühmtesten, für Goldes Wert verpflichteten Dichter wie etwa Zakkar ihre Gesänge zum besten geben, die den Wein und die fleischlichen Freuden rühmen … und vor allem Stegreiflieder, in denen sie den Hausherrn mit schwülstigen Lobhudeleien überschütten. Das gesamte Mahl über reizen Tänzerinnen die Sinne der Zecher mit ihrem erregenden Gebaren auf. Und wenn sie sich im Laufe der Stunden schließlich zurückziehen, gesellen sich Dirnen und auch Lustknaben hinzu, um die Feuer zu löschen, die die Tänzerinnen entfacht haben … Schimpflichste Ausschweifungen …«

»Denen auch hochangesehene Gäste beiwohnen?«

»Leider!«

Tahir seufzte und fuhr fort:

»In seinem Landgut läßt Musa sich nur von einer recht spärlichen Dienerschaft aufwarten. Man sollte dabei eher von Helfershelfern dieser verderbten Wüstlinge sprechen … Falls er die Beute aus Palmyra irgendwo verborgen hält, dann sicher dort und nirgendwo sonst, daran besteht für mich kein Zweifel!«

»Nichts weiter als eine Vermutung«, gab Timotheos zu bedenken.

»In meinen Augen beinahe eine Gewißheit. Wie dem auch sei, wenn man irgendwo etwas wagen sollte, dann in diesem Haus … Ich muß es tun … Habe ich im übrigen eine Wahl?«

»Irgend etwas, irgendwo, vielleicht, in einem zweifellos gut bewachten Landhaus … das alles baut allzusehr auf Zufall und ist überdies äußerst gefahrvoll.«

»Weniger, als es den Anschein hat«, erwiderte der Sarazene. »Wenn Musa sich auch kaum um die Leitung seiner hiesigen Diwane bekümmert, so verbringt er doch einige Tage im Monat in der Stadt. Es ist mir ein leichtes, herauszufinden, wann er in Bagdad weilt. In seiner Abwesenheit halten sich auf dem besagten Anwesen am Tigris nur drei oder vier Hauswächter sowie ein paar Diener auf, die für den Unterhalt des Hauses und der Gärten sorgen.«

»Trotzdem muß man erst einmal in dieses Anwesen hineinkommen und es ungestört durchstöbern können«, hob Doremus hervor. »Wie willst du das anstellen? Indem du das Tor einrammst, die Türhüter aus dem Weg räumst, die Diener überwältigst?«

»Selbstverständlich nichts dergleichen!«

Der Sachse rieb sich das Kinn in einer Weise, die Zweifel und Besorgtheit zugleich zum Ausdruck brachte.

»Glaube mir, Tahir, die ganze Sache ist bei weitem nicht klar und eindeutig. Bei weitem nicht. Zu viele Dinge befremden mich, zu vieles bereitet mir Sorgen ... Und wenn ihr dort auf bewaffneten Widerstand stoßt?«

»Dann werden wir uns genauso zur Wehr setzen müssen. Ich glaube aber nicht, daß es soweit kommt.«

»Und ich befürchte das Gegenteil. Aus diesem Grunde bitte ich dich, von dieser gefährlichen Erkundung abzusehen. So bedeutsam der Einsatz auch sein mag, er ist es nicht wert, daß du und deine Männer dafür euer Leben aufs Spiel setzt. Es muß noch eine andere Lösung geben.«

»Die gibt es nicht! Mein Entschluß steht fest!«

»Meinetwegen, nur wirst du dich dann nicht allein in Gefahr begeben!« erwiderte der Sachse mit fester Stimme. »Wir werden an deiner Seite sein!«

»Das kommt überhaupt nicht in Frage. Die Umstände und der Ablauf meines Vorhabens selbst machen es unmöglich, daß ihr daran teilnehmt.«

»Tahir, wir werden die Auseinandersetzung, die wir bereits in Palmyra geführt haben, hier und jetzt nicht wieder von neuem beginnen.«

»Sich in einem Landgut Zugang zu verschaffen, das einem engen Vertrauten des Hadjib gehört, und dort das Unterste zuoberst zu kehren ist doch wohl etwas ganz anderes, als über einen Stamm von Plünderern herzufallen. Und ich wage gar nicht an die möglichen Auswirkungen zu denken, sollte einer der Euren unglücklicherweise dabei gefaßt werden.«

»Nun wirst du mir zuhören, mein Freund!« fuhr Erwin den Sarazenen an. »Die ganze Angelegenheit ist noch gefährlicher, als es scheint. Hast du denn zu durchschauen vermocht, weshalb dich ein Unbekannter nur wenige Schritte von hier hat erdolchen wollen? Nein, nicht wahr! Kannst du weitere Mordversuche ausschließen, insbesondere bei der Erkundung, die dir vorschwebt? Nein, nicht wahr! Weißt du denn etwas über die tatsächlichen Hintergründe der Fallstricke mit blutigen Folgen, die man unserer Gesandtschaft in den Weg gelegt hat? Zur Zeit nicht mehr als ich! Und diese schändlichen Gerüchte, die du uns eben voller Empörung zugetragen hast und die besagen, du wärst ein Handlanger des Überfalls von Palmyra ... Wer streut sie aus? Weshalb? Du siehst in ihnen einen Angriff auf deine Ehre. Schlimmeres gibt es nicht, das ist wahr. Ich für mein Teil aber sehe in ihnen obendrein noch eine furchtbare Gefahr: Wurde eine solche Anschuldigung nicht als Rechtfertigung dafür verbreitet, daß man dir nach dem Leben trachtet, um folglich deine Ermordung anzuzetteln? Kannst du das ausschließen?«

Der Sachse blickte Tahir fest in die Augen.

»Es unterliegt keinerlei Zweifel, daß du für irgend jemanden oder irgendeine verschworene Gruppe eine Bedrohung darstellst. Aufgrund der Dinge, die du bereits vermutest, die du noch entdecken könntest? Ich weiß es nicht. Mit Sicherheit aber bist du gefährdet. Wie kann ich dich dazu anhalten, mehr denn je auf der Hut zu sein? Genügt es nicht, dich im Namen unserer Freundschaft darum zu bitten? Nun, sei's drum, sprechen wir also von Pflichten! Legst du dein Herz und deine Ehre darein, einer Mission zu dienen, deren Bemühen du gutheißt und deren Zweck du beipflichtest? So diene ihr, indem du am Leben bleibst! So setze dein Unternehmen wenigstens derart ins Werk, daß du dir von vornherein alle Erfolgsaussichten sicherst. Rechne mit dem Schlimmsten, dann wirst du es sehr wahrscheinlich richtig getroffen haben. Daher höre nun meinen Entschluß, da deiner feststeht: Diese Erkundung wirst du entweder mit drei oder vier unserer Mannen als Verstärkung durchführen oder gar nicht! Du hast deine Ehre, wir haben die unsrige und dazu noch ein besonderes Recht: nämlich mit im Bunde zu sein ... Und auch deine eigenen Leute, die dich begleiten werden, solltest du großzügig bemessen!«

Mit beinahe feierlichem Ernst und jedes Wort hämmernd, fügte Erwin noch hinzu:

»Und vor allem, wahre dein Geheimnis! Darauf lege ich großen Nachdruck: Sprich mit niemandem, wirklich mit niemandem darüber! Siehst du, die ganze Sache ist mir wahrlich nicht geheuer!«

Kopfschüttelnd murmelte der Sarazene vor sich hin:

»Als ob ich es nicht bereits von Beginn an gewußt hätte, daß die Dinge in jedem Fall so geschehen würden, wie es geschrieben stand ...«

Um sich bei den Bediensteten, die Musas Landsitz bewachten und unterhielten, Glauben zu verschaffen und diese in der Gewißheit zu wiegen, Tahir wäre rechtmäßig mit einem so gewichtigen wie geheimen Auftrag betraut, hatten er und seine sarazenischen Freunde alle Künste aufgeboten. Mit übertrieben prunkvollen Turbanen und herrlichen Gewändern bekleidet, ließen sie sich von sechs schwerbewaffneten Wachen, darunter einem Bannerträger, drei Knappen sowie vier Dienern begleiten, unter deren Tracht sich niemand anderes als Doremus, Bruder Antonius, Timotheos und Hermant verbargen. Auf dem Schriftstück, das ihnen Nachforschungen gestattete, prangte das Petschaft des Wesirs.

Im Gedränge und bunten Getümmel der Gassen und Straßen Bagdads hatte ihr Zug kaum Aufmerksamkeit erregt. Beeindruckendere und auch feierlichere Gefolge waren allzu häufig, vom Morgengrauen bis zur Abenddämmerung, in der gesamten Stadt unterwegs. Sie trafen gegen Mittag bei dem herrschaftlichen Anwesen ein. Zu ihrem großen Erstaunen fanden sie das Portal unbewacht und sperrangelweit offen vor. Erwins Warnungen schossen Tahir augenblicklich wieder in den Sinn. Von seinen Freunden eng umringt und den sechs Wachen seines Geleitzuges dicht gefolgt, ritt Tahir vorsichtig durch das Tor auf den Hauptweg. Er hatte die Franken gebeten, ihm Deckung zu geben. Mit blankgezogenem Säbel näherten sich die Sarazenen langsam dem Hauptgebäude. Timotheos und Doremus hatten sich Pfeil und Bogen so umgehängt, daß sie sich ihrer augenblicklich bedienen konnten. Bruder Antonius hielt seine Messer bereit und Hermant sein gezücktes Schwert, während sie nun links und rechts von Tahir einherritten.

Der Sarazene gelangte ungehindert bis zur Pforte des kleinen Palastes. Sie stand halb offen. Auf dem mit Mosaiken ausgelegten Boden der Vorhalle und kaum drei oder vier Fuß vom Eingang entfernt, lag mit durchschnittener Kehle der Leichnam Musa ibn Ahmeds in einer Blutlache. Kein Geräusch war zu hören, scheinbar befand sich niemand mehr im Haus. Tahir hieß den Bannerträger vortreten, nahm seinen mächtigen Turban ab und steckte ihn auf die Spitze der Pike, die gerade eben noch sein Banner geschmückt hatte; dann ließ er den Turban an der ausgestreckten Pike so durch den Türspalt schieben, als säße dieser auf dem Haupt eines Mannes, der die Vorhalle mit einem vorsichtigen Blick erforschen wollte, bevor er sich hineinwagte. Im selben Augenblick stürzten ungefähr fünfzehn Mordgesellen, die sich offenbar im Innern versteckt und gegen die vordere Wand gepreßt hatten, mit wüstem Gebrüll und erhobenen Waffen zur Tür und rissen sie vollständig auf; schon stürmten sie nach draußen, um über Tahir herzufallen, auf den allein sie es offenbar abgesehen hatten, wie es die von ihrem Anführer ausgestoßenen Befehle auch bestätigten. Die beiden ersten gelangten jedoch nicht einmal über die Schwelle. Von Timotheos' und Doremus' Pfeilen durchbohrt, fielen sie auf der Stelle zu Boden, so daß ihre Körper den Ausfall der anderen stark behinderten. Diese rasche Gegenwehr verschaffte Hermant und den Sarazenen die nötige Zeit, um einschreiten zu können und mit mächtigen Säbelhieben gegen die hervorstürzenden Mörder vorzugehen. Der Kampf war flugs entschieden. In nur wenigen Augenblicken hatten die Angreifer sechs ihrer Leute verloren. Die restlichen zogen sich eilig ins Innere des Gebäudes zu irgendeinem hinteren Ausgang zurück. Somit hatte die Überraschungswirkung also nicht den Angreifern in die Hände gespielt, sondern denjenigen, die hätten überrumpelt werden sollen. Von Tahirs Freunden und Wachen war nur jeweils einer leicht verletzt worden.

Bruder Antonius näherte sich dem Sarazenen, der nicht einmal die Zeit gehabt hatte, an dem Gefecht teilzunehmen.

»Die hätten uns getrost noch ein paar dalassen können!« schmetterte er mit dröhnendem Gelächter.

Timotheos übersetzte den grimmigen Scherz und fügte hinzu:

»Hauptmann, wir sollten hier keinen Staub ansetzen, wie man bei uns sagt. Dieses Gesindel holt vielleicht gerade Verstärkung herbei oder schlägt Lärm, was weiß ich. Laß uns auf der Stelle abziehen ... Und außerdem wäre es sicher besser, wenn man die sonderbaren Diener, die dir Beistand geleistet haben, nicht zu Gesicht bekäme.«

Da Tahir weiterhin zu zögern schien, flüsterte der Grieche ihm noch zu:

»Was die Gegenstände angeht, nach denen wir hier suchen wollten, so bleibt uns keine Zeit mehr, uns darum zu kümmern. Kannst du denn überhaupt mit Bestimmtheit sagen, daß sie sich jemals hier befanden, und wenn ja, ob man sie nicht bereits in ein anderes Versteck geschafft hat? Sicher ist jedenfalls, daß hier am Boden die Bälge von sechs ungeschickten Meuchelmördern und der Leichnam eines Mannes liegen, der um Geheimnisse wußte, die ihn das Leben gekostet haben. Daher bitte ich dich nochmals, laß uns schleunigst verschwinden!«

KAPITEL IV

Childebrand und Erwin waren keineswegs erstaunt, als sie kurze Zeit nach der »Sache in Musas Landhaus« eine Botschaft erhielten, die sie einlud, sich in den Palast des Wesirs zu begeben, »um dortselbst mit den höchsten Machthabern zusammenzutreffen«. Wie die Dinge lagen, war dies vorhersehbar gewesen. Obwohl die zweideutige Wortwahl nicht ausdrücklich angab, daß es sich dabei um eine Unterredung mit dem Wesir persönlich handeln würde, entschieden die beiden Gesandten, in die Einladung einzuwilligen.

Wie sie erwartet hatten, machten Gerüchte über den Kampf rasch die Runde in der ganzen Stadt. Und an ungeklärten Fragen mangelte es nicht: Warum war Musa ibn Ahmed, unmittelbarer Gefolgsmann des Kämmerers, die Kehle durchschnitten worden, und von wem? Von den gedungenen Mördern, die sich im Innern des Wohnhauses aufhielten? Nur, wer hatte diese mit dem Verbrechen beauftragt, und aus welchem Grund? Und was hatte Tahir obendrein dort zu suchen? Freilich konnten weder er selbst noch seine Gehilfen des Mordes an Musa bezichtigt werden. Doch wie ließ sich erklären, daß offenbar gedungene Mörder zunächst den Besitzer des Hauses hinmeuchelten und danach, statt sofort zu fliehen, über einen Gefolgsmann al-Fadls und dessen Freunde herfielen? Und wie hatte Tahir vorausahnen können, daß er bei einem schlichten Besuch, der ja im Grunde genommen in keiner Weise gefahrvoll hätte sein dürfen, ein beachtliches und schlagkräftiges Geleit benötigen würde? Jedenfalls hatten sich Tahirs Mannen und Diener mörderisch zur Wehr zu setzen gewußt.

Zu all dem gesellten sich noch die Gerüchte um das eigentümliche Geschick der fremden Gesandten hinzu, von denen man mittlerweile wußte, daß es sich bei ihnen keineswegs um

Byzantiner handelte; vielmehr kamen diese Fremdlinge wohl als Botschafter eines fernen Reiches, das mit Konstantinopel im Streit lag, ja sogar bereits Fehden ausgetragen hatte. Zwangsläufig fragte man sich nun, ob da womöglich irgendein Zusammenhang bestand zwischen deren merkwürdiger Unterbringung außerhalb der »Runden Stadt« und den blutigen Zwischenfällen, zu denen es kürzlich gekommen war; oder ob das Ganze sogar irgend etwas mit den inneren Machtkämpfen zu tun hatte, deren Verschärfung ganz Bagdad in Sorge versetzte. Auf jeden Fall hatte der Beschluß der Missi, in ihrer vorübergehenden Bleibe auszuharren, seinen Zweck voll und ganz erfüllt: nämlich allgemeine Aufmerksamkeit zu erregen und den Obrigkeiten Ausflüchte und Winkelzüge zu erschweren – ein Verhalten, an dem nun auch tatsächlich immer mehr mehr Leute Anstoß nahmen. Und so erklärte sich zweifelsohne auch die Entscheidung des Wesirats.

An dem Tage dann, als die fränkischen Gesandten sich in das Haus des Wesirs begeben sollten, fanden sich im Laufe des Morgens acht stämmige Kerle in Dienertracht mit einer Sänfte ein, deren Vorhänge zugezogen waren, und stellten ihre Last behutsam auf den Steinplatten des Hofes ab. Der begleitende Hauptmann und Befehlshaber der Sänftenträger rief Diakon Dodon herablassend zu sich, der sich ganz in der Nähe aufhielt, den Mann aber nicht verstand und daher Timotheos eilends benachrichtigen ging. Der Grieche kam auch bald darauf hinzu und schleuderte dem Hauptmann einige Worte auf arabisch entgegen. Flugs änderte dieser Tonfall und Gebaren und bat den Griechen übertrieben höflich, an die Sänfte heranzutreten. Was Timotheos auch tat, um den vermeintlichen Würdenträger hinter den Vorhängen mit den üblichen blumigen Begrüßungen willkommen zu heißen.

»Wer bist du, daß du unsere Sprache mit einem besseren Zungenschlag als ich selbst sprichst?« antwortete ihm unvermutet eine Frau mit einem leisen Lachen.

»Ein Fremdling aus weiter Ferne, der noch Hunderte von Wegen mehr beschritten hätte, um eine derart wohlklingende Stimme wie die deinige zu vernehmen.«

Ein neuerliches Lachen zollte der Nettigkeit Dank.

»O Fremdling aus weiter Ferne, bist du ebenso verschwiegen, wie du dich auf Schmeicheleien verstehst?«

»Man behauptet es. Doch ich stehe ganz deinen Wünschen und dir selbst zu Diensten.«

»Ich glaubte, du stündest zuallererst im Dienste dieser Gesandten, die hier, wie ich erfuhr, etlichen Schwierigkeiten ausgesetzt sind?«

»Wie jeder rechtschaffene Gefolgsmann diene ich ihnen in der Tat nach besten Kräften. Doch sollte dies unvereinbar sein mit dem, was du mir anzuvertrauen wünschst?«

»Gewiß nicht, sogar im Gegenteil. Sage deinen Herren folgendes: Für sie, und nicht allein für sie, ist es von allergrößter Wichtigkeit, daß sie sich in drei Tagen, nach dem Mittagsmahl, in die Madinat as-Salam zum Smaragdpalast begeben. Dort werden sie einem Mann von edelstem Geblüt begegnen. Bis jetzt mußten deine Herren sich mit einer Binde vor den Augen in vollkommener Finsternis vorantasten. Nun ist der Zeitpunkt gekommen, diese Binde abzunehmen und ihnen zu etwas Licht zu verhelfen. Ansonsten würden sie nur weiterhin straucheln und, wer weiß, vielleicht in eine verhängnisvolle Fallgrube geraten.«

»Dürfte ich die Kühnheit so weit treiben, dich nach dem Grund dieser Fürsorge zu fragen?«

»Wünscht ihr eurer Gesandtschaft denn keine erfreulichen Erfolge?«

»Und darüber hinaus ...«

Nach kurzem Schweigen antwortete die geheimnisvolle Botin:

»Wie wir wissen, werden deine Herren sich in Kürze in den Palast des Wesirs begeben. Welchen Anlaß könnte diese Aussprache wohl haben, wenn nicht die Widrigkeiten, die euren Weg bisher begleitet haben? Die Ereignisse werden dabei ... so hoffe ich ... wahrheitsgemäß dargestellt ... Indes, sind mehrere Ansichten und Blickwinkel nicht von Vorteil? Und selbst wenn man erst einmal jene Augenbinde gelüftet haben wird, die euch die Wahrheit verbirgt, so besteht doch wohl auch weiterhin die Gefahr, daß ihr falschem Schein zum Opfer fallt und euch von Mißdeutungen verleiten laßt?«

»Ich sehe schon recht klar, wenn ich mir dies bereits jetzt erlauben darf«, unterstrich der Fuchs, wobei er sich gleichzeitig fragte, wie die Einladung an die Abgesandten so rasch zum offenen Geheimnis werden konnte.

Fürwahr, hier bespitzelten sich die Mächtigen um die Wette.

»Falls deine Herren sich zu dem von mir genannten Ort begeben, werden sie genug erfahren, um in aller Sachkenntnis urteilen zu können.«

Unversehens schob eine sehr weiße Hand den Behang leicht zur Seite, um Timotheos einige Schriftstücke und einen Rubinring zu reichen.

»Hier hast du einen Geleitbrief auf die Namen deiner Herren, mit dem sie Zugang in die ›Runde Stadt‹ erhalten. Sie dürfen sich von zwei oder drei Gefolgsleuten begleiten lassen, und sei es nur zum Zwecke der Übersetzung. Und da man in der gegenwärtigen Zeit nicht vorsichtig genug sein kann, müssen sie diesen Rubinring am Eingang des Smaragdpalastes vorzeigen, um sich bei den Wachen auszuweisen.«

Der Grieche ergriff das ihm hingehaltene Schriftenfutteral und den Ring.

»Ich werde die Gesandten augenblicklich von deiner Einladung unterrichten. Zwar steht es mir nicht zu, an ihrer Stelle zu antworten, doch ...«

»Nichts wird sie daran hindern, sich zu diesem Gespräch von allergrößter Wichtigkeit zu begeben, dessen bin ich mir sicher.«

»Dürfte ich wohl erfahren, wer uns diese große Ehre erweist und ...«

»Das spielt keine Rolle!«

»Ich glaube nicht, daß das keine Rolle spielt, Fürstin, und sei es nur wegen der Wertschätzung und Dankbarkeit, die ich dir schulde.«

»Wie kannst du es wagen?«

»Wer, außer einer Fürstin, vermag sich schon mit solcher Vornehmheit und Ungezwungenheit auszusprechen?«

»Wir kehren zurück!« befahl die Besucherin ihren Trägern.

Kurz nach dem Mittagsmahl machten zwei reich verzierte Boote an der Anlegestelle der Unterkunft fest. Ein Meldegänger eilte im Laufschritt zum Wachtposten und verkündete, die Boote seien den fränkischen Gesandten vom Amt des Wesirs geschickten worden und die Schiffsführer hielten sich zu ihrer Verfügung. Nachdem Childebrand und Erwin, von Timotheos und Erard begleitet, darin Platz genommen hatten, fuhren sie sogleich unter kräftigen Ruderschlägen den Tigris hinauf bis zum Palast des Wesirs, dem Ksar al-Fin, der am linken Flußufer lag.

Von seinen beeindruckenden Ausmaßen her war dieser Palast eine einzige weitläufige Verwaltungsstadt. Die Gäste des Wesirs wurden bei ihrer Ankunft bereits von einer Abordnung der Palastwachen mit funkelnden Helmen und Rüstungen erwartet. Nachdem der Hauptmann des Trupps die beiden Gesandten mit umständlicher Höflichkeit begrüßt hatte, führten Knappen die Franken zu prunkvoll gezäumten Vollblütern und luden sie untertänigst ein, in die Sättel zu steigen und über die Prachtstraße zum Palast des Herrn dieser Stätte zu reiten.

Wie die Straßen in der »Runden Stadt« war auch diese hier von kunstvoll angelegten Gärten gesäumt, von Springbrunnen, kleinen Kanälen, allerlei Wasserspielen und Teichen sowie von Lusthäusern in den unterschiedlichsten Ausführungen. Die Missi dominici erspähten in der Ferne geschäftige

Fußsoldaten und Reiter, die mit blankgezogenen Säbeln oder angelegten Piken losstürmten, um sich an Strohpuppen oder anderweitigen Zielscheiben auf Drehkreuzen zu üben. Ebenso beobachteten sie ein Reiterspiel, bei dem die Spieler mit langen Wurzelknollen einen Ball vor sich hertrieben, und das, wie man ihnen sagte, bei den Vornehmen sehr beliebt war. Andere wiederum maßen sich in ungleich gewaltsameren, von fernen Gebirgsebenen stammenden Wettkämpfen, bei denen es beispielsweise darum ging, sich hoch zu Roß den Balg eines Ziegenbocks streitig zu machen. Man zeigte den Franken auch ausgedehnte Räume, in denen Faustballspiele mit recht verzwickten Regeln ausgetragen wurden, eine große Bibliothek, ein prächtiges Badehaus, einen Tiergarten ... Ringsum Gebäude, von denen die meisten dem Wesir unterstehende Diwane beherbergten. Und zwischen diesen Gebäuden herrschte ein ständiges Kommen und Gehen: von außerhalb oder aus der Stadt stammende Wagenzüge, bewaffnete Trupps, Reiter, Sänftenträger, Lasttiere, Besucher und Diener. Hier schlug das Herz des riesigen Abbasidischen Reiches.

Am eigentlichen Palast des Wesirs angelangt, saßen die Gesandten Karls des Großen ab und wurden sogleich von einem Geleit aus vier Dienern in Prunktracht unter der Führung eines Hauptmanns mit mächtigem Turban begrüßt. Über flauschige Wollteppiche schritten sie nun durch eine Flucht von Räumen, deren Mosaike und Wandbehänge jeweils in einer vorherrschenden Farbe gehalten waren. Hier stellten Schaukästen und Gestelle Waffen, Helme und Rüstungen aus, unterschiedlichste Wehrtrachten und Banner, allesamt Beutestücke, die für sich schon vom Ausmaß der arabischen Eroberungen Zeugnis gaben; dort fanden sich Stücke erlesener Goldschmiedekunst und Schatullen voller Geschmeide; anderswo wiederum kostbare Handschriften, abgefaßt in allen Sprachen des Erdenrunds, einschließlich solcher mit den sonderbaren Buchstaben des entferntesten Orients.

Die Gesandten wurden schließlich in einen Empfangsraum mit seidenen Wandbehängen geleitet, auf dessen kurzgeschorenen Teppichen aus Wolle und Seide Kissen angeordnet waren wie auch eine Art sehr niedriger, länglicher und gepolsterter Sitzbank, die ebenfalls »Diwan« genannt wurde. Auf Fußgestellen aus Ebenholz ruhten ziselierte, mit Silber eingelegte Kupferplatten und boten Backwerk, Getränke und Leckereien dar. Drei schwarze, mit schillernden Stoffen bekleidete Diener hielten sich den Gästen des Wesirs zur Verfügung, um ihnen jeden Wunsch zu erfüllen. Nachdem die Franken Platz genommen hatten, mußten sie sich eine ganze Weile gedulden und begnügten sich dabei mit Erfrischungen. Von Zeit zu Zeit winkte Erwin beschwichtigend in Richtung des Grafen Childebrand, dessen Augen eine zusehends blaßblauere Tönung annahmen, was bei ihm als untrügliches Anzeichen wachsender Gereiztheit galt. Endlich kam ein hochmütiger Kammerherr herein, um al-Fadls Erscheinen anzukündigen, wobei er vor und hinter dem Namen von Wesir Yahyas Sohn eine endlose Aufzählung von Titeln und über die Maßen löbliche Eigenschaften anführte.

Schon trat der so trefflich gerühmte mit eingeübten, würdevollen Gebärden in den Raum. Ein Mann von recht hohem Wuchs und gewissem Alter, das ausgemergelte Gesicht von einem Kinnbärtchen geziert. Er trug ein langes besticktes, bis zum Herzen geöffnetes Gewand mit etlichen Knopflöchern und Knöpfen – die *durra'a.* Und auf dem Haupt eine sehr schlichte Kufiyya, gehalten von einem dreifachen golddurchwirkten Iqal aus Seide. Nach dem ersten im Stehen erfolgten Austausch von Höflichkeiten nahm er auf dem Diwan Platz und lud seine Gäste ein, sich ebenfalls niederzulassen. Die Unterhaltung begann zunächst mit einigen belanglosen Betrachtungen. Daraufhin setzte er eine betrübte Miene auf und erklärte:

»Ich habe mit dem größten Mißfallen erfahren, gegen welche Hindernisse eure Gesandtschaft hat ankämpfen müssen. Dies ist äußerst bedauerlich. Selbstverständlich wird alles getan werden, damit sich derartige Vorkommnisse nicht wieder ereignen mögen und allem Schaden abgeholfen werde, den ihr erlitten habt.«

Al-Fadl ben Yahya wartete auf eine Würdigung seiner Worte, die jedoch ausblieb. So trank er einen Schluck verdünnten Apfelsinensaft und fuhr fort:

»Muß ich eigens hervorheben, wie begrüßenswert und nützlich uns eure Mission erscheint? Schließlich erachtete der allmächtige Wesir, mein Vater, gute Beziehungen mit eurem Herrscher, der über die fernen Lande des Okzidents gebietet, stets als unerläßlich, wie es der auf seine Anregung hin erfolgte Austausch von Abgesandten beweist! Und als euer Fürst erst zum Imperator der Römer ausgerufen wurde, schien dem Wesir diese Annäherung wünschenswerter denn je. Aus diesem Grunde unterstützte er lebhaft die Anregung eures Kaisers, auf daß unser wundervoller und vielgeliebter Kalif dem Kommen fränkischer Gesandter, also eurer Mission, seine gefällige Billigung gewähren mochte.«

Wieder stellte al-Fadl eine verdrossene Miene zur Schau.

»Oh, wie gerne würde ich euch doch versichern können, der Austausch von Gesandten hätte hier in Bagdad den Beifall aller gefunden! ... Doch leider ist die Wahrheit nun einmal so, wie sie ist, nicht wahr, und ich schulde sie euch. Gewisse Würdenträger also, von geringer Zahl indes – aber beherbergt nicht jeder Palast auch seine verbitterten Höflinge? – haben Einwände erhoben ... wenn nicht gar Schlimmeres ... die einen, weil sie insgeheim diesem Nikephoros gewogen sind, der in Konstantinopel die Macht an sich gerissen hat, und weil sie folglich jede Annäherung an euch ablehnen; die anderen aus Gründen ...«

Zögernd hielt er kurz inne.

»Überall, selbst in den gesitteten Reichen, gibt es Ränkeschmiede, und alles kann zum Anlaß für Intrigen werden. Sie mögen mehr oder minder ernsthaft sein, doch Schaden stiften sie allemal. Wie es euch ja mit Sicherheit nicht verborgen bleiben konnte.«

»Daß die Gemüter ein wenig erregt sind, konnte freilich niemandem entgehen, und vor allem nicht den Opfern der Ausschreitungen«, betonte Childebrand spöttisch. »Sich indes so weit vorzuwagen und zu sagen, wer und welche Zwecke sich hinter all dem verbergen, steht uns als den Vertretern eines fernen Reiches nicht zu.«

»Wer Feststellungen sagt, spricht auch von Schlußfolgerungen. Ich kann aber gut verstehen, daß ihr euch darüber in Schweigen hüllt. Der Weise hört und weiß seine Zunge im Zaum zu halten. Ich hingegen muß gleichwohl von den Tatsachen sprechen. Die bei den Hilaym durchgeführten Nachforschungen und die Geständnisse ihrer Oberhäupter haben uns den Namen desjenigen offenbart, der den Überfall auf euren Troß gedungen hat. Demnach handelte es sich bei dem Anstifter um Musa ibn Ahmed, einen Dienstmann des Kämmerers. Daß Musa ibn Ahmed dem Hadjib nahestand, beweist in meinen Augen jedoch gar nichts, denn ich weigere mich schlichtweg zu glauben, dieser hätte mit Musas verbrecherischen Machenschaften das geringste zu tun. Wie sollte einer der meistgeachteten Ratgeber des Kalifen, man könnte gar dessen Günstling sagen, solchen Missetaten Vorschub leisten? Wer wagte dies zu behaupten? Rätselhafter bleibt allerdings das Einschreiten jenes Hauptmanns der Palastwache, der euch zu dieser unwürdigen Unterkunft führte und sich dabei auf besagten Kämmerer berief. Aber auch da kann ich beileibe keinen Grund erkennen, weshalb der Hadjib auf so üble Weise mit euch verfahren sein soll. Und was die Aufrührer und wüsten Zeterer anbelangt, die euch beleidigten, die uns mit Flüchen überhäuften und den Hadjib hochleben ließen, so mag man jedes Gesindel wohl mit ein paar Dirham zu jedem erdenklichen Geschrei bringen, nicht wahr?«

Daraufhin brachte des Wesirs Sohn eine gewisse Ratlosigkeit zum Ausdruck.

»All das, so möchte ich wiederholen, bietet wahrlich Anlaß, uns leidlich zu beunruhigen; zumal Musas Ermordung das Vorhandensein von heimlichen Umtrieben bestätigt. Beseitigt wurde er doch wohl, weil er allzuviel wußte über den Angriff von Palmyra, über dessen Beweggründe und die beabsichtigten, für eure Gesandtschaft so mißlichen Folgen, und weil er ja jederzeit den eigentlichen Drahtzieher verraten konnte, auf dessen Geheiß hin er tätig wurde!«

»Sicher. Nur erklärt das noch lange nicht, weshalb man Hauptmann Tahir, der uns in allem so kundig und hingebungsvoll beistand, mit solcher Hartnäckigkeit zu ermorden suchte«, gab Childebrand zu bedenken.

»Zweifelsohne bergen deine Worte genau die Erklärung, nach der du forschst. Da man es auf euch, auf eure Mission abgesehen hatte, aber nicht offen zu Werke gehen konnte, wollte man zunächst den Mann beseitigen, der euch zur Seite stand, und dazu noch so ›kundig und hingebungsvoll‹. Außerdem, vielleicht hat Tahir ja die Nattern unterm Sand erspäht, vielleicht hat er zu vermuten begonnen, daß hinter der ganzen Angelegenheit gewichtigere Belange als selbst die einer so wichtigen Gesandtschaft wie der euren stecken.«

»Das will ich gerne glauben«, unterstrich Erwin. »Nur sage uns, können wir auch weiterhin auf Tahir bauen?«

Al-Fadl antwortete bestimmt:

»Tahir wurde nun zu anderen Aufgaben abbeordert, nachdem er trotz großer Schwierigkeiten und Gefahren den Auftrag, mit dem er an eurer Seite betraut war, zu einem guten Ende geführt hat. Künftig könnt ihr euch stets unmittelbar an meine Leute wenden; sie werden für den Erfolg eurer Gesandtschaft alles ins Werk setzen. Im übrigen werden wir wohl unseres gesamten Einflusses bedürfen, den wir bei Seiner Erhabensten Hoheit genießen.«

»Wie das?«

»Leider muß ich feststellen« antwortete der Sohn des Wesirs seufzend, »daß gewisse Ratgeber unseres hochrühmlichen Kalifen ihre eigene Macht arglistig erweitern wollen. Daher befleißigen sie sich nach Kräften, Harun ar-Raschids Augenmerk vom Wesentlichen abzulenken, und lenken ihn mit nebensächlichen Dingen ab, die ihn völlig in Bann schlagen; diese Leute schmeicheln seiner Neigung zu Zerstreuungen ... Doch was sage ich da! Seht ihr, indem ich mich hier voller Vertrauen ausspreche, sage ich weit mehr, als ich eigentlich dürfte ... Andererseits müßt ihr ja wohl doch erfahren, weshalb eurer Mission nicht die nachhaltigen Fortschritte beschieden sind, die ich ihr wünschte ... Fest steht jedenfalls, unser Fürst hat, auf unsere Empfehlung hin, euer Kommen zunächst aufs wärmste begrüßt, zeigt sich nun aber deutlich zurückhaltender.«

»Was müssen wir darunter verstehen?« grollte Childebrand, wobei Timotheos die Nachfrage in barschem Ton wiedergab.

»Nichts, was euch wirklich beängstigen muß!« antwortete al-Fadl mit einem beschwichtigenden Lächeln. »Der Empfang wird euch sicherlich gewährt. Es ist nur eine Frage der Zeit. Zugegeben, als Tahir uns davon in Kenntnis setzte, ihr wolltet dem Kalifen nur unter den besten Bedingungen, also mit dem ihm zugedachten Geschenk in Händen gegenübertreten, legten wir bei unseren Bemühungen weder große Eile noch Nachdruck an den Tag, um euch zunächst einmal die Möglichkeit zu verschaffen, wieder in den Besitz des Geschenks zu gelangen. Doch die Zeit verstreicht unaufhaltsam. Daher haben wir bei einer Anhörung, die Seine Erhabenste Hoheit uns unlängst gewährte, auf die Bedeutung eurer Gesandtschaft hingewiesen und eine rasche Entscheidung nahegelegt. Mein Vater hat mich damit betraut, euch zu sagen, ›die Karawane sei wieder auf dem rechten Weg‹ und er werde euch zu gegebener Zeit empfangen, um die Regeln und Gepflogenheiten einer solchen Audienz im einzelnen mit euch abzuklären.«

Al-Fadl ben Yahya sah seine Gäste huldvoll lächelnd an und fügte hinzu:

»Nun habe ich die große Freude, euch zu verkünden, daß euch von heute an ein Wohnsitz zu Verfügung steht, der eurer und eures Herrschers, den ihr vertretet, weit würdiger ist als der bisherige.«

»Hab Dank dafür«, erwiderte Childebrand mit nicht minder breitem Lächeln. »Wie wir aber bereits Gelegenheit hatten zu bekunden, behagt uns letzten Endes unsere derzeitige Unterkunft, zumal wir sie nach unserem Geschmack haben herrichten können. Aber ich möchte dir folgendes zusichern: An dem Tage, an dem die Audienz mit eurem Herrscher, für die wir ja über Meere, Ebenen, Berge und Wüsten hierherkamen, unwiderruflich feststeht, an dem Tage werden wir auch in den für eure hohen Gäste vorbehaltenen Wohnsitz ziehen, wie es sich ziemt.«

»Muß ich aus deiner Antwort entnehmen, ihr hegtet trotz aller Zusicherungen, die ich euch gab, auch weiterhin einen Zweifel im Herzen?«

»Nicht, was deine Entschlossenheit betrifft«, erwiderte Erwin. »Indes … schon zu Beginn unserer Mission, und seit dem Vorfall in Palmyra noch mit um so größerer Gewißheit, haben wir erkannt, daß sich unsere Gesandtschaft ohne unser Zutun in eine Auseinandersetzung zwischen verfeindeten Lagern verwickelt sah. Die einzige Frage, die wir uns mit Fug und Recht stellen dürfen – ja zwangsläufig sogar müssen – ist folgende: Welche Auswirkungen hat dies auf unsere Mission?«

»Habe ich euch nicht gerade die Ansicht des mächtigen Wesirs übermittelt, dem zufolge alles auf gutem Wege ist?«

»Dein Wort in Gottes Ohr! Doch was frommt es, die Dinge zu überstürzen? Man hat sich inzwischen daran gewöhnt, uns hier untergebracht zu sehen. Niemand nimmt daran Anstoß. Die Anwesenheit von Gästen wie uns in diesem Viertel schmeichelt einer Einwohnerschaft, die alles in allem, sind mögliche

Mißverständnisse erst einmal aus der Welt, Tapferkeit hochschätzt. Obendrein weiß ein jeder, wo wir zu finden sind.«

»Wir werden uns eurem Wunsch nicht widersetzen«, entgegnete al-Fadl mit gezwungener Miene.

Nach dem Austausch gleichermaßen hochtrabender Höflichkeiten wie zu Beginn der Unterredung nahm des Wesirs ältester Sohn Abschied von seinen Gästen. Und mit demselben Geleit wie bei ihrer Ankunft gelangten die Franken dann auf demselben Wege erst in die Gärten und, über die große Prachtstraße, schließlich wieder zu den Booten, die sie mit dem Lauf des Flusses zurück zu ihrer Bleibe brachten.

Dort erwartete sie bereits Ruben ben Nemuel im Beisein von Bruder Antonius, Dodon und Doremus, die sich auf lateinisch miteinander unterhielten. Als er um Entschuldigung bat, nicht vorab um einen Empfang ersucht zu haben, gebot ihm Abt Erwin mit einem Wink Einhalt.

»Du bist uns in jedem Fall willkommen«, meinte der Sachse. »Außerdem weiß ich und lese es dir auch vom Gesicht ab, daß dir dieser Schritt von lastenden Sorgen eingegeben wurde.«

»Daraus mache ich keinen Hehl«, erwiderte der Abgesandte des Exilarchon der Juden. »Aufgrund der zurückliegenden Ereignisse darf man wohl einige Befürchtungen hegen ... und erst recht, wenn man bedenkt, was noch alles geschehen kann. Dieser Umsturz in Konstantinopel hat nämlich Streitigkeiten verschärft, die schon lange im verborgenen schwelten. Deren Auswirkungen bekamt ihr ja bereits zu spüren. Ihr habt euch Fragen gestellt und Sorgen gemacht, habt Nachforschungen unternommen. Eine erste Spur führte, wenn ich gut unterrichtet bin, ja zu Musa ibn Ahmed.«

»Und brach mit dessen Ermordung ab.«

»In der Tat! Können die Untersuchungen fortgesetzt werden? Von welchem Punkt aus? Ich zweifele nicht daran, daß ihr Herren über alles, was hier vor sich geht, trefflich Bescheid wißt, dennoch ...«

»Na, na, Ruben, nur der Tor maßt sich die Behauptung an, alles zu wissen, und gerät über das Lernen in Zorn. Wir aber, wir hören dir zu.«

Der Bevollmächtigte des Exilarchon ließ sich Zeit zum Nachdenken.

»Daß die Streitigkeiten in dieser Stadt einen solchen Grad an Erbitterung erreicht haben, liegt nur daran, daß mittlerweile nichts weniger als die höchste Macht selbst auf dem Spiele steht«, sagte Ruben schließlich mit gesenkter Stimme.

»Meinst du damit die des Kalifen?« fragte Childebrand verwundert nach.

»Genau die meine ich. Zwar wächst die Zahl derer, die den Kalifen für bedroht halten, stetig, doch selbstverständlich eröffnen sich diese niemandem, außer ihren engsten Freunden, auf deren Stillschweigen sie sich verlassen können, und selbst da ... Ich für mein Teil würde das Vertrauen meines Herrn, des Resh Galuta, hintergehen, falls ich mich über jene Dinge hinaus, die ich zu Recht wissen darf, in irgendwelche Mutmaßungen über die Ränke bei Hofe stürzte. Gleichwohl ist es ja nicht verboten, daran zu erinnern, welche Würdenträger die hervorragendsten Ämter bekleiden, welche die allergrößten Belange zu verteidigen haben und die hehrsten Hoffnungen hegen dürften. Der Kalif mutet wie der König in einem gewissen Spiel namens *schah* an, in dem sich hierzulande immer mehr Leute üben und das aus Indien kommt: Er vermag sich zwar nur mit kleinen Schritten über die Felder zu bewegen, aber seine Züge sind mächtig.«

»Obendrein geht es bei diesem Spiel, wenn ich es recht verstehe, in erster Linie um ihn.«

»In der Tat, und um sein gesamtes Gefolge. Harun ar-Raschid selbst hat aus der Schar seiner Söhne bereits zwei zu Erben auserkoren; einer von den beiden soll ihm also als Fürst der Gläubigen, als Führer des Islam und allmächtiger Herrscher auf dem *sarir,* dem Thron, wenn ihr so wollt, nachfolgen:

an erster Stelle sein ältester Sohn, Muhammad al-Amin, andernfalls sein jüngster, Abdallah al-Ma'mun. Daß beide im stillen erbittert um den Vorrang wetteifern, ist für niemanden ein Geheimnis, vor allem da al-Amin zu einer Sippschaft gehört, die von sich behauptet, die reine arabische Linie zu vertreten und zu verteidigen. Wogegen al-Ma'mun, Sohn einer Lieblingsfrau Haruns von großer Klugheit und ebensolchem Einfluß, die man ›die Perserin‹ nennt, von einem anderen Lager unterstützt wird, das sich größere Offenheit gegenüber allem, was nach Meinung seiner Anhänger den Islam zu bereichern vermag, aufs Banner geschrieben hat. Wesir Yahya für sein Teil gehört einem Geschlecht höchster Würdenträger, den Barmakiden, an. Böse Zungen behaupten aber, deren Ahnvater, Barmak, sei Hüter eines buddhistischen Tempels und ein verlauster Hungerleider gewesen, bevor er sich zum Islam bekehrte. Yahyas Einfluß geht auf die ersten Jahre von Harun ar-Raschids Kalifat zurück. Es war die Mutter des Herrschers, al-Hayzuran, eine unerbittliche und durchsetzungsfähige Frau, die Yahya als Wesir aufzwang. Seither hat er seine Macht unaufhaltsam vergrößert ... und sein Vermögen, wie man munkelt, ebenfalls. Seinen Palast, den Ksar al-Fin, habt ihr ja gesehen.«

»Als wir ihn bewunderten, haben wir uns gefragt, wie erst der des Kalifen aussehen muß.«

Ruben zog ein schiefes Gesicht und erwiderte:

»Nicht größer, nicht herrlicher! Im übrigen zieht Harun ar-Raschid manchen entfernteren Wohnsitz dem Aufenthalt in Bagdad vor, etwa den Sommerpalast von Rakka. Um aber auf den Wesir zurückzukommen: Yahya hat es für notwendig erachtet, seine beiden Söhne unmittelbar an der Macht zu beteiligen. Und obwohl sie zeitweilig in Ungnade fielen, gelang es ihm, sie an seiner Seite zu halten. Er brachte es sogar zustande, seinen Sohn al-Fadl, den ihr bereits kennt, zum Vormund des ältesten Kalifensohnes, also al-Amin, und Djafar zu dem des jüngeren, al-Ma'mun, zu machen. Al-Fadl und Djafar bekleideten überdies wichtige Ämter, und Djafar hat bei Harun sogar eine gewisse ... aber das werdet ihr sicher noch von anderen erfahren.«

»Macht sich jeder Vormund zwangsläufig die Sache des jeweiligen Schützlings zu eigen?«

»In gewisser Weise ja. Al-Fadl, al-Amins Vormund also, darf mit Fug und Recht annehmen, er könne persönliche Vorteile daraus ziehen, wenn sein Schützling auf den Sarir gelangt. Doch da ist von Djafars und somit von al-Ma'muns Seite das letzte Wort noch nicht gesprochen. Al-Fadl ist, ihr habt ihn ja gesehen, ein gemessener, ja sogar ernster Mann. Was ich von Djafar nicht zu behaupten wüßte. Dies alles könnte zu heftigen Auseinandersetzungen führen, wenn die beiden nicht ein sehr starkes Band zusammenhalten würde: nämlich die Notwendigkeit, gemeinsam mit ihrem Vater grimmigen Widersachern zu trotzen.«

»Das heißt?«

»An denen mangelt es nicht.«

»Masrur?«

»Ohne irgendeinen Titel zu besitzen, führt er die mächtige Sippe der Eunuchen an. Die Harems brodeln von Ränken, zumeist recht belanglose, bisweilen aber auch bedeutsame. Die Große Verwalterin Qahramana, die den Harem des Kalifen unter ihrer Fuchtel hat, weiß und vermag viel. Sie unterhält ausgezeichnete Beziehungen zu Masrur. Und ganz abgesehen davon, daß die Eunuchen überall ein und aus gehen, verfügen sie auch über zahlreiche Verbindungen zu den Heereskräften. Sie sind nämlich meist wackere Kämpen. Seht, es würde mich schon wundern, wenn Masrur sich gegen seinen Herrn verschworen hätte ...«

»Und mit ihm?«

»Das hieße dann nicht mehr Verschwörung, sondern Sicherung der rechtmäßigen Macht ... Seit Jahren genießt der Eunuch des Kalifen volles Vertrauen. Masrur ist Harun ar-Raschids Mann für sämtliche besonderen Aufgaben, versteht ihr ... und stets ein redlicher, hingebungsvoller und treu ergebener Diener seines Herrn gewesen. Aber wer weiß ...«

»Muß man bei all dem nicht auch den Kämmerer in Betracht ziehen?« griff Erwin ein. »Dessen Name im Zusammenhang mit den Hemmnissen und Fallstricken auf unserem Wege schließlich so häufig fiel, daß er wohl verdächtig erscheint! Folglich dürfte dieser Ruch jener Dreifaltigkeit der Wesire doch eigentlich bestens zupaß kommen. Nun hat al-Fadl im Verlauf der uns gewährten Unterredung sich aber redlich bemüht, den ... Wie lautet noch gleich der Titel auf arabisch?«

»Hadjib, und sein Vatername ar-Rabi!«

» ... also diesen ... Hadjib von aller Schuld zu entlasten ...«

»Dann möchte ich dir entgegenhalten, daß diese Entlastung nichts beweist, weder für noch gegen den Mann spricht«, merkte Ruben an.

»Summa summarum können wir uns also tatsächlich auf nichts anderes stützen als den Tod Musa ibn Ahmeds, der zuviel über seinen oder seine Auftraggeber wußte, um am Leben bleiben zu dürfen. Die Anstifter seiner Ermordung sind nämlich erhebliche Gefahren eingegangen; sie mußten eine Bande von Helfern dingen oder dingen lassen; der Anführer dieser Bande und die geflohenen Mordgesellen werden nicht zwangsläufig schweigen. Auch die könnte man zum Reden bringen.«

»Sofern man herausbekommt, um wen es sich dabei handelt und wo sie sich aufhalten.«

»Das ist nicht unmöglich!«

»Aber auch da gäbe es ein ausgezeichnetes Mittel, deren Geschwätz abzuhelfen«, murmelte Ruben.

»Die Mörder ermorden? Dazu bedürfte es dann aber weiterer Mörder, die ihrerseits ihre Zunge nicht unbedingt im Zaum zu halten wüßten. Daraus folgt: Diese Fährte kann noch immer verfolgt werden! Eine andere Möglichkeit: Weiter der Spur des schicksalhaften Geschenks nachgehen ... Laßt uns klare Worte reden: Der Kalif ist seit langem über unsere Mißlichkeiten im Bilde. Für unsere Gesandtschaft büßt das Geschenk also zunehmend seine Bedeutsamkeit ein, bekommt aber immer mehr Gewicht im Streit der verfeindeten Lager. Was unsere Pflicht indes nicht schmälert, seiner wieder habhaft zu werden, und zwar aus mannigfachen Gründen ...«

Der Stellvertreter des Exilarchon strich sich eine ganze Zeit lang bedächtig über den Bart.

»Ja ...«, murmelte er schließlich, »... ›aus mannigfachen Gründen‹ ... So ist es nun wohl an der Zeit, daran zu erinnern, daß es bei diesen inneren Machtkämpfen auch um die Beziehungen zwischen Bagdad und Konstantinopel und folglich auch zu eurem Reich geht. Das Lager der Würdenträger zu stärken, die eine Annäherung mit eurem Herrscher und dem Papst unterstützen, ist doch sicher der eigentliche Zweck eurer Gesandtschaft?«

Der Sachse deutete Beifall an.

»In der Tat, ›der eigentliche Zweck‹«, erwiderte er. »Aus diesem Grunde müssen wir auch den Faden wieder zusammenknüpfen. Das geht sicher nicht ohne Gefahren. Und wir nehmen sie auf uns!«

»Ohne diesen Tahir, der euch so trefflich half?«

»Ohne ihn, notgedrungen. Übrigens sorgt mich sein Verschwinden sehr. Es will mir einfach nicht aus dem Sinn, daß man ja schon mehrfach danach getrachtet hat, ihn zu beseitigen ...«

»Ich verspreche dir, mir über sein Schicksal unverzüglich Klarheit zu verschaffen«, sicherte Ruben zu. »Aber könnt ihr eure Unternehmungen denn von nun an allein durchführen?«

»Das müssen wir!«

»Wenn wir euch allerdings irgendwie ...«

»... Hilfe leisten können? Aber mit Sicherheit!« rief der

Sachse aus. »Doch ihr solltet euch auf keinen Fall selbst in Gefahr begeben. Zu viele tapfere Männer haben ihren Einsatz für uns und für unsere Sache bereits mit einem hohen Preis bezahlt.«

»Wer sagt euch denn, daß unsere Sache von der euren so weit entfernt ist?« erwiderte der Abgesandte des Exilarchon. »Muß ich daran erinnern, welch besondere Stellung unser Resh Galuta bei dem hochmögenden Harun ar-Raschid innehat? Was geschähe, wenn der Kalif gestürzt würde? Wird der Fürst, der dann auf dem Sarir säße, den Juden und den Christen ebenso geneigt sein wie der jetzige?«

»Ich verstehe, was du meinst, aber ich muß an meiner Entscheidung festhalten. Hinsichtlich der Geldmittel baue ich auf dich, alles übrige ist unsere Angelegenheit.«

Reihum legten sich die Gehilfen der Missi nun bei dem ›Landhaus‹, das Musa als Ort ungestörter Lustbarkeiten gedient hatte, auf die Lauer, um alle Vorkommnisse am Eingang des Anwesens und in dessen Umgebung zu beobachten. Das Anwesen lag in der Nähe eines belebten Marktes, von dem aus man, bei harmlosen Einkäufen, eine solche Überwachung mit Leichtigkeit durchführen konnte.

Timotheos hatte sich mit Schädelhaube und kleinem Turban, einem langen Obergewand aus feiner Wolle über einem Leibhemd mit Stehkragen nebst einem etwas protzig bestickten Überwurf als Reisender vom Lande verkleidet. Sein Bartkranz mit dem zarten Schnurrbart betonte das Aussehen einer morgenländischen Persönlichkeit aus der ländlichen Oberschicht noch zusätzlich.

Doremus hingegen war als Bedürftiger einfach tadellos: Schädelhaube und Leibhemd waren von zweifelhaftem Weiß, und über einen groben Wollrock hatte er eine *burda,* einen langen schweren Überwurf, geschlagen. Er radebrechte ein ziemlich verstümmeltes Arabisch, was in dieser Stadt, in der es von

Zuwanderern aus Hunderten unterschiedlicher Landstriche wimmelte, niemanden überraschte.

Erard hatte sich zu seiner Tracht von einst entschieden, als er noch in Gefangenschaft lebte, und sein Zungenschlag stempelte ihn sogleich als »andalusischen Sarazenen« ab.

Bruder Antonius hatte begreiflicherweise die Gewandung christlicher Mönche gewählt, die im Abbasidischen Reich immer noch recht häufig anzutreffen waren und von den kleinen Leuten in Bagdad mit Spott bedacht wurden. So sagte man über sie: Die kennen kein Mittelmaß! Entweder verbringen sie ihre ganze Zeit im Ramadan und sind zum Fürchten mager oder aber sie sind ausgemachte Vielfraße und fett wie Speck. Der Dickwanst hatte nahe dem Markt eine Art Schenke erspäht, in der man zu essen und trinken bekam. Dort machte er es sich über Stunden bequem und ließ sich nach einem Vorgericht *mezze* auftischen. Dieses Gericht aus Fleischspießchen mit zerstoßenem Weizen, Kicherbohnenmus, ausgebackenen Eierfrüchten und Fleischklößchen wäre für anderer Leute Mägen bereits ein vollständiges Mahl gewesen. Er aber schreckte hernach nicht davor zurück, sich einen Hammelfleischeintopf zu gönnen, dem er noch allerlei Kuchen und Naschwerk folgen ließ. Sein Stand als Christ erlaubte ihm, ohne Anstoß zu erregen, Wein und eine Art *cervesia* zu trinken, was sich allerdings auch viele Muselmanen nicht versagten. Der Wirt und die weiteren Gäste sahen ihm nur verdutzt dabei zu, wie er mit unfaßbarer Leichtigkeit diese Unmengen an Nahrung verschlang. Bruder Antonius redete wenig, brummelte ab und an etwas vor sich hin und gab sich ganz wie einer, der sich ausschließlich seiner Schlemmerei widmet. Dabei ließ er Musas Wohnsitz nicht aus den Augen.

Dank dieser beständigen Beobachtung konnten sie feststellen, daß dem Anwesen keine besondere Überwachung zuteil wurde, weder durch als solche erkennbare Soldaten oder Mitglieder der Stadtwehr noch durch irgendwelche unauffälligeren Späher. Soweit sich dies von ihrer Warte beurteilen ließ, zog diese Angelegenheit nicht mehr länger das Augenmerk der Obrigkeiten auf sich.

Im Landhaus selbst schien alles wieder seinen ordnungsgemäßen Gang zu nehmen. Der Posten am Eingang war mit vier Aufsehern besetzt, befehligt von einem Mann, der wirklich nichts von einem ungestümen Kriegshelden besaß. Die zahlreiche Dienerschaft kümmerte sich erneut um den Unterhalt der Gebäude, Gärten, Teiche und Brunnen, des Hamam, einer Art Dampfbad, von dem man hinter vorgehaltener Hand als einem Ort der Verderbtheiten sprach –, der Stallungen, des Hundezwingers und der Falknerei.

Indem sie den einen oder anderen Bewohner des Viertels über die Gefechte, die ja unmittelbar vor den Haustüren stattgefunden hatten, zum Schwatzen brachten, sammelten Timotheos und Erard einige aufschlußreiche Auskünfte über die Vorgehensweise der gedungenen Mörder. Diese waren früh am Morgen zu mindestens zwanzig eingetroffen. Ihr Anführer befahl den Türhütern des Landhauses, sich schleunigst aus dem Staub zu machen, wenn sie nicht auf der Stelle niedergemacht werden wollten. Unbehindert strömten sie hierauf durch das Portal in die Gärten. Kurze Zeit später sah man die Diener eilig die Flucht ergreifen. Dann geschah eine ganze Weile nichts mehr. Wußte einer der Anwohner, wann und unter welchen Umständen Musa ibn Ahmed ermordet worden war? Offenbar nicht. Keinerlei Umtriebe wurden wahrgenommen, nicht einmal ein Geräusch drang bis zu dem Augenblick nach draußen, da der Trupp des Wesirats unter Führung von Hauptmann Tahir ankam. Niemand war auf die darauffolgenden Geschehnisse, auf jenes kurze und heftige Gefecht gefaßt gewesen.

»Wir haben den Kampf aber nicht sehen können. Der spielte sich zu weit vom Eingang entfernt ab«, erklärte ein Zeuge. »Erst später haben wir alles erfahren ... Musa wurde die Kehle durchschnitten, sechs weitere Männer wurden getötet, drei von Pfeilen durchbohrt und drei andere niedergesäbelt … Was von der ersten Schar übrigblieb, hat die Flucht durch eine Tür auf der Rückseite ergriffen. Die schleppten drei Verwundete fort, wovon einer übel zugerichtet war. Auch die zweite Schar hat sich nicht lange aufgehalten. Die sind im Galopp durch das Portal herausgekommen und in Richtung innere Stadt geprescht.«

»Hat einer von euch den Anführer der ersten Schar erkannt?« fragte Timotheos.

»Nein.«

»Und von den anderen?«

»Tahir, selbstverständlich …«, meinte der Augenzeuge, wobei er den Griechen aufmerksam betrachtete. »… Und es war auch jemand dabei, der dir verflixt ähnlich sah, mein Bruder.«

»Vielleicht hat meine Mutter einen Zwilling zur Welt gebracht und mir nichts davon erzählt«, scherzte Timotheos.

Die Stadtwehr war erst sehr viel später an den Ort des Verbrechens gekommen; eine Schwadron von ungefähr vierzig Mann. Sie hatte die Leichen wegschaffen lassen, dann die zwischenzeitlich zurückgekehrten Türhüter, die Diener und die Nachbarschaft verhört und langwierige Untersuchungen angestellt. Später kamen Ermittler des Wesirats hinzu; weitere folgten, vom Kämmerer entsandte Leute, die sich nicht weniger neugierig zeigten; und schließlich trafen noch von Masrur geschickte Eunuchen aus dem Palast ein, um sich ein Bild von den Vorkommnissen zu machen.

Schritt für Schritt kamen ihre Nachforschungen voran, die Gehilfen der Missi holten eine reiche Ernte an Beobachtungen ein. Abt Erwin und Graf Childebrand entschieden sich schließlich, der Einladung jener geheimnisvollen Besucherin ebenfalls Folge zu leisten und sich dabei von Timotheos und Erard als Übersetzer und Sauvat als Knappen begleiten zu lassen. So begaben sie sich am genannten Tag zu einem der titanischen Tore der »Runden Stadt«; nachdem argwöhnische Wächter ihren Geleitbrief umständlich geprüft hatten, ließ man sie durch. Sie umrundeten einen Suq und gelangten auf eine der Prachtstraßen, die zur großen Moschee und zum ehedem für Kalif al-Mansur erbauten Palast führte. Diese Stadt in der Stadt war zwar deutlich größer als die Palaststadt des Wesirats, die Gärten ebenso herrlich, die Bauwerke und Lusthäuser reicher an Zahl, die Plätze ausgedehnter. Und doch wirkte alles weit weniger gepflegt; da und dort waren eingestürzte Mauern nicht wieder aufgerichtet worden; und vor allem spürte man überall eine gewisse Mattigkeit, als flösse das Blut in den Adern hier schwächer, träger. Alle Macht schien dort drüben, am anderen Ufer des Tigris, im Ksar al-Fin des Wesirs zusammengeballt.

Die fränkischen Gesandten und ihre Begleiter wurden von einer Palastwache auf einer von Bäumen gesäumten Straße zum Smaragdpalast geführt. Herrlich bot er sich ihren Blicken dar, in den Wassern eines ausgedehnten Beckens gespiegelt, das einen gemauerten Kanal speiste, welcher sich wiederum von Absatz zu Absatz in einen Teich ergoß, umsäumt von Jasmin, Zwergzypressen und Schilf. Ein wahres Juwel! Mosaiken in Grüntönen bedeckten die Wände, die herrliche Ausgestaltung der Fassaden, die geschwungenen Rundungen und Kuppeln und die berückende Ausgewogenheit aller Maße verrieten deutlich persischen Einfluß. Zahlreiche Wächter waren zum Schutz des Palastes aufgeboten, manche schritten unablässig um das Gebäude herum. Sie waren nach Art der Beduinen gekleidet, trugen Kufiyyat, und über ihren langen Obergewändern die Aba, einen weiß und braun gestreiften kurzen Überwurf aus Wolle.

Die fränkischen Gesandten wiesen dem bereits auf sie wartenden Hausmeier den Rubinring vor und wurden augenblicklich in einen Empfangsraum geführt, in dem Teppiche und Wandbehänge, die Stoffe der Sitze und Kissen, die metallenen Tischplatten und Wasserkannen, bis hin zum farbigen Kristall der Trinkgläser und Fläschchen trefflich aufeinander abgestimmt waren und dem Eintretenden sogleich ein Gefühl des Wohlbehagens bereiteten.

Sie nahmen Platz, und die Diener trugen ihnen Getränke und Backwerk auf. Dann mußten sie sich kurze Zeit gedulden, bis plötzlich eine mit unzähligen Ringen geschmückte Hand einen Vorhang zurückschob, hinter dem sich ein geheimes Gelaß verbarg, und eine verschleierte Frau in langen Gewändern aus schillernden Musselin- und Atlasgeweben hoheitsvoll erschien.

»Wir freuen uns, daß ihr zur Audienz hergefunden habt«, sagte sie mit einer Stimme, die Timotheos auf der Stelle wiedererkannte. »Mein junger Sohn, der schon jetzt sehr weise und tapfere Abdallah al-Ma'mun, wird sich ohne Säumen zu euch gesellen. Ich möchte euch darauf hinweisen, daß ich eurer Unterredung zwar beiwohnen werde, jedoch an dem Platz, der mir gebührt.«

Dabei deutete sie mit der Hand auf den Vorhang, hinter dem sich eine Sitzgelegenheit befinden mußte, von der aus man die Gespräche im Raum verfolgen konnte, ohne selbst gesehen zu werden.

Die Franken hatten sich erhoben und begrüßten sie ehrerbietig, bevor sie den Vorhang wieder sinken ließ. Demnach hatte sich die »Perserin« höchstpersönlich zu ihnen begeben, um die Einladung zu überbringen, und zweifellos auch dieses Zusammentreffen zwischen den Gesandten Kaiser Karls und Harun ar-Raschids Erben zweiten Grades in die Wege geleitet.

»Alles deutet darauf hin, daß sich die Dinge zuspitzen«, merkte Erwin auf fränkisch an. »Zunächst ist dieser Empfang für sich selbst genommen und durch seine Dringlichkeit ja bereits ziemlich ungewöhnlich; und auch die Art und Weise, wie uns die Einladung zukam ... ein unverkennbarer Beleg dafür, daß man nicht einmal mehr den Boten vertraut. Und wenn man noch bedenkt, welche Stellung wir wider Willen in einer Auseinandersetzung einnehmen, die ...«

Der Sachse unterbrach sich, weil gerade ein junger Mann mit behendem Schritt in den Raum getreten war. Er schien höchstens zwanzig Jahre alt zu sein, war von recht hohem, schlankem Wuchs und trug einen sehr einfachen Turban auf dem Haupt, dessen grüne Farbe an die Verwandtschaft mit dem Propheten gemahnte. Sein langer, hochgeknöpfter Kaftan wurde um den Leib durch einen Gürtel zusammengehalten, in dem die kunstvoll gearbeitete Scheide eines breiten Dolchs mit ziseliertem Goldknauf steckte. Das Gesicht mit den hellen Augen und der Adlernase, umrahmt von einem zarten Bartkranz, wirkte eher persisch als arabisch. Er lächelte den Franken mit freundlicher Miene zu, ließ sich zwanglos vor einer großen Kupferplatte nieder und lud seine Gäste ein, es ihm gleichzutun; dann klatschte er in die Hände, um heiße Getränke kredenzen zu lassen, und erbot sich selbst, diese mit dem kostbaren Sukkar zu süßen.

Ohne große Umschweife stellte er seinen Gästen Fragen über das Land, aus dem sie kamen, über dessen Reichtümer und Pflanzenwelt – er schien ganz verzückt darüber, daß es so ausgedehnte Wälder, so üppige Flüsse und Seen besaß –, über die Bewohner und ihre Sitten und Bräuche, die dort gepflegten Sprachen und auch die Heereskräfte. Er lauschte den Antworten aufmerksam, mit halbgeschlossenen Augen, und fragte immer wieder nach allerlei Einzelheiten. Ganz offenkundig ordnete er das Gehörte wohlbedacht und methodisch in seinem Geiste ein. Eine solche Meisterschaft bei einem noch so jungen Manne verfehlte ihre Wirkung nicht.

»Im Grunde liegt ihr mit den Byzantinern also lediglich wegen eurer Grenzen im Streit«, wandte al-Ma'mun unvermutet ein.

»Gilt das denn nicht auch für euch?« fragte Childebrand nach.

»Nicht ganz. Wir oder sie ist hier die Frage. Ihr hingegen bleibt Herr in eurem Lande, was auch geschehen mag! Und ihr gehört demselben Glauben an. Der unsrige aber macht uns zu ihren Gegnern.«

»Was müssen wir daraus folgern?«

Al-Ma'mun neigte den Kopf und lächelte:

»Es entzieht sich mir, wie dieser oder jener – ihr versteht mich sicher – euch den Stand der Dinge dargestellt haben mag oder was ihr davon haltet. Doch ihr seid ja sicher hergekommen, um Wahres von Unwahrem zu scheiden. So hört denn: Mit dem lebhaften Beifall meines Vormunds Djafar – meines Vormunds! Aber lassen wir das ... – und von dessen Bruder, al-Fadl, etwas lauer unterstützt, vertrat unser vortrefflicher Wesir die Ansicht, sich mit Konstantinopel, also mit Kaiserin Irene, auf ein friedliches Nebeneinander verständigen zu können ...«

»So hat er es uns nicht erzählt.«

»Ja, ich weiß, dessen rühmt er sich heute nicht mehr ... Es war gefährlich. Im zweifachen Sinne. Irene konnte sich zum einen jederzeit anders besinnen; und andererseits konnte sie von den Kriegstreibern in Konstantinopel gestürzt werden, die Nikephoros anführte ... was ja schließlich auch eintrat ... Aber um deine Frage zu beantworten: Die Schlußfolgerung hat Nikephoros selbst gezogen – und die heißt Krieg! Er hat die Macht dank der Hilfe derer an sich gerissen, die den Krieg wollten ... um ihn auch zu führen. Er hat ihn bereits begonnen und wird ihn fortsetzen!«

Der junge Prinz lachte plötzlich laut auf.

»Und dieser Krieg hat auch schon ein Opfer gefordert: nämlich unseren Wesir Yahya höchstpersönlich. Durch den Umsturz an den Gestaden des Bosporus geriet er in eine derart heikle Lage, daß er es tagelang nicht wagte, meinen Vater, der sich damals in seinem Sommerpalast aufhielt, davon in Kenntnis zu setzen. Und als der Kalif schließlich aus Rakka zurückkehrte, mußte sich unser Wesir eine gehörige Standpauke gefallen lassen!«

In seine Überlegungen vertieft, strich sich Graf Childebrand bedächtig über die Stirn.

»Aber wenn der Wesir doch zum Lager des friedlichen Ausgleichs mit Konstantinopel gehörte«, wandte er ein, »wie konnte er dann, al-Fadls Versicherungen zufolge, der beharrliche Wegbereiter und entschiedene Fürsprecher unserer Gesandtschaft sein?«

»Der beharrliche Wegbereiter, der entschiedene Fürsprecher, sagst du? Ich traue meinen Ohren nicht!«

»Soll das etwa bedeuten, er war gegen unser Kommen?«

»Jedenfalls hat Seine Erhabenste Hoheit, mein Vater, eure Entsendung gewünscht, entschieden und veranlaßt.«

»Und das hieße dann, daß das Wesirat, nach unserer Ankunft auf eurem Boden … gewisse Dinge … *gegen uns* … ins Werk gesetzt haben könnte?«

Unvermutet hüstelte die Perserin gedämpft hinter ihrem Vorhang.

»Einen Augenblick, das habe ich nicht gesagt!« betonte al-Ma'mun. »Als Nikephoros' Machtergreifung und seine kriegerischen Neigungen bekannt wurden, hat unser vortrefflicher Wesir, wie ihr sicher ahnt, seinen Standpunkt tunlichst rasch geändert. Und nun ist er zum entschiedenen Kriegstreiber geworden und nie etwas anderes gewesen! Folglich bestehen auch keinerlei Gründe mehr, euch in einen Hinterhalt zu locken …«

Nach kurzem Überlegen berichtigte sich al-Ma'mun:

»… zumindest keine, die mit Nikephoros in Verbindung stünden.«

»Doch an Fallstricken herrschte kein Mangel; und in den Tagen und Wochen, in denen wir hier sind, haben wir nicht einen einzigen Wink aus dem Kalifat selbst erhalten …«

»Und wer bin ich denn?« wandte der Sohn Harun ar-Raschids sanft ein.

»Sollen wir den Empfang hier als entscheidenden Fortschritt unserer Gesandtschaft betrachten?« fragte Erwin.

Abermals wurde hinter dem Schleier ein gedämpftes Hüsteln laut.

»Ich teile euch sicher nichts Neues mit«, setzte al-Ma'mun wieder an, »wenn ich euch sage, daß eure Ankunft den verfeindeten Lagern hier – der ehrenwerte Ruben ben Nemuel dürfte dies angesprochen haben – zusätzliche Gelegenheit bot, weitere und diesmal womöglich entscheidende Machenschaften gegeneinander auszuhecken.«

»Und was weiter?«

»Ich habe schon mehr als genug gesagt. Und versteht mich bitte richtig, wenn ich euch rate, jene Nachforschungen fortzusetzen, die einige eurer Gefolgsleute bei dem berühmt berüchtigten Landhaus begonnen haben. Die Auffindung des kostbaren Geschenks kann *uns* weit mehr bringen als das zu erwartende Vergnügen Seiner Erhabensten Hoheit, wenn er es aus euren Händen entgegennimmt.«

Der Sachse verneigte sich leicht und hielt seinen Freund, der sich zu einer weiteren Frage anschickte, mit einem Wink zurück.

Sie sprachen anschließend noch eine ganze Weile miteinander. Es ging dabei um manche Gesichtspunkte der griechischen *philosophia*, um die römische Rechtswissenschaft bis hin zur indischen Rechenkunst – samt und sonders Stoffe, für die sich al-Ma'mun mit wahrer Leidenschaft begeisterte. Der Prinz nahm dies zum Anlaß, seiner Überzeugung Ausdruck zu verleihen, daß der Islam sich noch weit mehr all dem, was die ganze Welt an Großartigem hervorgebracht habe, öffnen müsse.

Inzwischen hatten Timotheos und Erard den Vorsteher der Hauswächter von Musas ehemaligem Landhaus dazu überreden können, ihnen ein vertrauliches Gespräch zu gewähren. Das aufgedunsene Gesicht und der ausweichende Blick des selbstgefälligen, von seiner eigenen Bedeutsamkeit durchdrungenen Mannes verrieten seine Schwäche.

»Es soll dein Schaden nicht sein«, hatte der Grieche ihn wissen lassen und einen kleinen, offenbar mit wohlklingenden Münzen prall gefüllten Beutel vorgezeigt.

Derart bedrängt, verwahrte der Mann sich zunächst lauthals mit tugendhaften Einwänden dagegen. Der Fuchs aber ließ den Köder vor dessen Nase hin und her baumeln, während Erard säuselte:

»Wir wollen doch nichts Welterschütterndes von dir. Nur einen Namen. In aller Vertraulichkeit. Niemand wird je etwas davon erfahren. Du brauchst uns lediglich zu sagen, wer der Kopf dieser gedungenen Mörder war, die dich davongescheucht haben, um deinen Herrn in aller Ruhe abstechen zu können.«

»Aber ich hab doch keine Ahnung!« begehrte der Mann halbherzig auf.

»Ich bin mir sicher, deine Erinnerung wird gleich wiederkehren«, hielt Timotheos dagegen. Bedächtig öffnete er den Säckel, zog eine Goldmünze heraus und ließ sie aufblitzen. »Du mußt dir nur ein bißchen Mühe geben, und schon gehört dieser Dinar dir. Schau nur, wie er dir verliebt zuzwinkert!«

»Ich schwöre ...«, erwiderte der Vorsteher der Türhüter, allmählich schwach werdend.

»Oh! Schwör nicht! Allah würde dir einen so verlogenen Eid nicht vergeben. Also?«

Der Mann schaute mit begehrlichem Blick nach dem glänzenden Gold. Dann endlich besann er sich:

»Diese Männer ... wer sie nicht kennt, kann es nicht verstehen«, murmelte er. »Sie sind gnadenlos ... Wenn sie es erfahren ... Die abscheulichste Folter ... Nein, nein und nochmals nein, ich werde nichts sagen!«

»Folglich weißt du etwas!«

Timotheos holte eine zweite Münze aus dem Säckel.

»Und jetzt?« lockte er.

Der Vorsteher der Hauswächter starrte abwechselnd Timotheus und die beiden Dinare an.

»Und ihr seid wirklich sicher, daß die nichts erfahren werden?« fragte er mit ganz leiser Stimme.

»Warum sollten sie es erfahren? Mein hier anwesender Freund wird schweigen wie ein Grab und ich selbstverständlich ebenfalls. Und du sicher auch, nehme ich an? Ich warte ...«

Timotheos legte eine der Münzen vor sich auf den Teppich.

Der Mann zauderte lange. Endlich stürzte er sich auf den Dinar, bevor er im Flüsterton antwortete:

»Umar al-Habi!«

Dann deutete er auf die zweite Münze, die der Grieche noch immer zwischen den Fingerspitzen festhielt.

»Und die da?«

»Die gehört dir, wenn du mir eine weitere Auskunft gibst: Wo kann man den Mann finden?«

»Das weiß ich nicht!«

»Paß auf, Freund! Du hast schon zuviel gesagt oder nicht genug! Jetzt brauchten wir bloß diesem Umar al-Habi Bescheid zu geben, und schon wäre es um dich geschehen. Auf ganz abscheuliche Art!«

Der Mann begann jählings zu zittern.

»Das würdet ihr doch nicht tun, nicht wahr, das macht ihr doch nicht!« rief er entsetzt aus.

»Die Entscheidung liegt bei dir«, erwiderte Timotheos seelenruhig. »Entweder gehört der zweite Dinar dir, oder aber ...« Wie ein Messer strich sein Zeigefinger um die Kehle.

»Aber womöglich droht dir ja noch Schlimmeres . . .«

Der Mann legte seine Hände entsetzt an den Kopf.

»Ihr findet ihn im ›Suq der Flußschleife‹, am Ufer des Tigris, im Gang der Arzneihändler«, gestand der Wächter schließlich mit ersterbender Stimme. »Er hat dort einen Laden mit Liebestränken, Zaubermitteln, verderblichen wie heilbringenden ... und allerlei Dingen mehr. Dort hält er sich zur Verfügung, für ... ihr versteht schon, nicht wahr.«

»Na, siehst du, das war doch nicht so schwer ... Und jetzt

bitte ich dich für diese dritte Münze nur noch um eine kleine Anstrengung, die dich nicht viel kostet. Nach den Gefechten warst du doch sicher rasch wieder Herr der Lage, nehme ich an. Die Leichen wurden fortgeschafft, und dann kamen Untersucher der verschiedensten Art herbei. Ist dir dabei jemand aufgefallen, der mit irgendeinem Gegenstand in der Hand wieder davonging, etwa einem nicht sehr dicken Bündel von vier bis fünf Fuß Länge und zwei Fuß Breite …«

»Nein. Ehrlich gesagt, mir ist überhaupt nichts aufgefallen. Das will aber nicht heißen, daß nichts gestohlen wurde. Man kann die Augen nicht überall haben.«

»Und als du das Wohnhaus und dessen Umgebung erkundet hast, ist dir da nicht so etwas wie ein Versteck aufgefallen?«

»Auch das nicht, bei meiner Seele!«

»Überlaß deine Seele Allah, falls er sie noch will!«

Timotheos schnippte den Dinar in die Luft, und der Aufseher fing ihn im Flug auf.

»Und kein Wort über all das, zu niemandem!« fügte der Grieche noch hinzu. »Sonst ist's dein Ende! Denk daran!«

KAPITEL V

Childebrand hatte seine Leichenbittermiene aufgesetzt. Verärgert trommelte er mit den Fingern auf den Tisch und schaute Erwin dabei nicht sonderlich freundlich an. Es dauerte jedoch nicht lange, bis es um seine Beherrschung geschehen war.

»Nein und nochmals nein!« donnerte er schließlich. »Bei den Hörnern des Teufels, ich vermag dir wirklich nicht mehr zu folgen. Wie kannst du diesen Leuten da vertrauen? Wo ist die Wahrheit und wo die Lüge? Wo ist der Freund, wo der Feind?«

Mit einem forschen Wink unterband er des Sachsen Erwiderung.

»Nein, hör mir doch erst einmal zu!« ereiferte er sich. »Der Sohn des Wesirs bestellt uns zu einer Unterredung zu sich. In aller Heimlichkeit. Doch drei Tage vor dem festgesetzten Tag sucht uns diese sonderbare Perserin auf und teilt uns – unter anderem – einfach so mit, daß sie über dieses Treffen unterrichtet sei. Und dann erst dieser al-Fadl ben Yahya selbst, der Sohn des Wesirs! ... Er macht sich ein diebisches Vergnügen daraus, uns im Verlauf des Gesprächs zu offenbaren, er wisse eine ganze Menge über unsere Gesandtschaft und die Widrigkeiten, die ihr auf dem Wege hierher zugestoßen sind ... Und Ruben! Er spricht mit uns in aller Offenherzigkeit, in aller Vertraulichkeit ... Und weiht sofort danach den Sohn des Kalifen ein ... der im übrigen um unsere Unterhaltung mit diesem Eunuchen des Kalifen, diesem Masrur, weiß, als hätte er sie mit eigenen Ohren belauscht!«

»Indes ...«

»Die Sache in Musas Landhaus? Darüber scheint jedermann hier bestens im Bilde zu sein, und zwar über alles! Was noch? Bei einer äußerst behutsam durchgeführten Überwachung wechseln sich Doremus, Bruder Antonius, Timotheos und Erard ab; niemandem hätte etwas auffallen dürfen ... Und keinem unserer Gastgeber ist auch nur die kleinste Einzelheit entgangen ... Von Anfang an wurden wir auf Schritt und Tritt beschattet, in die Irre geführt, in Fallen gelockt ... Daher all diese Zwischenfälle, und was für Zwischenfälle! Die krümmen sich sicher vor Lachen! Ich bin es jedenfalls leid, daß wir uns hier weiter zum Narren machen!«

»Ich glaube kaum«, entgegnete Erwin in aller Ruhe, »daß das, was sich hier zur Zeit mit allen nur erdenklichen Folgen abspielt, diese Leute tatsächlich so ungeheuer belustigt. Und noch viel weniger, daß wir einer Fehde beiwohnen, bei der wir im Mittelpunkt stünden. Übrigens ...«

Er bedachte Childebrand mit einem freundlichen Blick.

»... denk nur an Tahir! Wie erklärst du dir seine Rolle in der ganzen Sache? Wenn es von Anfang an doch nur darum gegangen wäre, uns an der Nase herumzuführen, wie reimten sich dann seine Ergebenheit, sein aufopferungsvoller Kampf an unserer Seite ... und besonders die gegen ihn angezettelten Anschläge zusammen?«

»Eben drum: eine Spielfigur, die geopfert werden muß«, warf der Graf ein.

»Deine Erklärung hinkt, das weißt du genau. Freilich, diese hohen Persönlichkeiten verwenden ganz offenkundig Dutzende von Spitzeln dazu, uns zu belauern und sich gegenseitig auszukundschaften, so daß sie uns selbstverständlich nicht aus den Augen verlieren. Daß sie das aber miteinander abgesprochen und zu ihrem gemeinsamen Wohle tun, glaube ich nicht. Ich bin sogar vom Gegenteil überzeugt. Ihre aufs höchste gesteigerte Wachsamkeit beweist in meinen Augen, daß die *krisis* kurz vor ihrem Höhepunkt steht.«

»Das ist aber noch kein Grund, ungerechtfertigte Wagnisse einzugehen!«

»Ungerechtfertigte Wagnisse? Was? All unsere Anstrengungen und die Opfer unserer Freunde sollten in einem ängstlichen Rückzug enden? Nein, ereifere dich nicht! Hier steht weder deine Tapferkeit noch die unserer Gefolgsleute, noch die meine in Frage. Ich weiß schließlich … um deine Tollkühnheit, wenn es allein dich selbst betrifft, und wie sehr du mit dem Blut anderer geizt. Doch wie soll man es nennen, wenn man eine Untersuchung … womöglich kurz vor greifbaren Ergebnissen leichtfertig abbricht?«

»Ja, Himmel Kreuz! Darum geht es doch gar nicht! Es geht hier einzig und allein darum abzuschätzen, ob – und um den Preis welcher Gefahren – uns diese Spur weiterbringen mag, die sich durch die Aussage des Vorstehers der Türhüter von Musas Landhaus – sofern er überhaupt die Wahrheit gesagt hat – auftut … die Spur, die über einen gewissen Umar al- … was weiß ich … führt! Sobald einer von uns die Nase in den ›Suq der Flußschleife‹ steckt, werden ihm zwanzig Späher auf Schritt und Tritt folgen. Unter denen findet sich dann mindestens einer, um diesen Umar sofort zu warnen, und für den wäre es dann ein leichtes, seine Meuchelmörder auf unseren Mann zu hetzen!«

»Falls du eine andere Fährte anzubieten hast, bin ich bereit, dir zu folgen. Ich höre!«

»Ist es denn jetzt wirklich noch so wichtig, dieses unheilvolle Geschenk wiederzufinden? Davon hängt die Audienz beim Kalifen doch nicht mehr ab.«

Erwin rieb seine langen schmalen Hände aneinander.

»Ein bißchen schon noch«, meinte er. »Und vor allem: Gesetzt den Fall, die Unruhen brechen offen aus, welchen Herrscher werden wir dann auf dem Thron antreffen? Wer immer hier insgeheim unseren Erfolg zu vereiteln sucht, ist sicherlich unser Feind. Wir müssen ihn entlarven. Und die Vorsehung verschafft uns hierzu die Möglichkeit – sie ist nicht unfehlbar, doch eine andere sehe ich nicht: Wir sollten versuchen, das für Harun ar-Raschid bestimmte Geschenk wieder aufzufinden und dadurch in Erfahrung zu bringen, wer den Raub um den Preis von Mord und Totschlag angeordnet hat! Ist das ein ungerechtfertigtes Wagnis?«

»Verspricht uns die Spur dieses Anführers von Meuchelmördern die geringste Aussicht auf Erfolg?«

»Das hoffe ich, und ich glaube es. Gewisse Leute wollten und wollen zweifelsohne noch immer, daß wir scheitern. Doch würden sie so weit gehen und sich an uns selbst vergreifen? Ich weiß es nicht. Andere aber wünschen uns Erfolg. Zum Nutzen ihres eigenen Lagers. In der Not werden sie uns sicher tatkräftig Beistand leisten ... wie sie es ja im übrigen bereits getan haben.«

»Die Gefahr bleibt.«

»Ja, sie erwartete uns schon auf der Hafenmauer von Tripoli.«

»Es ist doch immer wieder dasselbe«, grummelte Childebrand. »Du bist einfach nicht zur Vernunft zu bringen!«

»Ganz im Gegenteil, und ich werde dir den Beweis auf der Stelle liefern: Du entscheidest jetzt, und ich beuge mich deiner Meinung!«

Statt zu antworten, zuckte Graf Childebrand nur mit den Schultern.

Der »Suq der Flußschleife« lag, unweit des Tigris, nur eine Viertelstunde Weg von der Unterkunft entfernt, in der die Franken noch immer »vorübergehend« wohnten. Ohne sich der trügerischen Hoffnung hinzugeben, daß seine Verkleidung einen entschlossenen Späher tatsächlich täuschen würde, hatte Doremus sich nichtsdestoweniger wie ein gewöhnlicher Bagdader Einwohner gekleidet, um nicht unnötig Aufmerksamkeit auf sich zu lenken. Er hatte das untrügliche Gefühl, verfolgt zu werden, und das bereits von dem Augenblick an, da er das Portal ihrer Behausung durchschritten hatte, ließ sich aber nichts anmerken.

Der Gang der Arzneihändler bestand aus einer Reihe Ständen und Lädchen, die schier überquollen von Säcken, Körben, Krügen und Gefäßen in allen nur denkbaren Größen. Dort wurden die mannigfaltigsten und fremdartigsten Waren feilgeboten, Arzneipflanzen, Pülverchen und Salben, Zutaten für weiße und schwarze Zauberei, Heilmittel aller Art, aber auch Duftstoffe und Schminkmittel, *kuhl* und *hinna,* vielerlei Spezereien … und sogar Gehhilfen und falsche Gliedmaßen … Mancherorts warteten die gefürchteten Zahnausreißer auf ihre Opfer und priesen lauthals die Sanftheit ihrer Hände an.

Der ehemalige Aufständische schritt zwischen diesen unzähligen Läden hindurch, deren Ausdünstungen und Aromen eine Art Strom von Düften bildeten, und blieb bei dem einen oder anderen stehen, um sich zu erkundigen, wo Umar al-Habis Geschäft zu finden sei. Allem Anschein nach hatte der Mann keinen guten Ruf. Wenn Doremus mit seiner schlechten, Argwohn weckenden Aussprache nach dem Weg fragte, schaute sein Gegenüber ihn stets schief an, bevor er ihm widerwillig antwortete.

Endlich traf er auf einen fliegenden Krapfenhändler, der sich geneigt zeigte, ihm genauer Auskunft zu geben.

»Von hier aus, mein Bruder, ist es der neunte Laden zu deiner Rechten, du wirst schon sehen, er ist ziemlich groß«, sagte er. »Zähle nur richtig neun ab, he! Du erkennst ihn an den gläsernen Behältnissen voller toter Kröten und … lebender Schlangen und vor allem an den Gefäßen mit Spinngewebe, das man zum Verbinden von Wunden nimmt. Dafür ist Umar berühmt! Wie er aussieht? Ein recht dicker Mann, der sich den Schädel wie die ›Türken‹ kahl schert … Aber, sag mal, mein Bruder, du …«

Doremus nahm seine Schädelhaube ab und scherzte:

»Siehst du, ich brauche kein Schermesser!«

»Ja … dieser Umar ist ein richtiger Hüne, mit Armen wie meine Schenkel. Und dabei rennt er so flink wie sonstwer …

Ich weiß ja nicht, was du von ihm willst ... Aber der Kerl ist ... du verstehst schon, he! Gib auf dich acht! ... Siehst nicht aus wie einer von diesen Strolchen, die gewöhnlich seinen Laden besuchen und die er für seine ... Aber, ich red zu viel. Geh nur! Du kannst ihn nicht verfehlen: der neunte zur Rechten!«

Der ehemalige Aufständische lächelte und meinte:

»Ich hoffe, ihn nicht zu verfehlen. Dank dir, Bruder.«

»Willst du mir nicht einen oder zwei Krapfen abkaufen?«

»Sogar drei«, erwiderte Doremus und bezahlte sie reichlich.

Umar al-Habis Laden war in der Tat leicht zu erkennen. Hinter einer langen Auslage, üppig ausgestattet mit echten oder vermeintlichen Heilmitteln, breitete sich ein sehr weiträumiger Laden aus, der sich hinter den Stoffwänden wahrscheinlich noch fortsetzte. Als Doremus bei ihm ankam, bemerkte er ein halbes Dutzend Männer, ganz offensichtlich keine Kunden, die mit einem Menschen sprachen, der noch eindrucksvoller war, als ihn der Krapfenverkäufer beschrieben hatte: Er maß mindestens fünfeinhalb Fuß, war keineswegs dickbäuchig, sondern mit Muskeln bepackt wie ein ›türkischer‹ Ringkämpfer, und sein runder Kopf saß auf einem mächtigen Stiernakken. Irgendwann blickte der Hüne Doremus mit seinen schwarzen Augen an, in denen Verschlagenheit und Grausamkeit zu lesen waren. Wahrlich kein Wunder, daß die Türhüter von Musas Wohnsitz ihn leicht wiedererkannt hatten.

Doremus setzte seine Beobachtung nicht länger fort und schritt den Gang der Arzneihändler weiter hinunter. Nachdem er dreihundert Schritt zurückgelegt hatte, machte er kehrt, um abermals an Umars Laden vorbeizuschlendern. Als er sich näherte, sah er den Besitzer mit einem kurzen Überwurf um die Schultern und einer Haube nach persischer Sitte auf dem Haupt herauskommen. Begleitet wurde Umar von drei Leibwächtern, die sich im Gehen andauernd nach allen Seiten umblickten. Eine Bande gedungener Meuchelmörder anzuführen war kein geruhsamer Beruf für schwache Gemüter.

Der ehemalige Aufständische folgte den Männern von fern bis zum Ausgang des Suqs. Dort schlugen sie die Richtung zur »Runden Stadt« ein und verschwanden rasch in dem Irrgarten der Gassen und Gäßchen. Doremus ließ es dabei bewenden und eilte zu ihrer Bleibe zurück, die alle Welt nur noch die »Herberge der Firandji« nannte. Dort berichtete er den Missi im Beisein aller anderen Gefolgsleute sofort von den Ergebnissen seiner Überwachung. Wenngleich Childebrands Ärger noch immer nicht verraucht war, hatte der Graf, unmittelbar nachdem die entsprechende Entscheidung gefallen war, die Leitung des Unternehmens übernommen. Daher stellte er nun viele Fragen und ließ sich die Örtlichkeiten, das Verhalten der Leibwächter und deren Bewaffnung sowie Umar al-Habi selbst in allen Einzelheiten schildern. Doremus versicherte, »Umar sei wahrhaftig mit niemand anderem zu verwechseln«.

»Bist du beschattet worden?« fragte der Graf anschließend.

»Ich glaube, ja. Von einem oder zwei ... Aber äußerst zurückhaltend.«

»Ob zurückhaltend oder nicht, es bleibt ärgerlich«, grummelte Childebrand mit einer Miene, die eine gewisse Mißbilligung ausdrücken sollte. »Nun ja, da es aber nun mal so ist ...«

»Sicherlich ist das ärgerlich, aber es könnte sich bei Gelegenheit auch als günstig erweisen«, wandte Erwin ein, weil er sich angesprochen fühlte.

»Wir werden sehen ... Worauf es jedenfalls ankommt, ist, daß wir nicht von denen, die *wir* beschatten, bemerkt werden! Wir werden also folgendermaßen vorgehen ...«

Die Missi dominici gingen von der Annahme aus, daß Umar seinen Laden jeden Tag annähernd zur selben Zeit verließ, um Gott weiß welch finstren Beschäftigungen nachzugehen. Doremus hatte seine Überwachung in der zweiten Morgenhälfte begonnen, und Umar war, von seinen Leibwächtern umrahmt, gegen Mittag aufgebrochen. Am nächsten Tag nahm Sauvat also in der gleichen Weise seine Beobachtung auf, aber es geschah nichts Bemerkenswertes. Zwar verließ al-Habi tatsächlich seinen Laden, aber lediglich, um in eine Schenke zu gehen, wo er sich stärkte, bevor er seine Tätigkeiten wiederaufnahm. Auch tags darauf legte Timotheos sich vergeblich auf die Lauer. Vierundzwanzig Stunden später war Erard ebenfalls nicht mehr Glück beschert. Doch am darauffolgenden Morgen wurde Bruder Antonius die Genugtuung zuteil, den ersten Erfolg der Beschattung zu ernten, auf die die fränkischen Gesandten einige Hoffnung setzten.

An jenem Tag verließ Umar mit seinem üblichen Gefolge aus Halsabschneidern kurz vor Mittag den Laden, um demselben Weg zu folgen, den Doremus bereits beobachtet und beschrieben hatte. Von kaum jemandem gegrüßt, schritten sie eilig durch das Gewühl des Suqs. Der Mönch folgte ihnen in einem Abstand von hundert Fuß bis zum Tor des Marktes. Dort hatte Childebrand Sauvat und Erard postiert, beide in jener Beduinentracht, die sie bei der Jagd auf die Hilaym getragen hatten. Sollte Umar sich in die »Runde Stadt« begeben wollen, so konnte er diese nur durch das Ost- oder das Südtor betreten. Mit größerer Wahrscheinlichkeit durch das erste. Zumindest hatten sie darauf gewettet. Erard eilte voraus, um Hermant und Timotheos zu benachrichtigen, die sich am Osttor bereit hielten. In kostspielige Gewänder gehüllt, sahen die beiden wie reiche orientalische Kaufleute aus, und die Missi hatten sie dank Rubens Gefälligkeit mit Geleitbriefen ausstatten können.

Die drei Franken mußten sich eine ganze Weile gedulden. Niemand kam in Sicht, weder Umar und seine Spießgesellen noch Sauvat. Je mehr Zeit verstrich, desto bedrängender wurde das Gefühl, ausgespielt worden zu sein, und desto quälender die Sorge um das Schicksal ihres Gefährten, der vielleicht in eine Falle geraten war. Nach mehr als einer halben Stunde bangen Wartens sahen sie auf der Prachtstraße, die zum titanischen Stadttor führte, endlich Umar und seine Leibwächter sowie, etwas weiter entfernt, ihren Freund herbeikommen. Der Anführer der Meuchelmörder hatte unterwegs angehalten, um ein Mittagsmahl einzunehmen.

Sauvat betrat eilig die Schenke, in der ihn seine Freunde erwarteten. Timotheos und Hermant verließen sie im selben Augenblick. Kurz nach Umar al-Habi erreichten sie den Wachtposten; Hermant blieb stumm, während der Fuchs für sie beide Rede und Antwort stand, und sie wurden anstandslos durchgelassen. Nach dem lärmigen und geschäftigen Bagdad des kleinen Volkes überkam Hermant und den Griechen hier das paradiesische Gefühl, einen Garten Eden zu betreten, mit Bäumen und Blumen, klaren künstlichen Bächen, sprudelndem Wasser und zauberhaften Palästen – voller Ruhe und Schönheit. Hochrangige Persönlichkeiten auf herrlichen Reittieren, Dienerschaften in farbenfrohen Trachten und Palastwachen in funkelnden Rüstungen strahlten Macht, Unbeschwertheit und Reichtum aus. *Doch vielleicht werden hinter diesen reich verzierten Mauern und seidenen Behängen bereits Dolche drohend gegen jene gezückt, die sich hier in Brokate hüllen,* dachte der Grieche bei sich und rief sich die blutigen Ränke ins Gedächtnis, die ihn einst genötigt hatten, Konstantinopel Hals über Kopf zu verlassen.

Ohne Zögern folgten Umar und seine Leibwachen in der »Runden Stadt« einem verzwickten Weg. Nach einem langen Fußmarsch verließen sie die Madinat as-Salam schließlich durch das Westtor, hinter dem ein prächtiges Wohnviertel lag. Und schon bald darauf gelangten sie vor einen kleinen Palast inmitten eines üppigen, von hohen Mauern umfriedeten Gartens. Da Hermant und Timotheos gezwungenermaßen genügend Abstand zum gejagten »Wild« halten mußten und bereits fürchteten, dessen Spur zu verlieren, waren sie sehr erleichtert, als sie sahen, wie Umar stehenblieb und nach kurzem Verhandeln mit den Türhütern ohne sein Geleit dieses Anwesen betrat.

Childebrands Weisungen waren klar und ausdrücklich: »Sobald ihr bei euren Nachstellungen den ›Bau‹ ausgemacht habt, erkundigt ihr euch rasch nach dem Eigentümer und kehrt auf der Stelle zurück!« Gleichwohl legte Hermant sich noch eine weitere halbe Stunde auf die Lauer, um sicherzugehen, daß Umar nicht nur für einen zufälligen Besuch dort eingekehrt war, während der Grieche möglichst unauffällig unter dem Deckmantel des Händlers zu erfahren suchte, wem besagter Wohnsitz gehörte. Es kostete ihn keinerlei Mühe:

»Mansur ben Ziyad ist eine der hochrangigsten Persönlichkeiten von Bagdad«, erklärte ein Goldschmied aus der Nachbarschaft rundheraus und mit einer Ehrfurcht, die eindeutig nicht vorgetäuscht war.

»Und welches ist sein Amt?« wagte sich Timotheos vor.

»Solche Dinge gehen mich nichts an«, erwiderte sein Gegenüber. »Er kauft bei mir Armreife, Ringe, Leibgurte und Halsschmuck in Hülle und Fülle; und bezahlt immer ... auf Dinar und Dirham. Mehr will ich gar nicht wissen. Im übrigen bekomme ich ihn gar nicht zu Gesicht. Sein Verwalter kümmert sich um alles.«

Timotheos holte den allmählich ungeduldig werdenden Hermant ab, und dann kehrten sie ohne den Umweg durch die »Runde Stadt« zu ihrer Unterkunft zurück. Zerschlagen zwar, doch zufrieden, trafen sie dort ein und erstatteten den Missi dominici Bericht.

»Eine gute Jagd, wie es scheint«, gestand Childebrand zu.

»Gut, sehr gut, meine Söhne«, ergänzte der Sachse mit einem Lächeln um die Mundwinkel.

Aus diesem besonderen Anlaß wurde sämtlichen Mitgliedern der Gesandtschaft ein sehr gehaltvoller Wein aus Ägypten aufgetragen, den Bruder Antonius für »trinkbar« befand.

Um die Vorbereitungen für den entscheidenden Schlag endlich zum Abschluß zu bringen, bedurfte es zunächst noch genauer Auskünfte über diesen Mansur ben Ziyad, seine Beziehungen und Bekannten, seinen tatsächlichen Rang sowie seine Lebensweise, während gleichzeitig weitere Nachforschungen über seinen Wohnsitz, die Anordnung der Gebäude, den Grundriß der Gärten und die Art und Weise, wie das Anwesen geschützt und bewacht wurde, angestellt werden mußten.

Erwin hielt es für zweckmäßig, sich hierbei erneut an Ruben ben Nemuel zu wenden. Der Graf schloß sich murrend dieser Ansicht an, »um jeder Auseinandersetzung entgegenzuwirken«.

Der Stellvertreter des Exilarchon der Juden fand sich bald darauf bei den Missi ein. Die Spur der Meuchelmörder führte also zu Mansur ben Ziyad! Zu dem Mann befragt, sann Ruben lange über eine Antwort nach.

»Mansur ist ein sonderbarer Mensch«, erklärte er schließlich in schleppendem Tonfall, wobei er sich nicht des Lateinischen, sondern des Arabischen bediente. »Allein sein Wohnsitz ... Eure Gehilfen haben euch ja berichtet, wo er lebt: zwar außerhalb, doch unweit der ›Runden Stadt‹. Diese besondere Lage kennzeichnet auch den Mann selbst. Gehört er zum engsten Kreis der Macht? Niemand wüßte es mit Sicherheit zu behaupten. Und dennoch steht Mansur diesem kaum fern. Besitzt er Einfluß? Ganz gewiß. Doch bei wem? Bei diesem, sagt der eine, bei dem, der andere, bei den allermeisten, die den Turban eines hohen Würdenträgers auf dem Haupt tragen, werden manche hinzufügen ... Doch zählt denn wirklich, wer aller Welt dient? Mit Sicherheit nicht. Also, worauf gründet Mansur den beachtlichen Einfluß, den man ihm zuspricht? Wer weiß das tatsächlich?«

»Auf seinen Reichtum vielleicht«, griff Childebrand ein. »Ganz offensichtlich verfügt er ja über Dinare im Überfluß. Schließlich besitzt er eine Art Palast im Innern der Stadt, eine zahlreiche Dienerschaft, eine Leibwache ...«

»Alles Augenpulver«, fuhr Ruben fort. »Es ist nicht alles Gold, was glänzt, und Schein und Haben darf man nicht verwechseln. Wer möchte bestreiten, daß Mansur Dinge besitzt, die glänzen und blenden? Doch handelt es sich hierbei um eigenes Vermögen oder um geliehene Mittel? Und selbst gesetzt den Fall, es wäre eigenes Vermögen, wie hat er es dann erworben? Hier geht es um einen Mann, der vor ungefähr fünfzehn Jahren mit einem Esel und ein paar Dirham als einzigem Reichtum in Bagdad angekommen ist. Wie hat er es zu diesem Gipfel an Wohlstand gebracht, den er heute erreicht zu haben scheint? Woher flossen und woher fließen ihm die Dinare zu, mit denen er, von schier wahnwitziger Freigebigkeit getrieben, nur so um sich wirft?«

»Oh, da gibt es etliche Mittel und Wege, ein Vermögen zu erwerben«, merkte Erwin an. »Einige äußerst redliche wie etwa der Handel, und manch zweifelhafte, ja verwerfliche. Eine Frage nebenbei: Was hat ein Umar al-Habi bei einem Mansur ben Ziyad zu schaffen? Was die Darlehen anbelangt, die man ihm ja anscheinend so großzügig und beständig einräumt, kommt einem unweigerlich folgende Frage in den Sinn: Was könnte er wissen, und vor allem über wen?«

Hierauf warf der Abgesandte des Resh Galuta halblaut ein:

»Da wären wir dann wohl beim eigentlichen Kern der ganzen Angelegenheit …«

»Kommen wir einstweilen auf die unsrige zurück«, unterbrach ihn der Graf. »Also, was ist mit diesem Wohnsitz?«

»Ich habe euch einige Zeichnungen mitgebracht, auf denen mit ziemlicher Genauigkeit die Umfriedung und deren Durchgänge, die Portale, Pforten und sonstigen Öffnungen dargestellt sind, und etwas ungefährer die Gärten sowie die Lage der verschiedenen Gebäude. Was die Anordnung der Räumlichkeiten innerhalb des Palastes betrifft, so sind die Angaben allerdings recht dürftig«, meinte Ruben, während er Childebrand die Schriftstücke reichte.

Der Graf prüfte sie eingehend und gelangte zu dem Schluß, man müsse sich wohl noch andere Auskünfte beschaffen, bevor ein Plan entworfen werden könne, der auch nur die geringste Aussicht auf Erfolg hätte.

»Wenn ich richtig verstanden habe, was ihr mit diesen Nachforschungen vorhabt, so bin ich, ehrlich gesagt, nicht ohne Sorge!« rief Ruben aus. »Mansur in seiner … Festung ist unstreitig ein harter Brocken.«

»Ohne Zweifel«, erwiderte Erwin. »Doch wir stehen mit dem Rücken zur Wand.«

Mansur ben Ziyads Wohnsitz war in der Tat eine Festung. Mindestens dreißig Waffenknechte sorgten für seinen Schutz. Tag und Nacht machten Wächter ihre Runden auf einem Wehrgang, der innen an der Umfriedungsmauer entlanglief, andere erkundeten zu Pferde die Umgebung – beachtliche Vorkehrungen also, deren Ausmaß leidlich bewies, daß Mansur sich keineswegs sicher fühlte. Auf seinem Weg zum Gipfel mußte er sich wohl mächtige Feindschaften jener Art zugezogen haben, die nur mit Blut gerächt werden.

Mansurs Sicherheitsmaßnahmen erschwerten das Unterfangen der Franken erheblich und schlossen einen Gewaltstreich von vornherein aus. Childebrand und Erwin konnten dabei nur auf eine unzureichende Zahl an Kämpen zählen; und ohnehin kam es auf gar keinen Fall in Frage, die Gesandtschaft in ein blutiges Abenteuer zu stürzen. Also mußten sie auf andere Weise vorgehen.

Timotheos hatte sich über Mansur ben Ziyads Kommen und Gehen erkundigt; auf all seinen Wegen wurde dieser stets von einer Schar von Günstlingen und Dienern begleitet. Außer seinem Stadtpalast besaß der Mann noch einen Landsitz am Tigris, ungefähr zehn Meilen von Bagdad entfernt. Dorthin begab er sich recht häufig, zumeist nach dem hohen Freitagsgebet in der Moschee der »Runden Stadt«, dem er mitsamt seinem feinen Völkchen beiwohnte, und blieb gewöhnlich zwei oder drei Tage.

Bruder Antonius gelang es auszukundschaften, wie die Streifengänge genau erfolgten: im allgemeinen eine Runde alle zwei Stunden. Wenn der Herr des Hauses jedoch verreist war, machten sich die Waffenknechte ganz offensichtlich ein leichtes Leben; und ihre Wachsamkeit ließ folglich nach.

Vom großen, den Würdenträgern vorbehaltenen Portal abgesehen, konnte man, Doremus' Nachforschungen zufolge, auch durch einige Dienstboteneingänge auf das Anwesen gelangen. Diese lagen auf der Rückseite des stattlichen Besitzes, auch ein recht breiter Durchlaß, der zumeist von Packwagen mit Lebensmitteln und anderen Versorgungsgütern benutzt wurde. Die Gärten erstreckten sich vor allem zwischen dem großen Tor und dem Hauptgebäude. Die hinteren Gärten waren von bescheideneren Ausmaßen, im übrigen schlecht gepflegt und mit dichtem Buschwerk bestanden.

Mit einiger Mühe vermochten die drei Gefolgsleute ihre Herren davon zu überzeugen, sie könnten von dort aus, als Auftakt ihres entscheidenden Schlages, eine genauere Erkundung versuchen. Nachdem sie sich vergewissert hatten, daß Mansur mitsamt seinem Anhang tatsächlich zu seinem Landsitz aufgebrochen war, begaben sie sich am Samstag abend über verschiedene Wege zu dem Durchlaß, den Doremus ausgemacht hatte. Sie trugen äußerst gewöhnliche, doch sehr dunkle Kleidung und führten, unter ihren Überwürfen verborgen, jeweils ein Kurzschwert mit sich.

Das Tor des Dienstboteneingangs war nur angelehnt. Die drei Gefolgsleute warteten geduldig, bis die erste Runde an ihnen vorbeikam – vier Wächter mit Fackeln in der Hand, die sich ungezwungen, mit laut erhobenen Stimmen unterhielten. Als diese sich entfernt hatten, huschte Doremus hinein, tat ein paar Schritte in den Garten und lauschte in die Dunkelheit. Da nichts Verdächtiges zu hören war, gab er Timotheos und Bruder Antonius ein Zeichen. Die beiden folgten ihm und rückten dann von Busch zu Busch auf das Wohngebäude vor, wobei der ehemalige Aufständische ihnen den Rücken deckte.

Tunlichst bemüht, sich nicht durch knackende Zweige zu verraten, schlichen der Mönch und der Grieche mit behutsamen Schritten durch die Finsternis, hielten häufig inne, um zu horchen und in die Nacht zu spähen. So legten sie ungefähr hundert Schritt zurück, in einigem Abstand von Doremus gefolgt. Hinter einem Gebüsch sprangen plötzlich etwa zehn Wachen auf sie zu und überwältigten sie, noch bevor sie sich auch nur rühren oder in irgendeiner Weise zur Wehr setzen konnten, fesselten ihnen die Handgelenke, legten ihnen eine Art Halfter an, entwaffneten sie und zerrten sie schließlich zum Wohngebäude. Doremus hatte ihre Gefangennahme niedergeschmettert und ohnmächtig verfolgen müssen und blieb nun eine ganze Weile reglos und still im Schutz der Dunkelheit zusammengekauert. Als er sich endlich sicher wähnte, daß keine Gefahr mehr drohe, huschte er flink wie eine Katze zum Eingang zurück. Nicht einmal eine Stunde später traf er in der »Herberge der Firandji« ein, wo Childebrand und Erwin in banger Unruhe auf das Ergebnis ihrer Erkundung warteten. Als sie ihn allein und mit aufgewühlter Miene hereinkommen sahen, begriffen sie sofort, daß die Sache schlecht ausgegangen war. Bei seinem anschließenden Bericht bemühte sich Doremus, keine noch so unbedeutende Kleinigkeit auszulassen, und schilderte, wie es trotz aller Vorsichtsmaßnahmen zu dem Unglück gekommen war. Nachdem er ihre Fragen beantwortet und das eine oder andere verdeutlicht hatte, zog er sich zurück, um die Missi ihrem Zwiegespräch zu überlassen.

Childebrand hatte den Sachsen während der Darlegungen ihres Gehilfen immer wieder finster grollend angesehen und meinte nun mit tonloser Stimme:

»Beim Blute Christi, jetzt sitzen wir also in der Patsche! Und zwar mittendrin!«

Er hielt inne, um seinen aufsteigenden Zorn zu bezähmen, und fuhr dann fort:

»Das sprang einem doch in die Augen, so etwas mußte doch

geschehen! Aber was nützt es nun, das Ganze nochmals durchzukäuen ... die unverhältnismäßigen Gefahren ... dieses Netz aus Verrat, das uns umgibt! Denn wir sind verraten worden, verraten! Wer wollte daran zweifeln! Unsere Gesandtschaft ... Zwei ihrer Gefolgsleute wurden auf frischer Tat ertappt ... Welche Hoffnung bleibt uns nun noch? Das frage ich dich! O Erwin, wirklich ...«

Gewöhnlich bot der angelsächsische Abt den Wutausbrüchen seines Freundes ruhig die Stirn und besänftigte dessen Befürchtungen mit freundlicher Gelassenheit. Diesmal aber erwiderte er recht unwirsch:

»Was erwartest du jetzt von mir? Rechtfertigungen, Gewissensbisse, Entschuldigungen? Ja, glaubst du denn, ich wäre weniger betrübt über das, was Timotheos und Bruder Antonius zugestoßen ist, und möchte ihnen nicht sofort zu Hilfe eilen?«

»Gewiß nicht!« entgegnete der Graf. »Aber wie können wir sie retten, sofern dafür noch Zeit bleibt? Wie? Ach! Zum Teufel!«

Erwin erhob sich und ging ein paar Schritte auf und ab, bevor er antwortete:

»Ach, mein Freund, ich werde mich nicht erneut anschikken, dir zu erklären, weshalb dafür noch Zeit ist, weshalb Verrat – der ja nur von Ruben kommen könnte, und ich denke nicht, daß er uns hintergangen hat –, weshalb Verrat also keineswegs die Erklärung all unserer Nöte sein kann und weshalb alle Hoffnung noch nicht verloren ist, wenngleich unsere Lage, das gestehe ich zu, weiß Gott Anlaß zur Sorge bietet.«

»Ich würde es dennoch gerne erfahren!«

»Wenn ich dich richtig verstanden habe, lastest du mir die Schuld an den Vorkommnissen an?«

»Das heißt ...«

»Sei's drum! So werde ich sie denn zu beheben versuchen, und zwar alleine!«

»Nein! Ich bin an deiner Seite! Mein Gott ...«

»Damit du mir anschließend erneut vorhältst, dich auf Abwege geführt zu haben, falls mein Schritt mißlingt? O nein!« rief Erwin aus.

»Ist dir eigentlich bewußt, was du da sagst?«

»Und du? War dir eigentlich bewußt, was du da eben gesagt hast?«

Abt Erwin blickte den grübelnden Childebrand böse an. Dann aber trat er auf ihn zu und erklärte mit ruhigerer Stimme:

»Ich glaube nicht, daß ich bei dem, was ich vorhabe, allzu große Wagnisse eingehe ... Indes, wer weiß das schon ... Gesetzt den sehr unwahrscheinlichen Fall jedoch, es träte tatsächlich etwas Schlimmes ein, wäre es doch sicher nicht sonderlich weise, wenn beide Gesandten unseres Kaisers dem zum Opfer fielen, oder? Schließlich hat er uns angewiesen, es so einzurichten, daß zumindest einer von uns Herr über sich und sein Handeln bleibt, um allem Erdenklichen zu begegnen.«

»Gewiß doch, aber warum dann nicht ...«

»Nein, mein Freund«, fiel Erwin dem Grafen ins Wort. »Du weißt doch genau, meine Entscheidung entspringt keineswegs einer vorübergehenden Laune. Sie ist vernünftig. Ich werde mich von Erard als Übersetzer begleiten lassen.«

»Das gefällt mir nicht«, warf Childebrand ein.

»Mir auch nicht, aber haben wir eine Wahl?«

Anderntags in der Frühe schickte Erwin Erard und Dodon zum Anwesen Mansur ben Ziyads, um dort ein Gesuch um eine Unterredung einzureichen. Der Hausherr weilte aber noch immer auf seinem Landsitz, so daß der Verwalter Erwins Bitte beantwortete. Nach dem ernsten Zwischenfall, der sich in der Nacht zuvor ereignet hatte, war der Mann auf einen solchen Schritt gefaßt gewesen.

»Sollte mein Herr trotz alledem gewillt sein, euch zu empfangen, werde ich eure Gesandtschaft benachrichtigen lassen«, erklärte er.

Die Missi dominici hatten befürchtet, ihr befremdlicher Vorstoß und bitterer Fehlschlag würden sehr rasch in aller Munde sein. Was aber offenbar nicht eintrat, zumindest blieb die Bestätigung dafür aus. Der Sonntag verstrich in aller Ruhe.

Am Montag morgen überbrachte ein Bote Mansurs Antwort; Mansur war zwischenzeitlich zurückgekehrt. Er »geruhe, dem Gesuch, das ihm unterbreitet worden war, stattzugeben«, und er legte den Zeitpunkt, an dem er die fränkischen Gesandten empfangen wolle, auf selbigen Nachmittag fest.

Der Sachse zeigte Childebrand Mansurs herablassend verfaßtes Schreiben. Der Graf biß die Zähne zusammen und wurde rot vor Zorn.

»Und du begibst dich dennoch dorthin?« grollte er.

»Selbstverständlich! Das wird meine Strafe sein, nicht wahr«, erwiderte Erwin seelenruhig. »... Doch Mansurs Unverschämtheit berührt mich eigentlich überhaupt nicht. Dich aber, allem Anschein nach. Da siehst du es, ich muß diese Unterhandlung alleine führen.«

»Trotzdem ... Oh! Gütiger Gott!«

Worauf Erwin sanft lächelte und erwiderte:

»Mein Freund, vergegenwärtigen wir uns doch jenen Sinnspruch, den die Händler für den Gipfel der Weisheit halten: Abgerechnet wird am Ende des Geschäfts.«

»Es gibt Augenblicke«, murmelte Graf Childebrand vor sich hin, »in denen ich mich frage, aus welchem Holz du wohl geschnitzt sein magst.«

Für sein Zusammentreffen mit Mansur ben Ziyad wählte der angelsächsische Abt eine schlichte Kleidung: ein dunkelfarbenes Obergewand über leinenem Beinkleid und Leibhemd, darüber einen sehr einfachen Gurt sowie einen Umhang aus dünner, dunkelbrauner Wolle mit Kapuze; und als Kopfbedekkung die Haube eines fränkischen Prälaten. Erard hingegen hatte er befohlen, sich mit kostbaren Gewändern von erlesener Pracht herauszuputzen.

In Begleitung zweier Wachen begaben sich der Missus dominicus und sein Gefolgsmann ohne Eile zu Mansurs kleinem Palast und stellten sich am Portal vor. Der Vorsteher der Wächter half ihnen vom Pferd, verlangte, daß das Gefolge vor dem Eingang zurückbleibe, führte den Gesandten und dessen Gehilfen dann zu einem nahen, neben einer Baumgruppe gelegenen Lusthäuschen und bat sie, dort zu warten. Der Sarazene hatte sich an Erard gewandt, als wäre dieser der fränkische Gesandte. Da Abt Erwin diese Möglichkeit vorhergesehen und seinen Gefolgsmann darauf vorbereitet hatte, enthielt sich Erard auf eindringlichen Befehl hin jedweder Berichtigung.

Selbstverständlich würde man sie warten lassen. Kaum hatte der Sachse das Gartenhäuschen betreten, kniete er daher nieder, um zu beten. Nach einer ganzen Weile kam, von vier »Türken« mit blankgezogenem Säbel begleitet, ein abschätzig dreinblickender Verwalter in schillernder Gewandung mit feierlichem Schritt herbei, um anzukündigen, der hohe Herr Mansur – ausgewiesen durch eine beeindruckende Ahnschaft und mit den schmeichelhaftesten Eigenschaften ausgestattet – »sei in seiner großen Güte geneigt, trotz der auf seinem Anwesen begangenen Schändlichkeiten jene Fremdlinge zu empfangen, die vor ihn zu treten begehrten«. Erards Stimme zitterte vor Entrüstung bei der Übersetzung dieser Worte. Der Missus dominicus hingegen setzte seine Gebete seelenruhig und unbeirrt fort. Der Verwalter starrte Abt Erwin verwundert an und fragte sich dabei, wer oder was dieser eigentümliche Mann, ein Ratgeber wahrscheinlich, wohl sein mochte, daß der »Gesandte« es ihm gegenüber für nötig befand, die bisher gewechselten Worte zu übersetzen. Endlich schien der Sachse aus einer tiefen Andacht hervorzukommen und erhob sich mit unergründlichem Gesicht, den Blick in die Ferne gerichtet. Mit noch verächtlicherer Miene als zuvor bat der Vorsteher der Dienerschaft die beiden Gäste Mansurs, ihm zu folgen, und wandte sich zum Hauptgebäude.

Die »Türken« blieben am Eingang stehen, und eilfertige Diener traten sofort an ihre Stelle, um Erwin und Erard durch den »Gang der Wunder« zu geleiten, in dem zu beiden Seiten in Schaukästen silbernes Tafelgeschirr, kostbare Vasen und andere Gegenstände, Prunkwaffen, Geschmeide, ja sogar in Schalen aufgehäufte Dinare ausgestellt waren. Von dort gelangten sie in den Empfangsraum, wo von den Wandbehängen, den Teppichen und Einrichtungsgegenständen bis hin zu den Schnitzereien und Täfelungen alles dazu bestimmt war, den Besucher zu beeindrucken. Ein weiteres Mal bat man sie, sich zu gedulden. Wortlos blickte der Sachse seinen Gefolgsmann mit einem Lächeln an, das deutlich erkennen ließ, wie sehr ihn dieses einleitende Brimborium doch belustigte. Und endlich: Angekündigt von einem Kammerherrn in überladenen Gewändern, der erneut sämtliche Ahnen und Titel seines Herrn anführte, trat der Hausherr selbst in Erscheinung.

Vom ersten Augenblick an machte dieser sowohl auf Erwin als auch auf Erard einen merkwürdigen und zugleich recht unangenehmen Eindruck. Mansur war ein Mann von ziemlich kleinem Wuchs, was er durch Khuf mit sehr hohen Absätzen und einen Turban, der um eine Spitzhaube – die *qalansuwa* – gewunden war, auszugleichen suchte. Was aber die Gäste vor allem seltsam anmutete, waren sein geschminktes Gesicht, die mit *kuhl* umränderten Augen, sein salbungsvolles Gebaren und der flatterhafte Blick. Turban und Gewänder waren über und über mit Edelsteinen besetzt. Die Finger von Ringen überladen. An der Seite trug er in einer kunstvoll verzierten Scheide einen Säbel, dessen Knauf Goldzieselierungen schmückten.

Mansur betrachtete die beiden Besucher, die unverwandt vor ihm standen und so stumm wie reglos abwarteten. Seine Blicke wanderten mehrere Male zu Erwin zurück. Offensichtlich befremdete ihn dieser hoch aufgeschossene, schlanke, beinahe hager wirkende Mann mit dem abgezehrten Gesicht und der undurchdringlichen Miene, der in der Ferne irgendwelche unsäglichen Dinge zu erkennen schien. Aber auch Erard versuchte er zu ergründen. Und schließlich entschied er, der tatsächliche Gesandte müsse der Mann in dem schlichten dunklen Gewand sein, dessen Erscheinung trotz oder gerade wegen der zur Schau gestellten Strenge eindrucksvoll wirkte. Daher wandte er sich an diesen:

»So sieht also der sogenannte Gesandte eines angeblich in der Ferne herrschenden Fürsten aus!«

Erwins Gefolgsmann barst schier vor Empörung, als er diese Worte wiedergab, doch sein Herr ließ sie unbeantwortet. Vielmehr schaute er weiterhin durch sein Gegenüber hindurch, während dieser im gleichen Tone fortfuhr. Dann erst griff der Sachse ruhig ein:

»Weise doch diesen sogenannten Würdenträger darauf hin, daß uns nach einer derartigen Eröffnung nichts anderes übrig bleibt, als wieder von dannen zu ziehen, ohne Abschied, selbstverständlich.«

Erard übersetzte diese Erwiderung mit größtem Vergnügen.

»Demnach überläßt du die in meine Gewalt geratenen Männer ungerührt ihrem Schicksal? Ich versichere dir, es wird nicht beneidenswert sein!« spottete Mansur.

Doch schon hatte Erwin sich, von Erard gefolgt, zur Tür gewandt. Auf einen kurzen Befehl ihres Herrn hin tauchten unversehens zwei Wachen auf und verwehrten ihnen mit überkreuzten Säbeln den Durchgang.

»Setze doch diesen Menschen davon in Kenntnis«, meinte Erwin zu seinem Gehilfen, »wir hätten selbstredend vorausgesehen, daß dieses Zusammentreffen eine solch üble Wendung nehmen könnte. Falls wir beide mit unserem Geleit nicht binnen einer angemessenen Frist zu unserem Wohnsitz zurückgekehrt sind, werden die höchsten Obrigkeiten dieses Landes augenblicklich benachrichtigt werden.«

»Und dann werdet ihr im Gegenzug erklären müssen, was

zwei eurer engsten Gefolgsleute hier mitten in der Nacht wohl zu schaffen hatten, daß sie sich wie Diebe zu meinem Wohnsitz schlichen!«

»Wie? Was muß ich da hören? Ja, wurden sie denn nicht gerade eben, im selben Augenblick wie wir, gefangengesetzt? Hier, in diesem Raum, und auf deinen Befehl?«

Der unvermutete Gegenstoß verschlug Mansur ben Ziyad die Sprache. Mit ungläubiger Miene starrte er diesen unerschütterlichen Mann vor sich an, der doch tatsächlich die Stirn besaß, einen derartigen Winkelzug zu erfinden. Schließlich faßte er sich wieder:

»Zwanzig Zeugen werden zur Stelle sein, um die Wahrheit zurechtzurücken!«

»Ja, Männer in deinen Diensten, Gesinde! Wahrhaftig feine Zeugen! Wem wird man glauben? Dir oder mir?«

»Was erkühnst du dich?«

»Mansur ben Ziyad, dein Ruf ist wohlbegründet«, fuhr Erwin fort. »Man sagt, du bist zu allem fähig. Willst du die Probe wagen?«

Aufs äußerste erzürnt, schrie Mansur:

»Du glaubst wohl, du wirst den Ausgang noch erleben, um beurteilen zu können, wer recht behält?«

»Meinst du denn, deine Feinde – und sie sind Legion – werden sich die Gelegenheit entgehen lassen, die ihnen die Ermordung eines Gesandten bieten würde, und dir nicht den Garaus machen?«

Lang anhaltende Stille folgte auf diese Entgegnung. Erwin und Erard standen noch immer in der Nähe der Tür, vor den Wachen, die ihnen weiterhin den Weg versperrten. Mansur ging langsamen Schrittes auf und ab, sichtlich bemüht, seine Fassung wiederzuerlangen.

»Das Ganze führt doch zu nichts«, murmelte er wie zu sich selbst.

»Endlich verständige Worte«, lobte der Sachse. »Wenn du

gewillt bist, Sprache und Gebaren zu ändern, könnten wir jetzt mit unserem Gespräch beginnen.«

Der Herr des Hauses bedeutete dem Gesandten und seinem Gehilfen mit einem Wink, auf den bereitliegenden Kissen Platz zu nehmen. Er selbst ließ sich ihnen gegenüber nieder und befahl, Getränke und Backwerk aufzutragen; Diener stellten alles auf Platten in ihrer Reichweite ab.

Erwin trank einen Schluck und nahm etwas von dem Naschwerk. Dann verkündete er ohne Umschweife:

»Ich bin zuallererst gekommen, um mich zu vergewissern, daß meine beiden hier aufgegriffenen und gefangengenommenen Gefolgsleute gesund und wohlbehalten sind.«

»Weißt du, daß sie sich mir auf Gnade und Verderb auslieferten, als sie in mein Anwesen eindrangen, weißt du das?«

»Sind sie gesund und wohlbehalten?«

»Beantworte mir zunächst folgende Fragen: Was hatten sie hier zu suchen?« versetzte Mansur. »Was wollten sie in Erfahrung bringen? Was wollten sie stehlen? Wen wollten sie womöglich töten?«

»Weder stehlen noch töten wollten sie, das weißt du selbst am besten!«

»Was dann? Mich bespitzeln?«

»Würde ich es dir denn sagen, wenn dem so wäre?«

Mansur lachte schallend auf.

»Das brauchst du auch wahrhaftig nicht!« rief er erheitert aus. »Wir haben euch nämlich nie aus den Augen gelassen! Wie lächerlich waren euer ganzes Getue und die Verkleidungen, um unauffällig zu bleiben, wo uns doch nicht eine einzige eurer Bewegungen entging ...«

»Unmöglich«, wandte Erwin ein.

Der Sarazene kicherte.

»Unmöglich? Für wen hältst du uns eigentlich? Selbst ein Kind hätte das Treiben deiner ungeschickten Tölpel im Suq bemerkt, oder die als Kaufleute verkleideten Tröpfe in der Madinat as-Salam oder die törichte Überwachung meines Wohnsitzes, ganz zu schweigen von eurer im Viertel durchgeführten Untersuchung, die so still und leise wie das Brummen eines dicken Maikäfers vonstatten ging! Deine Gehilfen dürften sehr überrascht gewesen sein, als meine Wächter über sie herfielen. In ihrer Einfalt haben sie sich auf ihre Beobachtungen verlassen, ohne zu ahnen, daß es sich dabei um eine Falle handelte. Wir brauchten sie nur noch aufzulesen!«

»Demnach hast du uns bespitzeln lassen?«

»Verkehre nicht die Rollen!«

»Ich verkehre überhaupt nichts. Wenn du so gut unterrichtet bist, wie du behauptest, dann müßtest du ja wissen, was unsere Gesandtschaft zur Zeit mit Sorge erfüllt.«

»Ich würde es gern aus deinem Munde erfahren.«

»Weshalb sollte ich dir mitteilen, was du ebensogut weißt wie ich?« erwiderte der Sachse. »Meine Sorge gilt zur Stunde dem Schicksal meiner Gefolgsleute.«

»Weshalb sollte ich dir antworten, während dein Mund versiegelt bleibt?«

»Um herauszubekommen, wie viele Dinare wir für ihre Freilassung zu zahlen gewillt sind!«

Mansur tat zunächst verwundert und gab sich dann nachdenklich.

»Na, das wird dich doch nicht in Erstaunen versetzen«, wandte Erwin ein. »Aber bevor wir irgend etwas beschließen, würde ich gerne deine Gefangenen sehen und mich versichern, daß sie angemessen behandelt werden.«

»Das kommt nicht in Frage!« hielt der Sarazene dagegen. »Überdies habe ich keineswegs die Absicht, bereits jetzt etwas zu äußern, was einer Antwort gleichkäme. Ich werde euch nach eigenem Gutdünken wissen lassen, ob ihr eine Entscheidung erwarten könnt und wie diese gegebenenfalls lautet. Die Unterredung ist beendet. Schätzt euch glücklich, daß ihr dieses Anwesen frei und ungehindert wieder verlassen könnt.«

Mansur ben Ziyad erhob sich, kehrte seinen Gästen den Rücken und verließ wortlos den Empfangsraum. Der noch immer gleichbleibend verächtlich dreinblickende Verwalter kam hinzu, um dem Gesandten und Erard mitzuteilen, Diener würden ihnen den Weg zurück zum Portal zeigen, »wo ihre jämmerliche Leibwache sie erwartete«.

»Nur ruhig!« sagte der angelsächsische Abt halblaut zu seinem vor Wut kochenden Gehilfen. »Dieser selbstgefällige Affe von Mansur hat uns mehr offenbart, als er glaubt. Und zum anderen, mein Sohn, ist das Spiel noch lange nicht entschieden.«

Nach ihrer Gefangennahme waren Timotheos und Bruder Antonius unter Hohn und Spott, nebst einigen Schlägen, zum Wohnhaus gebracht oder besser gesagt geschleift worden. Dort hatte man ihnen zunächst die Augen verbunden, um sie dann gefesselt auf den nackten Boden eines Raumes zu werfen, in dem man sie schließlich einsperrte. Einen Knebel hatte man ihnen erspart.

»Wir sind in eine Falle getappt! Welche Schande für einen schlauen Fuchs!« fand Timotheos.

»Jetzt bleibt uns nur noch, als Buße für unsere Hoffart und Torheit zu beten, in der Hoffnung auf baldige Hilfe«, fügte der Mönch hinzu. »Der Himmel wird sich hoffentlich mit einem Gebet im Liegen begnügen, da ich keine Möglichkeit sehe, wie ich auf die Knie kommen könnte.«

»Zu deinem Glück urteilt Gott nicht nach der Haltung.«

Am Morgen dann, nach wenig und schlechtem Schlaf, schreckten die Gefangenen vor Kälte zitternd, ausgehungert und durstig hoch und hörten, wie jemand in ihr Verlies trat. Man löste ihre in die Haut schneidenden Fesseln und führte sie durch einen langen Gang in einen großen Raum, wo ihnen die Augenbinden abgenommen wurden. Dort mußten sie eine ganze Weile im Stehen, vor Müdigkeit wankend, zwischen zwei Wächtern ausharren. Endlich fand sich ein Mann ein und setzte sich an einen niedrigen Tisch, auf dem ein allem Anschein nach äußerst köstliches Frühmahl aufgetragen wurde. Der Würdenträger stärkte und erquickte sich in aller Ruhe, stand schließlich auf und wischte sich mit peinlicher Sorgfalt die Hände ab. Erst dann schien er der Anwesenheit der beiden Gefangenen gewahr zu werden.

»Da stehen also Timotheos und Bruder Antonius«, spottete er. »Die Gehilfen und Vertrauten jener Firandji, die sich Gesandte eines Kaisers nennen!« (Er hatte den Begriff Basileus benutzt.)

Daraufhin hielt er sich betont die Nase zu.

»Ja, wie die stinken! Sorgt dafür, daß ich meinem Herrn nicht derart übelriechende Gestalten vorzeigen muß«, befahl er den umstehenden Dienern.

Nun wandte er sich einem der Wächter zu, die die Gefangenen hereingebracht hatten, und fragte:

»Haben sie in irgendeiner Weise aufbegehrt, geschrien oder sich sonstwie gewehrt?«

»Sie haben nur verlangt, daß man ihnen die Hände für einen Augenblick losbindet, um …«

»Schon verstanden. War das alles?«

»Das war alles.«

Der Würdenträger blickte wieder die Gefangenen an.

»Habt ihr nichts zu sagen?«

Timotheos und Bruder Antonius zeigten nicht die geringste Regung.

»Nun, wie es euch beliebt. Mein Herr wird euch die Zunge schon zu lösen wissen. Führt sie wieder in ihr Verlies zurück, aber sorgt zuerst dafür, daß sie sich waschen und andere Kleidung anziehen. Ein Stück Brot für jeden und ein Krug Wasser.«

Die Wachen führten die beiden sofort zum Hamam, wo sie sich ohne Mißfallen erst allen Stufen einer gründlichen Säuberung unterzogen und sich danach mit sarazenischen Gewändern ausstatten ließen. Anschließend wurden sie erneut in ihren Kerker gesperrt und dort abermals gefesselt. Die Handgelenke ließ man ihnen diesmal so weit frei, daß sie trinken und das knauserig zugeteilte Brot essen konnten. Schlagartig übermannte sie die Müdigkeit. Sie fielen in einen unruhigen Schlaf, schreckten immer wieder hoch und nahmen dann Zuflucht zum Gebet, um die finsteren Gedanken zu vertreiben. Anhand der Geräusche, die bis zu ihnen drangen, und der nächtlichen Abkühlung versuchten sie die zermürbend langsam verstreichende Zeit abzuschätzen; vor allem die Kälte machte ihnen unterdessen zu schaffen, da ihre neuen Kleider sie nur ungenügend davor schützten.

Nach alptraumhaften Stunden wurden sie ein zweites Mal aus ihrem Verlies geholt und mit verbundenen Augen in einen großen Raum geführt, wo sie lange warten mußten. Wenigstens waren sie dort im Warmen. Als man ihnen dann jäh die Binden abnahm, waren sie einen Augenblick lang geblendet von den zahlreichen Kerzen, Laternen und Fackeln, die den Raum beleuchteten. Ihnen gegenüber stand ein prunkvoll gewandeter Mann, der sie höhnisch lächelnd von oben bis unten maß.

»Da sind also unsere beiden Stummen«, sagte er. »Noch immer nichts zu beichten? Nein, wirklich nichts? Wie ihr wollt. Mit euch werde ich meine Zeit nicht vergeuden.«

Er drehte sich dem Anführer der Wachen zu, der neben ihm stand.

»Von nun an weder Brot noch Wasser! Wenn sie erst einmal gehörig Hunger und Durst haben, werden sie die Sprache schon wiedererlangen.«

Dann wandte er sich wieder an die Gefangenen und tönte:

»Wißt ihr eigentlich, daß ich euch auf der Stelle pfählen lassen könnte? Die Umstände geben mir unbestreitbar das Recht dazu. Wißt ihr, daß ich euch, als erste Warnung sozusagen, auch den Stock geben lassen könnte, bevor wir zu noch weitaus überzeugenderen Behandlungen übergingen? Ich bin jedoch großmütig. Ich werde mich zur Stunde auf das beschränken, was ich befohlen habe ... Man soll diese beiden Toren wieder in ihr Verlies bringen!«

Er kicherte und fügte noch hinzu:

»An eurer Stelle würde ich nicht mit irgendeiner segensreichen Hilfe rechnen. Eure Gefangennahme scheint eure Herren nicht sonderlich bewegt zu haben ... Geht! Man soll sie mir aus den Augen schaffen ... und im übrigen braucht ihr ihnen keine Binde mehr anzulegen ... so wie die Dinge nun einmal liegen ...«

Während man sie zurück zu ihrem Kerker führte, flüsterte Bruder Antonius Timotheos heimlich zu:

»Was hat er dir erzählt?«

»Unsere Herren würden sich um unser Geschick angeblich nicht scheren, woraus ich schließe, daß sie bereits Schritte unternommen haben.«

»Der Meinung bin ich auch.«

Der Grieche zog gleichwohl ein besorgtes Gesicht, weshalb ihm der Mönch einen fragenden Blick zuwarf.

»Ganz zum Schluß meinte er noch: ›so wie die Dinge nun einmal liegen‹«, erklärte der Fuchs. »Ehrlich gesagt, gefällt mir das ganz und gar nicht.«

Wieder zurück in ihrem Verlies, wo es inzwischen noch kälter war, versuchten sie, Schlaf zu finden, indem sie sich eng aneinanderlegten, um sich gegenseitig zu wärmen. So verstrichen mehrere Stunden. Und kaum waren sie tatsächlich eingeschlafen, wurden sie auch schon wieder durch das plötzliche Auftauchen zweier Männer geweckt. Der größere von beiden näherte sich ihnen, während der andere den Schieber einer Blendlaterne aufzog und den Raum ausleuchtete.

»Ich habe nur wenig Zeit«, sagte der erste im Flüsterton. »Erstens, mein Diener hat euch Brot, Fleisch und Käse mitgebracht. Ihr werdet das alles aufessen, wenn ich wieder weg bin. Trinken müßt ihr sofort und reichlich, da ich diesen Krug hier nicht zurücklassen kann. Zweitens, laßt den Mut nicht sinken!

Eure Herren kümmern sich um euch. Ich ebenfalls, und ich bin nicht allein …«

»Wer?« wagte sich Timotheos vor.

»… Psst! Später! Ich habe den Wächter bestochen … Drittens, wir haben heute die Nacht, die von eurem Tag des Herrn zu eurem Tag des Mondes reicht. Ich werde in der nächsten Nacht wiederkommen. Vielleicht werden wir dann Wichtiges zu erledigen haben. Rüstet euch also!«

»Und was?«

»Alles zu seiner Zeit.«

»Aber wer bist du, Freund?«

»Einer der Wächter des Harems. Und vor allem, wie du sagst, euer Freund. Mein Name ist Yaqut. Nun aber muß ich gehen. Trinkt! Was die Kälte angeht, so kann ich leider nichts für euch tun.«

Der Eunuch und sein Diener verschwanden ebenso flugs, wie sie aufgetaucht waren. Die Tür wurde geschlossen, der Riegel vorgeschoben.

»Sehr merkwürdig«, befand Timotheos. »Diese Nachtgespenster …«

»Gespenster, Fuchs, bringen einem keine Speisen«, erwiderte der Mönch und nahm seinen Teil in Angriff.

Der Montagmorgen verging sehr langsam. Erneut quälten Hunger und Durst die Gefangenen. Was durch die köstlichen Gerüche, die stoßweise bis zu ihnen drangen, noch verstärkt wurde: Ihr Kerker mußte demnach in der Nähe der Küchen liegen.

»Wahrhaftig! Der ewige Versucher weiß mehr als einen Streich zu spielen«, murmelte der Dickbauch vor sich hin, während er die Düfte mit leidvoller Miene schnupperte.

Um die Tagesmitte wurden die beiden Gefangenen unter denselben Bedingungen wie die Male zuvor in einen anderen Raum geführt, wo bald darauf jener Mann zu ihnen stieß, der sie bereits beim erstenmal verhört hatte. Denselben Fragen setzten sie dieselbe Stummheit entgegen, worauf abermals dieselben Drohungen folgten.

Tief in der Nacht tauchte Yaqut wieder auf; die zwei Diener in seiner Begleitung brachten den Gefangenen irdene Gefäße mit einer vollständigen warmen Mahlzeit. Während die Franken sich ausgiebig labten und sättigten, erklärte ihnen der Eunuch, der früher als am Vortag gekommen war und diesmal offenbar etwas mehr Zeit hatte, daß »die Angelegenheit auf einem guten Wege« sei.

»Meinst du damit unsere Befreiung?« fragte Timotheos.

»Weit mehr als das«, antwortete Yaqut. »Schon morgen, wahrscheinlich sogar in der Frühe, werden wir einen über die Maßen wichtigen Schlag führen. Ihr müßt nämlich wissen, hier geht es um weitaus mehr als um eure Freiheit und selbst euer Leben … oder mein eigenes!«

»Na, vielen Dank auch!« erwiderte der Grieche.

»Dürften wir wenigstens erfahren, worum es sich da handelt?« fügte Bruder Antonius an.

»Männern, die vielleicht gefoltert werden, kann ich noch nichts sagen. Ich halte euch durchaus für tapfer. Doch bei gewissen Martern …«

»Nochmals vielen Dank!«

»Seid unbesorgt! Ich habe nichts außer acht gelassen und für alles Vorsorge getroffen. Und ich bin nicht allein, das könnt ihr mir getrost glauben!«

»Das beruhigt uns in der Tat ungemein«, spottete der Mönch.

»Rüstet euch«, warf der Sarazene ein. »Morgen ist ein entscheidender Tag!«

Nachdem der Eunuch und seine Diener gegangen waren, beratschlagten sich die Gefangenen eine Weile und versuchten herauszufinden, ob es sich nicht abermals um eine Falle handelte.

»Wie auch immer, wenn es schon ans Sterben geht, so werden wir uns wenigstens irgendwie zur Wehr gesetzt haben«, schloß der Mönch.

»... und zwar mit vollem Bauch, nicht wahr?«

Nachdem sie lange und inbrünstig gebetet hatten, der eine auf griechisch, der andere auf lateinisch, fanden Timotheos und Bruder Antonius trotz der Kälte ein wenig Schlaf.

Am Dienstag morgen trat Yaqut wie versprochen mit zwei bewaffneten Männern, womöglich ebenfalls Eunuchen, in ihren Kerker. Er selbst hatte sich einen Säbel umgeschnallt. Und während die Gefangenen die mitgebrachte Stärkung aus Brot und Fleisch verschlangen, teilte er ihnen mit, »der Augenblick sei nun gekommen«.

»Wir werden uns gleich in einen Raum namens ›Gemach der Umarmungen‹ begeben«, erklärte er. »Er verfügt über vier Eingänge. Durch einen davon kann der Herr des Hauses ohne Umwege von seinen Gemächern aus hineingelangen. Eine andere Tür verbindet das Gemach mit dem Harem; sie wird auf entsprechende Anweisung von der oder den Auserwählten benutzt und steht unter unserer Bewachung. Der dritte Eingang öffnet sich nur für gewisse Gäste Mansur ben Ziyads, ihr versteht sicher, was ich meine ... diese können sich somit von außerhalb in aller Heimlichkeit ganz besonderen Festen anschließen. Die vierte Tür ist den Dienern vorbehalten. Sie geht auf einen Gang, der zu den Küchen führt. Euer Verlies liegt ganz in deren Nähe. Wir werden also den Gang aufsuchen und anschließend durch diese letzte Tür in das ›Gemach der Umarmungen‹ dringen. Dort ... aber das seht ihr dann ja selbst!«

Der Eunuch spürte ein gewisses Zögern bei den Franken.

»Ihr müßt euch entscheiden«, sagte er. »Entweder ihr vertraut mir, oder ihr bleibt in diesem eisigen Verlies, gequält von Hunger und Durst und in andauernder Furcht vor grausamer Folter.«

Als der Grieche dem Mönch diese Ermahnung übersetzt hatte, antwortete Bruder Antonius für sie beide:

»Nichts könnte ohnehin schlimmer sein, als hier zu warten wie Schafe, die zur Schlachtbank geführt werden sollen. So laßt uns denn gehen! Und gnade uns Gott!«

Die Tür ihres Kerkers war unbewacht. Unter Yaquts Führung durchschritten die fünf Männer eilig einen Gang, der wie ein U angelegt war. Vor dem zweiten Knick blieben sie kurz stehen, dann schlich der Eunuch vorsichtig in den letzten Abschnitt und winkte schließlich seinen Begleitern, ihm zu folgen. Nach annähernd hundert Schritt stießen sie an einen schweren Vorhang, hinter dem sich der genannte Einlaß verbarg.

»Hier ist es«, flüsterte Yaqut.

Der weite Raum, der sich nun vor ihnen auftat, war mit überbordendem Prunk eingerichtet und ausgeschmückt; Lampen mit vielfarbigem Glas sollten, waren sie erst einmal entzündet, ihr buntscheckiges Licht auf eine Fülle von Diwanen und üppig angehäuften, auf flauschigen Wollteppichen liegenden Kissen werfen. Da und dort fanden sich kunstvoll ausgearbeitete Kupferplatten, Räuchergefäße, goldene Wasserkannen auf silbernen Schalen. Die Wände zierten erlesene Bilderteppiche, von denen manche – ein unerhörter Anblick! – wollüstige Szenen darstellten. Eine bauchige Nische war mit einer kleinen Erhöhung für Musikanten und Sänger – »häufig Blinde«, erklärte Yaqut – ausgestattet, und auf der frei belassenen Fläche davor gaben bei den Gelagen sehr wahrscheinlich Tänzerinnen ihre berückenden Künste zum besten.

Yaqut trat geradewegs auf den erhöhten Bretterboden zu und rückte ihn mit Hilfe seiner Diener von der Wand weg. Dann schlug er den darunterliegenden kurzfasrigen Teppich zurück, über den die Estrade lautlos hinweggeglitten war, legte dadurch ein in den Boden eingelassenes Versteck frei und rief Timotheos und Bruder Antonius zu sich.

»Seht!« flüsterte der Eunuch zufrieden lächelnd.

Vor ihren Augen lag unversehrt das kostbare Bündel, in dem sich Kaiser Karls Geschenk an Harun ar-Raschid befand!

Mit pochendem Herzen standen die Gefolgsleute der fränkischen Gesandtschaft eine ganze Weile fassungslos da und starrten wie gebannt auf diesen Gegenstand, für den bereits soviel Blut vergossen worden war und dessen eigenartiges Schicksal womöglich die furchtbarsten Ereignisse heraufbeschwören würde.

Timotheos vermochte sich als erster aus seiner Betäubung zu lösen; er näherte sich dem Versteck und wollte sich schon ganz offensichtlich anschicken, das verhängnisvolle Geschenk an sich zu nehmen, als Yaqut plötzlich mit Macht dazwischentrat.

»Nein! Das kommt nicht in Frage!« zischte der Eunuch. »Es ist unerläßlich, hörst du, ganz und gar unerläßlich, daß man es hier findet!«

»Aber ...«, wandte der Grieche ein.

»Nein! Wachen, zu mir!«

Die Gehilfen des obersten Haremswächters zogen ihre Säbel aus den Scheiden und hinderten Timotheos weiterzugehen, während Yaqut den Teppich bereits wieder über das Versteck schlug und den Bretterboden zurück an seinen vorherigen Platz in die Nische schob. Im selben Augenblick drangen plötzlich die Geräusche hastiger Schritte zu ihnen und wurden rasch lauter. Mit einer erstaunlichen Schnelligkeit stürmten der Eunuch und seine Wachen zu dem Ausgang, der unmittelbar nach draußen führte, und verschwanden. Die Mansur vorbehaltene Tür wurde jählings aufgerissen, und der Herr des Hauses erschien in Begleitung eines halben Dutzends bewaffneter Männer. Wutentbrannt blickte er die beiden Franken an, die sich, ganz starr vor Verblüffung, nicht einmal mehr rühren konnten.

»Ihr! In diesem Raum!« brüllte Mansur ben Ziyad. »Wie konnte das geschehen? Hier, im Herzen meines Harems? Ihr? Durch welch teuflische Zauberei ist euch das gelungen? Bei Allah, das sollt ihr mir büßen! Und so teuer wie möglich! Laßt diese Hunde festnehmen, knebeln und fesseln und bringt sie mit verbundenen Augen zurück in ihr Verlies, aus dem sie nur mit Hilfe von Dämonen entwischen konnten!«

Bevor man sie ihrer Stimme beraubte, vermochte Bruder Antonius Timotheos noch rasch zuzuflüstern:

»Vertrauen oder Falle? Nun denn, es war wohl die Falle!«

»Und leider so nah am Ziel!« beklagte der Grieche.

Mansur ballte die Fäuste.

»Bringt diese Hunde sofort zum Schweigen!« schrie er. Und während er, außer sich vor Zorn, wieder in seine Gemächer zurückeilte, rief er den Gefangenen noch zu:

»Ihr wißt zuviel! Euer Schicksal ist besiegelt!«

Sie blieben nur wenige Stunden in dem Verlies, in das man sie geworfen hatte. Mehrere Wächter, es mußten wohl vier oder fünf sein, zerrten sie bald darauf wieder heraus, um sie in einen weiteren Raum des Hauses zu führen, wo man ihnen die Augenbinde abnahm. Dort erblickten sie Mansur, noch immer genauso prunkvoll gekleidet wie zuvor, umringt von Würdenträgern oder Höflingen in erdrückend verschwenderischen Gewändern und mit unmäßigen Turbanen auf den Häuptern. Angeregt plaudernd, taten sie sich an köstlichen, von eilfertigen Diener stetig aufs neue aufgetragenen Speisen und an Getränken gütlich, bei denen es sich offenbar um allerlei verschiedene Würzweine handelte.

Als die Gefangenen erschienen, sorgte der Herr des kleinen Palastes mit einem einzigen Wink für Ruhe und verkündete seinen Gästen dann in bester Laune:

»Ich habe für euch eine Belustigung vorbereitet, die euch, dessen bin ich sicher, aufs trefflichste ergötzen wird. Dieser fette, lachhafte und törichte Mensch, den ihr da vor euch seht, der wird nun gleich ...« – er mußte prusten – » ... seinen wahren Wert unter Beweis zu stellen haben. Anschließend kommt dieser Ziegenbock an die Reihe, der auf hundert Schritt nach einem Byzantiner stinkt!«

Die Anwesenden spendeten Beifall und bejubelten Mansur ausgiebig. Dieser klatschte nun in die Hände, und die beiden Franken sahen zu ihrem großen Erstaunen Umar al-Habi eintreten. Nachdem er den Hausherrn und dessen Gäste ehrerbietig gegrüßt hatte, blickte er zu Bruder Antonius hinüber.

»Mir scheint, ich bin diesem Haufen Fett schon einmal begegnet«, meinte Umar und zog seinen kurzen Rock aus. »Und den hast du für mich als Gegner erkoren?«

Sein kräftiger Oberkörper und die breiten Lederbänder an den Handgelenken kamen furchteinflößend zum Vorschein. Prahlerisch ließ er seine mächtigen Muskeln spielen.

»Eigentlich hatte ich gehofft, auf etwas anderes als das da zu treffen!«

Die Gefangenen wirkten entsetzt. Mansur ben Ziyad lachte aus vollem Halse.

»Da hineinzuschneiden ist sicher alles andere als angenehm«, tönte er schließlich. »Im Anschluß wirst du aber das Vergnügen haben, diesen Griechen, der sich Diener von irgendwelchen Gesandten schilt, in die Hölle zu schicken. Zwar wird auch der dir wahrscheinlich keinen allzu großen Widerstand entgegensetzen können, doch leider hatte ich deiner unbestrittenen Begabung nichts Besseres anzubieten.«

Umar maß seine baldigen Opfer abschätzig.

»Sei's drum. Nur laßt es uns dann wenigstens schnell zu Ende bringen!«

»Man möge ihnen die Waffen bringen!« befahl Mansur.

Umar erhielt einen Säbel zugeteilt. Erst würdigte er dessen Schärfe mit einem befriedigten Gesichtsausdruck und prüfte dann seine Handlichkeit, indem er ihn einige Male so geschwind herumwirbelte, daß die Klinge in der Luft zischte.

Eine andere Wache konnte sich das Lachen nicht verkneifen, als sie Bruder Antonius das Kurzschwert reichte, mit dem man ihn bei der Gefangennahme aufgegriffen hatte.

»Los, los, rüstet euch nun zum Kampf!« schmetterte Mansur.

Timotheos stampfte mit dem Absatz auf und schrie, daß das Ganze eine üble Posse, eine Schande, ja Mord sei ...

»Schweig! Du kommst auch noch an die Reihe!« unterbrach ihn der Sarazene.

Der Mönch hingegen hielt sein Schwert so linkisch in der Hand und starrte es derart erstaunt an, als ob er die Waffe hier zum allerersten Male zu Gesicht bekäme. Dann ließ er sich auf den Boden sinken und wandte sich, die Verzweiflung stand ihm schier ins Gesicht geschrieben, mit beinahe weinerlicher Stimme auf fränkisch an Mansur. Allem Anschein nach flehte er den Sarazenen an, man möge ihm diese Prüfung doch ersparen.

»Was sagt er?« fragte der Herr des Hauses.

»So etwas will ich nicht übersetzen«, erwiderte der Grieche, als ob das Gewimmer seines Freundes ganz besonders beschämend wäre.

Der Mönch indes jammerte weiter. Er hatte das Kurzschwert neben sich gelegt und schien nun, den Kopf in den Händen, hemmungslos zu schluchzen. Mit offenbar ermutigenden Worten redete Timotheos in Fränkisch auf ihn ein – aber vergebens, da der Unglückliche nur erneut in heftiges Klagen ausbrach.

»Los jetzt, bringt es zu Ende!« befahl Mansur.

Von den scharfen Vorhaltungen seines Freundes schließlich aufgepeitscht, kam der Mönch recht und schlecht wieder auf die Beine, was so spaßig aussah, daß alle Gäste sich vor Lachen bogen.

Umar ging vier bis fünf Schritt von Bruder Antonius entfernt in Stellung und spie vor Verachtung in dessen Richtung. Der Mönch zitterte am ganzen Leibe, während er sein Schwert kraftlos am ausgestreckten Arm hängen ließ, die Spitze zu Boden gerichtet, als sei es viel zu schwer für ihn. Unversehens stürzte Umar auf ihn zu ... doch statt erschreckt davonzulaufen, zurückzuweichen oder auch nur zur Seite zu treten, um dem vermeintlich tödlichen Säbelhieb zu entgehen, wie sein Widersacher es erwartet hatte, schnellte der Mönch mit einer Behendigkeit nach vorne, deren man ihn nicht fähig geglaubt hätte. Im Nu standen die beiden Männer sich Bauch an Bauch, dicht an dicht gegenüber. Bruder Antonius' grimmiger Gesichtsausdruck ließ jählings einen ganz anderen Mann erkennen als jenen lachhaften Hasenfuß, den er kurz zuvor noch zum besten gegeben hatte. Schon hatte der Mönch mit der linken Hand Umars rechten Arm abgeblockt, so daß dieser gänzlich außerstande war, sich seines noch immer drohend erhobenen Säbels zu bedienen. Der Dickbauch indes hatte seine Waffe gleichzeitig hochgerissen und stieß sie blitzartig, mit einer runden Bewegung des angewinkelten Armes, bis zum Heft in die Seite seines Widersachers. In Umars Gesicht spiegelte sich plötzlich ungeheure Überraschung. Er öffnete den Mund, nach Luft ringend, als ob er zu ersticken drohte. Ein langgezogenes heiseres Stöhnen entwich seiner Kehle, während er Mansur schmerzlich nickend anstarrte. Aus der Wunde schoß ein Schwall Blut. Umar versuchte noch etwas zu flüstern, sackte aber schon langsam in sich zusammen, und als sein Kopf hart auf dem Boden aufschlug, war er bereits tot. Doch schon hatte Bruder Antonius Umars Säbel ergriffen und sein eigenes Kurzschwert Timotheos zugeworfen. Und kaum hatte der Grieche es im Flug beim Knauf aufgefangen, sprang er auch schon zu Mansur hinüber, hielt ihm die bluttriefende Waffe an die Kehle und sagte in eisig entschiedenem Ton: »Ein Wort, eine Bewegung, und du bist tot.« Das alles hatte sich in einem einzigen Augenblick abgespielt.

KAPITEL VI

Fünf Wachen im Festsaal, etliche mehr, die zu jeder Zeit hereinstürmen konnten, eine beträchtliche Zahl Gäste, die zwar glücklicherweise keine Waffen trugen – da der Herr das Hauses keinem von ihnen vertraute –, aber zweifelsohne nicht samt und sonders Memmen waren, ein Dutzend Diener, manche vielleicht von aufopfernder Treue: Timotheos und Bruder Antonius waren sich sofort im klaren, daß sie sich nur für kurze Zeit etwas Luft verschafft hatten. Gewiß, das bedrohliche Schwert des Griechen mochte den Hausherrn zwar veranlassen, seine Leute zurückzuhalten ... doch nur, sofern Mansur nicht durchschaute, daß der Gefolgsmann der fränkischen Gesandten seine Drohung letztlich niemals in die Tat umsetzen würde, weil Mansurs Feinde den Mann ja lebend brauchten.

Im übrigen hatte sich die Bestürzung über den so jähen und unvermuteten Ausgang des blutigen Zweikampfs und über die kalte Entschlossenheit der Franken, die Mansur den geladenen Zechern doch als ausgemachte Tölpel und Feiglinge geschildert hatte, bereits etwas gelegt. Und schon faßten sich einige der Gäste und Waffenknechte allmählich wieder. Ganz langsam rückten sie auf Timotheos zu, der zwar wild um sich schlug und verzweifelt Warnungen ausstieß, aber dennoch schon bald von der protzig herausgeputzten Schar vollkommen eingeschlossen sein würde. Bruder Antonius eilte hinzu, um seinem Freund aus der Gefahr herauszuhelfen. Ein Wächter wollte sich dazwischenstellen, erhielt jedoch im vollen Schwung einen mörderischen Säbelstreich und brach ohne einen Schrei zusammen, was die Vorrückenden für einen Augenblick innehalten ließ. Doch schon zog sich der Kreis wieder zusammen, durch Mansurs laute Befehle ermutigt, mit denen er die Seinen aufforderte, rasch Verstärkung herbeizuholen.

Mit gefährlich kreisenden Säbelhieben vermochte der Dickbauch eine Gasse durch die Umstehenden zu öffnen. Unter mächtigen Schwertstreichen arbeitete Timotheos sich durch die Bresche und konnte bis zu seinem Freund gelangen. Gemeinsam stürzten sie nun zur Tür. Sie war verriegelt! Ohne ihre Waffen ruhen zu lassen, stemmten sie sich mit dem Rükken dagegen.

»So halten wir die Stellung nicht sehr lange!« bemerkte der Mönch. Er hatte gerade einen Wächter mit einem tiefen Schmiß zurückgedrängt und sah, daß sich die Zange um sie herum immer enger schloß.

Zwischen zwei Säbelhieben rief er dem Griechen mit einem Lächeln zu:

»Der erste, der dort oben ankommt …«

»… sofern er auch aufgenommen wird …«

»… kann ja dann in aller Demut für die Sache des anderen Fürsprache halten.«

»Da baue ich auf dich!« erwiderte der Fuchs, indem er wild um sich stach und haute.

Und genau im selben Augenblick drangen aus dem weiträumigen Vorzimmer, das zur einen Seite auf die Gärten ging und zur anderen an den Festsaal grenzte, mit einemmal verworrene Geräusche eines aufgeregten Treibens oder Kampfgetümmels. Rasch nahm der Lärm zu. Mansur ben Ziyad, seine Gäste, Diener und selbst die Wachen blickten zum Eingang, hinter dem nun, bedrohlich nahe schon, ein unzweifelhaft zahlreicher Trupp unter beängstigendem Getöse zum Sturm übergegangen sein mußte. Dann stürzten plötzlich entwaffnete Wächter völlig entsetzt in den Saal, und ihnen auf den Fersen Masrur, der Vertrauensmann des Kalifen, und Yaqut … und schließlich dicht dahinter Hermant, Sauvat und Tahir an der Spitze von bald dreißig Angreifern. Die einen trugen die Tracht der Palasteunuchen, die anderen, darunter auch Tahir, die der Leibwachen des Kalifen, und manche waren wie Soldaten des Wesirats gekleidet. Auch einige fränkische Wachen nahmen an dem Unternehmen teil.

»Wer Widerstand zu leisten versucht, wird auf der Stelle hingerichtet«, rief Masrur und schaute die Anwesenden reihum drohend an.

Sein Blick ruhte zunächst auf Mansur ben Ziyad, schweifte anschließend über die Gäste, wanderte zu Timotheos und Bruder Antonius hinüber, die ihre Waffen in der Hand behalten hatten, und endlich zu der in einer großen Blutlache liegenden Leiche Umar al-Habis sowie dem leblosen Körper eines Waffenknechts von Mansur. Der Eunuch rief nun einen Diener zu sich und hieß den zitternden Mann, ihm sofort zu erklären, was sich hier gerade zugetragen hatte. Dann deutete Masrur auf die Gefolgsleute der Missi dominici und ließ sich von Erard bestätigen, um wen es sich bei den beiden handelte, worauf der Vertrauensmann des Kalifen die Franken mit einem breiten Lächeln begrüßte. Hermant indes dankte zunächst dem Himmel und befahl Sauvat, der an seiner Seite stand:

»Geh und benachrichtige schleunigst unsere Herren! Sag ihnen, unsere Freunde sind gesund und unversehrt! Bei deinem Namen bist du genau der richtige dafür. Und außerdem hast du dir diese Ehre wohl verdient. Geh jetzt!«

»Mit Freuden, Herr!«

Von den jähen Ereignissen zunächst völlig überrumpelt und verstört, hatte Mansur ben Ziyad inzwischen seine Kaltblütigkeit wiedererlangt.

»Was hat euer Eindringen hier zu bedeuten?« rief er empört aus. »Mit welchem Recht sind diese bewaffneten Männer – unter denen ich sogar Ungläubige erkennen muß! – hier eingedrungen, um meine Wachen zu entwaffnen und meine Gäste und mich selbst zu bedrohen? Wer hat eine solch schändliche Friedensstörung, eine solch bodenlose Schmähung ersinnen und veranlassen können? Diese wahnwitzige Missetat wird nicht ungesühnt bleiben, das versichere ich euch! Ja, selbst du,

Masrur, und auch du, Tahir, den ich zu meinem Erstaunen in derart übler Gesellschaft vorfinde, ihr alle, die ihr wie Männer ohne Glauben und Gesetz gehandelt habt, ihr sollt erfahren, welch hohen Preis es kosten kann, sich an einem Vertrauten des mächtigen Wesirs, an einem Getreuen des erhabenen Kalifen zu vergreifen! Und was dich betrifft, Yaqut, du niederträchtiger Hund, der die Hand seines Herrn beißt, so erwarten dich als Strafe für deine Schandtat die schlimmsten Qualen!«

Masrur brach in schallendes Gelächter aus.

»Du solltest dich lieber darum sorgen, was dich erwartet«, sagte er, wandte sich dann an Tahir und befahl:

»Dich und deinen Freund Hermant betraue ich damit, diese erlauchte Versammlung mit der Hilfe unserer wackeren Mannen zu bewachen. Dulde keinerlei Unruhe, keinerlei verdächtige Bewegung!«

Dann blickte er sich nach allen Seiten um und meinte:

»Es wird schon nichts geschehen, glaube ich ... Und nun zu euch beiden ... dir, dem Griechen, und auch dir, dem Mönch, die ihr zu meiner großen Freude wohlbehalten am Leben seid. Für eure Tapferkeit möchte ich euch Lob zollen und euch bitten, mir zu folgen ... Nein, behaltet eure Waffen! Was dich angeht, Mansur ben Ziyad, so lade ich auch dich ein, mich zu begleiten ... ich verlange es sogar!«

»Aber ...«

»So soll es sein! Wähle unter deinen Geladenen die beiden aus, die dir am teuersten sind! Sie sollen mit uns kommen! Vier unserer Wachen – ja, ihr da! – mögen uns Geleitschutz bieten! Yaqut, zeige du uns nun den Weg!«

Da Mansur ben Ziyad nicht sonderlich geneigt schien, dem Folge zu leisten, blickte Masrur ihm fest in die Augen und sagte:

»Es würde mir mißfallen, auf Gewalt zurückgreifen zu müssen. Wenn du mich aber dazu zwingst ...«

Der Herr des Hauses murmelte ein paar Widerworte und

schloß sich dann den anderen an, um Yaqut zu den Gemächern des kleinen Palastes zu folgen. Als er aber bemerkte, daß sie sich dem »Gemach der Umarmungen« näherten, konnte Mansur seinen Zorn nicht mehr länger verbeißen. Doch kaum hatte er begonnen, ihm Luft zu verschaffen, unterbrach ihn der Vertraute des Kalifen auch schon barsch:

»Alle Welt weiß, daß du deinen Harem in ein *lupanar* umgewandelt und deine Odalisken zu Dirnen gemacht hast, von allem anderen gar nicht zu reden. Also schweig! Und verspiel deine letzten Aussichten auf Gnade nicht noch weiter!«

Während Mansur ben Ziyad sich nun gezwungenermaßen auf leises Grummeln beschränken mußte, betrat die kleine Schar den üppig geschmückten Raum, der sinnlichen Lustbarkeiten vorbehalten war. Yaqut deutete auf eine Tür und erklärte, die Gemächer der Frauen befänden sich dahinter. Dann bat er um die Mithilfe zweier Wachen. Die drei Männer gingen auf den erhöhten Bretterboden der Musikanten zu und rückten ihn mit Leichtigkeit aus der Nische. Nun schlug Yaqut den darunterliegenden Teppich zurück; seine Hände zitterten, als er das Versteck enthüllte. Das kostbare Bündel war noch immer da! Er nahm es mit großer Behutsamkeit und trat ein paar Schritte zurück, um es vor Masrur auf einen niedrigen Tisch zu legen.

»Hier, Herr!«

Dieser beugte sich nach vorne, um die um das Bündel geschnürten Bänder zu lösen. Nacheinander schlug er das kräftige Leinengewebe, das wollene Tuch und schließlich den Seidenstoff auseinander, die den Säbel schützend umhüllten. Die Waffe kam nun zutage, in all ihrer Pracht: mit ihrem kunstvoll gearbeiteten Knauf, den drei darin eingelegten schwarzen Diamanten – schwarz wie das Banner der Abbasiden! – und der ziselierten Scheide, einem wahren Meisterwerk. Bewunderndes Murmeln folgte auf diese Entdeckung. Masrur hielt sich ein Stück Stoff vor Mund und Nase, damit sein Atem die erlesene

Waffe nicht beschmutzte, und zog sie behutsam aus der Scheide. Sie war so vollkommen geschwungen, daß es das Auge verzückte, und federte derart vortrefflich, wie es die Inder – und ehedem auch die Gallier – nur in Wochen geduldigen Hämmerns bewerkstelligten, bei dem sie aus verschiedenartigen übereinandergelegten Stahlstäben und Drähten eine einzige Klinge schmiedeten. Mit großer Verzückung zeigte der Eunuch sie bedächtig der Runde. Dann griff er nach einem sehr leichten Zierdeckchen und ließ es auf die Schneide fallen: Zwei Stücke Stoff sanken zu beiden Seiten des Säbels zu Boden. Alle Anwesenden erstarrten schier vor Verwunderung.

Nun steckte Masrur die Waffe zurück in die Scheide und packte sie wieder mit ihren drei Umhüllungen ein. Dann verschnürte er die Bänder sorgfältig um das Bündel, nahm es in beide Hände und trat auf die zwei Gefolgsleute der Missi dominici zu, die vor Erregung ganz aufgewühlt waren.

»Du oder du?« fragte er.

Timotheos deutete auf den Mönch und murmelte auf arabisch:

»Der hier ist einer solchen Ehre wahrhaft würdig!«

Der Grieche winkte seinem Freund, vor Masrur zu treten. Bruder Antonius legte dem Eunuchen sein Schwert, das er von Timotheos zurückerhalten hatte und noch immer in der Hand hielt, zu Füßen und setzte ein Knie zu Boden. Dabei konnte er sich der Tränen nicht erwehren, die ihm über das Gesicht liefen.

»Übersetze!« gebot der Eunuch Timotheos. »Du, aus weiter Ferne gekommener Mann, du hast den Deinen, deinem Volke, deinem Geblüt Ehre gemacht. Du hast einem einfachen Schwert Ehre gemacht, indem du mit ihm über einen Schurken obsiegtest – dieser schlichten Waffe da, mit der du dich verteidigtest. Glücklich können all diejenigen sich schätzen, die solche Augenblicke erleben! So sei glücklich, wenn du diesen herrlichen Säbel hier empfängst und deinen Herren wieder aushändigst, da sie ihn, wie ich glaube, zu einem über die Maßen edlen Zweck ausersehen haben! Seid glücklich, ihr, denen es gegeben wurde, diesem Werk der Gerechtigkeit beizuwohnen! Und was mich selbst anbelangt ... wie könnte ich nicht glücklich darüber sein, der mir hier zugefallenen Pflicht nachzukommen?«

Mit diesen Worten reichte er das kaiserliche Geschenk an Bruder Antonius weiter, der es ebenfalls in beide Hände nahm, ehrfürchtig den Stoff des Bündels küßte und sich sogleich erhob, um es erst Timotheos und danach allen anderen Anwesenden im »Gemach der Umarmungen« vorzuzeigen.

Dann erst wandte sich der Vertrauensmann des Kalifen Mansur ben Ziyad zu und forderte ihn mit durchdringendem Blick auf: »Wirst du uns nun erklären, wie und von wem dieser Schatz, den man der fränkischen Gesandtschaft bei einem blutigen Überfall geraubt hat, nach Bagdad geschafft wurde, um schließlich hier, mitten in deinem Wohnsitz, ja in nächster Nähe deines Harems, in ein Versteck zu gelangen, von dessen Vorhandensein du doch wohl Kenntnis gehabt haben mußtest?«

Mansur verwahrte sich lauthals:

»Davon wußte ich nichts, von all dem weiß ich nichts! Weder von diesem Raub noch von dieser Waffe, und auch von diesem Versteck weiß ich nichts! Wahrhaftig nichts! Aber jetzt geht mir allmählich ein Licht auf: Man hat mir diesen Gegenstand hier untergeschoben, damit der schlimmste Verdacht auf mir lastet, wie man ja jetzt sieht. Irgend jemand wollte, ja will mich zugrunde richten!«

»Und wer sollte diese Machenschaft ausgeheckt haben?«

»Bagdad mangelt es weder an Verbitterten noch an Neidern und sicher auch nicht an Ehrgeizlingen ohne jedes Gewissen!«

»Ein Neider, ein Ehrgeizling also, der so weit gegangen wäre, ein blutiges Unternehmen von langer Hand vorzubereiten, ins Werk zu setzen und von Musa ibn Ahmed ausführen zu lassen;

der überdies noch Umar al-Habi – deinen Mann fürs Grobe, nebenbei gesagt – damit beauftragt hätte, diesen Musa um die Ecke zu bringen, der ja eindeutig zu viel wußte; ein Mann, der daraufhin das bei Musa aufbewahrte Geschenk der Franken wieder an sich genommen hätte und es anschließend hier hätte verstecken können? Aber, sag mal, dieser Ehrgeizling da, gleicht der dir nicht wie ein Bruder?«

»Bin ich denn der einzige, der Zugang zu diesem Raum, zum Harem hat?« rief Mansur ben Ziyad entrüstet aus und blickte Yaqut in einer Art und Weise an, die anklagend sein sollte.

»Was? Du würdest tatsächlich den Vorsteher deiner Eunuchen solcher Taten bezichtigen, einen Mann, der übrigens mein volles Vertrauen besitzt?«

»Was ist dieses Vertrauen schon wert ...«, ließ der Hausherr unvorsichtigerweise fallen, hielt aber jäh inne.

Masrur fuhr hoch:

»Wie? Was wolltest du gerade sagen? Was wagst du anzudeuten?« donnerte er. »Das wird dich teuer zu stehen kommen!«

Lang anhaltende Stille folgte auf diese Drohung. Der Herr des Hauses war totenblaß geworden. Dennoch versteifte er sich darauf einzuwenden:

»Und trotzdem, da ich es nicht war ...«

»Demnach soll also ein anderer Yaqut bestochen haben, um dir eine tödliche Falle zu stellen? Und zu welchem Zweck? Nur um einen Menschen deines Schlages zugrunde zu richten?«

Der Eunuch lächelte verächtlich.

»Das ergibt doch keinen Sinn! Alles weist auf dich hin, auf dich ganz allein! Ich will aber gerne glauben, daß du nicht in eigener Sache gehandelt hast. Davon bin ich sogar überzeugt. Welch großartigen Ehrgeiz könntest du schon bei Streitigkeiten nähren, die über dich und deinen Verstand weit hinausgehen ...«

»Warum hätte ich mich dann in einer Sache verpflichtet, die ...«

»Na, einfach nur, um aus deinen verabscheuungswürdigen Begabungen so viele Dinare wie möglich zu ziehen ... Begabungen, die du in den Dienst einer Persönlichkeit gestellt hast, die im Gegensatz zu dir tatsächlich nach Höherem zu trachten vermag, weil sie hierfür wahrscheinlich den richtigen Rang bekleidet und gewiß auch die Möglichkeiten dazu hat!«

»Da hättest du wohl einige Mühe, diese Persönlichkeit auch mit Namen zu nennen!«

»Wie wahr, wie unermeßlich wahr!« pflichtete Masrur ihm befriedigt bei. »Du aber, du könntest es! ... Du wirst es können!«

Das Gesicht des Eunuchen drückte mit einemmal eine grimmige Entschlossenheit aus. Seine jähe Entscheidung erstaunte alle Anwesenden.

»Wachen!« befahl er. »Nehmt diesen Mansur ben Ziyad augenblicklich fest. Er soll zum Palast des Kalifen geschafft und dort in Erwartung seines Verhörs in geheime Haft gesetzt werden!«

Bruder Antonius' und Timotheos' Befreiung wie auch die Wiederbeschaffung des kaiserlichen Geschenks, das in der »Herberge der Firandji« sofort unter ständige Bewachung gestellt worden war, wurden noch am selben Abend mit einem Festgelage gefeiert, das alle Franken um ihre beiden Herren versammelte. Die Köche hatten ihr Bestes gegeben, um Hammelfleisch, Wildbret, Gemüse und Brot wie »in der Heimat« zuzubereiten, und allen Tafelnden wurden gehaltvolle und berauschende Weine aus Syrien und Ägypten aufgetragen. Der Dickbauch und der Grieche mußten sicher zehnmal von ihren Heldentaten erzählen und Hermant immer wieder von dem Sturm auf Mansurs Palast. Dabei bemühte man sich nach Kräften, Doremus und Dodon zu trösten, die betrübt dreinblikkend unter den anderen saßen – auf besonderen Befehl hin hatten sie an dem Abenteuer nämlich nicht teilnehmen können und die Unterkunft der Gesandtschaft mit einer Handvoll Männer bewachen müssen.

Nach dem Mahl behielten Erwin und Childebrand ihre unmittelbaren Gefolgsleute bei sich und setzten sich mit ihnen zu einer Beratung zusammen. Der Graf rief allen nochmals ins Gedächtnis, unter welchen Umständen die Gesandtschaft wieder in den Besitz des herrlichen Säbels hatte gelangen können; ganz ohne Zweifel war ihm dabei jedoch weniger um eine Klarstellung als vielmehr daran gelegen, die Erinnerung an die heftige Meinungsverschiedenheit zwischen ihm und seinem Freund, dem Abt, vergessen zu machen. Und Erwin beantwortete diese besänftigenden Worte auch mit einem freundlich vertrauensvollen Lächeln.

»Aber sind wir wirklich schon über den Berg?« fuhr Childebrand fort. »Falls bei den Fehden, die sich die feindlichen Lager hier liefern, tatsächlich nichts weniger als die höchste Macht auf dem Spiel steht, so ist vor deren endgültigem Ausgang auch für unsere Sache noch überhaupt nichts entschieden. Erst dann werden wir wissen, wer künftig auf dem Sarir, auf diesem wahrhaft grimmig begehrten Thron, sitzen wird.«

»Warum nicht der Kämmerer?« warf Bruder Antonius ein. »Hat man uns nicht versichert, Musa habe den Überfall in Palmyra auf al-Fadl ben ar-Rabis Geheiß hin angezettelt? Wurde der Kämmerer denn nicht auch von den Aufrührern bejubelt? Und kann man ausschließen, daß Umar, der Anführer der Meuchelmörder, und selbst dieser Mansur von ihm bezahlt wurden? Ist so etwas unvorstellbar?«

»Unvorstellbar? Sicherlich nicht! Aber noch lange nicht erwiesen!« entgegnete Timotheos. »Welchen Beweis haben wir dafür?«

»Die Dunkelmänner mit einem langen Arm sind häufig die gefährlichsten.«

»Das macht den Hadjib aber noch nicht zu einem Verschwörer. Der Wesir hingegen! … Die mit der Zeit erworbene Machtfülle – es genügt ja, sich die in seinem Palast herrschende Geschäftigkeit anzusehen – könnte ihn verleitet haben, nach der Macht, nach der gesamten Macht zu greifen!«

»Steckt also das Wesirat hinter allem? Das ist rasch dahergesagt«, wandte Doremus ein. »Nur, wen meinst du da? Kann man denn davon ausgehen, daß Yahya und seine beiden Söhne allesamt am selben Strang ziehen?«

»So wie wir ihn kennengelernt haben, scheint al-Fadl ben Yahya keineswegs geneigt, auch nur ein Quentchen seiner Macht abzutreten ... im Gegenteil«, befand Childebrand.

»Und was Djafar betrifft«, merkte Erard an, »so soll er Gerüchten zufolge erhebliche Verdienste geltend machen können, etwa die eines ausgezeichneten Rechtsgelehrten, aber in Wahrheit auch andere, höchst sonderbare. Jedenfalls gilt er als äußerst ehrgeizig.«

»Fest steht allerdings, daß dieses ›Triumwesirat‹ über ein gewichtiges Faustpfand verfügt, nämlich die Vormundschaften, die sich die ›Wesire‹ wider alle Stürme und Anfeindungen zu bewahren verstanden, so daß sie Harun ar-Raschids beide Söhne und Erben unter ihrer Aufsicht halten«, erinnerte Timotheos.

»Können sie das überhaupt?« hielt Doremus dagegen. »Vom ältesten, Muhammad al-Amin, dem gegenwärtigen Nachfolger auf dem Sarir, haben wir bisher noch nie etwas gehört. Indes, wenn ich mich auf Bruder Antonius' Überlegungen beziehe, so würde ich sagen, daß Zurückhaltung nicht unbedingt Verzicht bedeutet. Was al-Ma'mun betrifft ...«

»Der Sohn der Perserin, wie man wohl hervorheben muß, erschien uns als ein zuvorkommender, für sein Alter äußerst reifer und besonnener Mann«, bemerkte Childebrand. »Er machte keineswegs den Eindruck eines Verschwörers!«

»Wie leicht wären Verschwörer doch zu entlarven, wenn sie wie Verschwörer aussähen und sich als solche gebärdeten!« wandte Erwin ein. »Doch vielleicht haben wir ja noch nicht alle

Verdächtigen in Betracht gezogen. Was ist mit dem Großkadi, der im Bereich des Gerichtswesens über weitreichende Vollmachten verfügt? Oder mit dem obersten Vorsteher der Stadtwehren oder mit diesem oder jenem Heeresführer? Weshalb sollte einer der unzähligen Nachfahren des Propheten nicht im verborgenen Ränke schmieden? Es sei denn, Angehörige der Schiiten hätten eine Verschwörung ausgeheckt. Und schließlich und endlich Masrur: Wenn er unserer Sache auch voll und ganz zugetan scheint und in entscheidender Weise zu unseren Gunsten eingetreten ist, würden wir für ihn und seine Treue tatsächlich die Hand ins Feuer legen, für die Treue, die er dem Kalifen schuldet?«

»Masrur? Der Timotheos und mich gerettet hat?« entrüstete sich Bruder Antonius.

»Die Ränke und Machenschaften bei Hofe nehmen bisweilen sonderbare Umwege.«

»Ist das nicht zuviel des Argwohns?« murmelte der Graf.

»Vielleicht«, räumte der Sachse ein. »Wer indes alles in Betracht zieht, wird von den Ereignissen nicht so leicht überrascht. Obschon ...«

Erwin fuhr sich mit der rechten Hand übers Gesicht, wie so oft, wenn er nachdachte ...

Am anderen Tag stellte sich Yaqut bei den Franken ein, um ihnen eine Nachricht von Masrur zu übermitteln. Graf Childebrand, Abt Erwin und Timotheos, als ihr Übersetzer, wurden eingeladen, sich in die Madinat as-Salam zu begeben und einer Aussprache »von allergrößter Wichtigkeit« beizuwohnen.

»Wenn es euch genehm ist«, fügte der Eunuch hinzu, »werde ich selbst euch zum Ort dieser Zusammenkunft bringen. Da die Geschehnisse es dringend erforderlich machen, die Lage genau zu untersuchen, und ohne weiteren Verzug Entscheidungen getroffen werden müssen, begeben sich alle

Teilnehmer schon vor der Mittagszeit dorthin. Ich stehe euch zu Diensten.«

Nach kurzer Beratung beschlossen die Missi dominici, die Einladung anzunehmen.

»So wie die Dinge nun einmal liegen«, meinte Childebrand, »sind wir sowieso tief in den Wirrwarr ihrer Machtkämpfe verwickelt. Und wenn wir schon darin verwickelt sind, können wir auch an den Vorzügen teilhaben: Laßt uns das Ganze mal aus der Nähe betrachten!«

Die fränkische Gesandtschaft brach augenblicklich zur »Runden Stadt« auf und gelangte dank Yaqut und seiner Geleitbriefe ohne Schwierigkeiten durch das Tor. Die heitere Sonne dieses Wintermorgens ließ die Mosaiken der Wände und die Bedachungen der Bauwerke erstrahlen, spiegelte sich in den Wasserbecken wider, zauberte goldene Perlen in die Kaskaden und Springbrunnen, farbige Tupfer in die Büsche und das Laubwerk der Bäume und verstärkte im Betrachter noch den Eindruck einer paradiesischen Welt.

»Ich verstehe allmählich, daß man sich gegenseitig zerfleischen kann, um Herr dieses Gartens Eden zu sein«, murmelte der Grieche.

Die vier Männer ritten zum wahrlich beeindruckenden Palast des Kalifen, umrundeten ihn und machten an einem Nebeneingang halt, der, nach der Tracht zu schließen, von Dienstleuten des Herrschers bewacht wurde. Yaqut sprang vom Pferd, um das Losungswort zu nennen. Dann gab er den Franken mit einem Wink zu verstehen, ebenfalls von ihren Reittieren zu steigen, deren sich Stallknechte eilfertig annahmen. In des Eunuchen Gefolge durchschritten die Gesandten und ihr Gehilfe nun einen langen Gang, bis sie zu einem Raum von bescheidenen Ausmaßen gelangten. An der Schwelle stand Masrur und begrüßte sie.

»Da ihr eingewilligt habt, zu uns zu kommen, und dazu noch mit offenem Visier, wenn man so will«, sagte er, »ist es nur gerecht, daß ihr erfahrt, mit wem ihr hier zusammensitzt. Alle Anwesenden sind treu ergebene Diener unseres erhabenen Kalifen Harun ar-Raschid und auf der Stelle bereit, ihr Leben für ihn hinzugeben.«

Er deutete auf einen vom Alter gebeugten Mann; sein Gesicht war von tiefen Falten zerfurcht, doch die durchdringenden Augen strahlten von einem inneren Feuer.

»Tabit ben Musa, den ihr da drüben seht, hat bereits dem Vater unseres Herrschers gedient«, erläuterte Masrur, »wie er auch unserem vielgeliebten Herrscher der Gläubigen von Anfang an mit Sachkunde und Opferbereitschaft diente. An seiner Seite befindet sich Djibril, Medicus und enger Berater unseres herrlichen Fürsten, der ihm sein ganzes Vertrauen schenkt. Dort stehen Abu Salih und Ibn Ishaq, die zu den meistgeschätzten Ratgebern zählen. Und endlich Ibrahim al-Mahdi, den ihr stets in der Nähe des Sarir sehen könnt ...«

»Sofern wir je bis dorthin vordringen«, wandte Childebrand ein.

»Husain und Rashid, die hier an der Tür stehen, gehören meinem Amt an und sind mir persönlich zugeteilt. Sie werden dafür sorgen, daß unsere Versammlung ungestört verläuft. Sie sind so tapfer wie umsichtig und so verschwiegen und unauffällig wie tüchtig.«

Nach den üblichen Begrüßungen nahm ein jeder an einem niedrigen Tisch Platz, auf dem bereits Speisen und Getränke bereitstanden. Dann eröffnete Masrur die Unterredung, indem er in groben Zügen ein recht düsteres Bild der Lage in Bagdad malte.

»In eurer Anwesenheit werden wir selbstverständlich nur ansprechen, was mit eurer Mission unmittelbar in Zusammenhang steht«, bestätigte er als Antwort auf eine Bemerkung von Erwin. »Das wird uns aber dennoch ...« – Masrur lächelte verschmitzt – »... recht weit führen. So lassen sich beispielsweise folgende Fragen nicht umgehen: Welche Rolle hat Mansur ben

Ziyad tatsächlich gespielt, um welcher Ziele willen oder für wen wurde er tätig, wer steht hinter ihm?«

»Sind die Antworten auf diese Fragen jetzt noch von Belang, da wir das Geschenk für euren ruhmreichen Kalifen wieder aufgefunden haben?«

»Zweifellos! Um den Erfolg eurer Mission zu gewährleisten, der letzten Endes vom Ausgang der hiesigen *krisis* abhängt genügt es schließlich keineswegs, dieses prächtige Geschenk zurückerlangt zu haben.«

»Nur ist das noch lange kein Grund, uns da einzumischen«, wandte Erwin ein.

»Gewiß nicht, doch sicher ein Grund zur Sorge! Nichts von all dem, was Mansur ben Ziyad betrifft, kann euch gleichgültig lassen. Und was er uns wahrscheinlich zu enthüllen hat, noch weniger. Im übrigen ist euch doch auch daran gelegen, nicht wahr?«

Ohne zu antworten, setzte der Sachse eine Miene auf, die lebhafte Aufmerksamkeit ausdrückte.

»Dieser Mansur also, den wir in sichere Haft genommen haben, ist wirklich ein recht eigentümlicher Mensch ...«, fügte Masrur an.

»Das hörten wir schon«, unterbrach ihn Childebrand.

»Ein unstreitig begabter, gewandter und tapferer Mann, der rasch in bedeutende Ämter gelangte, etwa bei den Streitkräften in das des obersten Heeresaufsehers. So schnell emporgekommen zu sein stieg ihm dann zu Kopf ...«

»So etwas erlebt man ja leider nur allzu oft!«

»Doch seltener, was daraus folgte. Seine hohen Ämter ermöglichten es ihm, hinter ängstlich gehütete Geheimnisse zu dringen: allerlei Verstöße, von diesem oder jenem begangene Schand- und Missetaten. Doch statt sein Wissen umgehend der Gerechtigkeit des Großkadis oder unmittelbar unserem erhabenen Kalifen anheimzugeben, hat er es vielmehr für seine eigenen Zwecke ausgenutzt. Indem er den Schuldigen mit

Enthüllungen drohte, erpreßte er sich um den Preis seines Schweigens erkleckliche Summen Geldes, die, wenn ich so sagen darf, im rechten Verhältnis zu den begangenen Verfehlungen standen.«

»Wahrlich schwere Anschuldigungen! Bist du dir deiner Behauptungen auch sicher?« fragte der Graf.

»Ganz gewiß! In solchen Dingen kann und darf man sich nicht leichtfertig äußern ... Darüber hinaus verfüge ich ja auch über einige Möglichkeiten, gesicherte Auskünfte zu erhalten ... Im übrigen wurde letzten Endes sowieso ruchbar, welch verwerflichen Gebrauch Mansur ben Ziyad von seinen hohen Ämtern machte. Unser Herrscher enthob ihn schließlich aller Aufgaben. In der Zwischenzeit war er aber von der Verwertung zufälliger Erkenntnisse dazu übergegangen, mit Fleiß nach jedem Hinweis zu forschen, aus dem er Gelder ziehen konnte. Nachdem er also abgesetzt worden war, lebte er davon. Er stellte ein Netz von Spitzeln auf die Beine, die auf der Suche nach heimlichen Vergehen und Schändlichkeiten überall herumschnüffelten. Dabei kam Mansur nicht umhin, sich innerhalb seines Anwesens wie auch außerhalb – wovon Umar und seinen Mordgesellen zeugen – mit beachtlichen Schutzvorkehrungen zu umgeben, da die Opfer seiner erbarmungslosen Vorgehensweise mehr als einmal dem Gedanken verfielen, sich seiner durch Gift oder Dolch zu entledigen. In jedem Fall konnte er in seinem gut gelegenen und recht geräumigen Palast auch weiterhin in Saus und Braus leben und, von Höflingen umringt, Festgelage auf Festgelage geben.«

»Wenn ich dich richtig verstehe, lebt er einzig und allein – und dazu noch recht üppig – von seinem Wissen und seinem Stillschweigen«, fragte Erwin nach.

»Vortrefflich! Ja, genauso ist es!«

Der Sachse strich sich bedächtig über das Gesicht.

»Aber, sage mir, weiß Mansur zur Zeit nicht um ein ungeheures Geheimnis, das ein Vermögen wert sein dürfte: Schließlich kennt er den oder diejenigen, die zum einen unserer Gesandtschaft Hindernis um Hindernis in den Weg gelegt haben – was nicht so sehr ins Gewicht fällt –, die sich zum anderen aber dadurch als Verschwörer ausweisen, was eine im wahrsten Sinne tödliche Bedeutung annimmt!«

»Zweifellos!«

»Und heißt das denn nicht«, erklärte Erwin bedächtig, »daß er denjenigen kennt, der sich mit der festen Absicht trägt, euren Herrscher, Harun ar-Raschid, vom Sarir zu stürzen, um selbst dessen Platz einzunehmen?«

»Möge es Allah gefallen, daß dies niemals eintritt! Und aus diesem Grunde muß Mansur uns sein Geheimnis unbedingt preisgeben.«

Auf Masrurs unausgesprochene Drohung hin trat eine lang anhaltende Stille ein.

»Wir benötigen keine Geständnisse, sondern die Wahrheit!« brachte Tabit ben Musa, der alte Diener des Kalifen, schließlich vor.

»Was meinst du damit?« fragte der Medicus Djibril.

»Nun, die Folter wird uns zwar Geständnisse, aber nicht zwangsläufig die Wahrheit liefern.«

Erwin spendete ihm Beifall und sagte:

»Das ist eine Überlegung nach meinem Geschmack.«

»Ja, nur bringt sie uns kaum weiter«, befand Abu Salih, ein weiterer Ratgeber des Kalifen.

»Einen Augenblick«, griff der Sachse erneut ein und wandte sich Masrur zu. »Kannst du bestätigen, daß Mansur ben Ziyad seine Einkünfte tatsächlich aus den verfänglichen Entdeckungen erzielte, über die er Stillschweigen bewahrte?«

»Das kann ich mit Sicherheit bestätigen!«

»Was würde denn geschehen, wenn er dazu verurteilt würde, eine wahrhaft stattliche Summe Geldes zu bezahlen, an Gründen oder Vorwänden hierfür dürfte es ja sicher nicht mangeln ... ich denke da an eine Summe, die seinen eigenen Besitz weit überträfe? Was würde geschehen, stünde er vor folgender Wahl: Die Summe wird bezahlt, und er kommt mit dem Leben davon, oder er bleibt sie schuldig und wird hingerichtet?«

»Er würde alles daransetzen, dieses Geld aufzubringen«, antwortete Ibrahim ben al-Mahdi, der Vertraute des Kalifen, mit funkelnden Augen.

»Was zweifelsohne darauf hinausliefe«, bemerkte Tabit ben Musa mit einem leisen, grausamen Lachen, »daß er seinem oder seinen Auftraggebern – das heißt also diesen Verschwörern, die wir entlarven wollen – damit drohen würde, sein gesamtes Wissen preiszugeben, sollten sie ihm ihre Hilfe verweigern.«

»Wer in geheimer Haft sitzt, dem dürfte es allerdings recht schwerfallen, wem auch immer zu drohen«, betonte Djibril.

»Ist Mansur ben Ziyad denn allein in seinem Verlies?« erkundigte sich der Sachse.

»Nein, der Kammerherr und seine beiden treuesten Diener werden zusammen mit ihm in einem Raum des Palastes – nicht im Kerker – festgehalten ...«, erklärte Masrur. »Somit hätten wir eine Lösung zur Hand, wenn ich dich eben richtig verstanden habe.«

»Die Entscheidung gebührt dir allein«, verkündete Erwin, still lächelnd. »Ich möchte es nochmals betonen, unsere Anwesenheit in eurer Mitte hatte nur den einen Zweck: die Vorbereitung der Audienz, um die wir ersucht haben.«

»Selbstverständlich.«

Zwei Tage später verbreitete sich eine aufsehenerregende Neuigkeit wie ein Buschfeuer: Mansur ben Ziyad sei wegen Pflichtverletzung, Erpressung, Veruntreuung und sonstiger Unterschlagungen von Geldern vor Gericht gestellt und von Harun ar-Raschid höchstpersönlich dazu verurteilt worden, dem Schatzhaus des Kalifen eine Buße zu entrichten, die sich auf zehn Millionen Dirham, eine unermeßliche Summe also, beliefe! Es lag auf der Hand, daß der Gefangene, wie vermögend er auch sein mochte, nicht einmal ein Zehntel dieses Betrages besitzen konnte. Nun behaupteten aber die Gerüchte, er würde hingerichtet, sofern er die Buße nicht bezahlte. So gelangte man zu dem Schluß: Mansur war verloren!

Flugs wandten sich ausnahmslos alle, seine verfressensten Tischgenossen, die emsigsten Gäste seiner Gelage und Ausschweifungen wie auch seine gefälligsten Schmeichler, von Mansur ab und wurden im selben Augenblick zu seinen grimmigsten Anklägern. Schon tauchten auch hunderterlei Bezichtigungen auf, manche begründet, andere wiederum nicht; in der Hauptsache rankten sie sich um das verwirrende Rätsel seines Aufstiegs, um seine Beziehungen zur Welt des Verbrechens, die Herkunft seiner Mittel und die Grundlagen seiner eigenartigen Macht. Und sämtlichen Opfern, die von Mansur ben Ziyad erpreßt worden waren, weil sie sich etwas hatten zuschulden kommen lassen, hüpfte das Herz vor Freude. Endlich würden sie ihn vom Halse haben.

Masrur indes hatte alle erdenklichen Vorsichtsmaßnahmen getroffen, um das Leben seines wichtigen Gefangenen zu schützen. Jener hochrangige Würdenträger im Hintergrund und heimliche Widersacher Harun ar-Raschids dürfte mit großer Wahrscheinlichkeit sehr bald begriffen haben, über welch gefährliche Waffe Mansur nun verfügte und auf welche Weise jener sein Leben zu retten versuchen würde. Eine tödliche Gefahr! Um die Enthüllung des verhängnisvollen Geheimnisses zu verhindern, blieb nur ein sicherer Gegenschlag: Dem bedrohlichen Mitwisser mußten die Lippen für immer versiegelt werden – Mord also. Dem Rädelsführer der Verschwörung dürfte es weder an Verbündeten noch an Helfershelfern, weder an gedungenen Mördern noch an Mitteln und Wegen mangeln. Daher verstärkte Harun ar-Raschids Vertrauensmann die Wache um den goldenen Kerker, in dem seine Gefangenen festsaßen, und griff dabei ausschließlich auf Eunuchen aus dem Hause des Kalifen oder Wächter von anerkannt unverbrüchlicher Treue zurück. Aus demselben Grunde ließ er alles, was Mansur ben Ziyad aufgetragen wurde, von dessen eigenem Kammerherrn und den Leibdienern vorkosten. Was zu den Gefangenen gelangte, und sei es auch der kleinste Gegenstand, wurde sorgfältig geprüft.

Dieser beachtliche Aufwand konnte nicht verborgen bleiben, da ihn letztlich zu viele Leute gewährleisteten. So wunderte man sich auch leidlich, als durchdrang, daß es Mansur ben Ziyads Kammerherrn gelungen sein soll, seine Bewacher zu überlisten, die Flucht zu ergreifen und in der Stadt zu verschwinden. Dieses Rätsel kam noch zu den anderen hinzu, über die sich die Gemüter seit der »Sache um Musas Landhaus« bereits ereiferten. Kopfschüttelnd meinte man dazu: All das verheiße wahrlich nichts Gutes. In der Mächtigen Stadt wuchs die Besorgnis von Tag zu Tag.

Daraufhin kam folgende Kunde auf: Eine »Sklavin«, eine außergewöhnliche Tänzerin von großer Schönheit, deren Anmut, Geschmeidigkeit und Sinnlichkeit überall gerühmt wurden und die sich Dananir nannte, habe soeben in aller Heimlichkeit einen Halsschmuck verkauft, den ihr der Kalif höchstselbst geschenkt hatte. Und sie habe zwei Millionen Dirham dafür erhalten! Der Erwerber dieses Wunderwerks soll zwar Verschwiegenheit zugesichert haben, doch einer der Gehilfen des Kaufmanns hätte geplaudert. Man erging sich sofort in wilden Vermutungen. Was konnte hinter einem solchen Handel wohl stecken? Sogleich ging das Gerücht, die zwei Millionen Dirham wären Mansur ben Ziyad zur Verfügung gestellt worden, damit er die Buße bezahlen könnte, zu der ihn der Kalif verurteilt hatte. Wer aber hatte Dananir nötigen können, sich von einem solchen Vermögen zu trennen, um einem bereits verlorenen Mann zu helfen?

Die solchermaßen aufgestachelte Erregung hatte sich kaum wieder gelegt, da sorgte eine noch verblüffendere Neuigkeit wiederum für Gerüchte und Streitgespräche in noch leidenschaftlicherem und besorgterem Ton: Die Buße sei – wie man aus mehreren Quellen zu wissen vorgab – vollständig und auf einen Schlag bezahlt worden! Mansur ben Ziyad sei gerettet und frei, habe es aber abgelehnt, den Palast zu verlassen, wo er nun unter dem Schutz der Leibwache des Kalifen stehe! Die ihn bereits verfrüht zu Grabe getragen hatten, waren schier außer sich vor Aufregung. Persönlichkeiten von Rang beratschlagten fieberhaft. Ganz Bagdad war auf den Straßen und Plätzen, um die Folgen dieses erstaunlichen Ereignisses zu erwägen. Man bekümmerte sich indes weniger um Mansurs Geschick, das dem Volk ziemlich einerlei war, als vielmehr um den Ausgang des Ganzen, der nach Ansicht aller kurz bevorstand. Am unglaublichsten dabei schien, daß Mansur die Freiheit ausgeschlagen hatte, die man ihm erkauft habe, und zu welch einem Preis noch dazu! Eigentlich dürfte sich dieser Mann doch sehr wohl zur Wehr zu setzen wissen. Wie mächtig mußten also erst der oder diejenigen sein, vor denen er zitterte, daß er den Beistand eines Herrschers erflehte, der ihm gerade mit dem Tod gedroht hatte! Und wie bedeutend die Geheimnisse, um die er wußte, daß er um sein Leben fürchtete!

Gleichwohl ereignete sich an den darauffolgenden Tagen nichts Bemerkenswertes. In Ermanglung neuer aufsehenerregender Gerüchte mußten sich die selbsternannten Wahrsager an den Straßenecken und die allwissenden Schwätzer in den Schenken darauf beschränken, über diese befremdliche Ruhe zu rätseln; die einen glaubten, alle Gefahr sei nun abgewendet, die anderen wiederum, das Gewitter werde bald losbrechen.

In Anbetracht des Ernstes der Lage hatte Erwin sich nach der Aussprache in der Madinat as-Salam angeschickt, neben den Hinweisen und Gerüchten, die seine Gefolgsleute von den Suqs, der Straße und aus den Badehäusern mitbrachten, auch persönlich weitere Auskünfte zu sammeln.

Als Diakon Dodon in der Nacht des ersten Safar im Jahre 187 der Hidjra* auf einer seiner Runden gerade beim Wachtposten vorbeikam, machte dieser ihm folgende überraschende Meldung: Ein Diener des Palastes sei soeben mit verhängten Zügeln eingetroffen; der Mann sei ganz offensichtlich äußerst erregt und bitte darum, wegen einer Mitteilung von wahrhaft größter Wichtigkeit dringendst zu den Gesandten vorgelassen zu werden. Der Bote kannte den Diakon nicht und wies ihn darauf hin, er heiße Yaqut und komme im Auftrag Masrurs. Außerdem bat er nochmals, man möge sich doch sputen. Auf eigene Verantwortung führte Dodon ihn deshalb in Begleitung zweier Wachen augenblicklich zu Abt Erwin; der Sachse war gerade eben mit jenem unergründlichen Gesicht und dem fernen Blick, die bei ihm stets auf tiefes Nachdenken hindeuteten, in die Unterkunft zurückgekehrt. Erwin wies den Diakon an, seinen Freund Childebrand und die anderen Gefolgsleute umgehend herbeizuholen. Als sich alle eingefunden hatten, verkündete Yaqut den Missi, wobei er mehrere Male ansetzen mußte, so sehr zitterte seine Stimme vor Aufregung:

»Auf Befehl unseres allseits gefürchteten Herrschers, des allmächtigen Kalifen Harun ar-Raschid – möge Allah ihm tausend Leben gewähren –, wurde Djafar gerade eben festgenommen! Nach dessen Vater, Yahya, und seinem Bruder al-Fadl wird noch gefahndet. Ich weiß nicht, ob sie geflohen sind oder vor ihrer Gefangennahme stehen. Man munkelt, manche ihrer Anhänger würden noch Widerstand aufzubieten versuchen. In jedem Fall werden sie wohl Rechenschaft abzulegen haben.«

Sodann entschuldigte sich der Bote und verabschiedete sich von den Gesandten mit den Worten:

»Die Nacht wird noch sehr lang.«

* Die Nacht vom 28. auf den 29. Januar 803.

Yaquts Weggang löste eine lang anhaltende Stille aus. Erwin brach sie schließlich und erklärte bedächtig:

»Demnach stand also geschrieben, daß unser schicksalhafter Säbel, auf eine der beiden Waagschalen geworfen, über das Geschick eines Reiches entscheiden würde …«

»… und zweifellos auch einige Köpfe rollen lassen wird«, setzte Doremus im Brustton der Überzeugung hinzu.

Hierauf warf Childebrand mit entschlossener Miene ein:

»Und was uns betrifft, so ist höchste Wachsamkeit angesagt! Hermant, ans Werk!«

KAPITEL VII

Seit dem ersten Frühlicht war die Stadt unter dem Einfluß der Ungewißheiten, Ängste und Hoffnungen der verschiedenen Lager in gärendem Aufruhr. An mehreren Orten brachen Handgemenge und Plänkeleien aus, während in der Umgebung der Paläste und vornehmen Wohnsitze, der Gebetshäuser und Moscheen, der Suqs und Prachtstraßen verstärkt Einheiten der Heereskräfte aufzogen und weitere, mit ausdrücklichen Weisungen ausgestattete Trupps die Madinat as-Salam durchstreiften.

Später war die gesamte Bevölkerung auf der Straße und in den Gassen und brachte die Gerüchteküche zum Brodeln. Die Gefolgsleute der Missi dominici sammelten bröckchenweise Auskünfte, aus denen sich schließlich ein Bild der Vorkommnisse zusammensetzte. Am Vortag also hatte der Kalif Yahyas Sohn, Djafar, und weitere Höflinge zu einer Jagd geladen. Bei der Rückkehr, am späten Nachmittag, hatte der Herrscher seinen Palast aufgesucht und erklärt, er wünsche den Abend in Gesellschaft seiner Frauen zu verbringen. Der Sohn des Wesirs begab sich daraufhin zum Wohnsitz seines persönlichen Schreibers, Anas ben Abi Sayh, wo ihm zu Ehren ein Fest mit Beteiligung des hochgeschätzten Sängers Zakkar ausgerichtet wurde. Zeugen zufolge habe der Herrscher Djafar sogar ermuntert, sich aufs angenehmste zu zerstreuen, und ihm hernach sogar noch einige Geschenke zukommen lassen. Kurz vor Mitternacht dann, als die Lustbarkeiten in Anas' Haus immer ausschweifender wurden, platzte Masrur plötzlich an der Spitze von fünfzig bis an die Zähne bewaffneten Palastwachen in das Fest und verkündete Djafar ohne Umschweife, Kalif Harun ar-Raschid habe gegen ihn gerade das Todesurteil verhängt, das auf der Stelle vollstreckt werden müsse.

Von diesem Punkt an gingen die Zeugenaussagen über Anzahl und Namen der Getreuen des Wesirs, die dasselbe Schicksal erleiden sollten, etwas auseinander, während allgemein jedoch bestätigt wurde, auch Djafars persönlicher Schreiber sei mit der Todesstrafe belegt worden. Als gänzlich unumstritten galt aber, daß weder Djafar noch irgendeiner der Seinen den geringsten Widerstand geleistet hatten. Der Sohn des Wesirs hatte zunächst seinen Leibeigenen die Freiheit geschenkt, seinen Letzten Willen aufsetzen lassen und Masrur schließlich noch um eine Gunst gebeten: Er wollte für eine allerletzte Unterredung vor Harun ar-Raschid geführt werden, um »jedes Mißverständnis auszuräumen, soweit dies noch möglich sei«.

Verspätete Nachtschwärmer sahen daraufhin einen stark bewaffneten Trupp von einem Dutzend Reitern das Anwesen Anas ben Abi Sayh kurz nach Mitternacht verlassen und im gestreckten Galopp zum Palast des Kalifen preschen. Der Fürst lehnte es jedoch ab, jenen Mann zu empfangen, der so lange und bis vor kurzem noch sein Günstling gewesen war; unterstützt wurde der Kalif in dieser entschiedenen Haltung von seinem Ratgeber Ibrahim ben al-Mahdi sowie einem gewissen Zarara, dem die Gerüchte besondere Gefälligkeiten unterstellten. Djafar soll nach vergeblichem Flehen zu seinem Scharfrichter Yasir geschleift worden sein, der seine Ledermatte bereits neben einem kleinen Hain ausgerollt hatte. Später erfuhr man durch Diener, denen deswegen noch immer schauderte, weitere Einzelheiten: Als Yasir dem Kalifen Djafars bluttriefenden Kopf an den Haaren haltend vorgezeigt habe, soll Harun ar-Raschid sich, von hellem Entsetzen gepackt, schluchzend abgewandt haben, weil er den Anblick nicht ertragen konnte. Anschließend habe der Herrscher befohlen, Yasir und alle, die dem Scharfrichter zur Hand gegangen waren, über die Klinge springen zu lassen – ein grausamer Sühneakt –, es sei denn, er hätte die Zeugen dieser blutigen Ahndung beseitigen wollen.

Was den Sänger Zakkar betraf, den Bagdads einfaches Volk nahezu vergötterte, so war er allem Anschein nach verschwunden, entweder ebenfalls in dem mörderischen Sturm umgekommen, oder aber, was wahrscheinlicher war, glücklich auf der Flucht, um dank verschworener Helfer eine sichere Zuflucht zu erreichen.

Das ganze Ausmaß dessen, was gegen die Dynastie der Wesire, die Barmakiden, unternommen wurde, trat im Laufe von Stunden zutage. Al-Fadl war noch in derselben Nacht kurz nach seinem Bruder Djafar festgenommen worden. Zur gleichen Zeit gingen Truppen rund um den Ksar al-Fin in Stellung. Masrur selbst übernahm die Führung einer stark bewaffneten Schar und drang mit ihr in den Palast des Wesirs ein, ohne auf irgendeine Gegenwehr zu stoßen. Yahya wußte bereits um das fürchterliche Los seines jüngsten Sohnes. Er begehrte nicht einmal auf und äußerte nur den einen Wunsch: Sollte er in Haft genommen werden, so möge man ihn doch gemeinsam mit seinem ältesten Sohn in einen Raum sperren, was man ihm auch gewährte. Die Überbringer all dieser Nachrichten nutzten die Gelegenheit, um einige vom Koran angeregte Überlegungen über die Eitelkeit menschlicher Geschicke, die Macht göttlicher Ratschlüsse und deren Unvorhersehbarkeit anzuführen – konnten doch selbst Männer, die noch am Vortag auf dem Gipfel der Macht standen und mit selbstgefälligem Hochmut über alles und jedes walteten, so daß ganz Bagdad vor ihnen erzitterte, in einem einzigen Augenblick von ihren Sockeln stürzen, in den Kerker geworfen und wie gemeine Verbrecher hingerichtet werden. »Ja, Allah allein ist groß!« Um die Barmakiden war es in jedem Fall geschehen. Überall stellten sich Bevollmächtigte des Kalifen ein, um Paläste, Anwesen, Besitzungen und sämtliche sonstige Habe zu beschlagnahmen, die der Sippe der Wesire noch gestern gehörten. Lediglich einige wenige Angehörige dieses Geschlechts, die mit Yahya gebrochen und dem Kalifen bereits seit langem sichere Bürgschaften ihrer Treue geliefert hatten, entgingen der Verfolgung.

Am selben Abend fand sich bei Einbruch der Dunkelheit ein Hauptmann mit einem kleinen Geleit aus Palastwachen am Portal der »Herberge der Firandji« ein: Tahir! Doremus überprüfte gerade die Sicherheitsvorkehrungen, als der Sarazene eintraf. Er begrüßte ihn aufs herzlichste und ging sogleich die Missi benachrichtigen. Die Gesandten hatten mit Tahirs Kommen nicht mehr gerechnet und empfanden bei seinem Anblick große Erleichterung, denn sie hatten schon gefürchtet, er könnte als ehemaliger Gefolgsmann al-Fadl ben Yahyas zu den Opfern des großen Reinemachens gehören. Sie luden den Hauptmann an ihre Tafel und boten ihm an, ihr Mahl mit ihm zu teilen. Dann fragten sie ihn, welch glücklichen Umständen er es zu verdanken habe, unbeschadet aus der ganzen Sache herausgekommen zu sein.

»Es ist nur zu wahr, ich habe dem Sohn des Wesirs über Jahre gedient«, erklärte Tahir. »Und zwar in aller Treue, das kann ich wohl behaupten, obwohl es mich bisweilen doch sehr gewundert hat, wie das Wesirat die Geschicke unseres Reiches lenkte. Schließlich war es der Überfall von Palmyra, der in meinen Gedanken allmählich böse Ahnungen aufkommen ließ. Der Anstifter dieses groß angelegten Unternehmens mußte es im Wissen um die Bedeutung eurer Mission ins Werk gesetzt und selbstverständlich auch gewußt haben, welchen Weg wir nehmen würden. Des weiteren muß ihm bestens bekannt gewesen sein, wie unsere Diener angeworben wurden und welche von ihnen noch in Bagdad bestochen werden konnten. Außerdem hatte er neben der bloßen Gier nach Beute bestimmt sehr gewichtige Gründe, sich des für den Kalifen bestimmten Geschenks bemächtigen zu wollen. All das sprang mir förmlich in die Augen! Als sich herausstellte, daß Musa die unmittelbare Leitung des Überfalls in die Hand genommen hatte, dachte ich mir, es müsse ein anderer Rädelsführer dahinterstecken, da dieser Mensch für ein solches Unterfangen viel zu unbedeutend war. Als ich dann so beharrlich darauf drängte, Musas Landhaus zu durchsuchen, wollte ich nicht allein die euch geraubten Dinge zurückholen, sondern auch die Fährte des wahren Verantwortlichen ausfindig machen. Musas Ermordung überraschte mich nur mäßig: Er wußte einfach zu viel. Sein Tod war aber der Beweis, daß meine Mutmaßungen zutrafen: Musa war nur ein Handlanger gewesen. Doch für wen?«

»Mit Musas Tod verlor sich die Spur erst einmal«, sagte Timotheos.

»Nur scheinbar! In Gedanken verfolgte ich sie weiter. Ich muß euch gestehen, daß die Zuweisung dieser Unterkunft hier, in der ihr ja noch immer weilt ...«

»... die sich letzten Endes als recht behaglich erweist«, fand Bruder Antonius.

»... mich einigermaßen befremdet hat: Selbst gesetzt den Fall, der Kämmerer hätte beschlossen, sich eurer Mission in den Weg zu stellen, welche Gründe hätte er dann gehabt, euch hier einzupferchen – fernab von seinen eigenen Leuten! –, wo er euch nur schwer im Auge behalten konnte? Dies erschien mir zu diesem Zeitpunkt um so merkwürdiger, als ich in dem angeblichen Beauftragten des Hadjib jemanden erkannt zu haben glaubte, den ich bereits im Gefolge von ... al-Fadl ben Yahya kurz zu Gesicht bekommen hatte ... Was mir aber endgültig die Augen öffnete, war der Aufruhr, in dessen Verlauf ich beinahe getötet wurde. Nur ein einziger Mann konnte den Meuchelmörder auf mich gehetzt haben, diesen Schurken, über den du, Bruder Antonius, mir ja berichtet hast, er habe an den Ausschreitungen in keiner Weise teilgenommen, weil er vollauf damit beschäftigt gewesen war, den günstigsten Zeitpunkt für meine Ermordung abzupassen: Dies war wiederum al-Fadl ben Yahya! Und ich hatte die Einfalt besessen, dem Sohn des Wesirs meine Besorgnisse zu eröffnen. Mußte er von dem Zeitpunkt an nicht befürchten, meine Bedenken, Fragen und Ahnungen würden mich letztlich auf eine Spur bringen, von der er mich um jeden Preis abbringen wollte?«

»Die seine?« fragte Childebrand.

»Nicht nur die ... Infolgedessen gelangte ich schließlich zu der Überzeugung, in al-Fadls Nähe nicht mehr sicher zu sein. Doch wem sollte ich mich anvertrauen? Mir fiel nur einer ein, der mich anhören und retten konnte: Masrur. Es war gewagt, doch ich hatte keine andere Wahl. Er willigte ein, mich zu empfangen. Ihr habt ihm gegenüber, glaube ich, mit Wohlwollen über mich gesprochen ...«

»Mehr als das, offen gestanden!«

»Jedenfalls hörte er mich an, er verstand mich, glaubte mir und bot sich sofort an, mich in den Dienst des Kalifen aufzunehmen, was bedeutete, daß ich zu einem seiner Gefolgsleute wurde.«

»Als wir mit al-Fadl zusammentrafen, sagte er uns, er hätte dich zu neuen Aufgaben abgeordert. Das also verbarg sich dahinter?«

»Die Wahrheit ist, damals habe ich mich, ohne jemanden einzuweihen selbstverständlich, in ein Versteck zurückgezogen, das Masrur mir angewiesen hatte, um dort auszuharren, bis ich meinen Dienst in der Leibwache des Kalifen antreten konnte.«

Tahir wandte sich Timotheos und Bruder Antonius zu.

»Dann fiel mir die Ehre zu, mich an eurer Befreiung zu beteiligen. Könnt ihr euch vorstellen, Freunde, mit welchem Stolz und welcher Freude es mich erfüllte, den zu retten, dem ich mein Leben verdankte?«

»O ja«, erwiderte der Mönch mit einem breiten Lächeln. »Da wir das unsrige nun dir verdanken!«

Tahir wandte sich sodann an Erwin und Childebrand, um mit feierlichem Ernst zu verkünden:

»Auch euch verdanke ich in gewisser Weise, noch von dieser Welt zu sein.«

Der Graf blickte ihn fragend an.

»Ohne eure Gesandtschaft, meine damit verbunden Aufgaben und alles, was dann geschah, wäre ich zweifellos weiterhin im Dienste al-Fadls geblieben, als einer seiner engsten Gefolgsleute. Und hätte ich dann in diesem Sturm überlebt?«

»Gottes Ratschlüsse sind unergründlich«, ließ der Abt übersetzen.

»Ja, so steht es geschrieben *«, pflichtete ihm der Sarazene in seiner Sprache bei.

»Indes ...«, wandte Erwin nach kurzem Nachdenken ein, »daß die mit unserer Gesandtschaft zusammenhängenden Umstände dich zu dem Rückzug veranlaßt haben, der sich dann als heilsam erwies, will ich gerne glauben, da du es sagst ... Doch hätten deine eigenen Beobachtungen und Überlegungen dich nicht auch sonst dazu führen können, auf Abstand zu gehen? Hast du nicht gerade eingestanden, es hätten sich angesichts der Reichsverwaltung durch die ›Wesire‹ bei dir gewisse Zweifel geregt?«

Tahir zögerte, bevor er antwortete:

»Nicht unbedingt. Erst jetzt werde ich mir der Bedeutung all jener Klagen bewußt, die sich gegen diese mächtigen Männer anhäuften, um die ich aber nicht wußte oder die ich nicht wahrzunehmen wagte; und wenn ich trotzdem etwas bemerkte, so ermaß ich doch nicht das ganze Ausmaß ihrer Gier nach Reichtum und Macht, ihres tödlichen Ehrgeizes.«

»Zum Schaden des Kalifen?«

»Ja, und nun fallen mir wieder Hunderte von Einzelheiten ein, die dies beweisen.«

»Zum Beispiel?«

»Die Paläste, Anwesen und einträglichen Ländereien, die Reichtümer und Schätze, die Yahya und seine Söhne angesammelt haben; die emsige Sorgfalt, mit der sie sich ihrer eigenen

* *Maktub!*

Besitzungen annahmen, ohne daß sie den Ländereien, die noch dem Herrscher gehörten, auch nur halbwegs dieselbe Aufmerksamkeit widmeten. Oder auch folgendes: Vor kurzem erwies sich der Kalif als derart mittellos, daß er genötigt war, den Wesir um ein Darlehen zu ersuchen!«

»Und das hat dich überhaupt nicht erstaunt?«

»Man erklärte mir, dies sei eine Vorkehrung gegen die unmäßigen Ausgaben des Kalifen.«

»Und das hast du geglaubt?«

»Leider muß ich zugeben: Ich war blind. Damals hatte ich noch volles Vertrauen in al-Fadl.«

»Und was war mit der Machtgier der ›Wesire‹?«

»Auch dafür mangelt es nicht an Beweisen. Ich war ja wirklich am rechten Platz, um zu erkennen, daß der Ksar al-Fin, wo Yahya und seine Mannen herrschten, zum eigentlichen Mittelpunkt der Reichsverwaltung geworden war. Harun ar-Raschid war indes mehr und mehr mit irgendwelchen Nebensächlichkeiten beschäftigt. Man schmeichelte seinem Hang zu Zerstreuung. Fortwährend richtete man Feste für ihn aus, die ihn ablenkten und von der Herrschaft fernhielten ... und im übrigen seine Schatzkammer leerten. Man bot ihm jede erdenkliche Gelegenheit, selbst kaum eingestehbare Neigungen zu befriedigen. Währenddessen nahmen die ›Wesire‹ die Zügel in die Hand und gingen in ihrer Hoffart sogar so weit, Goldmünzen mit ihrem Bildnis schlagen zu lassen.«

»Und auch darüber hast du dich nicht gewundert?« rief Childebrand entsetzt aus.

Tahir senkte den Kopf.

»Man hatte mich schließlich überzeugt, daß Harun ar-Raschid an nichts anderem Gefallen finde als an den Annehmlichkeiten seines Ranges, an den Sinnesfreuden, denen er sich hemmungslos hingeben könne, an erlesenen und gewagten Freuden, wogegen die Ausübung der Macht und deren Zwänge ihm unerträglich seien.«

»Standen die Dinge am Hofe denn so schlecht, daß man zu diesem Urteil gelangen konnte?«

Ohne darauf zu antworten, fuhr der Sarazene fort:

»Unter solchen Bedingungen konnte die Tatsache, daß Yahya und seine Söhne immer mehr Ämter, immer bedeutendere und weitreichendere Befugnisse übernahmen, als eine Folge der Unzulänglichkeiten und Schwächen des Kalifats erscheinen, als notwendige Schutzmaßnahme, ja als Zeichen ihrer Ergebenheit!«

»Während der Wesir sich insgeheim anschickte, Harun ar-Raschid nach und nach zu verdrängen?«

»Das hätte ich erkennen müssen.«

»Stand der vom Wesir vorbereitete Umsturz denn kurz bevor?« fragte Erwin.

»Darum habe ich mich erst im letzten Augenblick gesorgt.«

»So daß die vom Kalifen befohlene und unter Masrurs Leitung durchgeführte Wiederherstellung der Ordnung dem Gewaltstreich also nur zuvorkam, mit dem Yahya seine jahrelangen Anstrengungen gekrönt und die höchste Macht an sich gerissen hätte!«

Der Sachse richtete sich auf seinem Sitz auf, strich sich bedächtig übers Kinn und ließ eine gewisse Fassungslosigkeit erkennen.

»Nun haben der Wesir und seine Söhne ihren Aufstieg doch schon vor so langer Zeit begonnen, haben geduldig Befugnisse und Vorteile angehäuft, ihre Stellung Monat um Monat gefestigt und die Macht des Kalifen mit Methode beharrlich und besonnen unterhöhlt. Daher frage ich mich, weshalb hat euer Fürst die Dinge derart schleifen lassen?«

»Harun ar-Raschid hätte auf der Hut sein und allem so früh wie möglich zuvorkommen müssen, das erkenne ich jetzt sehr deutlich«, antwortete Tahir. »Doch vielleicht glaubte er, es fehle ihm an ausreichender oder wirksamer Unterstützung. Womöglich fürchtete er, noch weit gefährlicheren Bestrebungen Tür und Tor zu öffnen, wenn er gegen den Wesir vorginge, der ihn im großen und ganzen ja weiterhin schonte? Oder er hat sich nur noch etwas Zeit lassen wollen? Vielleicht hat er ja tatsächlich einen geeigneten Augenblick abgewartet, irgendeine günstige Gelegenheit etwa, bei der ihm der Beistand aller sicher war, die sich durch Yahyas, al-Fadls und Djafars Aufstieg bedroht sahen.«

»Und was für eine Gelegenheit war das?«

»Die Sache um Mansur ben Ziyad, also mittelbar die Wechselfälle und Schläge, unter denen eure Mission zu leiden hatte ... mehr weiß ich aber auch nicht.«

»Ich verstehe«, meinte Erwin. »Ein Wort noch zu dem ›Triumwesirat‹: Weshalb hat Harun ar-Raschid befohlen, Djafar auf der Stelle hinrichten zu lassen, und dazu noch in aller Roheit, im Palasthain, wie ein Tier? Weshalb hat er verlangt, man solle ihm Djafars Kopf bringen, obwohl er dessen Anblick nicht ertragen konnte? Warum hat der Kalif den Eindruck erwecken können, die Leidenschaft spräche ebenso laut in ihm wie die Vernunft und der Wunsch nach Rache mit lauterer Stimme als die Sorge um das Wohl des Reiches?«

»Rache, ja ...«, murmelte Tahir vor sich hin und fügte dann, an Timotheos gerichtet, noch einige Worte hinzu.

»Er möchte sich nicht weiter äußern«, erklärte der Grieche. »Er muß nun wieder seinen Posten beziehen.«

Die beiden Gesandten beglückwünschten sich erneut dazu, den sarazenischen Hauptmann so gesund und wohlbehalten zu sehen, dankten ihm für seine Ergebenheit und versicherten ihn ihrer Freundschaft. Darauf wünschte Tahir ihnen gutes Gelingen für ihre Zusammenkunft mit dem Kalifen und verabschiedete sich.

Als er gegangen war, kam der Grieche auf Tahirs Ausflüchte zurück:

»In Bagdad haben ziemlich schmutzige Gerüchte die Runde gemacht, und ich verstehe einfach nicht, weshalb er die nicht ansprechen wollte. Also, vor wahrlich nicht allzu langer Zeit, als Djafar noch Harun ar-Raschids Günstling war, und sogar mehr als das, wie böse Zungen behaupten, da hat er den Kalifen überredet, seine Schwester als Gemahlin in den Harem aufzunehmen, wohl damit sie die Ränke, die dort geknüpft werden, im Auge habe. Doch plötzlich erwartete Djafars Schwester ein Kind, und der Herrscher hatte sich ihr nie genähert! Der Bruch zwischen Harun ar-Raschid und demjenigen, den er zuvor ›mein Bruder‹ nannte, soll auf diesen empörenden Vorfall zurückgehen. Zwar ist es Djafar offenbar gelungen, sich reinzuwaschen, doch von da an saß der Wurm in der Frucht.«

»Ja …«, erwiderte Erwin nachdenklich. »Rache weiß zu warten. Nur worauf?«

»Auf eine Gelegenheit!« warf Childebrand ein.

Während der beiden darauffolgenden Tage bezeugten alle Nachrichten, die in die »Herberge der Firandji« gelangten, daß in Bagdad rasch wieder Ruhe und Ordnung einkehrten. Die letzten Anhänger des Wesirs waren schonungslos zum Schweigen gebracht worden; Harun ar-Raschids Bevollmächtigte, unter denen sich auch jene Würdenträger befanden, denen Erwin und Childebrand bei dem denkwürdigen Kriegsrat im Palast begegnet waren, nahmen sich im Auftrag des Kalifen der letzten Gebäude und Güter jedweder Art an, deren die Barmakiden entäußert worden waren. In der Stadt wurde gemunkelt, Yahya und al-Fadl wären in ihrem Kerker gefoltert worden, um ihnen das Bekenntnis zu entreißen, wo sie irgendwelche Schätze versteckt hätten. Mansur hingegen war, aufgrund seiner »Enthüllungen« wahrscheinlich, endgültig begnadigt worden und hatte unverzüglich das Weite gesucht. In den Diwanen waren die als eifrige Diener des Wesirats verschrienen Würdenträger bereits abgesetzt und durch wirkliche oder sogenannte Freunde des Herrschers ersetzt worden. Und schließlich wurde Djafars Haupt als entsetzliche und sinnfällige Warnung am Südtor der Madinat as-Salam ausgestellt, ein anderer Teil des Leichnams am Osttor und ein weiterer schließlich am nördlichen Zugang.

»Enttäuschte Leidenschaften sind erbarmungslos«, sagte Erwin zu Doremus, als der ehemalige Aufständische seinen schauerlichen Bericht beendet hatte.

Schon bald erhielten die beiden Gesandten eine Botschaft von Masrur. Darin bat sie der Eunuch »untertänigst, mit ihrer erlauchten Gegenwart einen Empfang beehren zu wollen, den ihnen der Kämmerer anbot, um die ungleich feierlichere Audienz vorzubereiten, die der Kalif Harun ar-Raschid, der erhabenste Herrscher, Stolz der Erde, allmächtige Führer aller Gläubigen, Schrecken der Falschgläubigen und Verräter ihnen in seiner Güte wohlwollend zu gewähren gedachte«. Die Einladung endete, weniger hochtrabend, in einer heiter ausgedrückten Beteuerung unverbrüchlicher Freundschaft. Masrur wußte sich der Hyperbel zu bedienen, ohne daß er selbst ihr wie ein Tor auf den Leim ging.

Der Kämmerer hatte einen Großteil seiner Diwane und Dienstleute in den Ksar al-Fin verlegt, aus dem Yahya gerade verjagt worden war. Und dorthin begaben sich Erwin und Childebrand also wie vereinbart am späten Vormittag. Der Eunuch erwartete sie schon in der weiträumigen Vorhalle. Er hatte es so eingefädelt, daß sie sich verfrüht einfanden, um sich vor dem Empfang noch mit ihnen besprechen zu können. In Timotheos' Begleitung zogen sich die drei Männer in einen Raum zurück, in dem sie sich offen und ungestört unterhalten konnten.

Sobald sie Platz genommen hatten, verkündete Masrur mit einem Seufzer der Erleichterung:

»Endlich sind wir über den Berg. Doch, bei Allah, es war wirklich Zeit, allerhöchste Zeit!«

Kopfschüttelnd fuhr er fort:

»Was wir im Ksar al-Fin wie auch in Djafars Palast entdeckt

haben, nicht zu reden von all dem, was unsere Nachforschungen in den Diwanen, den Garnisonen sowie bei gewissen Würdenträgern ans Licht brachten, beweist eindeutig, daß der von Yahya, seinen Söhnen und deren Anhängern vorbereitete Umsturz unmittelbar bevorstand.«

»Das heißt?« fragte Childebrand.

»In drei oder vier Tagen, höchstens! Alles war aufs trefflichste gesponnen, alles stand bereits fest: der genaue Ablauf und die für den Gewaltstreich einsatzbereiten Truppen, die Liste der hinzurichtenden Personen und deren Nachfolger, bis hin zum Kerker, in dem der Kalif Harun ar-Raschid wie auch seine Söhne, Muhammad al-Amin und al-Ma'mun, eingesperrt werden sollten – sofern man den geringsten Widerstand nicht zum Vorwand genommen hätte, sie auf der Stelle zu ermorden! Ja, alles war wohlbedacht und geplant, eine Neugliederung der Diwane sowie die Verteilung von Vergünstigungen eingeschlossen. Hierzu haben wir mehr Beweise als nötig beschlagnahmt. Demnach ging es nicht bloß um den Austausch eines Herrschers, sondern um eine völlige Umwälzung!«

»Wie konnte es überhaupt so weit kommen?«

»Die einen waren blind, und die hinzuschauen verstanden, hatten es mit Tauben zu schaffen. Da ihr, wie ich weiß, die Verschwiegenheit selbst seid, kann ich euch ja anvertrauen, daß unser Fürst bisweilen kein sonderlich feines Gehör besitzt ... Oder sagen wir besser, er wollte seinen Ohren nicht trauen. Obwohl man es an Warnungen nicht hat mangeln lassen.«

»Wenn ich dich recht verstehe, war Harun ar-Raschids schlimmster Feind Harun ar-Raschid selbst«, faßte der Sachse zusammen.

Masrur pflichtete ihm ernst bei.

»Genauso war es!«

»Und folglich bedurfte es außerordentlicher Ereignisse, um ihn aus dieser Art ... Verzauberung zu reißen.«

»So ist es!«

Der Eunuch blickte Childebrand und Erwin nacheinander fest an.

»Ich muß euch gestehen, man schuldet euch viel, und zwar in mehr als nur einer Hinsicht«, bekräftigte er.

»Übertreiben wir nichts!« wandte der Graf ein. »Ich will ja gerne einräumen, daß unsere Gesandtschaft wider Willen manches ausgelöst haben mag, aber ansonsten ...«

»Glaubt mir, und ich wäge meine Worte sorgfältig ab: Ohne euch hätten die Dinge hier einen ganz anderen Verlauf nehmen können. Zunächst ist durch eure Mission ans Tageslicht gekommen, in welche Gefahren uns jene Männer gestürzt haben, die an einen dauerhaften Frieden mit Konstantinopel glaubten – zu einem Zeitpunkt, als Nikephoros sich bereits anschickte, die Macht an sich zu reißen und sich zum Krieg zu rüsten. Männer, wie die ›Wesire‹, obwohl sie sich im nachhinein heftig dagegen verwahrt haben ... Außerdem ist durch eure Gesandtschaft zutage getreten, wie weit die Vermessenheit der Feinde des Kalifen gehen konnte, die ihn um jeden Preis von allem Geschehen abzusondern trachteten. Und schließlich war da noch die Sache um Mansur ben Ziyad ... Im Grunde hat eure Untersuchung und die Hartnäckigkeit, mit der ihr die Spur der Angreifer und Plünderer eures Trosses verfolgt habt, alles ausgelöst. Selbst die schrecklichen Geschehnisse, die eure Nachforschungen begleitet haben, erwiesen sich letzten Endes als heilsam und nützlich. Jetzt, da ihr gesund und wohlbehalten seid, kann ich es ja sagen: Es war ein unglaublicher Glücksfall, daß Bruder Antonius und du, Timotheos, bei eurem Einbruch auf Mansur ben Ziyads Anwesen gefangengenommen wurdet.«

»Ein Glücksfall, den wir trotz alledem liebend gerne entbehrt hätten«, gab der Grieche zu bedenken.

»Freilich. Allerdings hatte ich ja gewisse Vorkehrungen getroffen.«

»Du meinst sicher Yaqut und seine Helfer?«

»Unter anderem.«

»Die haben indes nicht verhindert, daß mein Freund, nur mit einem einfachen Kurzschwert ausgestattet, einem Hünen mit einem Säbel in der Hand trotzen mußte! Und wenn er nicht ein so erstaunlicher Kämpfer wäre ...«

»... und dazu noch so ein ausgezeichneter Schauspieler, wie man mir erzählte ... Ja, ich weiß ... Glaube mir, wenn ich dir sage, daß mich dies sehr bekümmert hat. Nun ja, aber dank Gottes Hilfe ...«

»... und auch der von Yaqut ...«

»... konnten wir noch rechtzeitig einschreiten, was als erstes Ergebnis die Festnahme Mansurs brachte. Ich muß gestehen, zunächst wußte ich nicht, wie ich den besten Vorteil daraus schlagen konnte. Dazu bedurfte es erst des Kriegsrates und der erleuchtenden Geistesgaben eines gewissen fränkischen Abtes ...«

»Eines angelsächsischen Abtes, bitte«, berichtigte Erwin.

»... um zu einer in jeder Hinsicht befriedigenden Lösung zu gelangen, die ja dann auch wortgetreu ausgeführt wurde. Entscheidend war diese Buße von zehn Millionen Dirham, das Mansur ben Ziyad selbstverständlich nicht aufbringen konnte. Wie geplant, stellte man ihn vor die Wahl: bezahlen oder sterben. Völlig außer sich vor Angst, dachte er – wie vorhergesehen – sofort daran, sein Schweigen in der üblichen Weise zu Geld zu machen. Er hatte viel zuviel über die ›Verschwörung der Wesire‹ und insbesondere über Djafars Umtriebe erfahren, der nichts anderes mehr im Sinn hatte als Blut und Rache. Wer aber konnte Djafar wissen lassen, daß Mansur entschlossen war, vor seiner Hinrichtung alles, was er wußte, zu beichten, wenn die Summe nicht entrichtet würde. Die von uns ermöglichte Flucht seines Kammerherrn war die Lösung.«

Anerkennend verbeugte sich der Eunuch vor den Missi:

»Wiederum ein wertvoller Vorschlag! Mansurs Kammerherr begab sich also auf verschlungenen Wegen und unter allerlei lachhaften Anstalten zu Djafars Palast. Wie mag das Gespräch verlaufen sein? Zweifellos ziemlich stürmisch. Sicher ist jedenfalls: Der Sohn des Wesirs hegte anschließend die ärgsten Befürchtungen. Sicher ist auch: Yahya, al-Fadl und Djafar schickten sich darein zu bezahlen. Sie boten alle Mittel auf, um die von Mansur ben Ziyad verlangten zehn Millionen Dirham zusammenzubringen. Die Summe wurde dem Gefangenen schließlich mit allen Vorsichtsmaßnahmen, die jedoch niemanden täuschten, zur Verfügung gestellt. Die Herkunft des Geldes ließ sich leicht herausfinden. Und da wir ja wußten, welcher Drohung sie zu verdanken war, hatten wir nun die Gewißheit, daß die Sippe des Wesirs handeln würde. Wir verfügten über den Beweis für die Verschwörung und erfaßten deren Ausmaß. So vermochten wir unseren Fürsten davon zu überzeugen, daß größte Gefahr in Verzug war und wir ohne Zögern zur Tat schreiten müßten.«

»Eine Frage stellt sich gleichwohl«, äußerte Erwin. »Was hinderte Mansur ben Ziyad daran, die Verschwörung auch bei Zahlung des Lösegelds zu verraten?«

»Wahrscheinlich ging Djafar dieses Wagnis ein, weil er der Ansicht war, Mansur sei zu tief verstrickt und zu gefährdet, um sich selbst als Verschwörer zu bezichtigen. Die Dinge sind dann jedoch nicht so abgelaufen, wie der Sohn des Wesirs es sich vorgestellt hatte. Wir erklärten Mansur ben Ziyad, er sei nun ein freier Mann und könne gehen. Ihm war jedoch klar, sobald er auch nur ein paar Schritte ohne unseren Schutz gemacht hätte, wäre er erbarmungslos zur Strecke gebracht worden. Schließlich mußten wir ja sogar im Palast einige Mordversuche vereiteln. Wir erkannten, daß ihm nur eine einzige Rettung blieb: seine möglichen Mörder, das heißt also die Umstürzler, zu verraten! Was hinderte ihn daran? Nun, die Furcht, als Verschwörer vor Gericht gestellt und deswegen zum Tode verurteilt zu werden! Also brachten wir ihn an einen sicheren Ort und gaben ihm Brief und Siegel, er werde, was immer er auch enthüllen mochte, frei und unversehrt bleiben ... und für seine Redseligkeit gar noch entlohnt werden! Er sollte nur reden, sonst werde er den Dolchen der auf ihn lauernden Meuchelmörder preisgegeben. Und er gestand alles: die Verschwörung, ihre Planung und die Hintermänner; weshalb Djafar den Überfall auf euren Troß ins Auge gefaßt hatte und durchführen ließ; seine eigenen Aufgaben, Musa ibn Ahmeds Rolle, einfach alles – ja, alles, was wir wissen mußten. Und so konnten wir zum Angriff übergehen. Ich stand bereit, wir alle standen bereit. Wir warteten lediglich noch auf Harun ar-Raschids Befehl. Und dann gab er uns diesen Befehl. Den Rest kennt ihr, denke ich.«

Erwin sann eine Weile über das nach, was er gerade vernommen hatte. »Demnach hat Djafar in dieser ganzen Sache eine weitaus wichtigere Rolle gespielt, als es den Anschein hatte«, sagte der Abt schließlich.

»Ja«, bestätigte Masrur. »Insbesondere, was die Unternehmung von Palmyra angeht, der Yahya angeblich noch ohne Begeisterung zugestimmt haben soll, während sie al-Fadl ganz und gar widerstrebte. Er fürchtete, sie würde nur unnötige Verwicklungen nach sich ziehen. Djafar beharrte jedoch darauf, um dem Räderwerk, das den Kalifen stürzen sollte, ein weiteres Rädchen hinzuzufügen, zumindest hat Mansur ben Ziyad dies so behauptet.«

Abermals versank der Sachse in Grübeln.

»Sieh an, sieh an!« meinte er nach einer Weile. »Djafar wollte also nicht in Erscheinung treten und überantwortet die Sache Mansur ben Ziyad; dieser vertraut die Ausführung indes Musa ibn Ahmed an ... So war es doch?«

»Offensichtlich.«

»Musa kehrt also mit unserem kostbaren Geschenk nach Bagdad zurück. Und später dann findet man es in einem Versteck im ›Gemach der Umarmungen‹ auf. Wie konnte es dorthin gelangen?«

»Alles spricht dafür«, meinte Masrur, »daß Umar al-Habi euer Geschenk nach Musas Ermordung an sich genommen und in Erwartung von Djafars Weisungen Mansur ben Ziyad übergeben hat.«

Erwin blickte den Vertrauten des Kalifen mit einem stillen Lächeln um die Lippen an.

»Freund, so hat sich das Ganze nicht abspielen können«, erwiderte der Abt sanft. »Ich versichere dir, diese Erklärung hat weder Hand noch Fuß. Daß Djafar uns unseres Beglaubigungsschreibens und des für euren Herrscher bestimmten Geschenks beraubte, um uns in eine äußerst heikle Lage zu bringen, das will ich gerne einräumen.«

»Ist es ihm denn nicht auch gelungen?«

»Gewiß! Nur, je mehr ich darüber nachdenke, desto weniger glaube ich, daß dies sein eigentliches Ziel war. Von Anfang an hat man sich alle erdenkliche Mühe gegeben, uns vorzuspiegeln, der Hadjib, al-Fadl ben ar-Rabi, sei unser Feind, und zwar deshalb, weil er gegen den Kalifen Ränke schmiede. Ich denke, der herrliche Säbel wurde nur geraubt, um den Kämmerer des angeblichen Verrats zu überführen und zu vernichten. Der Säbel hätte dem Hadjib untergeschoben und schließlich am rechten Ort aufgefunden werden sollen, um die allerschlimmsten Anschuldigungen gegen al-Fadl ben ar-Rabi zu stützen: Ausrichtung eines blutigen Raubüberfalls, erbitterter Widerstand gegen eine Gesandtschaft, die des Herrschers ausdrückliche Billigung besaß, verschwörerische Umtriebe … Diese Anklagen sollten zu allen anderen hinzukommen, denen man bereits Glauben zu verschaffen trachtete. Indem man den Kämmerer mit Anschuldigungen überhäufte, sollte des Kalifen Verdacht abgelenkt werden, um den Verschwörern die besten Aussichten auf Erfolg zu verschaffen. Das war Djafars Plan. Nicht wahr?«

»Ja … das ist nicht ausgeschlossen«, gestand Masrur zu.

»Indes, weißt du … Djafar, wie auch Mansur ben Ziyad im

übrigen, war mit allen Wassern gewaschen. Bei einer derart verzwickten Machenschaft hätten die beiden niemals irgend etwas dem Zufall überlassen. Was heißen soll, daß sie lange, bevor unser Geschenk in Palmyra geraubt wurde, bereits gewußt haben, wo sie es verbergen müßten, um den Kämmerer aufs übelste zu belasten.«

Wieder folgte ein spöttisches Lächeln des Sachsen.

»Und dort wurde es auch versteckt!« erklärte er.

»Wie das?« rief Masrur erstaunt aus.

»Ja, dort wurde es auch versteckt! Und du selbst weißt das ganz genau! Man hätte einen derart wertvollen und wichtigen Gegenstand wohl kaum in einem sperrangelweit offenstehenden und so schlecht bewachten Gebäude wie Musas Landhaus zurückgelassen. Und weshalb auch, in Erwartung welcher Umstände, so frage ich dich! Der Überfall Umar al-Habis und seiner Bande auf Musa verfolgte keineswegs den Zweck, das schicksalhafte Geschenk wiederzuholen. Dabei sollte einzig und allein jemand mundtot gemacht werden, der zuviel wußte! Ich wiederhole nochmals: Sobald der uns gestohlene Gegenstand in Bagdad eingetroffen war, wurde er an dem längst vorgesehenen Ort verborgen, an dem Ort, wo er, einmal aufgefunden, den Kämmerer ins Verderben gestürzt hätte. Allerdings …«

Der Sachse untermalte seine Worte mit einer vielsagenden Handbewegung.

»… wurde er dann von den Leuten des Hadjib entdeckt, wenn nicht sogar unmittelbar von deinen eigenen. Vielleicht hattest du Musa und Umar ja schon seit geraumer Zeit unter Beobachtung gestellt. Doch selbst wenn dem so wäre, würdest du es mir nicht sagen, nicht wahr?«

Kopfschüttelnd blieb der Eunuch die Antwort schuldig.

»Doch vor allem die weiteren Ereignisse sind wahrhaft fesselnd. Einmal im Besitz des kostbaren Gegenstandes, kam dir der Gedanke, dich seiner auf naheliegende und folgerichtige

Weise zu bedienen. Es bestand ja kein Zweifel, daß man den Kämmerer mit diesem Säbel hatte bloßstellen wollen. Daher erwogst du selbstverständlich, den Säbel für einen ähnlichen Zweck einzusetzen ... in diesem Fall aber, um den Überfall von Palmyra und dessen Folgen demjenigen anzulasten, der letztendlich, wenn auch nur als Befehlsempfänger, dafür verantwortlich war ... Keine Einwände? Darf ich fortfahren? Hat Yaqut dabei geholfen oder jemand anders? Jedenfalls wurde der Säbel im ›Gemach der Umarmungen‹ an der bekannten Stelle versteckt. Was mich dabei so sicher macht ist der Umstand, daß Mansur ben Ziyad wohl nie auf den Gedanken verfallen wäre, einen so heiklen Gegenstand an einem derart verfänglichen Ort zu verbergen: nämlich im Herzen seiner Gemächer! Daher war er auch, wie man mir berichtete, so hellauf bestürzt und verwirrt, als man den Säbel entdeckte! Und das war keineswegs gekonnte Verstellung, da Mansur sogleich durchschaute, woher dieser verhängnisvolle Schlag kam und was daraus folgte. Wer anderen eine Grube gräbt, fällt selbst hinein! Er ist in die für einen anderen ausgelegte Falle geraten. Und vor allem ist er in Sachen List an seinen Meister geraten.«

Der Sachse ließ sich Zeit, bevor er schloß:

»An dich, mein Freund!«

»Mich?«

Der Eunuch setzte eine entrüstete Miene auf.

»Wie kannst du so etwas behaupten?«

»Ich brauchte nicht einmal Yaqut zu befragen, um mir dessen sicher zu sein.«

»Wie auch immer ...«, setzte Masrur an.

»Er hätte mir sowieso nichts gestanden?« ergänzte Erwin.

Der Vertraute des Kalifen ging einige Schritte auf und ab.

»Nun denn, sei's drum!« sagte er schließlich. »Aber du selbst hast mich ja gerechtfertigt: Ich habe nur eine gegen den Kalifen ausgeheckte Hinterlist genutzt, um Harun ar-Raschid zu retten. Denn genau darum ging es hier. Und du hättest wohl einige Mühe, mich deswegen zu tadeln ...«

»Ich tadele dich ganz und gar nicht!«

»... denn es war ja nicht nur für eure Sache so wichtig, daß unser derzeitiger Kalif gerettet werden mußte, ihr wolltet es auch ... und du hast mir dabei geholfen! Ja, du hast mir geholfen! Und ich muß sagen, was Durchtriebenheit und Spitzfindigkeit betrifft, brauchst du mir wahrhaftig nichts zu neiden. Die Schlußfolgerungen, die du gerade eben anführtest, die hattest du doch schon längst aus deinen eigenen Beobachtungen gezogen, noch bevor ihr zu unserer geheimen Besprechung kamt, der entscheidenden Beratung, wenn sie es überhaupt war. Streite es nicht ab! Und du hast nichts von all dem enthüllt, will mir scheinen. Ja, mehr noch, indem du dich dagegen verwahrtest, dich in Angelegenheiten einmischen zu wollen, die euch nichts angingen, hast du eine *strategia* vorgeschlagen, die unseren Gegenangriff auslösen sollte. Muß ich dich tatsächlich daran erinnern?«

»Das waren ein paar schlichte Bemerkungen, nichts weiter!« brachte Erwin vor.

»Schlichte Bemerkungen? Nenne es, wie du willst! Sie waren jedoch in jedem Fall entscheidend ... Im übrigen wäre ich undankbar, wenn ich dir einen Vorwurf daraus machte.«

»Du sicher nicht, aber ... Wurde der Kalif davon in Kenntnis gesetzt, welche Rolle unsere Gesandtschaft gespielt hat?«

»Ich glaube, ja.«

»Und ich fürchte es ...«, entgegnete Erwin. »Herrscher legen großen Wert darauf, selbst zu entscheiden. Überdies haben wir, als Gesandte, unsere Pflichten und Rechte wohl deutlich überschritten, selbst wenn dies gegen unseren Willen geschah, selbst wenn alles zu einem glücklichen Ausgang fand, oder? Wer unsere Verdienste aufbauschte, erwiese uns einen argen Bärendienst!»

»Verdienste wiegen schwerer als Unrecht und Fehler.«

»Vielleicht …«, urteilte der Sachse versonnen.

In diesem Augenblick trat ein Hauptmann ein, um feierlich zu verkünden, die »überaus ehrenwerten und hochrühmlichen Gesandten des Basileus der Firandji« könnten sich nunmehr zum Empfang des Hadjib einfinden.

»›Überaus ehrenwert und hochrühmlich‹«, griff Masrur auf. «Das erscheint mir ermutigend. Nun seid ihr endlich in Sichtweite des Sarir.«

»Ja, doch entscheiden wird sich alles erst am Fuße des Throns!«

Der Kämmerer hatte den Gesandten Kaiser Karls angekündigt, der Kalif geruhe, sie in fünf Tagen, also am folgenden Sonntag, zu einer feierlichen Audienz zu empfangen. Nach Dafürhalten des Kämmerers war eine derart kurze Frist und die Wahl eines solchen Tages eine bemerkenswerte Gunstbezeigung.

Die Missi dominici berieten daraufhin mit ihren Gefolgsleuten ausgiebig die Frage, wie sie dort erscheinen sollten. Sie befanden, es sei vergebene Mühe, in Hinsicht auf das Gepränge der Gewandung mit den sarazenischen Würdenträgern wetteifern zu wollen. Ihnen war nur zu bekannt, daß mehr als eine hochgestellte Persönlichkeit des Abbasidischen Hofes sich schier an den Bettelstab gebracht hatte im Bemühen, ihren Rang durch stets gleichbleibend prächtige Kleidung zu behaupten. Was anderen wiederum einzig und allein dank der Großzügigkeit des Kalifen gelungen war, der ihnen Brokate und Geschmeide geschenkt hatte. Nach dem Vorbild der türkischen, persischen und indischen Würdenträger, die die Tracht ihrer Heimat beibehalten hatten, entschieden sie sich schließlich dafür, der Franken ureigene Kleider anzulegen und nicht einmal zu versuchen, deren spröde Schlichtheit irgendwie abzumildern. Zum mindesten würden sie sich dadurch von den Höflingen abheben. Childebrand, Hermant und Sauvat, dem die Aufgabe des Bannerträgers der Missi dominici zufiel, wählten also die Kleidung der fränkischen Krieger, wobei sie selbstverständlich auf Helm, Brünne, Schild und Schwert verzichteten. Gleichwohl boten sie in ihrem schmucklosen Gewand ein beeindruckendes Erscheinungsbild. Doremus entsann sich unvermutet, ehedem Mönch gewesen zu sein, so daß er Bruder Antonius', Diakon Dodons und Erards Beispiel folgte und sich für den langen Rock und die Kopfbedeckung der Geistlichen des kaiserlichen Hofes entschied. Erwin legte die Tracht angelsächsischer Äbte an – ein langes dunkles Obergewand, zusammengehalten von einem Ledergurt ohne jede Verzierung, mit der zugehörenden irischen Haube. Timotheos schließlich befreite seine Kleidung von allem, was an Byzanz erinnern konnte, ohne daß er die ihm eigene würdevolle Anmut in irgendeiner Weise verleugnete.

Am anberaumten Tag stellten sich zu Beginn des Nachmittags ein Hauptmann mit herrlichem Turban auf dem Haupt und sechs weitere Palastwachen hoch zu Pferde am Portal der »Herberge der Firandji« ein; allein das Zaumzeug ihrer wundervollen Rosse war ein Vermögen wert. Die Gesandten wurden höflich eingeladen, sich zur feierlichen Audienz in des Kalifen Palast zu begeben. So setzte sich der Troß in Bewegung zwischen einem Spalier von Schaulustigen, die recht lautstark, aber eher wohlwollend, wie es schien, ihre Bemerkungen zu den vorbeiziehenden Gästen des Kalifen machten. Den Leuten war inzwischen bekannt, um wen es sich bei den Fremdlingen handelte; und das Gerücht, wohin diese zogen, hatte sich offenbar auch herumgesprochen.

Die Gesandten und ihr Geleit gelangten durch das prächtigste und größte, allein dem Kalifen und den höchsten Würdenträgern vorbehaltene Tor in die »Runde Stadt«. Nachdem sie die dreifache Umfriedung hinter sich gelassen hatten, kamen sie zu den Stallungen, wo Hunderte von Pferden in einzelnen Ständen untergebracht waren; neben deren Geschirr nahm sich das der fränkischen Reittiere wahrhaft erbärmlich aus …

Childebrand, Erwin und ihre Gefolgsleute saßen ab. Sogleich nahmen sich weitere Wachen, Diener und Eunuchen ihrer an und geleiteten sie gemächlich durch Palmenwäldchen, Obstgärten und Apfelsinenhaine, bis sie zu einem Palast kamen, in dem nur Kriegsbeutestücke ausgestellt waren. Jeder einzelne Raum war einer bestimmten Art von Trophäe vorbehalten: So gab es etwa die Gemächer der Helme, der Rüstungen, der Schilde, der Schwerter und Säbel, der Wimpel und Banner … Ihre bloße Fülle kündete den Ruhm des Islam und das Ausmaß seiner Eroberungen. Nachdem sie ein anderes Gebäude, angefüllt mit Kriegsmaschinen, wie Katapulte, Balliste und Onager, durchschritten hatten, führte man die Franken in einen weiteren Garten mit einer Wasserlandschaft aus gemauerten Rinnen, Kaskaden und einem See nebst Inseln. Hernach gelangten sie zu einem Speicherhaus, in dem aberhundert Teppiche aus Wolle oder Seide mit jedem nur erdenklichen Muster lagerten, Wandbehänge, bestickte Teppiche, Vorhänge, manche aus einem so zarten Schleier gefertigt, daß das Licht, in den Stickereien spielend, beinahe unbehindert durchschien …

Hierauf folgte ein Tiergarten mit Gehegen für Elefanten, Giraffen, Zebras und Gnus sowie mit Raubtieren in Gitterkäfigen, von denen manche für die Jagd abgerichtet waren. Nach der Falknerei kamen die Franken zu einem mit kunstvollen Mosaiken verkleideten Bauwerk voller Wunderdinge: Gefäße, Urnen, goldenes und silbernes Tafelgeschirr, Geschmeide, Edelsteine, von Dinaren überquellende Schalen boten sich dort ihren Blicken dar … und die Missi erkannten einige Goldschmiedearbeiten aus dem Ksar al-Fin wieder, die offenbar zwischenzeitlich hierher in den Palast des Kalifen, geschafft worden waren.

Der Troß machte noch einen Umweg über die Bibliothek

mit ihren zwei Dutzend Sälen, in denen jeweils eine besondere Art von *codices* aufbewahrt wurde. Einige Säle waren ausschließlich verschiedenen Ausführungen des Koran gewidmet; und einige dieser Kostbarkeiten waren auf einer bestimmten Seite aufgeschlagen, sei es wegen ihres heiligen Gehalts oder aber wegen der herrlichen *kalligraphia* und Ausschmückung. Erwin entdeckte in den Schaukästen griechische und lateinische Schriften, mystische Abhandlungen, Auslegungen oder Bearbeitungen, welche zurückgingen auf Kirchenväter der ersten Jahrhunderte des Christentums; und auch Abhandlungen griechischer Philosophen ... allesamt Schriften jedenfalls, deren Bedeutsamkeit man im Abendland zwar ahnte, ohne daß es aber irgendwem je vergönnt gewesen war, sie zu Gesicht zu bekommen.

»Dies hier«, sagte Abt Erwin zu Childebrand und deutete auf die unermeßliche Menge angehäuften Wissens, »ist die wahre Grundlage der Macht, die mit dem Geiste beginnt. Ich würde all das viele Gold, an dem wir soeben vorbeigeschritten sind, auch für nur einige dieser Werke hergeben. Und da ich ja kein Gold besitze, könnte ich hier leichthin zum Dieb werden.«

Der Kämmerer erwartete die fränkischen Gesandten und ihre Gefolgsleute, prunkvoll gewandet, am Eingang jener Flucht von Räumen, die schließlich im großen Empfangssaal mündete. Die Missi dominici wurden zunächst gebeten, in einem weiträumigen Vorzimmer zu warten, bis Seine Erhabenheit geruhte, sie zu empfangen. Je kürzer er sie warten ließ, desto größer wäre die ihnen zuteil werdende Gunstbezeigung des Kalifen. Sie saßen mehr als zwei Stunden dort.

»Ich hatte euch ja vorgewarnt«, meinte der Sachse zu seinen Freunden. »Undankbarkeit ist der Fürsten erste Pflicht.«

Der Hadjib nutzte diesen Aufschub, um seine unzähligen Ermahnungen zu wiederholen: wie sie sich dem Sarir zu nähern hätten und sich dabei mehrere Male zu Boden werfen müßten, um dem Kalifen die gebührende Ehrfurcht zu bezeigen ... welche Haltung sie vor ihm annehmen sollten ... Endlich kam ein Eunuch auf den Kämmerer al-Fadl ben ar-Rabi zu, um mit schriller Stimme zu verkünden, die Gesandten dürften nun vortreten.

Da es sich um die zweite feierliche Audienz handelte, seit der Kalif die Zügel wieder übernommen hatte, drängte sich in den Räumen auf ihrem Weg zum Thronsaal alles, was bei Hofe Rang und Namen hatte – selbst aus den fernsten Gauen waren Würdenträger herbeigeeilt, die einen, um an ihre Treue zu erinnern, die anderen, um ihre Irrungen vergessen zu machen. Manch einer zitterte da sicher unter seinem Brokat.

Der Platz eines jeden war nach strengen Regeln genauestens festgelegt und abhängig von der Stellung des Würdenträgers oder hohen Dienstmanns in der Rangfolge der Macht; doch es konnte auch vorkommen, daß der Herrscher einem Untertan, den er auszuzeichnen wünschte, huldvoll erlaubte, um einige Schritte, wenn nicht sogar um einen ganzen Raum vorzurükken. Dem Sarir so nahe wie möglich zu kommen war folglich jedermanns höchster Ehrgeiz. So schritten die Franken gemächlich zwischen einem Spalier von Persönlichkeiten hindurch, die gleichsam einen Fluß von Seide, Gold und Silber bildeten, in dem kostbare Edelsteine glitzerten. Allein an Hand des Schnittes der Kleider und der Güte der Stoffe, der Stickereien, des Zierats und Geschmeides, der Höhe und Form des Turbans, von denen manche wahrlich närrische Ausmaße erreichten, vermochte ein Kenner Amt und Bedeutsamkeit jedes einzelnen zu bestimmen.

Der eigentliche Thronsaal war weiträumig, hell, einladend, von einer mächtigen Kuppel überwölbt, durch deren Fenster reichlich Licht vom Himmel herabflutete. An der einen Seite öffnete sich der Saal auf ein Gewächshaus, wo sich ein Pfad zwischen Baumgruppen und Büschen wohlriechender Pflanzen hindurchschlängelte; und an der anderen auf ein großes, sanft abfallendes Gelände mit einem Kanal in der Mitte, der unzählige Becken speiste, wo unversehens Hunderte aufsprudelnder Wasserspiele ein Wunder aus tausend Arabesken erweckten. Den Franken war auf ihrem Weg die Mischung aus Bangigkeit und grimmiger Neugierde bei den zusammengedrängten Höflingen nicht entgangen; als sie nun aber den Thronsaal betraten, verspürten sie jählings ein Gefühl der Erleichterung und des Wohlbehagens.

Auf einen leisen Wink des Kämmerers hielten sie hinter der Schwelle inne. Nur den allerhöchsten Persönlichkeiten des Abbasidischen Reiches und Harun ar-Raschids engsten Ratgebern war es gestattet worden, dieser Audienz unmittelbar beizuwohnen. Der Hadjib stellte ihnen mit fast unhörbarer Stimme den einen oder anderen mit Rang und Namen vor: den Großkadi etwa, den höchsten Sachwalter des Gerichtswesens; den neuen Obersten Vorsteher der Stadt- und Landwehren; den Großschatzmeister, ebenfalls ein Neuberufener; den Exilarchon der Jüdischen Gemeinden; Haschimiden mit den grünen Turbanen der Nachfahren des Propheten ... Als besondere Gunstbezeigung war der *hidjab* – jener Behang, der den Herrscher üblicherweise vor den Blicken seiner gnädig vorgelassenen Untertanen verbarg – nicht vorgezogen worden. Daher erkannten die Gesandten in der Nähe des Kalifen al-Ma'mun, den Sohn des Herrschers, und neben diesem einen Mann mit strenger Miene, offensichtlich sein Bruder, der Thronfolger ersten Grades Muhammad al-Amin. Die Franken entdeckten noch weitere bekannte Gesichter wie den treuen Diener Tabit ben Musa, den hochgeschätzten Vertrauten des Kalifen Ibrahim ben al-Mahdi sowie Djibril, den Medicus, der gerade ein paar Worte mit dem Oberbefehlshaber der Streitkräfte wechselte. Ein Sitz aber, zu dem die Würdenträger immer wieder flüchtig hinüberblickten, war absichtsvoll leer geblieben: der des Wesirs.

In einer Ecke hatte Masrur an der Spitze von ungefähr zehn bewaffneten Eunuchen Platz genommen; Yaqut gehörte ebenfalls dieser unmittelbaren Leibwache an, und Tahir stand ihr nebst vier Bogenschützen zur Seite. An einem recht bevorzugten Platz fand sich unter den Anwesenden auch Ruben ben Nemuel, der den Franken zulächelte, und eine weitere Persönlichkeit, in der Timotheos einen christlichen Patriarchen erkannte.

Harun ar-Raschid saß derweil in hieratischer Haltung auf dem Sarir; seine Gewandung übertraf die sämtlicher Höflinge bei weitem an erlesener Pracht, und der gewaltige Turban auf seinem Haupt war mit Diamanten und Perlen, Rubinen und Smaragden reich besetzt. Das hellhäutige Gesicht mit dem zarten Bartkranz drückte Stolz und Strenge aus. Er hatte diese Franken in ihrer nüchternen Tracht, die geduldig dem Geheiß harrten, sich nähern zu dürfen, zunächst eine ganze Weile mit Blicken abgeschätzt. Endlich erteilte er dem Kämmerer einen Wink.

»Jetzt«, sagte dieser zu Timotheos, der die Einladung sogleich seinen Gefährten übersetzte.

Childebrand und Erwin traten nun drei Schritte vor und verbeugten sich tief, ohne sich indes zu Boden zu werfen; ihr Übersetzer, Hermant, der des Kaisers Geschenk trug, und alle anderen Gefolgsleute taten es ihnen augenblicklich gleich. Dann schritten sie wieder vorwärts, hielten auf halbem Wege erneut inne, um dem Kalifen in derselben Weise wie zuvor ihren Gruß zu entbieten, während sich unter den Anwesenden bereits ein von bassem Erstaunen, aber auch von Entrüstung zeugendes Gemurmel erhob. Und als sie sich dem Sarir endlich bis auf sieben Schritte genähert hatten, wiederholten sie die gleiche Huldigung.

Harun ar-Raschid blickte überrascht und erzürnt auf sie herab.

»Was hat das zu bedeuten?« fuhr der Kalif den Hadjib an, indem er bereits Anstalten machte, sich zu erheben.

Doch schon neigte sich al-Ma'mun dem Ohr seines Vaters

zu, wogegen der Kämmerer nicht ein einziges Wort hervorbrachte. Erwin war zweifellos auf einen solchen Zwischenfall gefaßt gewesen und hatte sich dem Sarir bereits um weitere zwei Schritte genähert, um ein Knie auf den Boden zu setzen.

»Was also hast du zu sagen?« grollte Harun ar-Raschid.

Von Timotheos bedächtig und wortgetreu übersetzt, verkündete der Sachse mit feierlichem Ernst:

»O Fürst, dessen Name allerorten Tapferkeit, Tugend, Ehre und Gerechtigkeit kündet, wir haben dich auf jene Art und Weise gegrüßt, mit der wir in unserem Land den geliebtesten, den aufs höchste geachteten und horchrühmlichsten Herrschern die Ehre erweisen. Wir stehen im Dienste eines Kaisers, eines tapferen und beherzten, redlichen, gerechten und gefürchteten Herrschers. Und ihn vertreten wir hier. Wir haben dir Ehrfurcht und Bewunderung gezollt, wie wir es unseren Sitten gemäß verstehen, um desjenigen würdig zu sein, der uns schickt.«

Ein neuerliches Raunen folgte auf Erwins Erklärung. Masrur und Yaqut schauten sich sehr besorgt an; der Kämmerer stand wie auf glühenden Kohlen da. Tahir schwitzte Blut und Wasser.

Al-Ma'mun beugte sich abermals vor, um dem Herrscher lächelnd einige Worte ins Ohr zu flüstern. Dieser blickte den Abt, der weiterhin mit einem Knie am Boden harrte, dabei fest an und murmelte schließlich:

»Wohlwollen? Wäre das nicht allzuviel Nachsicht? Was denkst du, al-Mahdi?«

»Großmut ist der wahrhaft großen Herrscher vornehmstes Recht, o vielgeliebter Kalif!«

»Und du, Tabit?«

»Wiegt des Stolzes Ehrerbietung nicht schwerer als die der Unterwürfigkeit, erhabenster Herrscher?«

»Ohne Zweifel, doch weshalb befleißigt man sich solcher Kühnheit?« donnerte der Kalif, indem er sich Erwin zuwandte. »Ja, glaubst du denn, du dürftest dir wegen der Unbillen, die eurer Gesandtschaft begegnet sind, das Recht herausnehmen, unsere Gebräuche zu mißachten?«

»Nicht im entferntesten, gerechter und ruhmreicher Fürst! Wir haben hier kein anderes Recht geltend zu machen als das von Gesandten, die vor Deiner Hoheit unseren Kaiser, den Patrizier der Römer und König der Franken und Langobarden, vertreten, welcher mit dir die Bande des guten Einvernehmens enger zu knüpfen wünscht.«

Mit ausgeprägt würdevoller Körpersprache die Gewichtigkeit seiner Antwort betonend, gab Harun ar-Raschid kund:

»Dies ist auch mein Wunsch!«

Dann fügte er mit einer großmütigen Geste hinzu:

»Erhebe dich und laß uns dein Anliegen vernehmen!«

»Dein Wohlwollen erfüllt mich mit großer Freude«, erwiderte Erwin.

»Ich höre.«

Der Gesandte erläuterte nun die Vorstellungen Karls des Großen zum wechselseitigen Austausch und zum Handel über Land und Wasser mit jenen Ländern, deren Hauptstadt Bagdad war. Hernach brachte Erwin die Lage an den Marken des Fränkischen Reiches zu Spanien und an den Grenzen in Mittelitalien, Venetien und Istrien zur Sprache, wo Nikephoros' Truppen zunehmend bedrohlicher wurden.

Harun ar-Raschid betonte daraufhin, seine Kriegsschiffe und Heere gewährleisteten jetzt und in Zukunft die Bedingungen für einen fruchtbaren Handel zwischen dem Orient und dem Okzident, selbst für den Fall, daß das Emirat von Córdoba sich dem widersetzen wollte.

»Was die Byzantiner anbelangt«, sagte der Kalif, »so gelang es Nikephoros offensichtlich nur deshalb, Irene die Macht zu entreißen und sich selbst an deren Stelle zu setzen, weil er den Streitkräften versprach, die Feindseligkeiten wiederaufzunehmen; die Kaiserin hatte für den Frieden gewirkt und mußte uns im übrigen Tribut entrichten. Doch auf meinen Befehl hin wurden gewaltige Vorkehrungen getroffen. Sollte der neue Basileus angreifen, so wird er geradewegs ins Verderben rennen.«

Beifällige Rufe wurden unter den Anwesenden laut.

»Gleichwohl fürchtet der Starke den Frieden nicht!«

Erwin neigte das Haupt, um diese Bekräftigung zu würdigen. Der Kalif fuhr fort:

»In all unseren Siegen trachtete ich nach Frieden. Doch merke wohl: Eure eigenen Absichten in Venetien und Istrien werden Nikephoros vielleicht dazu anregen, seine Heere aufzusplittern. Was immer ihr auch zu unternehmen beabsichtigt, es muß über jeden Zweifel erhaben sein, daß alles, was an *unseren* Grenzen geschieht, in keinerlei Zusammenhang mit dem steht, was an den *euren* geschieht.«

»So behält ein jeder die volle und uneingeschränkte Entscheidungsgewalt über seine Schritte. Ich habe dich trefflichst verstanden, weiser und ruhmreicher Herrscher«, entgegnete Abt Erwin, »und der Kaiser, Karl der Große, mein Herr, wird von all dem, was du mir anzuvertrauen geruhtest, wortgetreu Kenntnis erhalten.«

Das Wesentliche war nun gesagt. Nach einer Weile ausgemacht höflicher Plaudereien ließ Childebrand sich von Hermant das kaiserliche Geschenk geben, schlug es aus seinen schützenden Hüllen, trat an den Sarir heran, setzte ein Knie auf den Boden, wie Erwin es zuvor getan hatte, und hielt den wundervollen Säbel sodann mit beiden Händen Masrur hin, der hinzugekommen war, um Harun ar-Raschid den kostbaren Gegenstand weiterzureichen.

»Diese Waffe hier, o ruhmreicher Fürst«, übersetzte Timotheos, »ist deinem Geschlecht und deiner selbst, deiner Weisheit und Tapferkeit würdig, und es erfüllt uns mit großem Stolz, dir diesen Säbel, das Geschenk unseres Kaisers, darzubieten, den wir um den Preis vergossenen Blutes den abscheulichen Irrgläubigen entrissen haben, die sich seiner mit Verschlagenheit und zweifellos mit großer Niedertracht bemächtigt hatten.«

Der abbasidische Herrscher betrachtete lange den Knauf des Säbels, fuhr dann mit dem Finger über die eingelegten Edelsteine, verharrte kurz auf den drei schwarzen Diamanten und zog schließlich die Klinge aus der Scheide. Sein Blick wanderte zu einer recht dicken, an seinem Sarir herabhängenden Seidenkordel; er setzte den Säbel an und zerschnitt sie, befriedigt lächelnd, mit einem einzigen langsamen Strich.

»Das gefällt uns!« erklärte er voller Genugtuung, und die Anwesenden schlossen sich mit beifälligem Stimmengewirr an.

Harun ar-Raschid übergab die Waffe Masrurs Obhut, der neben ihm ausgeharrt hatte, und winkte dem Patriarchen, worauf dieser mit einer Schatulle in Händen sogleich näher trat.

»Hierin«, so erläuterte Harun ar-Raschid, »befinden sich die Schlüssel dessen, was euch das Heilige Grab ist und uns das *kenotaphion,* das leere Grabmal Isas, den der Koran als ›Propheten unter den Rechtschaffenen‹, als ›von Allah verkündetes Wort‹ und ›Messias‹ bezeichnet und den die Muslime als solchen verehren. Sie mögen eurem Fürsten übergeben werden!«

Nach kurzem Schweigen fügte der Kalif noch hinzu:

»Und sagt ihm, nichts spricht dagegen, daß unsere Beziehungen, die sich mit der Ankunft eurer Gesandtschaft bereits als fruchtbar erwiesen haben, ihre Fortsetzung finden. Ihr werdet auch nicht verabsäumen, ihn wissen zu lassen, daß ich seiner Herrschaft Ruhm und den Landen, über die er waltet, Wohlstand wünsche und ihm selbst wie auch seinen Söhnen Glück und Segen!«

Auf diese Worte hin überreichte der Patriarch dem angelsächsischen Abt feierlich die Schatulle. Harun ar-Raschid erhob sich, während alle Anwesenden sich augenblicklich tief verneigten, und verließ dann, von seiner Leibwache begleitet, den Thronsaal durch eine Seitentür.

Sofort bestürmten zahlreiche Würdenträger die fränkischen Gesandten, um sie zu beglückwünschen: Noch selten hatte der

Kalif ein solches Wohlwollen an den Tag gelegt und sogar Zufriedenheit bekundet! Erwin vermochte sich schließlich frei zu machen, um zu al-Ma'mun hinüberzugehen, der auf seinem Platz sitzen geblieben war und belustigt das eifrige Treiben der Höflinge beobachtete. Nachdem er des Kalifen Sohn nach sarazenischer Sitte gegrüßt hatte, sprach der Abt ihm für die »ausschlaggebende Hilfe« seinen Dank aus. Childebrand wandte sich währenddessens in Erards Begleitung dem Kämmerer zu. Dieser hatte sich allmählich von seinen Gemütswallungen erholt und nahm nun gönnerhaft die Belobigungen und Schmeicheleien der Würdenträger entgegen. Der Pfalzgraf und der Hadjib beglückwünschten einander zu ihrem Erfolg, und Childebrand brachte den Ratgebern des Herrschers und treuen Fürsprechern der Gesandtschaft seine Dankbarkeit zum Ausdruck.

Als sie endlich unter allerlei Umständen von ihren Gastgebern Abschied genommen und im Vorbeigehen noch dem Exilarchon der Juden und seinem Vertrauten Ruben ben Nemuel ihren Gruß entboten hatten, wurden die Missi dominici und ihre Gefolgsleute vom selben Geleit wie Stunden zuvor, doch auf einem kürzeren Weg, zurück zu den Stallungen geführt, wo sie sich wieder auf ihre Reittiere schwangen.

Zwei Tage danach führte eine Abschiedsfeier in der »Herberge der Firandji« die Gesandten mit all ihren Freunden, darunter auch Masrur, zusammen, der ihnen zu diesem Anlaß ein kostbares Geschenk überreichte: eine sehr alte Abschrift von Aristoteles' *tractatus: Von der Seele.*

Nun aber hatten Childebrand und Erwin große Eile, wieder ins Frankenreich heimzukehren.

Die Reise zum Hafen von Tripoli, bei der Tahir abermals ihren Geleittrupp befehligte, verlief ungetrübt. In Palmyra erwiesen Franken wie Sarazenen ihren Toten Ehre. Die beiden bei dem Überfall schwerverletzten Wachen waren an Ort und Stelle gesund gepflegt worden und konnten sich der Karawane nun wieder anschließen. In Tripoli erwarteten sie Eleasar und sein Schiff bereits an der Hafenmauer. Da die Missi dominici und ihre Helfer nicht damit gerechnet hatten, daß Eleasar ihre Rückfahrt gewährleisten würde, waren sie um so erfreuter, ihn wiederzusehen. Der Schiffsführer konnte den Franken berichten, er habe sich aller Pflichten getreu entledigt, die ihm die Gesandten bei ihrer Ankunft in Tripoli anvertraut hatten; außerdem brachte er ihnen auch Nachrichten aus der fernen Heimat mit: Man hatte dort selbstverständlich mit Freuden vernommen, wie trefflich der erste Teil ihrer Reise vonstatten gegangen war; indes, da hernach jüdische Abgesandte von den anschließenden Wechselfällen der Mission berichteten, hatten die verhängnisvollen Vorkommnisse, die sich Ende Januar in Bagdad zugetragen hatten, zwangsläufig heftige Besorgnis ausgelöst; die seither verflossene Zeitspanne war zu kurz gewesen, als daß die beruhigende Kunde ihres Erfolges bereits ins Frankenreich hätte gelangen können. Und somit würden Childebrand und Erwin also erst bei ihrer Ankunft in Marseille, wenn sie – das walte der Ewige! – gesund und wohlbehalten vom Schiff steigen würden, den Beweis erbringen, daß sie allen Gefahren entronnen waren und ihren Auftrag zu einem glücklichen Ende geführt hatten.

Nachdem die Gesandten Karls des Großen einen letzten Blick auf den Hafen von Tripoli und dessen emsig geschäftiges Treiben geworfen hatten, legte die *Seestern* ab und segelte, von einem tüchtigen Wind, einem allerletzten Geschenk der Wüste, angetrieben, gen Westen.

Trotz Eleasars Befürchtungen verlief die Überfahrt ohne jeden Zwischenfall, obwohl die See wegen der nahen Tagundnachtgleiche besonders rauh war. Die »verständigen Freibeuter« waren unfehlbar zur Stelle. Vermöge der Zahlung des üblichen »Wegezolls« gewährleisteten sie bis in die Gewässer um Sizilien so etwas wie Schutz. Je weiter sich das Schiff durch Zeit und Raum von Asien entfernte, desto mehr erschienen den Franken die in Bagdad zugebrachten Monate wie ein seltsames Abenteuer, beinahe schon wie ein Traum in einem Märchenland.

Und genau hierum rankten sich auch zumeist ihre Gespräche während der gemeinsamen Mahlzeiten, die sie, wenn das Wetter es erlaubte, an Deck des Schiffes einnahmen. Graf Childebrand zeigte sich sehr zufrieden darüber, wie sie sich unter den so rätselhaften wie gefahrvollen Umständen verhalten hatten. Und noch immer empörte er sich unermüdlich über die Widrigkeiten, das ihnen widerfahrene Unrecht und die erlittenen Schäden, obwohl sie doch bloß ein einzelnes Steinchen in einem Spiel gewesen waren, bei dem es allerdings um nichts weniger als um die höchste Macht im Abbasidischen Reich gegangen war.

»Wenn man bedenkt«, erinnerte der Graf mit hörbarem Stolz, »daß wir doch tatsächlich mithelfen mußten, den Kalifen höchstselbst zu retten, um zu seinem Thron vordringen zu können und die Zusicherungen zu erhalten, derentwegen wir uns dorthin aufgemacht hatten!«

Ohne seinem Herrn offen zu widersprechen, wagte es Timotheos, den Wert derartiger Zusicherungen deutlich zurückhaltender einzuschätzen.

»Ich kenne das Morgenland zu gut«, versicherte der Grieche, »um mich ohne Vorbehalt auf solche Erklärungen zu verlassen. Zweifellos hat Harun ar-Raschid zur Zeit nicht den geringsten Grund, mit dem Römischen Reich in Streit zu treten. Zweifellos erachtet er es als vorteilhaft, mit dessen Herrscher, unserem vielgeliebten Fürsten, gute Beziehungen zu unterhalten, während er mit Nikephoros und dem Emir von Córdoba auf gespanntem, ja kriegerischem Fuß steht. Zweifellos wünscht er, über die Gestade des gesamten Meeres der Mitte hinweg einen ihm nutzbringenden Handel aufrechtzuerhalten. Doch der Wind braucht sich nur zu drehen …«

»Bei meiner Treu, das ist doch nicht geringzuschätzen!« erwiderte Doremus heftig. »Legen wir denn nicht ebenfalls großen Wert auf diesen Handel? Und ein gutes Einverständnis, sei es auch unsicher oder nur von begrenzter Dauer, ist doch wohl immer noch vorteilhafter als unmittelbare Feindseligkeiten und Fehden?«

Bruder Antonius hingegen dachte vor allem an das Land, das ihm jeder Tag, jede Stunde ein wenig näher brachte: Er wünschte sich nichts sehnlicher, als endlich wieder in seiner Heimat zu weilen und sich inmitten ihrer Landschaften und Völker, ihrer Sprachen und Zungenschläge, ihrer Kirchen und Klöster und ihres Glaubens aufgehoben zu fühlen. Von all den Dingen, die sie aus dem Orient mitbrachten, schätzte er über die Maßen die Schlüssel des Heiligen Grabes, des Kalifen höchstpersönliches Geschenk, die, wohlverwahrt in ihrer Schatulle, unter seiner Obhut standen. Und in dieser Sache verstand er keinen Spaß. Irgendwann, als er wieder einmal deren außerordentlichen Wert pries, wandte Timotheos sich zum Schein fragend an Doremus und rief übermütig aus:

»Aber, sag mal, hat dieser Isaac, der vor uns dort unten war, nicht ebenfalls solche Schlüssel nach Aachen mitgebracht, zusammen mit dem Elefanten? Und liegt es obendrein nicht ganz klar auf der Hand, daß der Patriarch von Jerusalem Schlüssel für sich selbst bewahrt hat, daß der Heilige Stuhl wie auch der byzantinische Basileus und selbstverständlich auch der Kalif welche besitzen? Aber bei einem derart heiligen Ort sind so viele Schlüssel sicher nicht zu viele.«

Erwin hatte sich seit ihrer Abreise aus Tripoli grüblerisch und abwesend von allen Unterhaltungen ferngehalten. Als er nun aber bemerkte, daß Bruder Antonius sich tief verletzt und entrüstet zu einer heftigen Erwiderung anschickte, griff er lebhaft ein. Mit einem spöttischen Lächeln drehte er sich Timotheos zu und meinte:

»Vergißt du dabei nicht das Wesentliche? Doch, so will mir

scheinen.« Und dann fügte er ernst hinzu: »Daß diese Schlüssel nämlich hiernieden auf Erden und im Himmelreich mehr Türen öffnen und öffnen werden, als du es dir jemals vorstellen könntest?«

Wie die *Seestern* sich schließlich Marseille in Sichtweite näherte, hatten die Franken die Erinnerung an jene ausgedehnten, bunt und reich bevölkerten Städte des Morgenlands und ihre fiebrige Geschäftigkeit sowie an die herrlichen Häfen, die von unzähligen Schiffen aus aller Herren Länder angelaufen wurden, noch lebhaft im Gedächtnis; um so niederschmetternder traf sie daher der Anblick, der sich ihnen nun bot: Was, dieser Marktflecken mit seinem armseligen Hafen sollte Marseille sein, eine Stadt, die als ganz besonders bedeutend und reich, geschäftig und stattlich galt und ihnen im übrigen bei ihrer Abfahrt gen Orient auch so vorgekommen war?

Erwin indes hatte sich an Deck bereits mit dem Gesicht zum Land hin niedergekniet und sprach, nachdem Childebrand und alle Angehörigen ihrer Mission es ihm gleich getan hatten, mit kräftiger Stimme ein langes Gebet, in dem er dem Allmächtigen dafür dankte, daß er sie behütet und sicher zum Hafen ihrer Heimaterde geführt hatte. Und ganz im stillen fügte er abschließend noch hinzu:

»O Herr, Du allein weißt, weshalb Du ihnen dort unten den Besitz so vieler Reichtümer, soviel Wissen und Macht überlassen hast. Diese allzuoft geschundene Erde jedoch, dies Land hier ist Dein Land, das hast Du selbst so bestimmt. Wie immer es heute auch aussehen mag, es wird Deinem Ruhme dienen und, da bin ich sicher, Deine Herrlichkeit über die Welt erstrahlen lassen!«

Die ganze Stadt war auf den Beinen und hatte sich um den Erzbischof, die kirchlichen Obrigkeiten und die Mitglieder des Rates von Marseille zusammengedrängt, um die Reisenden, die ruhmbedeckt aus den fernen Wunderlanden heimkehrten, zu begrüßen. Zwar war man doch ein klein wenig enttäuscht, als man feststellte, daß es keinerlei beeindruckendes und prächtiges Gepäck gab, daß sie nicht ein einziges Fabeltier mitbrachten wie etwa Einhorn oder eine *Chimaera*, ja nicht einmal einen Elefanten. Dennoch empfing man sie mit fröhlichem Jubel, und so begaben sich die Missi dominici und ihr Gefolge schließlich inmitten einer Menge im Freudentaumel zu dem großen Festgelage, das man zu Ehren der »Helden des Morgenlandes« ausgerichtet hatte.

Bevor die Tafel jedoch eröffnet wurde und nachdem nur mit einiger Mühe – so herzlich war der Empfang – endlich für Ruhe gesorgt war, verkündete Childebrand mit Erwins Einverständnis feierlich und »im Namen von Kaiser Karl, dem Gerechten und Guten«, allen leibeigenen Dienern der Mission werde, getreu dem geleisteten Versprechen und aufgrund ihrer unverbrüchlichen Treue, ihrer Tapferkeit und selbstlosen Ergebenheit, die Freiheit geschenkt, und zwar rückwirkend von dem Augenblick an, da sie den Fuß auf den Boden des Römischen Reiches gesetzt hatten. Alle hiervon Betroffenen traten vor, knieten zu Füßen der Vertreter des Herrschers nieder, erhoben sich dann wieder, um ihre Hände in die der Missi zu legen. Etliche konnten dabei ihre Tränen nicht zurückhalten. Nach einem Augenblick andächtiger Stille sprach die Menge mit einer einzigen Stimme das »Paternoster« und brach anschließend in begeisterten Beifall aus.

Das Festmahl umfaßte drei sehr üppige Gänge, begleitet von reichlich Cervesia, Wein … und Met … und dauerte mehr als fünf Stunden. Sämtliche Mitglieder der Mission, ja selbst diejenigen, die sich unschwer an die Küche des Morgenlandes gewöhnt hatten, erfreuten sich wieder mit großem Genuß an den ihnen vertrauten Speisen und insbesondere am Fleisch von Tieren, die nicht geschächtet worden waren, sowie an Schweinefleisch in den verschiedensten Zubereitungen. Die rasch gesättigten Reisenden mußten unablässig hunderterlei Fragen beantworten zu jener wundersamen Welt, aus der sie kamen, zu den Wüsten und Städten, den Bewohnern, ihrem Aussehen, ihren Sprachen und Gebräuchen, zu diesem Glauben, der die Sarazenen überall zur Eroberung anstachelte, und selbstverständlich auch zu den Großtaten, die die Franken dort unten vollbracht hatten. Auf Erwins und Childebrands Ermahnungen hin ließen es alle Befragten bei Allgemeinheiten bewenden; die wichtigsten Beobachtungen und folgenschwersten Auskünfte waren allein den Ohren des Kaisers vorbehalten. Und mußten ihm unverzüglich zur Kenntnis gebracht werden!

Aus diesem Grunde kürzten die Gesandten Karls des Großen ihren Aufenthalt in Marseille auch trotz der vorgesehenen Festlichkeiten ab. Bereits am Morgen nach ihrer Ankunft begab sich die Mission daher ein letztes Mal zur *Seestern*, um Eleasar und seiner Mannschaft zu danken, und machte sich dann auf der Straße gen Norden in Richtung Aachen auf. Überall feierte die Natur bereits den Frühling. Das knospende Laub am Wegesrand bot dem Betrachter ein zartes Farbenspiel dar, die Obstbäume standen in voller Blüte, der Erdboden war selbst noch im Landstrich Crau von einem Teppich aus Gräsern und Pflänzlein, mit grünenden Büschen und Blumen bedeckt. Erwin ergötzte sich an dieser verschwenderischen Pracht der Natur und fragte sich gleichwohl, weshalb sie nicht mehr an Wohltaten hervorbrachte, dem Reich nicht mehr Erträge schenkte.

Mit der Zeit aber, je weiter sie die Rhône hinaufzogen, verschafften ihm seine Beobachtungen eine Antwort auf seine Fragen: Arles, Avignon und Orange, Valence, Vienne und sogar Lyon waren wie Marseille bloß kleine ausgedehnte Marktflekken im Vergleich zu den orientalischen Städten. Weiler und Dörfer erreichten selten tausend Einwohner. Auf Feld und Akker waren nur wenige Frauen und Männer bei der Arbeit. Der Abt dachte bei sich, daß er hier die Folge aller Kriege, feindlichen Einfälle, Plünderungen und Gemetzel vor Augen hatte, die das Land seit Jahrhunderten verheert hatten, und dabei schnürte es ihm das Herz zusammen.

Auch in Lyon, wo man sich noch lebhaft daran erinnerte, wie die Abgesandten des Herrschers eine Verschwörung zerschlagen und die dahintersteckenden Schurken und Räuber vernichtet hatten, wollte man der Morgenlandfahrer Großtaten bei den Sarazenen gebührend feiern. Und auch hier räumten die Reisenden den ihnen zu Ehren ausgerichteten Empfängen und Lustbarkeiten nur einen einzigen Tag ein. Oberhalb von Mâcon trafen sie erneut den Winter an. Ganz im Gegensatz zu Childebrands und Erwins Befürchtungen zeitigten Schnee, Kälte und die Beschwerlichkeiten auf ihren Wegen weder Unmut noch Klagen, sondern vielmehr eine gewisse Hochstimmung; gerade so, als brächten die rauhen Unbilden des Nordens Zähigkeit und Ausdauer zwangsläufig zum Vorschein, so daß sich alle Reisenden, vom Grafen selbst bis hin zum einfachen Diener, dadurch gleichsam gestärkt sahen.

Um die Überquerung der verschneiten und vereisten Ardennen zu meiden, stieß der Troß nördlich von Basel zum Rhein vor und folgte dann dem Strom bis hinunter nach Köln. Der Kaiser hatte seinen Missi zwei seiner engsten Ratgeber an der Spitze eines bewaffneten Geschwaders entgegengeschickt, den Abt Angilbert, Herzog von Ponthieu, und den Bischof Theodulf. Mit solch edlem Geleit sollte die Gesandtschaft schließlich am letzten Märzsonntag in Aachen eintreffen.

Der Kaiser hatte Theodulf und Angilbert eine Botschaft für Childebrand und Erwin anvertraut, in der er unter anderem seine Zufriedenheit zum Ausdruck brachte. »Sie mögen sich tüchtig ausruhen«, hatte er überdies zur Niederschrift gegeben, »da sie mir schon bald ohne jede Auslassung Rechenschaft ablegen müssen, auf daß ich über die Ergebnisse ihrer Mission gerecht zu urteilen vermag. Denn so ziemt es sich bei einer Angelegenheit von derart erhabener Wichtigkeit.« Theodulf fügte noch hinzu, die Gesandten werde ein rühmlicher und würdiger Empfang erwarten.

Schon am Morgen nach ihrer Ankunft wurden die Missi dominici und ihr Gefolge, einschließlich der Diener, vom Kämmerer in der Aachener Königshalle empfangen. Kaum hatte dieser zu einer Lobrede angehoben, sahen die Anwesenden verwundert und bewegt plötzlich die hoch aufgeschossene Gestalt Karls des Großen in den Raum treten. Nachdem sich die erste Überraschung gelegt hatte und der Herrscher von lang anhaltendem Jubel und Beifall begrüßt worden war, drückte er allen seine Glückwünsche aus, bestätigte die in Marseille ausgesprochenen Freilassungen und verhieß den Wachen und Dienern reichlichen Lohn, den die Dienstleute des Kämmerers gerecht aufteilen würden. Dann forderte er Childebrand und Erwin, Hermant und deren unmittelbare Gefolgsleute auf, ihm zu einer augenblicklichen Audienz zu folgen, und zog sich unter weiteren Hochrufen mit ihnen zurück.

Die Anhörung dauerte mehrere Stunden und wurde zur Tagesmitte für eine üppige Mahlzeit unterbrochen. Dabei kamen Wildbret, gebratene Auer- und Perlhühner auf die Tafel, begleitet von Fleischkuchen und Bergen von Flußkrebsen nebst verschiedenen Würzweinen und Cervesia – samt und sonders erlesene, von Karl dem Großen besonders geschätzte Speisen und Getränke, was seine Gäste als große Gunst zu würdigen wußten.

Der Kaiser lauschte Childebrand und Erwin mit großer Aufmerksamkeit, während sie vom Ablauf ihrer Gesandtschaft berichteten, von den Hindernissen, auf die sie gestoßen waren, und wie sie plötzlich ohne ihr Zutun in einen erbitterten Machtkampf verwickelt worden waren. Wenn ihre Erzählung den Scharfsinn, die Tapferkeit oder selbstlose Opferbereitschaft des einen oder anderen hervorhob, begnügte der Herrscher sich damit, anerkennend zu nicken oder denjenigen, der sich derart ausgezeichnet hatte, mit einem wohlwollenden Lächeln zu bedenken. Wesentliche Vorkommnisse ließ er sich nochmals ausführlicher erzählen, wie etwa den Überfall auf den Troß in Palmyra, den Aufruhr an den Pforten »der Herberge der Franken« in Bagdad, die Sache um Musas Landhaus, Timotheos' und Bruder Antonius' Großtaten im Palast Mansur ben Ziyads. Auch die gegen Harun ar-Raschid angezettelte Verschwörung und deren anschließende Niederschlagung fanden erwartungsgemäß ebenso des Kaisers besondere Beachtung wie endlich die Unterredung mit dem Kalifen, wobei Dodon seine Aufzeichnungen verlas, mit denen er die Erklärungen des abbasidischen Herrschers Wort für Wort festgehalten hatte.

Karl der Große verlangte zu etlichem eine genauere Erklärung, erkundigte sich bei den Gefolgsleuten seiner Missi, wie sie diese entscheidende Wendung oder jene Lösung erfaßt hätten, und fragte sie von Zeit zu Zeit sogar nach ihrer Meinung, was ihnen verständlicherweise schmeichelte. Ganz besonders ergötzte sich der Kaiser daran, welches Geschick seine Gesandten an den Tag gelegt hatten, um die hinterlistigen Ränke zum Scheitern zu bringen, die Verschwörer zu entlarven und ihren eigenen Auftrag zu verfolgen, ohne sich dabei in allzu große Gefahr begeben zu haben, wie es schien, wenngleich der Kaiser zu diesem Punkt einige Zweifel äußerte.

Im Anschluß befragte er die Reisenden ausführlich über das Land selbst, über dessen Bewohner, ihre Tätigkeiten, die vorherrschenden Sitten und Gebräuche, wobei er sich bei allem neugierig zeigte, aber ein ganz besonderes Augenmerk auf die Reichslenkung und die Art der Verwaltung richtete, auf den Handel und Wandel, das Steuer- und Geldwesen, die Streitkräfte und deren Ausrüstung. Großen Anteil nahm er auch an der Beschreibung der Koranschulen, der Madrasa und der Bibliothek von Bagdad, die so viele Wunderdinge barg, daß bisher noch immer keine vollständige Bestandsaufnahme zuwege gebracht worden war. Und mit Leidenschaft und Entrüstung zugleich nahm er zu guter Letzt die Erläuterungen über die

Lage der verschiedenen Religionen auf abbasidischem Reichsgebiet und zum Islam selbst zur Kenntnis.

Als der Kaiser schließlich überzeugt war, von seinen Gesandten und deren Helfern das Beste und Wichtigste ihrer Erfahrungen und Beobachtungen vernommen zu haben, versank er sehr lange in stilles Grübeln und trank nur von Zeit zu Zeit einen Schluck Wein. Sodann sprach er ihnen abermals mit zurückhaltenden Worten seine Anerkennung aus, ohne indes eine weitere Bemerkung, die geringste Einschätzung, verlauten zu lassen. Vielmehr erinnerte er sie daran, daß bei Einbruch der Nacht ihnen zu Ehren ein Festgelage stattfände, dem er vorzusitzen gedachte. Und nicht nur Erwin und Childebrand, sondern auch deren Gefolgsleuten, die aufgestanden waren und ihm ehrfurchtsvoll lauschten, erteilte er zum Verlauf der Feier genaue Weisungen und ermahnte sie:

»Zweifelt nicht daran, daß ihr ausgefragt werdet von gewissen Tafelgästen, die liebend gern alle möglichen Märchen und Erfindungen glauben wollen, um ihrem närrischen Geplapper damit Nahrung zu geben und sich wichtig zu machen. Bei euren Antworten werdet ihr also stets im Sinn behalten, daß es unserem Ruhme mitnichten dienlich wäre, wenn die Verdienste und der Glanz des Morgenlandes, das schon jetzt zu viele Possen nährt und zu viele Gemüter zu den aberwitzigsten Vorstellungen anstachelt, übertrieben ausgeschmückt würden.«

Beim Verlassen der Königshalle teilte Childebrand Erwin seine Besorgnis mit: Des Kaisers anerkennende Worte waren ihm mehr als gemäßigt erschienen; und zeugte das Ausbleiben jeder weitergehenden Bemerkung, jeder Einschätzung oder Würdigung nicht von unterschwelligem Verdruß?

»Das glaube ich nicht«, antwortete der Sachse nachdenklich dreinblickend, was seinen Freund keineswegs beruhigte.

Das festliche Gelage sollte in der Tat sehr glanzvoll werden und sich bis in die sechste Nachtstunde hineinziehen. Neben Kämmerer und Kanzler, dem Erzkaplan der Hofkapelle, allen

Hohen Frauen, darunter den Töchtern Karls des Großen, sowie den meisten Mitgliedern der Hofschule hatten alle Würdenträger an der Ehrentafel Platz genommen, an der Childebrand und Erwin zur Rechten und Linken des Herrschers saßen. Die Gefolgsleute der Gesandtschaft waren auf andere Tische verteilt worden. Wie vorhergesehen wollte man tausend Dinge über ihre Reise von ihnen erfahren, und wie angemahnt beschränkten sie sich auf Erzählungen, in denen sich anerkennende und mißbilligende Bemerkungen die Waage hielten. Auch Graf Childebrand und Abt Erwin wurden an der Ehrentafel mit Fragen bestürmt, denen sie mit Bedacht antworteten, was aber die Neugierde nur noch mehr anstachelte, da man hinter einer solchen Zurückhaltung Belange von allerhöchster Wichtigkeit vermutete.

Am Ende des ersten Ganges gab es eine Überraschung: Statt der herrlich herausgeputzten Diener mit den Speisen und Getränken des zweiten Ganges sahen die erstaunten Tafelgäste Doremus hereinkommen, von einer Schar Mägde mit Körben in den Händen begleitet. Der ehemalige Aufständische verneigte sich vor dem Herrscher, und dann stellten die Dienerinnen vor jeder Hohen Frau Schminken, balsamische Salben und Fläschchen mit Duftölen ab, die sogleich geöffnet wurden und freudige Verzückung auslösten.

Nach dem gleichen Zeremoniell legten anschließend mehrere Schreiber unter Timotheos' Führung dem Herrscher kostbare, wenn auch auf arabisch verfaßte Handschriften zu Fragen der Rechenkunst, zur Stern- und Himmelskunde und zur Heilkunst vor und vertrauten diese dann den Mitgliedern der *schola palatina* an. Besonders Masrurs Geschenk, die griechische Abschrift von Aristoteles' Abhandlung *Über die Seele*, fand große Beachtung. Timotheos hatte auch Bögen ägyptischen Papyros sowie chinesischen Papyros* mitgebracht, die

* Das heißt: Papier.

flugs von Hand zu Hand gingen und Bewunderung sowie eine gewisse Begierde weckten.

Erard erhob sich nun, um ein arabisches Liebesgedicht vorzutragen, das die Freuden des Geistes und des Körpers rühmte. Die schamlosen Stellen zu übersetzten, weigerte er sich jedoch standhaft, obwohl eine von Kaiser Karls Töchtern ihn beharrlich darum bat, während sie sich gleichzeitig sehr darüber verwunderte, daß eine so rauhe Sprache tatsächlich Liebliches und Zärtlichkeiten auszudrücken vermochte.

Endlich kam der Augenblick, auf den sich Bruder Antonius durch Fasten und inständige Gebete vorbereitet hatte. Mit einem Geleit aus vier Wachen in Prunkrüstung schritt er auf den Kaiser zu. Dabei drückte er die Schatulle mit den Schlüsseln des Heiligen Grabes fest an sein Herz. Karl der Große hatte sich erhoben, die anderen taten es ihm nach. Der Mönch kniete vor dem Herrscher nieder und reichte ihm das Kästchen. Der Kaiser nahm es an sich, öffnete es, zeigte mit raumgreifender Bewegung den heiligen Inhalt vor und rief dann den Erzkaplan zu sich, um den kostbaren Schatz seiner Obhut anzuvertrauen. Alle Anwesenden stimmten daraufhin einen Dank- und Lobgesang an, mit dem die feierliche Handlung und das Gelage ihr Ende nahmen.

Am nächsten Tag ließ Karl der Große seine Missi erneut zu sich rufen, und diesmal empfing er sie ohne Zeugen. Nach einer Weile absichtsvollen Schweigens, mit dem er die Bedeutsamkeit seiner anschließenden Erklärung unterstrich, wandte er sich in folgenden Worten an Erwin und Childebrand:

»Zweifelt nicht daran, daß ich zu schätzen weiß, wie gewandt und erfolgreich ihr die Aufgabe, mit der ich euch in jenen fremden Landen betraut hatte, vollbracht habt. Zweifelt auch nicht daran, daß ich erkannt habe, wie sehr sich diese Gesandtschaft von allem unterschied, was ihr zuvor in meinem Auftrag ausgeführt habt! So viele Male schon habt ihr in meinen Reichen Wahres von Falschem geschieden, Fallstricke gemieden,

Missetaten aufgedeckt, Verbrecher zur großen Erleichterung ungerecht angeklagter Unschuldiger überführt, durch List und Tapferkeit abscheuliche Schurken bezwungen und sogar eine wider mich gerichtete Verschwörung zerschlagen ... wahrlich, bei allen Heiligen, das alles ist meinem Gedächtnis nicht entfallen ...« Er lachte. »... Und eurem auch nicht, möchte ich wetten. Aber hier verfügtet ihr über sämtliche Vollmachten, die ich, euer Herr, guten, redlichen und treuen Dienern gleich euch übertrage. Dort unten indes, wo man euch blutigen und heimtückischen Angriffen aussetzte, wo man euch auf hunderterlei Weise in die Irre zu führen und eure Gesandtschaft zum Scheitern zu bringen trachtete, inmitten einer Verschwörung, bei der nichts Geringeres als die höchste Macht eines Reiches auf dem Spiele stand ... da mußtet ihr ohne meine schützende Hand, die euch Kraft und Macht verleiht, zu Werke gehen. Daß ich euch heute hier vor mir sehe, nachdem ihr alle Fallen vereitelt habt, erfreut mir das Herz. Doch verschafft mir euer Erfolg tatsächlich jene Antworten, um derentwillen ich euch ausgesandt hatte?«

Kaiser Karl verstummte einen Augenblick und blickte den Grafen und den Abt fest an.

»Konnte ich mich auf all die Berichte verlassen«, fuhr er fort, »die mir Abgesandte, Boten und Reisende überbrachten, welche allesamt einen Vorteil dabei hatten, sich ihrer Verdienste zu brüsten und mir goldene Berge zu beschreiben, um meine Verblüffung und Bewunderung zu ernten, ja um mich in meinem Urteil irrezuführen? Ganz offenkundig nicht! Euch aber kenne ich als weise, besonnene, maßvolle Männer, denen man einen Damhirschen nicht für einen Zehnender vormachen kann. Euer ausführlicher Bericht gestern entspricht ganz gewiß der Wirklichkeit in jenen Landen, die ihr bereist habt. Und wißt ihr, was dabei vor allem meine Aufmerksamkeit auf sich lenkte?«

»Wie könnten wir, Herr?« verwahrte sich Childebrand laut.

»Und du, Abt?«

»Ich bin nicht so vermessen, darüber Mutmaßungen anzustellen« erwiderte Erwin.

»Vorsichtig wie eh und je, dieser Sachse ...«, meinte Karl der Große. »Nun denn, habt ihr mir nicht vor Augen geführt, mit welch unablässiger und erbitterter Mühsal die Völker dort unten aus Wüste oder überschwemmtem Land Reichtümer an Ackerfrüchten und anderen Dingen erzielen, Nahrung für eine Unzahl von Bedürftigen, die emsig weben, schmieden, bauen und auf allen Gebieten Beachtliches zuwege bringen? Indes, hattet ihr mir nicht auch vor Augen geführt, wir besäßen hier, in meinem Reich, alles Nötige in Hülle und Fülle, um es ihnen gleich zu tun? Woran mangelt es dann hier, wenn nicht an Wissen und Fertigkeiten, an Kenntnissen des Geistes und der Hand, die sich dort über Jahrhunderte verbreitet haben?«

Karl der Große nickte mit befriedigter Miene.

»Damit wäre zu meiner Genugtuung ein erstes Rätsel aufgeklärt, dessen Lösung hinlänglich beweist, wie richtig es war und ist, daß ich mich nach Kräften bemühe, dieses Wissen und diese Kenntnisse überall dort, wo es möglich und wünschenswert ist, zu erneuern und zu verbreiten. Daran werde ich nun entschlossener denn je festhalten, und ich werde auch meinen Sohn Ludwig ermutigen, darin fortzufahren.«

Der Herrscher sann eine ganze Weile nach, bevor er hinzusetzte:

»Es bleibt noch die nicht minder wichtige Frage: Sollte ich auf irgendeine Weise in die Angelegenheiten jenes fernen Reiches eingreifen und mir die Streitigkeiten zunutze machen, die die Sarazenen von Bagdad und Córdoba entzweien und beide wiederum mit den Byzantinern ... oder auch die Unruhen, die Mauretania, Numidia und Afrika erschüttern, so wie es gewisse Ratgeber, die sich vor allem durch das Feuer ihrer Zunge auszeichnen, mit Fleiß befürworten? Doch seht: Im Sommer muß ich voraussichtlich wieder einen Feldzug gegen die halsstarrigen Awaren unternehmen, den Kampf gegen die Raubzüge der verfluchten Nordmänner verstärken, in Sachsen endgültig für Ruhe und Frieden sorgen und den andalusischen Plünderern Einhalt gebieten! Allerorten muß ich über die Sicherheit dieses Römischen Reiches wachen, das ich wiederhergestellt und dabei auf den Glauben in unseren Herrn Jesum Christum gegründet habe. Dem muß ich mich mit ganzer Kraft widmen. Denn hier – daran muß ich wohl niemanden erinnern – wurzelt die Zukunft aller kommenden Fürsten aus meinem Geschlecht! Der Kalif hat mich seiner Freundschaft versichert? Dem Himmel sei Dank! Nur zwingt mir das keineswegs mein Verhalten auf, und was ihr mir vor Augen geführt habt, bestätigt mich in meinem Entschluß: Sofern mich nichts und niemand dazu nötigt, werde ich keinen einzigen Mann, keinen einzigen Denar aufwenden, um mich in die Angelegenheiten dieses fernen, unübersichtlichen und heimtückischen Morgenlandes zu mischen, zumal sich dort – weshalb sollte man dies außer acht lassen – mächtige Heerscharen finden! Ich werde meine Mittel und Streitkräfte nicht zersplittern, denn unser Schicksal und unser Heil liegen hier in diesem Lande! Daher sage ich euch, vermöge emsiger Arbeit und Beharrlichkeit werden wir unsere Völker zu ebenso gebildeten, gewandten und reichen Leuten machen wie die dort unten. Es gibt wahrlich Wunderdinge jenseits des Meeres: in Jahrhunderten geschaffen, von Eroberern noch gemehrt. Indes, beim allmächtigen Gott, meine Söhne und die Söhne meiner Söhne und deren Söhne werden auf dieser Erde hier noch weit herrlichere Dinge schaffen. Dessen bin ich mir sicher! Sie werden das gesamte Erdenrund in Erstaunen versetzen!«

Bei seinen letzten Worten hatte sich Karl der Große erhoben, und seine beiden Missi dominici knieten vor ihm nieder.

GESCHICHTLICHER ABRISS

Der Islam – von seiner Gründung bis zum Kalifat Harun ar-Raschids

Muhammad, »der Gepriesene«, den ein Teil des abendländischen Mittelalters zunächst Mahum oder Mahom und später auch Mohammed oder Mahomed nennt, wird 570 in Mekka geboren. Er gehört zur Familie der Banu Hashim (Haschimiden). Muhammads Großvater 'Abd al-Muttalib hatte zwei Söhne, darunter Abdallah, dem seine Gemahlin Amina bint Wahb einen einzigen Sohn, Muhammad, gebar. Abdallah verstarb wahrscheinlich bereits vor dessen Geburt. Nach dem Tode von Mutter und Großvater wird Muhammad zusammen mit seinem Vetter Ali von seinem Oheim Abu Talib großgezogen.

Bis etwa zu seinem vierzigsten Lebensjahr führt der Kaufmann Muhammad ein stilles und asketisches Leben. Erst bei seinen Meditationen in einer Höhle des Berges Hira wird ihm sein Auftrag offenbart: Eine Stimme gebietet ihm, die Botschaft des Herrn weiterzugeben; es erscheint ihm der Erzengel Djibril (Gabriel) und verkündet ihm, Allah habe ihn zu seinem Gesandten auserwählt, und von nun an solle er Allahs Wort predigen. Daraufhin »diktiert« der Engel ihm nach und nach die Worte Gottes, die er »rezitieren« – das Wort Koran, al-Kuran, leitet sich von dem arabischen Verb lesen oder rezitieren ab –, das heißt, der Welt offenbaren müsse.

Hadidja (Chadidja), Muhammads Frau, wird seine erste Jüngerin. Sie unterstützt ihn in seinem Wirken und spricht ihm in Momenten des Zweifels Mut zu. Schon bald gesellen sich ihr weitere Anhänger hinzu: Ali und Zaid, eine freigelassene Sklavin, Abu Bakr, dessen Tochter Aisha der Prophet später heiraten wird, und 'Utman (Othman). Seine Predigten finden nur einen gewissen Anklang unter dem einfachen Volk, erregen aber den Widerspruch der Mächtigen im Stamme der Quraysh (Koreischiten); diese reichen Kaufleuten aus Mekka begegnen Muhammad zunächst mit Spott und Hohn, gehen dann aber zu offener Feindseligkeit und Gewaltandrohung über.

Als sich der Widerstand gegen ihn noch verschärft, erwägt Muhammad, Mekka mit der kleinen Schar seiner Getreuen zu verlassen. Auf das Angebot der Bewohner von Yatrib (Jathrib) hin, ihn aufzunehmen, bereitet Muhammad sorgfältig und in aller Heimlichkeit seine Flucht vor. Um den 24. September des Jahres 622 trifft er schließlich mit zweihundert Anhängern in der Stadt ein. Den Tag dieses Aufbruchs, den 16. Juli 622, setzen die Muslime als Beginn der islamischen Zeitrechnung, als den 1. Muharem des Jahres 1 der »Hidjra« (Hedjra, die »Auswanderung«) fest.

In Yatrib, das später zur Madinat an-Nabi, der »Stadt des Propheten« (Medina) wird, bekräftigt Muhammad seine Berufung als Gesandter Gottes (*Rasul Allah*) und Oberhaupt der neuen brüderlichen Glaubensgemeinschaft (*Umma*). Dort legt er die wesentlichen Gebote des künftigen Islam (»Ergebung in Gottes Wille«) fest, erhebt sich zum Gesetzgeber, Richter, Feldherrn und geistlichen Führer im Namen Allahs und gründet somit eine Theokratie.

Die noch junge Gemeinschaft der Muslime, »die in den Stand des Heils Eintretenden«, »die sich an Gott Hingebenden«, muß sich in mehreren Schlachten gegen entschiedene Widersacher behaupten, insbesondere gegen die von den Quraysh angestifteten Angreifer aus Mekka. Diese scheitern jedoch in der »Schlacht des Grabens« vor Medina, so daß Muhammad zur Offensive übergehen kann. Nachdem er seine Feinde gespalten und isoliert und sein eigenes Lager dabei unablässig gestärkt hat, zieht der Prophet schließlich am 20. Ramadan des Jahres 8 der Hidjra (11. Januar 630) als Sieger an der Spitze eines starken Heeres in Mekka ein. Auf einer Kamelkuh umrundet er sodann siebzehnmal den Schwarzen Stein (*Hadjar al-aswad*), der in der Ka'ba (Kaaba, »Würfel«) eingemauert ist, einem – dem Koran zufolge – bereits von Abraham errichteten Heiligtum; anschließend berührt er ihn mit seinem Stock und läßt im Tempel die alten »Götzen« abschlagen und alle Fresken tilgen bis auf die von Abraham, Jesus und der Jungfrau Maria. Schließlich läßt er sich von den Einwohnern Mekkas Treue und Gehorsam schwören.

In den beiden letzten Lebensjahren des Propheten treten große Teile der Bevölkerung Arabiens dem Islam bei, während muslimische Heere bereits zur Eroberung der Welt aufbrechen. Im Jahre 11 der Hidjra fällt Muhammad in Agonie und stirbt schließlich am 8. Juni 632 in Medina. Freunde seines Getreuen Ali bestatten den Leichnam neben der Moschee, und sein Grab wird schon bald zur Wallfahrtsstätte.

Die Religion und der theokratische Staat, die Muhammad gegründet hatte, überdauern seinen Tod, wenn auch nicht ohne Schwierigkeiten. Trotz erheblichen Widerstands, darunter auch von Muhammads Vetter Ali, wird Abu Bakr (Bekr) zum Nachfolger oder Stellvertreter des Gesandten Gottes (*Khalifa Rasul Allah*) erkoren und unterwirft die gesamte arabische Halbinsel seiner Macht. Auf seine kurze Herrschaft folgen die Kalifate 'Umars (Omar, 634–644), eines Koreischiten, der sich Muhammad angeschlossen hatte, und 'Utmans (Othman, 644–656), eines Schwiegersohns des Propheten aus der Familie der Umayyaden (Omaijaden). Diese Anfänge des Kalifats gehen nicht ohne erbitterte Streitigkeiten und Kämpfe vonstatten. 'Umar findet durch die Hand eines unzufriedenen Sklaven den Tod, und 'Utman wird von Widersachern ermordet, weil er die Umayyaden begünstigt. Ali wird noch am Tage von 'Utmans Ermordung zum Kalifen ausgerufen.

Sofort nach der Machtübernahme gerät er in Widerstreit mit erbitterten Gegnern aus der Sippe Aishas sowie mit den

Umayyaden, deren Oberhaupt Mu'awija (Moawija), Statthalter von Syrien, den Tod seines Oheims 'Utman rächen will. Ali erhält jedoch Unterstützung aus einigen Festungen wie etwa aus dem im Euphrattal gelegenen Kufa, das er nach seinem Auszug aus Medina zur Residenz seines Kalifats macht. In dem schon bald darauf ausbrechenden »1. Bürgerkrieg« erringt Ali zunächst einige Erfolge, wie beispielsweise den Sieg in der »Kamelschlacht« bei Basra. 657 trifft er bei Siffin auf die Truppen Mu'awijas, doch die mehrere Wochen anhaltenden Gefechte enden unentschieden. Schließlich willigt Ali ein, den Streit mit Mu'awija vor das Schiedsgericht von Adhruch zu verlegen. Einige seiner Anhänger lehnen dies jedoch entschieden ab, da sie der Ansicht sind, der Nachfolger des Propheten habe nicht das Recht, sich einem menschlichen Schiedsgericht anheimzugeben. Sie verlassen Alis Lager und begründen als Charidjiten (»Die Ausziehenden«) das erste Schisma (Spaltung) im jungen Islam.

Im Januar 658 lastet das Schiedsgericht Ali die Verantwortung für jene Ereignisse an, die zu 'Utmans Ermordung geführt hatten, was einer Absetzung gleichkommt. Während Ali sich nun gegen die Charidjiten wendet und diese bei Nahrawan niedermetzelt, gelingt es Mu'awija, seinen Einfluß zu stärken und den Sieg davonzutragen: Er läßt sich im Mai 660 in Jerusalem zum Kalifen ausrufen und verlegt seine Residenz nach Damaskus. Ali hingegen wird im Januar 661 als Rache für die getöteten Stammesbrüder von einem Charidjiten in Kufa ermordet.

Gleichwohl bleiben dem Vetter, Schwiegersohn und Weggefährten des Propheten selbst nach seinem Tode noch genügend Anhänger, die das Fundament eines weiteren Schismas legen und als Schiiten (von *Shiat Ali*, »Partei Alis«) eine neue Konfession gründen. Tatsächlich spaltet sich der Islam von da an in zwei große Strömungen auf: zum einen in die Konfession der Sunniten, die sich auf die Sunna (»Brauch, Sitte, Vorbild«), auf die im »Hadith« gesammelte Überlieferung über Leben, Wirken und die Aussprüche des Propheten (Hadithen), berufen und die Kalifen stellen; und zum anderen in die der Schiiten, die nur die »reine« Auslegung der Heiligen Schriften gelten lassen, die allein Ali und seine Nachkommen aus der Ehe mit Fatima als Imame der Gesamtgemeinde anerkennen und die Rechtmäßigkeit der sunnitischen Kalife bestreiten.

Ali hatte zwei Söhne aus der Ehe mit Fatima. Der Erstgeborene, Hasan, wird durch die Schiiten (als 2. Imam) zum fünften Kalifen proklamiert, verzichtet aber auf die Thronerhebung und versöhnt sich mit Mu'awija – wenngleich die Schiiten später behaupten sollten, dieser hätte Hasan vergiften lassen. Husain, Alis zweiter Sohn (und 3. Imam), widersetzt sich jedoch einer Einigung. Bei der Thronbesteigung Jazids, des Sohnes von Mu'awija, im Jahr 680 weigert sich Husain, diesen als Kalifen anzuerkennen und beansprucht das Kalifat für sich selbst. Als er sich daraufhin mit einigen Anhängern nach Kufa durchzuschlagen versucht, stößt er auf einen Trupp unter dem Befehl 'Ubaydallahs, eines Gefolgsmannes von Jazid, und wird am 10. Oktober 680 (10. Muharem 61) mit den Seinen bei Kerbela getötet. Seither gedenken die Schiiten der »Märtyrer von Kerbela« alljährlich an diesem »Passionstag« mit Gebeten und Bußübungen.

Die Jahre zwischen dem Tod des Propheten und den Anfängen der Dynastie der Umayyaden erweisen sich als wesentlich für die Verwurzelung, die Entwicklung und Expansion des Islam.

Muhammad hatte noch zu Lebzeiten seinen Einfluß über ganz Arabien ausgeweitet. Abu Bakr festigt diese Errungenschaft, während er gleichzeitig zu ersten Eroberungsfeldzügen ansetzt. Letztendlich fällt es jedoch 'Umar und 'Utman zu, diese im großen Maße zum Erfolg zu führen. Das gewaltige Vordringen der Krieger des Islam bricht jeden Widerstand, wobei ihnen zweifellos die Schwäche von Byzanz und der Zusammenbruch des Reiches der Sassaniden (die über Persien und Mesopotamien herrschten) zugute kommen, die sich in einem langen Krieg erschöpft haben. Die Araber benötigen weniger als zehn Jahre, um die Herrschaft über die Täler des Tigris und des Euphrat, über Mesopotamien – das sie Irak nennen – an sich zu reißen. Sie gründen dort die mächtigen Festungen Basra und Kufa. Der letzte sassanidische Herrscher, Yazdgard (Jesdgerd) III., findet 651 im Khorasan (Chorasan) den Tod.

Gleichzeitig stoßen die muslimischen Heere auch in Palästina und Syrien vor. Der byzantinische Basileus Herakleios unternimmt zwar einen Gegenangriff, doch seine Truppen werden im August 636 in der Schlacht am Yarmuk vernichtet. Im selben Jahr nehmen die Streiter des Islam endgültig Damaskus ein und 638 Jerusalem. Schon 640 ist die Eroberung Palästinas und Syriens abgeschlossen. Der »fruchtbare Halbmond« ist nunmehr in den Händen der arabischen Eroberer.

In Ägypten, das die Griechen den Sassaniden abgetrotzt haben, hat Byzanz dem orthodoxen Patriarchen von Alexandria, Kyros, die Macht anvertraut, dem die koptischen Christen Ägyptens im übrigen feindlich gegenüberstehen. An der Spitze seines muslimischen Heeres zerreibt Feldherr Amr ben al-As (ibn el-As) die byzantinischen Streitkräfte binnen zweier Jahre. Kyros sieht sich genötigt, die Übergabe der Provinz auszuhandeln, und erhält als Gegenleistung Garantien für die Christen, die Ausübung ihrer Religion und die Verwaltung ihrer Gemeinden. 642 ziehen die Araber endgültig in Alexandria ein und bleiben trotz einer kurzen Gegenoffensive von Byzanz die Herren der Stadt. Amr gründet am Nil die Zitadelle Fustat, um die sich später die Stadt Kairo entwickeln wird.

Somit hat die erste Eroberungswelle den Islam bis in die Cyrenaica, bis weit in den Osten Persiens und zu den Gebirgen Anatoliens ausgebreitet.

Die ersten von der Überlieferung als wichtig erachteten Kalifen sehen sich folglich einer beträchtlichen Aufgabe gegenüber: Sie müssen dieses neu geschaffene Weltreich ordnen und verwalten und vor allem das Schicksal der bezwungenen Völker klären und reglementieren. Wenn das unaufhaltsame Vordringen der muslimischen Heere auch unbestritten von blutigen Gemetzeln begleitet wurde, so trafen diese doch in erster Linie die besiegten Soldaten. Die Araber brauchen die Bevölkerung der unterworfenen Gebiete, die bereits ansässigen Bauern, Handwerker und Verwalter.

Die arabischen Eroberer, Krieger, Verwalter und Eigentümer beschlagnahmter Besitzungen bilden eine Oberschicht mit erheblichen Vorrechten, insbesondere im Steuerwesen, und besonderem Ansehen, die sich vor allem aus ihrer Zugehörigkeit zur siegreichen Religionsgemeinschaft herleiten. Aufgrund dieser Privilegien treten große Teile der Besiegten zum Islam über, wobei die Bekehrten allerdings zumeist eine, wenn nicht zwei Generationen ausharren müssen, bevor ihnen diese Vorrechte, vor allem bei der Besteuerung, ebenfalls zuteil werden.

Die »Leute der Schrift«, also Juden und Christen, zu denen auch Zoroastrer (Parsen) und Sabäer gezählt werden, können auch weiterhin ihre Religionen ausüben und vermöge der Zahlung einer Sonderkopfsteuer als vom islamischen Gesetz Geschützte (*Dhimmi*) ungehindert ihren Tätigkeiten nachgehen. Aus nicht unberechtigtem Mißtrauen gegen die Intrigen ihrer Glaubensbrüder greifen die Kalifen dann selbst bei der Besetzung höchster Ämter – außer beim Heer – tatsächlich auf diese Dhimmi zurück.

Die Leibeigenschaft oder Sklaverei wird beibehalten, aber reglementiert: Leibeigene können zum Islam übertreten, und die »Emanzipation«, die Befreiung aus der Sklaverei, wird erleichtert.

Im allgemeinen belassen die arabischen Eroberer byzantinische oder sassanidische Verwalter in deren Ämtern, unterstellen sie aber zur Sicherung ihrer Herrschaft der Autorität hoher muslimischer Würdenträger, der Provinzstatthalter (*wali* oder *amir*, Emir), denen *amil* zur Seite stehen – das Fiskalwesen leitende »Beamte«, die zunehmend an Bedeutung gewinnen. Überdies gründen die neuen Herren mächtige Festungsstädte mit starken Garnisonen wie Basra und Kufa im Irak oder Fustat in Ägypten. Finanzbehörden, Streitkräfte, Postwesen sowie polizeiliche Aufgaben und militärische Operationen fallen unter die Zuständigkeit der Zentralverwaltungen. Und so schaffen Beduinen nach und nach einen Staat, an dessen Spitze der Kalif steht. Auf welchem Fundament kann dieser fußen, abgesehen von der Macht der Streitkräfte? Auf dem Islam selbstverständlich, der Triebfeder aller Eroberungen, dem wiederum der Koran sowie des Propheten Aussprüche und Taten (Hadithen) in der Überlieferung durch Muhammads Anhänger zugrunde liegen. Nur müssen diese mündlich tradierten Grundlagen zunächst einmal geordnet und verbindlich fixiert werden. Der Prophet hatte Allahs Offenbarungen inhaltlich und zeitlich so »rezitiert«, wie sie ihm verkündet worden waren. Diese Abschnitte wurden auf vielfache Weise, bisweilen als Rudimente auswendig gelernt, gesammelt und festgehalten, was die Erstellung eines zusammenhängenden und einheitlichen Textkorpus notwendig macht. Die »Redaktion« erfordert beinahe zwanzig Jahre und geht nicht ohne Polemiken vonstatten. Erst unter Kalif 'Utman entsteht dann eine grundlegende, von Muhammads Weggefährten wie auch von Schriftgelehrten allgemein akzeptierte Fassung des Koran. Die 114 Suren, die in der Anzahl ihrer Verse stark differieren – die zweite Sure (»die Kuh«) besteht aus 284 und die letzten aus nur 4 bis 6 Versen –, werden nach einem im Orient nicht ungebräuchlichen System in absteigender Länge geordnet und eingeleitet durch die »Fatiha«, »die Öffnende«.

Auch die Hadithen waren durch die blühende Imagination der Überliefernden in vielerlei Hinsicht verbrämt und häufig mit älteren Legenden vermischt. Dank einer kritischen Überprüfung werden lediglich die als echt erachteten berücksichtigt, was jedoch nicht verhindert, daß auch weiterhin Apokryphen in Umlauf sind.

Der Islam stützt sich in der Hauptsache auf fünf Gebote, auf »die fünf Säulen«: das Bekenntnis zur Einheit Gottes (*chahada*), das Gebet (*salat*), das Spenden von Almosen, das Fasten tagsüber im Monat Ramadan und die Wallfahrt zur Ka'ba in Mekka (*hadjdj*). Vor dem fünfmal am Tag zu verrichtenden Gebet muß sich der Gläubige rituell waschen, in Ermanglung von Wasser mit Sand reinigen. Was das Spenden von Almosen betrifft, so entwickelt sich aus dieser Pflicht schon recht bald eine vorgeschriebene Steuer. Wie der Begriff Islam bereits besagt, ergibt sich der Gläubige bereitwillig in den Willen des allmächtigen Gottes, Allah; Muhammad wird als letzter Prophet in einer langen Ahnenreihe von Vorpropheten – zu denen auch Jesus gehört – definiert und vor allem als einziger, dem Allah dereinst sein Ohr leihen wird. Der sogenannte Heilige Krieg (gegen die Ungläubigen), *djihad*, gehört ebensowenig zu den unerläßlichen Dogmen – wenn auch zu den im Koran gebotenen Pflichten – wie die von den religiösen Oberhäuptern (Ulema) ausgesprochenen Entscheidungen und Urteile (obwohl sie als verbindlich angesehen werden).

Im Zeichen der Idjma, der »Übereinstimmung der Gläubigen«, eint der neu geschaffene Islam zerstrittene und streitlustige Beduinen und Händler zu einer mächtigen, nach Eroberung strebenden Kraft. Es erweist sich jedoch sehr bald als unerläßlich, auf der Grundlage des Koran und der Hadithen sowie der Beispiele aus dem Leben des Propheten einen Kanon politischer, sozialer, rechtlicher und religiöser Regeln zu begründen, auf den sich die Herrschaft der Kalifen zu stützen vermag. Dies erscheint um so notwendiger, als die besetzten Gebiete durch ihre Vielfalt, ihre unermeßlichen Ressourcen und Ausmaße eine ganz andere Gewichtung haben als das Arabien, über das Muhammad zum Ende seines Lebens herrschte.

Die Ausarbeitung dieser Regeln wird Jahrzehnte erfordern und der Kanon fortwährend weiterentwickelt und ergänzt werden. Er fußt auf der Exegese der heiligen Schriften, auf Auslegungen (Glossen) und Kommentaren sowie auf einer langwierigen Rechtsetzung, bei der die Gesetzgeber auch auf ältere Rechtsordnungen zurückgreifen, soweit die Vorschriften des Koran dies erlauben. Im Unterschied zu Griechenland, Rom oder Byzanz kennt die so entstehende »Sharia« keine Trennung von Religion und Staat, von Glaube und Gesetz, zumindest nach dem Geiste ihrer Ausarbeitung, die nicht ohne Kontroversen, Polemiken und heftige Auseinandersetzungen vonstatten geht, so daß sich schließlich auch verschiedene Schulrichtungen herausbilden. Außerdem sind die Kalifen bei der Ausübung der Macht weit davon entfernt, diesen Vorschriften unter allen Umständen und in allen Punkten zu gehorchen, was wiederum Anlaß zu Streitigkeiten gibt.

Die durch Mu'awija an die Macht gelangten Umayyaden bleiben bis 750, also neunzig Jahre lang auf dem Thron. Obwohl sie im Innern zahlreichen Anfeindungen und Aufständen trotzen müssen, weiten die Kalifen dieser Dynastie das muslimische Weltreich noch beträchtlich aus.

Dank ihrer neu geschaffenen, mächtigen und gut geführten Flotte unternehmen sie mehrere Feldzüge gegen Byzanz, die jedoch trotz dreimaliger Belagerung Konstantinopels ohne durchschlagenden Erfolg bleiben. Die arabischen Streitkräfte verstärken ihre Präsenz im gesamten Mittelmeerraum, erobern sogar zeitweilig mehrere große Inseln, unter anderem Zypern und Rhodos, und stoßen bis nach Sizilien vor.

Doch vor allem im Osten und Südwesten kommt es zu den spektakulärsten Eroberungen. In mehreren Feldzügen unterwerfen sich die Araber ausgedehnte Gebiete bis weit über Persien hinaus, bis nach Afghanistan und an den Indus, und dringen in die Tiefe Zentralasiens vor. Und nach der Gründung von

Kairuán in Ifrikiya (römische Provinz Afrika, Tunesien) und verschiedenen glücklichen Fügungen bezwingen die muslimischen Heere – unter Mühen – den Widerstand der Berber und erobern schließlich den gesamten Maghreb (arab. Westen) bis zum Atlantik. Heerführer Tariq (Tarik) macht sich die inneren Streitigkeiten der Westgoten und Herren Spaniens zunutze und setzt an der Spitze zum Islam konvertierter Berber nach Gibraltar über; dank erheblicher Unterstützung aus der Bevölkerung, darunter auch der Juden, die bislang grausam unterdrückt wurden, vernichtet er das westgotische Heer unter Roderich 711 in einer waghalsigen Operation und erobert den Süden und die Mitte der Halbinsel bis hinauf nach Toledo. Von da an unternehmen die Sarazenen immer wieder räuberische Einfälle ins Reich der Franken und ziehen sogar dessen Eroberung in Betracht, was Karl Martell jedoch in der berühmten Schlacht zwischen Poitiers und Tours im Jahre 732 verhindert. Dennoch setzen die Sarazenen ihre Raubzüge auch weiterhin im gesamten Süden Galliens, an Rhône und Saône entlang bis hinauf ins Burgund fort.

Mu'awija, der Sieger bei den inneren Machtkämpfen gegen Alis Anhänger und die Charidjiten, erkennt, daß die Ausweitung des Islam selbst eine starke Zentralgewalt erfordert. Im Widerstreit zu den Verfechtern einer rein religiösen Obrigkeit stärkt er das Kalifat, insbesondere indem er es mit einer mächtigen Verwaltung ausstattet, sich auf weltliche Statthalter stützt, diese wiederum mit weitreichenden Befugnissen versieht und sich, den Kalifen, zum obersten Führer der Islamischen Gemeinschaft, zum »Herrscher aller Gläubigen« ausruft. Darüber hinaus legt er die Thronfolge des Kalifats de facto so fest, daß sie den Umayyaden in direkter Linie oder zumindest in der Seitenlinie als Erbrecht erhalten bleibt.

Trotz Mu'awijas Vorkehrungen ist die Herrschaft der umayyadischen Kalifen geprägt durch Aufstände und Zwistigkeiten, die häufig wirtschaftliche und soziale Probleme als

Nährboden und Stammesrivalitäten oder territoriale Ambitionen zur Ursache haben. So wie Alis Ermordung den Widerstand der Aliden nicht endgültig bricht, hält auch das Blutbad von Kerbela die Entwicklung des Schiismus nicht auf, dessen Anhänger auf irakischem Gebiet mehrere Aufstände, vor allem in Kufa, entfesseln.

Obwohl in mehrere Gruppierungen aufgesplittert, zetteln auch die Charidjiten ihrerseits einige Aufstände von zumeist beträchtlichem Umfang an, bei denen sie etwa Mekka und Medina zeitweilig in ihre Gewalt bringen und das Gegenkalifat Mekka ausrufen. Und da die Umayyaden Damaskus als Hauptstadt auserkoren haben und Arabien sich somit des politischen Machtzentrums des Islam beraubt sieht, stürzen die aus Unmut wieder aufflammenden Stammeskämpfe die Halbinsel beinahe in völlige Anarchie.

Als Marwan ben Muhammad (Merwan II.) 744 auf den Sarir steigt, findet er das Reich in größter Unordnung vor und muß mehrere wiederum von Schiiten und Charidjiten geschürte Rebellionen niederzwingen. Ein Nachfahre al-Abbas', des Oheims des Propheten, macht sich diese verworrenen Umstände zunutze und setzt einen entscheidenden Aufstand ins Werk. Ohne selbst in Erscheinung zu treten, schickt er einen persischen Abenteurer in die bereits von heftigem Aufruhr ergriffene Provinz Chorasan, um dort eine Erhebung zu schüren. Dieser Abenteurer namens Abu Muslim erklärt, im Namen der Nachfahren des Propheten zu handeln, wirbt um die Unterstützung der Schiiten und bildet mit ihnen unter dem schwarzen Banner ein schlagkräftiges Heer, mit dem er bald den Chorasan und den gesamten Iran in seine Gewalt bringt. 750 schließlich schlägt er die umayyadischen Truppen in der entscheidenden »Schlacht am Großen Zab«. Marwan muß fliehen. Und erst da wird der Name des Rädelsführers und neuen Machthabers enthüllt – Abu L'Abbas, dem man den Beinamen as-Saffah verleiht: der Blutvergießer. Nach Marwans Flucht zum Kalifen ausgerufen, macht Abu L'Abbas sogleich Tabula rasa: Bei einem für sie ausgerichteten Festmahl werden sämtliche Umayyaden, ob Männer, Frauen oder Kinder, abgeschlachtet. Nur ein einziger entkommt diesem Blutbad, um das weiße Banner seiner Dynastie weiter hochzuhalten: nämlich Abd ar-Rahman, Enkelsohn des Kalifen Hisham. Marwan wird in Ägypten getötet, wo er Unterschlupf gefunden hatte. As-Saffah, Begründer der Dynastie der Abbasiden, stirbt 754 und überläßt den Thron seinem Bruder; Al-Mansur, der Siegreiche, setzt die bereits begonnene Säuberung fort und wendet sich nun mit persischen Hilfstruppen gegen diejenigen, die Abu L'Abbas zur Macht verholfen haben und weiterhin konspirieren. Abu Muslim wird 755 ermordet.

Zweifelsohne aus Argwohn gegenüber den Damaszenern, unter denen sich noch immer Anhänger der gestürzten Umayyaden befinden, doch sicher auch wegen der stetig wachsenden Bedeutung der östlichen Provinzen sowie der Beziehungen zwischen dem Morgenland und dem Fernen Osten, beschließt al-Mansur, seine Residenz in den Irak zu verlegen. An einer Stätte namens Bagdad erbaut er eine »Runde Stadt« von beinahe vier Kilometern im Durchmesser, umfriedet von einer Wehrmauer mit vier Toren, deren Hauptstraßen sich rechtwinklig kreuzen. Diese Stadt, Mittelpunkt von Politik und Verwaltung des Reiches, in der sich die Paläste des Kalifen und der höchsten Würdenträger, die Gebäude der verschiedenen Diwane usw. befinden, wird Madinat as-Salam, Stadt des Friedens, Madinat al-Mansur, Stadt des Siegreichen, oder auch ganz einfach Bagdad, nach der Stätte, genannt. Sie bildet schon bald das pulsierende Herz einer gewaltigen und reichen Metropole.

Bis hin zu Harun ar-Raschid, der 786 den Sarir besteigt, sehen sich alle Nachfolger al-Mansurs fortwährend genötigt, gegen Rebellionen, diverse Abspaltungen und Aufstände anzukämpfen; diese erschüttern insbesondere entlegene Provinzen wie etwa den Chorasan im Osten und Nordafrika im Westen, das sich letzten Endes der Kontrolle Bagdads völlig entzieht. Was das muslimische Spanien angeht, so gelingt es dem überlebenden Umayyaden Abd ar-Rahman, sich als Herrscher eines praktisch unabhängigen Emirats mit der Hauptstadt Córdoba durchzusetzen.

Die Führung eines so ausgedehnten, so reichen, vielgestaltigen und auch unsteten Reiches wie das der Abbasiden erfordert einen gestärkten und perfektionierten Staat. Der Kalif ist zugleich geistliches Oberhaupt, Feldherr und weltlicher Monarch; er stützt sich auf effiziente Diwane mit weitreichenden Befugnissen, die das Steuer-, Finanz- und Zollwesen verwalten, das Schatzamt, das Postwesen nebst dem untergeordneten Nachrichtendienst, alle Angelegenheiten des Heeres, der Polizei sowie des Hoflebens (mit neu eingeführtem persischen Zeremoniell), wo wiederum der Hadjib, der Kämmerer, eine maßgebliche Rolle bekleidet. Die Aufgaben der Justiz und des Personenstandswesens werden Kadis übertragen, ernannt und beaufsichtigt vom Großkadi, dem höchsten Richter unter dem Kalifen.

Die spektakulärste Neuerung besteht jedoch in der Schaffung des Wesirats, eines Amtes nach persischem Vorbild, dem etliche weltliche Verwaltungen, wie auch die der Finanzen, unterstehen. Unter den Abbasiden wird es der Familie der Barmakiden anvertraut, die das Amt zu einem zu fürchtenden Machtinstrument wandeln.

Die arabischen Eroberungen haben ein noch nie dagewesenes Weltreich geschaffen, das sich vom Atlantik bis zum Indus, von Zentralasien bis nach Afrika erstreckt und somit den Fernen Osten mit dem äußersten Westen unter dem Dach einer Sprache verbindet, die von zahlreichen Völkern zumindest verstanden wird: des Arabischen.

Diese Einigung und Vereinheitlichung führt zu einer ungeheuren Verbreitung von Wissen und Kenntnissen, von landwirtschaftlichen Verfahren wie auch von handwerklichen, gewerblichen und künstlerischen Fertigkeiten, mit neuen Erzeugnissen und Kulturpflanzen wie Zucker, Reis oder Baumwolle und Fortschritten bei Webkunst, Töpferei, Kristallfabrikation und Lederverarbeitung, ganz zu schweigen von der Revolution des Geisteslebens, die das aus China kommende Papier mit sich bringt …

Gestützt auf ein Netz von Kontoren und dank einer stabilen Währung weiten sich die Handelsbeziehungen rasch aus. Begleitet werden diese von einer Intensivierung der Finanz- und Bankbeziehungen, mit Wechselbriefen usw., woran jüdische Händlerketten und Bünde wie die der Rhadaniten großen Anteil haben.

In Folge des wachsenden Wohlstands entwickeln sich alte wie neu gegründete Städte überall in atemberaubendem Tempo und gewinnen stetig an Bedeutung.

Bagdads wunderbare Lage ist beinahe ideal zu nennen: einerseits im Herzen eines fruchtbaren Agrargebiets, das eine zahlreiche Bevölkerung ernähren kann; und andererseits am Kreuzungspunkt der wichtigsten Handelswege. Südlich, im Persischen Golf, beginnen die Schiffahrtswege nach Ostafrika, den Ländern des Golds, der Spezereien und Sklaven, sowie nach Ceylon und Indien, den großen Reiskammern, die vor allem für ihre Edelsteine und ihre metallurgischen Kenntnisse berühmt sind. Über die in Bagdad zusammenlaufenden Straßen und Karawanenwege gelangt man nach Persien, in die Länder der Türkvölker und der Mongolen, nach China, woher die Seide und soviel erfinderisches und ausgeklügeltes Wissen kommt. In westlicher Richtung erreicht man das Mittelmeer, das alle Möglichkeiten eines bereits Jahrtausende bestehenden Handels bietet. Bagdad wird somit, wie es einst Rom war, »Die Stadt«, Ort aller ehrgeizigen Bestrebungen und aller glücklichen wie üblen Schicksalswendungen, eine monströse Metropole: Mittelpunkt eines Imperiums.

Aber auch Mittelpunkt eines brodelnden Kultur- und Geisteslebens, das bereits unter Harun ar-Raschid (»der Rechtgeleitete«) eine Hochblüte erfährt; und vor allem unter seinen späteren Nachfolgern, die den Islam öffnen wollen für jedwede Bereicherung, ob diese nun von Christen oder Juden, von persischen, arabischen oder anderen Muslimen, von Griechen oder Indern beigesteuert werden ... Die beeindruckenden Ergebnisse dieser Verschmelzungen zeigen sich, in Theorie und Praxis, in sämtlichen Wissenschaften wie Mathematik, Physik, Chemie, Medizin, Chirurgie, Astronomie oder Geographie ... Das Studium des Koran dient als Grundlage für Arbeiten auf den Gebieten der Grammatik und Philologie. Auf die Abfassung reiner Chroniken folgt schon bald eine kritische Geschichtswissenschaft. In den Madrasas entwickeln sich fruchtbare juristische Forschungen. Und schließlich bereiten die Glossatoren mit ihren Kommentaren und Auslegungen der heiligen Schriften den Weg für philosophische Studien, die zum einen zwar eng mit Fragen der Religion verbunden bleiben, andererseits aber auch häufig in erbitterte Auseinandersetzungen ausarten.

Schließlich verleihen die materiellen und intellektuellen, für jene Ära so kennzeichnenden Fortschritte den abbasidischen Kalifen und ihrem Hof ein Prestige ohnegleichen. Dieser Hof-Staat, Mittelpunkt der Macht, zu dem alle Reichtümer der Welt strömen, Mittelpunkt der Vergnügungen, der Kultur und des Wissens, aber auch Mittelpunkt aller Formen des Ehrgeizes und sämtlicher Intrigen, wird mit seinen diversen Räderwerken, mit seiner komplexen Hierarchie und dem stetig anwachsenden Personal letztlich eine Welt für sich – und verschlingt im übrigen einen übermäßigen Anteil der Einnahmen des Reiches. Doch Bagdads Hof wird überall, selbst im Abendland, für Jahrhunderte die Erinnerung an ein Goldenes Zeitalter hinterlassen. Und etliche Zeit später wird Harun ar-Raschid schließlich in der Sammlung *Tausendundeine Nacht*, jenen eher persischen denn arabischen Märchen, als Herrscher einer zauberhaften Epoche erscheinen, die nichts als Überfluß und Leichtigkeit, Helden- und Liebesabenteuer, Glanz und Ruhm kannte.

GLOSSAR

Aba: Weiter, mantelartiger und vorne offener Umhang ohne Ärmel der Araber und besonders der Beduinen, dessen Musterung (z. B. schwarzweiße oder braunweiße Streifen) zumeist den sozialen Status und die Stammesherkunft anzeigt.

Abbasiden: Kalifendynastie, 749 durch Abu L'Abbas as-Saffah begründet, einem Nachfahren von al-Abbas, dem Oheim des Propheten. Harun ar-Raschid war der vierte Kalif dieses Geschlechts.

Alima, Pl. *alimat:* Tänzerin, Sängerin.

Bagdad: In diesem Ballungsgebiet lebten zur Zeit Harun ar-Raschids manchen Schätzungen zufolge annähernd zwei Millionen Menschen, während die größten Städte des Abendlandes damals kaum einige zehntausend Einwohner zählten.

Barmakiden: Wesirgeschlecht, benannt nach dem Ahnherrn Barmak, dem Abt eines buddhistischen Klosters, dessen Nachfahren zum Islam übertraten. Einer von ihnen bekleidete hohe Ämter am Hofe des ersten Abbasiden Abu L'Abbas. Als Harun ar-Raschid im Alter von siebenundzwanzig Jahren den Thron bestieg, folgte er dem Rat seiner Mutter, al-Hayzuran, und wählte den Barmakiden Yahya zu seinem Wesir.

Basileus: Griechisch: König. Seit 630 Titel der byzantinischen Kaiser.

Ben oder *ibn:* Sohn von.

Bilderverehrung: Verehrung eines Bildnisses Gottes oder eines Heiligen als Sinnbild (Ikone), gewissermaßen als Gottheit selbst. Bilderstreit: auch unter dem Einfluß des Judentums und des Islam 726 in Byzanz einsetzender und z. T. recht erbitterter Kampf der Bilderstürmer (Ikonoklasten) gegen die

Bilderverehrer; führte zu heftigen Repressalien und zur Schwächung des Oströmischen Reiches.

Bithynien: Antike Landschaft im NW Kleinasiens; Provinz des Byzantinischen Reiches.

Brünne: Panzer aus Eisen oder auch Panzerhemd aus Leder, mit Metallplatten besetzt; zumeist von der fränkischen Kavallerie getragen.

Cervesia: Gall., eine Art Bier.

Crau: Ebene an der unteren Rhône, westlich der Camargue; damals eine Steinwüste, heute zum Teil bewässert.

Denar: Fränkische Silbermünze, $^1/_{12}$ Solidus oder Schilling.

Dinar: Im gesamten Abbasidischen Reich und darüber hinaus gebräuchliche Goldmünze. Der

Dirham hingegen ist aus Silber und von geringerem Wert.

Diwan: Pers. Schreib-, Amtszimmer; bequemer Sitz des Beamten. Erweitert auch das Amt und seine Einrichtungen selbst; später Staatsrat.

Djubba: Rock, wollenes Obergewand mit Ärmeln, das bis zu den Knöcheln reicht.

Emir, Amir: Arab. Befehlshaber. Vor allem auch Titel von Stammesführern und Fürsten.

Eparch: Grch. Befehlshaber; im Röm. und Byzant. Reich der Provinzstatthalter; in Konstantinopel für Sicherheit und Ordnung zuständiger hoher Würdenträger.

Erg, Areg: Name für Sandwüsten mit Dünenbildung.

Feredjiyah: Prunkgewand.

Firandj, Pl. *Firandji:* Arab. Franken.

Fünf Säulen des Islam: die fünf Gebote, als da sind: das Bekenntnis zur Einheit Gottes, das fünfmalige Gebet am Tag, das Spenden von Almosen, das Fasten untertags im Ramadan und die Wallfahrt nach Mekka.

Gaon, Pl. *Geonim:* Hebr. Exzellenz, jüd. Ehrentitel für einen anerkannten Gelehrten und Rechtshüter; auch Vorsteher einer jüdischen Gemeinde.

Gau: In fränkischer Zeit Verwaltungsbezirk, zumeist deckungsgleich mit einer Grafschaft o. ä.

Gefolgsmann, Gefolgsleute: Direkter und abhängiger Untergebener eines Höheren; im weiteren Sinne Gefolge.

Hadjib: Kämmerer, eines der wichtigsten Hofämter.

Haschimiden, Haschemiten: Arab. Geschlecht, das auf Muhammads Urgroßvater, al-Hashim, zurückgeht; entweder über Ali (Aliden) oder al-Abbas (Abbasiden) oder auch über Fatima (Fatimiden).

Hidjab: Vorhang, der den Sarir, den Thron des Kalifen, von seinen Untertanen trennte.

Hinna: Arab. Henna.

Hortator: Lat. Anreger, Mahner; Rudermeister, der den Takt des Ruderschlags vorgibt.

Iqal, Pl. *Uqul:* Kordel aus Wolle und Kamelhaar, die der Kufiyya Halt verleiht.

Inshalla: So Gott will.

Kadi: Arab. Richter, zuständig für Rechtsstreitigkeiten und Strafsachen der kleinen bis mittleren und der religiösen Gerichtsbarkeit sowie für die Vollstreckung der hieraus ergehenden Urteile. Der Großkadi gehörte zu den wichtigsten Würdenträgern des Hofes. Als Oberster Richter unterstanden ihm sämtliche Strafsachen wie auch die Hochgerichtsbarkeit im gesamten Reich.

Kuhl: Arab. schwarze Schminke, Kajal.

Kufiyya, Pl. *Kufiyyat:* Meist quadratisches, zu einem Dreieck gefaltetes Stück Stoff, das, vom *Iqal* gehalten, als Kopfbedeckung benutzt wird und teilweise auch über das Gesicht gezogen werden kann.

Kufa: Stadt am Unterlauf des Euphrat, Mittelpunkt des Aufstandes, der die Abbasiden an die Macht brachte; zeitweilig Residenz des 4. Kalifen, Ali; galt als Stadt der Wissenschaften, aber auch als eine der aufrührerischsten Hochburgen des Schiismus.

Lupanar: Lat. (abfällig) für Bordell.

Madrasa, Medrese, Medresse: Zunächst Koran- und Rechtsschule an einer Moschee; später auch Hochschule (Bet-, Lehr- und Wohnort von Lehrern und Studenten), oft mit Krankenhaus.

Mahari, Pl. *Mahariyya:* Eine schnelle und ausdauernde Kamelart.

Marken: Grenzen.

Missus dominicus, Pl. *Missi dominici:* Siehe Motto; Lat. Gesandter des Herrn, Königsbote.

Muselmanen: Alte und nicht unbedingt abschätzige Bezeichnung für Muslime.

Notarius, Pl. *Notarii:* Lat. amtliche Schreiber;

Ponto, Pl. *Pontones:* Lat. Fähren, Frachtschiffe, auch Flöße.

Pontus Euxinus: Lat. für Schwarzes Meer, nordöstliche Küstenlandschaft des antiken Kleinasiens.

Rhadaniten: Bedeutender jüdischer Händlerbund, der unter anderem die Handelsbeziehungen und Transaktionen jedweder Art zwischen dem Orient, den Anliegergebieten des Mittelmeers und dem Abendland gewährleistete.

Resh Galuta: Exilarchon oder Herrscher, Führer im Exil. Seine Autorität wurde von allen jüdischen Gemeinden der Diaspora anerkannt, und er selbst gehörte zu den wichtigen Persönlichkeiten des Kalifenhofes.

Roland: Historische Figur Hruotland von Bretagne, den die Sage zum Neffen und einem der 12 Paladine Karls machte; das Nachhutgefecht fand tatsächlich statt, nämlich um den 15. August 778, allerdings an unbekanntem Ort.

Rudervolk: Sämtliche Ruderer einer Galeere, Galeerensklaven.

Sarir: Eine Art Sofa, gewissermaßen Thron des Kalifen.

Schah: Persisch König; Schachspiel.

Sauvat: nach lat. Salvatius, der Heil-, Erlösung-, Rettungbringende.

Schiismus, Schiiten: Von arab. Shiat Ali, Partei Alis. Eine der beiden Hauptkonfessionen des Islam (in Gegnerschaft zum Sunnismus). Die Schiiten berufen sich auf Ali ibn Abu Talib, Vetter, Adoptiv- und Schwiegersohn des Propheten Muhammad (verheiratet mit dessen Tochter, Fatima). Neben Ali verehren sie auch Husain, der auf Befehl des Kalifen Jazid I. ermordet wurde; sein Todestag ist einer der höchsten schiitischen Feiertage (sogenannter »Passionstag«). Sie bestreiten die Legitimität der omaijadischen und abbasidischen Kalifen, folglich auch die von Harun ar-Raschid, und beanspruchen die Macht für die Nachfahren Alis, also die alidischen Imame (arab. Führer, Vorbild).

Suq, Suk: Pers. *bazar.* Markt; Händler- und Handwerksviertel.

Triumwesirat: Von Triumvirat – von drei Männern ausgeübte Macht – abgeleitetes Wort; aus lateinisch »trium, tres«, drei.

Wesir, Vezier: Von arab. Stütze, Träger. Höchster Beamter, wird vom Kalifen ernannt (oder abgesetzt) und erhält von diesem seine Befugnisse zugeteilt. Unter Harun ar-Raschid koordinierte der »Premierminister« die verschiedenen Ämter und unterstützte oder vertrat den Kalifen bei seinen Regierungsaufgaben.

Zoll, Wegezoll: Steuer und Abgaben auf jede Form der Warenbeförderung.

Marc Paillet

Der Salamander

Abt Erwin und die Verschwörer von Lyon

Roman

Aus dem Französischen von Stefan Linster

Band 14232

Eine Elite hochgebildeter und erfahrener Männer diente Karl dem Großen, sein riesiges Reich zu verwalten. Als königliche Sendboten wurden sie überall dorthin geschickt, wo es Probleme zu lösen, Streit zu schlichten und verzwickte Kriminalfälle aufzuklären gab. Einer von ihnen ist Erwin der Sachse, ein scharfsinniger Abt aus Umbrien. Im Frühling des Jahres 800 entsendet König Karl Abt Erwin nach Lyon, um seinen Aufenthalt in der alten Handelsstadt, als Zwischenstation auf dem Weg zur Kaiserkrönung nach Rom, vorzubereiten. Gleich bei der Ankunft stößt der königliche Sendbote auf die Leiche eines Quartiermeisters. In Lyon herrscht ein multikulturelles Klima, Levantiner, Griechen und Juden gehen friedlich ihren Geschäften nach. Unter dem Zeichen des Salamanders ist Lyon aber auch das Zentrum einer Verschwörung gegen König und Papst, deren Drahtzieher Abt Erwin in einem Wettlauf mit der Zeit aufspüren muß, denn am 25. Dezember 800 soll König Karl in Rom zum Kaiser gekrönt werden.

Fischer Taschenbuch Verlag

fi 5122 / 3

Marc Paillet

Mit Dolch und Gift

Abt Erwin und der Tote von der Festtafel

Roman

Aus dem Französischen von Martin Schoske

Band 14231

Im Winter des Jahres 796 machen sich Abt Erwin, genannt der Sachse, und Graf Childebrand von Aachen auf den beschwerlichen Weg in die Grafschaft Autun in Burgund, um dort einen Streitfall zu schlichten. Der Graf von Autun, ein Verwandter Karls des Großen, soll sich unrechtmäßig vier Güter angeeignet haben. Bei ihrer Ankunft werden die königlichen Gesandten mit Aufmerksamkeiten überhäuft. Nach einem Festmahl zu ihren Ehren, findet man den Stellvertreter des Grafen, Vicomte Aldrich, ermordet auf. Erwin und Childebrand nehmen die Ermittlungen auf und bringen betrügerische Machenschaften ans Licht, in das Vertreter des Hochadels und ehrgeizige Emporkömmlinge ebenso verwickelt sind wie verarmte Bauern. Während sich jedoch andere Richter jener Zeit mit erpreßten Geständnissen und zweifelhaften Zeugenaussagen zufriedengaben, fordert Abt Erwin, der scharfsinnige Sachse aus Northumbrien, handfeste Beweise für seinen Schuldspruch.

Fischer Taschenbuch Verlag

fi 5123 / 3